FATAL CHAOS – ALLEIN UNSERE LIEBE

FATAL SERIE 12

MARIE FORCE

ÜBER DAS BUCH

Nach einigen wunderschönen Tagen mit Freunden und Familie am Strand ist Lieutenant Sam Holland gerade zurück in Washington, als eine Serie tödlicher Schüsse aus einem fahrenden Auto die Stadt in Angst und Schrecken versetzt. Sam und ihr Team ermitteln rund um die Uhr und setzen alles daran, die skrupellosen Mörder zu stoppen. Unterdessen sieht sich Sams Ehemann Nick Cappuano als Vizepräsident der USA mit seiner bisher größten Herausforderung konfrontiert. Er muss eine Entscheidung treffen, die ihrer aller Leben dramatisch verändern und sogar das Aus für Sams Karriere bedeuten könnte. Ist Nicks und Sams Beziehung stark genug, um diesem wachsenden Druck standzuhalten?

Originaltitel: Fatal Chaos © 2018 HTJB, Inc.

Copyright für die deutsche Übersetzung: © 2020 Oliver Hoffmann

Lektorat: Ute-Christine Geiler, Birte Lilienthal, Agentur Libelli GmbH

Deutsche Erstausgabe

Dieses buch ist nur für Ihren persönlichen Gebrauch lizenziert. Es darf nicht weiterverkauft oder -verschenkt werden. Wenn Sie dieses Buch mit einer anderen Person teilen wollen, erwerben Sie bitte eine weitere Kopie für jede Person, die es lesen soll. Wenn Sie dieses Buch lesen, es aber nicht für Ihren alleinigen Gebrauch gekauft worden ist, kaufen Sie bitte eine eigene Version. Vielen Dank, dass Sie die Arbeit des Autors respektieren.

Alle Rechte vorbehalten. Kein Teil dieses Buches darf ohne Zustimmung der Autorin nachgedruckt oder anderweitig verwendet werden.

Die Ereignisse in diesem Buch sind frei erfunden. Die Namen, Charaktere, Orte und Ereignisse entspringen der Fantasie der Autorin oder wurden in einen fiktiven Kontext gesetzt und bilden nicht die Wirklichkeit ab. Jede Ähnlichkeit mit lebenden oder toten Personen, tatsächlichen Ereignissen, Orten oder Organisationen ist rein zufällig.

MARIE FORCE ist ein eingetragenes Markenzeichen beim United States Patent & Trademark Office.

Übersetzt von Oliver Hoffmann
Cover: Kristina Brinton
Buchdesign und Satz: E-book Formatting Fairies

Die Fatal Serie

One Night With You – Wie alles begann (Fatal Serie Novelle)
Fatal Affair – Nur mit dir (Fatal Serie 1)
Fatal Justice – Wenn du mich liebst (Fatal Serie 2)
Fatal Consequences – Halt mich fest (Fatal Serie 3)
Fatal Destiny – Die Liebe in uns (Fatal Serie 3.5)
Fatal Flaw – Für immer die Deine (Fatal Serie 4)
Fatal Deception – Verlasse mich nicht (Fatal Serie 5)
Fatal Mistake – Dein und mein Herz (Fatal Serie 6)
Fatal Jeopardy – Lass mich nicht los (Fatal Serie 7)
Fatal Scandal – Du an meiner Seite (Fatal Serie 8)
Fatal Frenzy – Liebe mich jetzt (Fatal Serie 9)
Fatal Identity – Nichts kann uns trennen (Fatal Serie 10)
Fatal Threat – Ich glaub an dich (Fatal Serie 11)
Fatal Chaos – Allein unsere Liebe (Fatal Series 12)
Fatal Invasion – Wir gehören zusammen (Fatal Serie 13)
Fatal Reckoning – Solange wir uns lieben (Fatal Serie 14)
Fatal Accusation – Mein Glück bist du (Fatal Serie 15)
Fatal Fraud – Nur in deinen Armen (Fatal Serie 16)

1

„‚Wie viel hat der Präsident gewusst, und seit wann? Das wird die Frage sein, mit der sich der Kongress befassen muss, wenn seine Abgeordneten aus der Sommerpause nach Washington zurückkehren. Die Anhörungen zur möglichen Verwicklung Präsident David Nelsons in den finsteren Plan seines Sohnes gegen Vizepräsident Nick Cappuano und seine Familie beginnen nächste Woche.'"

Sam lauschte ihrem Schwager Spencer, der aus der Morgenausgabe des *Washington Star* vorlas, sah über den Frühstückstisch hinweg ihren Mann Nick an und registrierte den Anflug von Bestürzung, der über dessen attraktives Gesicht huschte. Ihm grauste vor den Anhörungen, der Aufmerksamkeit, dem Wiederaufflammen des Interesses an dem Skandal, der die Hauptstadt der Nation früher in diesem Sommer erschüttert hatte. Sam und ihre Mordkommission hatten die verbrecherische Schmutzkampagne aufgedeckt, mit der Nelsons Sohn Christopher vergeblich versucht hatte, Nick zu diskreditieren, weil Christopher selbst seinem Vater ins Amt folgen wollte.

Der amtierende Präsident leugnete jegliches Wissen über das, was sein Sohn geplant hatte, und hatte den gesamten Hochsommer über auf seiner Unschuld beharrt. Derweil hing Nick in der Luft und konnte nur abwarten, ob ein Amtsenthebungsverfahren gegen Nelson angestrengt werden würde oder ob man ihn nötigen würde, sein Amt aus eigenem Antrieb niederzulegen.

Sam wusste genau, was Nick dachte. Sosehr sie Christopher Nelson für das, was er ihnen angetan hatte, in der Hölle brennen sehen wollten, wollte Nick – wollten *sie* – nichts weniger als einen unfreiwilligen Amtsverlust des Präsidenten. Denn das hieße ... Nein. Daran wollte Sam gar nicht denken. Diese Form von Stress durfte sich nicht in ihren Entspannungsurlaub einschleichen. Sie erhob sich und verkündete: „Ich mache einen Spaziergang."

Nick sprang auf. „Ich komme mit."

„Habe ich was Falsches gesagt?", fragte Spencer.

„Das liegt doch auf der Hand", antwortete seine Frau, Sams Schwester Angela, die gerade ihre gemeinsame Tochter Ella fütterte, die in einem Hochstuhl am Ende des langen Picknicktischs saß. „Glaubst du, die beiden wollen zurzeit über diesen Mist reden?"

„Tut mir leid, Leute", entschuldigte sich Spencer. „So weit hatte ich nicht gedacht."

„Macht nichts", versicherte ihm Nick. „Das Problem wird nicht einfach verschwinden, sosehr wir uns das auch wünschen."

„Aber diese Woche müsst ihr darüber nicht nachdenken", erklärte Spencer. „Mein Fehler."

„Schon gut." Nick streckte die Hand nach Sam aus. „Gehen wir."

Sie ergriff seine Hand und folgte ihm durch die gläserne Schiebetür auf die Terrasse, wo mehrere der Personenschützer vom Secret Service an einem Tisch Kaffee tranken.

John „Brant" Brantley junior, der oberste von Nicks Bodyguards, erhob sich, als er sie kommen sah. „Guten Morgen, Mr Vice President, Mrs Cappuano."

„Morgen, Brant", begrüßte ihn Nick. „Wir möchten einen Strandspaziergang machen."

„Natürlich, Sir. Geben Sie uns eine Minute."

Sam bemerkte, wie Nick frustriert die Zähne zusammenbiss. Er hasste es, für etwas so Einfaches wie einen Spaziergang mit seiner Frau um Erlaubnis bitten zu müssen. Sie ließ seine Hand los, legte ihm die Arme um die Hüften und schmiegte den Kopf an seine Brust, in der Hoffnung, ihn so auf andere Gedanken zu bringen.

Er legte ebenfalls die Arme um sie und küsste sie auf den Scheitel, und nach und nach wich die Spannung aus ihm, während die Secret-Service-Leute sich abstimmten und den einfachen Strandspaziergang planten. Nur dass eben nichts einfach war. Nicht mehr.

Na ja, das stimmte nicht ganz. Wenn sie zu zweit allein waren, war alles immer noch genauso einfach wie früher, selbst wenn die Welt rings um sie durchdrehte. Wenn der Wahnsinn sie zu übermannen drohte, rückten sie ganz eng zusammen, verbrachten so viel Zeit allein wie möglich und standen alle Stürme auf die beste Art und Weise durch, die sie kannten: Sie zogen den Kopf ein, bissen die Zähne zusammen und hielten sich aneinander fest.

Die Presse verlangte lautstark Interviews mit Sam und Nick, am liebsten mit beiden gemeinsam, doch abgesehen von einer routinemäßigen Presseerklärung aus Nicks Büro nach Christopher Nelsons Festnahme hatten sie sich zu der Kontroverse um den Präsidenten und seinen Sohn und zu deren Auswirkungen auf sie beide nicht geäußert. Sie hatten sich auch nicht an den öffentlichen Spekulationen darüber beteiligt, was es für sie bedeuten könnte, wenn Nelson gezwungen wäre, zurückzutreten.

Sie gingen es langsam an – einen Tag nach dem anderen, eine Stunde nach der anderen, eine Minute nach der anderen.

Es hatte ihnen gutgetan, diesen Strandurlaub mit der ganzen Familie außerhalb von Washington zu machen. Sam hatte ihn wochenlang mit dem Secret Service geplant. Es war ein Riesenaufwand gewesen, denn sie hatten zunächst ein Strandhaus finden müssen, das groß genug für sie alle war und den Sicherheitsanforderungen entsprach, dann hatten sie Nicks Termine in der fraglichen Zeit verschoben, sie hatte als Lieutenant der Mordkommission des Metropolitan Police Department Urlaub genommen und dafür gesorgt, dass ihr querschnittsgelähmter Vater sie würde besuchen können. Aber der ganze Aufwand hatte sich wirklich gelohnt.

In den drei Tagen seit ihrer Ankunft war Nick entspannter gewesen als in den gesamten Wochen zuvor. Ganz zu schweigen von der Tatsache, dass er tatsächlich schlief, statt sich mit der

Schlaflosigkeit herumzuschlagen, die ihn vor allem in stressigen Phasen seines Lebens quälte. Sam war entschlossen, dafür zu sorgen, dass er sich auch weiterhin entspannte und nicht zu weit in die Zukunft dachte. Es war jetzt nicht wichtig, was wohl passieren mochte, wenn sie kurz vor dem Labor Day in die Hauptstadt zurückkehrten.

„Wenn Sie dann bereit wären, Mr Vice President ...", verkündete Brant ein paar Minuten später.

Weder Sam noch Nick wiesen darauf hin, dass sie beide schon seit einer Viertelstunde „bereit" waren.

Nick legte ihr den Arm um die Schultern, und sie folgten den Personenschützern die Treppe hinunter zu der Promenade, die nach Dewey Beach an der Küste von Delaware führte. Ihr Erscheinen am Strand hatte vor allem am Anfang Aufsehen erregt, doch im Großen und Ganzen ließ man sie in Ruhe ihren Urlaub genießen. Von „in Ruhe" konnte allerdings nur die Rede sein, wenn man die Mitarbeiter des Secret Service und die Medienvertreter ignorierte, die in der Hoffnung auf einen Blick auf die Familie des Vizepräsidenten – oder einen Schnappschuss oder vielleicht sogar ein Exklusivinterview, was überhaupt nicht infrage kam – in der Nähe kampierten.

Während sie zusammen zum Wasser hinuntergingen, musste sich Sam zwingen, die Bodyguards zu vergessen, die ihnen folgten, und sich stattdessen ganz auf ihren Mann zu konzentrieren. „Das da eben tut mir leid", begann sie.

„Du musst dich nicht entschuldigen. Er hat nur die Schlagzeilen vorgelesen, die einem von der ersten Seite jeder Zeitung des Landes entgegenspringen."

„Trotzdem ... Wir hatten so sehr gehofft, mal alles vergessen zu können."

„Dann hätten wir alle Handys konfiszieren, den Fernsehstecker ziehen und alle Zeitungen im Haus verbieten müssen", erwiderte Nick leicht amüsiert. „Oder Urlaub auf dem Mond machen, da wären wir außerhalb der Satellitenreichweite gewesen."

„Ich schaue mal, was sich für nächstes Jahr arrangieren lässt."

„Mir ist egal, wo wir sind. Solange ihr beide, du und Scotty, auch da seid, geht es mir gut."

„Sogar wenn das Chaos in Washington in unser Urlaubsidyll eindringt?"

„Was wäre unser Leben ohne ein wenig Chaos in Washington als zusätzliche Würze?"

„Äh, war das eine rhetorische Frage?"

„Ja, Babe", lachte er. „Vielleicht kaufen wir uns, wenn wir Rentner sind, hier draußen ein Haus, dann können wir jeden Tag am Strand spazieren gehen. Daran könnte ich mich gewöhnen."

„Wovon redest du? Rentner? Wer will denn Rentner sein?"

Lachend antwortete er: „Das kannst auch nur du als anstößiges Wort betrachten."

„Es ist ein widerliches Wort, und ich will es nie wieder aus deinem Mund hören."

„Ja, Liebling", sagte er in dem leidgeprüften Tonfall aller Ehemänner auf der ganzen Welt. „Aber das Strandhaus ... Das liegt doch im Bereich des Möglichen, auch wenn wir das R-Wort niemals in Betracht ziehen, oder?"

„Ich wäre möglicherweise bereit, darüber nachzudenken. Es ist wirklich schön hier."

Über ihren Köpfen schrien Möwen, Wellen spülten ans Ufer. Einige Familien waren schon früh an den Strand gekommen, und als Sam und Nick an ihnen vorbeiliefen, nickten sie und grüßten die verblüfften Urlauber. Ein Mann war von ihrem Anblick so überrascht, dass er völlig vergaß, dass er mit seinem kleinen Kind einen Eimer mit Meerwasser hatte füllen wollen. Nur Brants schnelles Eingreifen verhinderte, dass das Kind von einer Welle mitgerissen wurde.

Brant reichte dem dankbaren Vater das über und über mit Sand bedeckte Kleinkind. „Entschuldigung. Ich habe nicht damit gerechnet, den Vizepräsidenten und seine Frau am Strand zu treffen."

„Er muss irgendwo in einer Höhle leben", murmelte Sam Nick zu. „Die ganze verdammte Welt weiß, wo wir sind."

„So muss sich der Goldfisch im Glas fühlen", erwiderte Nick. „Er schwimmt unter ständiger Beobachtung im Kreis."

„Apropos Schwimmen ..." Sam löste den Arm von seiner Taille, streifte ihre Sandalen ab, zog sich ihr Strandkleid über den

Kopf, rannte Richtung Wasser und rief über die Schulter: „Fang mich, wenn du kannst."

Sie sprang in die Gischt und schaute sich, als sie wieder auftauchte, nach Nick um, konnte ihn allerdings weder am Strand noch im Meer um sich herum entdecken. Dann wurde sie plötzlich unter Wasser gezogen. Prustend kam sie wieder hoch, während ihr Mann über ihre Reaktion lachte.

„Gefangen", sagte er und zog sie an sich. „Ich werde dich immer fangen, Samantha." Er drehte sich mit dem Rücken zum Strand, von dem aus der Secret Service, Fotografen mit Teleobjektiven und andere Gaffer sie wahrscheinlich beobachteten, und küsste sie.

Sam war versucht, über seine Schulter zu sehen, um festzustellen, ob sie auf diese Weise noch mehr Aufmerksamkeit erregten, zwang sich aber, sich auf ihn und diesen Augenblick zu zweit im Fischglas zu konzentrieren. Sie schlang die Beine um seine Hüften, die Arme um seinen Hals und reckte ihr Gesicht der warmen Sonne entgegen.

Seine Hände glitten an ihren Rippen nach oben und umfassten unter Wasser ihre Brüste, seine Daumen massierten ihre harten Brustwarzen.

„Mr Vice President, gibt es in Ihrem Leben nicht schon genügend Chaos und Skandale, auch ohne dass Sie es hier jetzt noch schlimmer machen?"

„Das ist ein Risiko, das ich einzugehen bereit bin, wenn ich dafür meine wunderschöne Polizistin leibesvisitieren darf."

„Ich liebe deine Leibesvisitationen", seufzte sie. Wann hatte sie sich je gewehrt, wenn er sie anfassen wollte? Sie keuchte auf, als sie bemerkte, dass er die untere Schnürung ihres schwarzen Bikinioberteils geöffnet hatte. „Nick!"

„Pssst."

„Du spielst mit dem Feuer."

„Nein, mit meiner wunderschönen Frau." Während er ihre Brustwarzen zwischen Daumen und Zeigefinger rollte, gab er ihr einen intensiven Kuss voller Begehren, der sie vergessen ließ, wo sie waren und wer sie möglicherweise beobachtete. Dafür hatte sie schlicht keine Gehirnzellen mehr frei, denn ihre Gedanken galten ausschließlich ihm und den Gefühlen, die seine Berührungen in ihr auslösten.

„Es ist unfair, dass du mich hier total heißmachst, wenn wir dagegen stundenlang nichts unternehmen können."

„Ich finde, es ist Zeit für ein Nickerchen."

„Das geht heute nicht. Freddie und Elin kommen zu Besuch."

Nick stöhnte laut. „Wessen tolle Idee war es noch mal, Freunde zu haben?"

„Nicht meine. Garantiert nicht."

Sein leises Lachen zauberte ein Lächeln auf ihre Lippen. „Dafür wirst du mich heute Abend entschädigen müssen."

„Was haben Sie denn im Sinn, Mr Vice President?"

„Alle möglichen schmutzigen Dinge. Aber zuvor", wechselte er das Thema und wandte sich ihrem Hals zu, was sie trotz des kalten Wassers sofort in Flammen stehen ließ, „müssen wir darüber reden, was wir tun, wenn uns diese Sache mit Nelson um die Ohren fliegt."

„Müssen wir das ausgerechnet jetzt erörtern?"

„Irgendwann müssen wir es tun, und warum nicht jetzt?"

„Wenn wir die Möglichkeit in Betracht ziehen sollen, dass du Präsident wirst, musst du meine Brüste loslassen."

Er schob schmollend die Unterlippe vor. „Das will ich aber nicht. Ich spiele so gerne mit ihnen."

„Brüste oder Apokalypse. Beides geht nicht."

„Ich hasse diesen Tag jetzt schon, und es ist erst zehn."

Sam lachte und tätschelte ihm den Kopf, während er ihr Bikinioberteil wieder zuband. „Warum willst du jetzt darüber reden, wo wir eigentlich so tun, als könnte es gar nicht passieren?"

„Gestern hat mich Brandon Halliwell angerufen", erwiderte er. Halliwell war der Vorsitzende des Democratic National Committee. „Die schmieden Notfallpläne."

Sie musterte ihn argwöhnisch. „Was für Pläne?"

„Nun, er hat mich gefragt, ob ich mir schon überlegt habe, wer mein Vizepräsident werden soll."

Sam starrte ihn an, schockiert davon, was das bedeutete. „Ach komm. Das kann doch gar nicht sein. Was hast du geantwortet, und warum erzählst du mir das erst jetzt?"

„Weil wir gestern einen wunderschönen Tag am Strand

verbracht haben, den ich dir nicht ruinieren wollte. Ich habe geantwortet, ich hätte noch nicht darüber nachgedacht und hätte es auch nicht vor, bis es wirklich notwendig wird. Daraufhin hat er gemeint, es sei jetzt absolut notwendig."

„Was soll das heißen?"

„Es heißt, dass die Partei der Auffassung ist, Nelson könne nicht im Amt bleiben."

„Bitte ertränk mich auf der Stelle. Drück meinen Kopf unter Wasser, bis keine Blasen mehr aufsteigen. Das ist ein schmerzloserer Tod."

Er lachte und küsste sie. „Vielleicht können wir uns gegenseitig ertränken."

„Das können wir Scotty nicht antun. Außerdem würde uns Brant, dieser Drecksack, retten."

„Ja, das würde er."

„Könnten wir unseren Tod vortäuschen und mit Scotty untertauchen?", schlug sie vor.

„Gute Idee. Wir könnten eine Insel im Südpazifik übernehmen und von Kokosnüssen, Rum und pausenlosem Sex leben. Klingt nach einem tollen Plan."

„Scotty würde seine Freunde, Baseball und Computerspiele vermissen. Außerdem würde ihn vielleicht der pausenlose Sex nerven."

Nick küsste sie auf die Nase und dann auf die Lippen. „Ja, und dir würden dein Vater, deine Schwestern und dein Team fehlen."

„Wie kann das sein? Du bist Vizepräsident und könntest sozusagen die Präsidentschaft erben. Ist das überhaupt legal?"

„Leider ja. Ich wäre dann der ‚glücklichste' Politiker des Landes, denn ich hätte die beiden höchsten Staatsämter erobert, ohne auch nur einen Tag Wahlkampf zu machen."

„Na so ein Glück", seufzte Sam, tief deprimiert bei dieser Aussicht. Klar, sie hatten gewusst, dass er theoretisch Präsident werden könnte, wenn er Vizepräsident wurde, aber beide hatten nicht wirklich damit gerechnet – auf jeden Fall nicht so. „Vielleicht hat Nelson ja tatsächlich nichts von den Umtrieben seines Sohnes gewusst."

„Das ist durchaus möglich, doch Halliwell glaubt, dass das am Ende keine Rolle spielen wird. Es sagt ja schon viel aus, dass sich die Partei auf die Zeit nach Nelson vorbereitet. Das bedeutet, seine Unterstützer wenden sich gegen ihn, und dabei haben die Anhörungen noch nicht einmal begonnen."

Sam schloss die Augen, legte sich die Hände auf die Ohren und trällerte: „Lalalalalalalala. Ich kann dich nicht hören."

Er kniff sie in die Brustwarzen, was sie aus ihrem kleinen Anfall wieder herausriss. „So benimmt sich die potenzielle zukünftige First Lady nicht."

„Ich kann dich immer noch nicht hören. Lalalalalala."

Diesmal küsste er ihr den Protest von den Lippen, denn anders hätte er sie nicht zum Schweigen bringen können. Er küsste sie, bis sie vergaß, wogegen sie protestierte. Ach ja. *Dagegen.* O Schreck! „Was auch immer passiert, eins wird sich niemals ändern, und das sind wir beide – du, ich und unser Wir. Wir haben einander. Egal, was geschieht. Sag mir, dass du das genauso siehst."

„Das möchte ich nicht."

„Samantha ... bitte. Ich brauche dich. Sag es."

Sie bedachte ihn mit einem störrischen Blick.

Er legte auf herzweichende Weise den Kopf schief und schaute sie mit einem flehenden Ausdruck in den Augen und auf dem Gesicht an. Mein Gott, dieses Gesicht ... Sie liebte ihn über alles, und es gab buchstäblich nichts, was sie nicht für ihn getan hätte, und sie räumte jeden Zweifel an dieser Tatsache aus, indem sie erklärte: „Wir schaffen das. Egal, was geschieht."

Er schlang die Arme um sie, schmiegte sein Gesicht in ihre Halsbeuge, und von seiner Nähe kribbelten ihre intimsten Zonen. „Alles wird gut, Babe. Versprochen."

Bis jetzt hatte er noch jedes Versprechen gehalten, deshalb klammerte sie sich genauso an diese Zusage, wie sie bisher an ihm Halt gefunden hatte, während sie gemeinsam jedem Sturm getrotzt hatten. Doch tief drinnen, an einem Ort, den zu besuchen sie ihren Gedanken nur selten gestattete, hatte sie Angst – riesige Angst vor dem, was ihm, was *ihnen* bevorstand.

2

Nach dem Abendessen saß Sam mit Nick, ihren Schwestern und deren Männern sowie Sams Partner Freddie Cruz und dessen Verlobter Elin Svendsen um ein Lagerfeuer am Strand und versuchte, sich zu entspannen und die Geschichten zu genießen, das Lachen, die zahllosen Cocktails und die S'mores – Kekssandwiches mit über dem Feuer gerösteten Marshmallows und Schokolade –, die ihr Schwager Mike für alle zubereitete. Sie hatten Freddie und Elin überredet, die Nacht auf der Schlafcouch im Wohnzimmer zu verbringen, und Sam hatte ihren sonst so zugeknöpften Partner sogar dazu gebracht, ein paar Bier zu trinken. Scotty und seine Cousinen und Cousins waren seit einer Stunde im Bett.

Der Vollmond hing am sternenübersäten Firmament, eine warme Brise wehte vom Meer her, und Sams liebste Menschen waren größtenteils direkt neben ihr oder zumindest ganz in der Nähe – sie hätte sich wunderbar fühlen müssen. Aber sie wurde seit dem Morgen ein ungutes Gefühl nicht los und konnte nicht vergessen, was Nick ihr über Halliwells Anruf berichtet hatte. Sie hatten eine Absprache, einander nichts zu verschweigen, doch sie wünschte, er hätte diese Hiobsbotschaft noch für sich behalten, zumindest bis nach dem Urlaub.

Offenbar gelang es ihr nicht, ihre Unruhe zu verbergen, denn die anderen fragten sie schon den ganzen Tag, ob alles in Ordnung sei, auch ihr aufmerksamer Partner, der sie jetzt besorgt und betroffen ansah.

„Ach, scheiß drauf", fluchte Sam und überraschte die anderen mit ihrem plötzlichen Ausbruch. „Sag ihnen, was du mir vorhin erzählt hast."

Nick blickte sie an. „Muss ich?"

„Ja. Wenn ich mir deswegen einen Kopf mache, sollen alle anderen es auch tun."

„Sams Regeln", grinste Tracy. „Heraus damit, Nick."

„Der Vorsitzende des DNC, Halliwell, hat mich gestern angerufen, um mich zu fragen, wer mein Vizepräsident werden soll."

Auf seine Worte folgte tiefe Stille.

„Scheiße", entfuhr es Spencer schließlich. „Das bedeutet, die Partei hat das Vertrauen in Nelson verloren."

„Richtig." Nick kümmerte sich um das Feuer, legte ein Holzscheit nach und stocherte in der Glut, bis die Flammen auflodern.

Niemand sagte ein Wort, und Sam bereute bereits, dass sie diese Bombe mitten in ihrem Urlaub hatte platzen lassen. „Ich wollte keine Spaßbremse sein."

„Bist du nicht", beruhigte Angela sie. „Das ist ja eine große Sache. Kein Wunder, dass du schon den ganzen Tag so still bist."

„Du hättest die Stille genießen sollen, solange du konntest", gab Sam lächelnd zurück.

„Was hast du Halliwell geantwortet, Nick?", wollte Freddie wissen.

„Dass ich noch keinen Gedanken an einen Vizepräsidenten verschwendet habe – und das auch erst tun werde, wenn es sich absolut nicht vermeiden lässt. Er meinte daraufhin, es wäre vielleicht an der Zeit."

„Nach Nelsons Verlautbarungen und Aktionen seit der Festnahme seines Sohns", erklärte Mike, „gehe ich nicht davon aus, dass er kampflos aufgeben wird."

„Ich auch nicht", bestätigte Nick. „Aber er wird unter gewaltigem Druck stehen, wenn er versucht, das Land wieder hinter sich zu vereinen. Je nach Ergebnis der Anhörung gelingt es ihm möglicherweise nicht, das Blatt zu wenden."

Tracy drückte Sams Hand. „Ihr habt echt allen Grund, euch Sorgen zu machen."

Sam hielt die Hand ihrer Schwester fest. „Wir haben so etwas durchaus für möglich gehalten, allerdings haben wir nicht damit gerechnet ... Nicht so ..."

„Wer kann auch ahnen, dass der Sohn des amtierenden Präsidenten so weit geht, deinen Ex-Mann zu töten, um Informationen zu erhalten, die er gegen dich und deinen Mann, den Vizepräsidenten, verwenden kann, und das alles, weil er eigene politische Ambitionen hat?", meinte Freddie.

Sam lächelte ihn an. „Wenn du es so ausdrückst ..."

„Das hat niemand ahnen können", stellte Mike fest. „Es klingt wie aus einem Hollywood-Thriller geklaut, deshalb fährt die Presse auch so darauf ab. Ich habe einen Bericht gesehen, dem zufolge diese Geschichte den Nachrichten im Privatfernsehen die höchsten Einschaltquoten aller Zeiten verschafft hat."

„Na toll", bemerkte Nick trocken. „Ich bin froh, dass wir etwas für deren Quoten tun können."

Mike stützte die Hände auf die Knie und beugte sich mit ernstem Gesichtsausdruck vor. „Ich glaube, ihr habt beide noch nicht ganz begriffen, wie sehr das amerikanische Volk nach Gerechtigkeit schreit, und zwar für euch genauso wie für das Land. Die Leute sind empört über das, was man euch angetan hat, über die Drohungen gegen eure Familie, über den Mord an Sams Ex-Mann, über das schreckliche Interview, das Nicks Mutter gegeben hat, über die ganze Sache."

„Das stimmt", bestätigte Tracy. „Überall, wo ich hinkomme, fragen mich die Leute, wie es euch geht. Sie alle wollen Nelsons Kopf, auch wenn er nicht in die Pläne seines Sohnes eingeweiht war."

Sam sah Nick an, und er griff nach ihrer Hand.

„Die Menschen waren so unglaublich teilnahmsvoll", sagte Nick.

„Nicht alle", widersprach Sam und meinte damit die lautstarken Kritiker, die vor der Möglichkeit warnten, dass ein junger, nicht gewählter Vizepräsident Nelsons Nachfolger werden könnte, falls der sein Amt verlor.

„Na gut, die meisten", räumte Nick ein.

„Ich kann mir kaum vorstellen, wie es für euch sein muss, in dieser Warteschleife zu hängen, ohne zu wissen, wie die Sache ausgehen wird", erklärte Elin. „Das muss doch schrecklich sein."

„So schlimm war es bisher nicht", spielte Nick die Angelegenheit mit Blick auf die anderen herunter, die sich sofort Sorgen gemacht hätten, wenn er zugegeben hätte, welche Ängste ihn derzeit plagten. Nur Sam wusste, wie wenig er schlief, wie viel er grübelte und welch hohen Tribut der Stress von ihm forderte. „Wir planen, den Mund zu halten und den Kongress seine Arbeit tun zu lassen. Mehr ist von unserer Seite auch gar nicht möglich."

Sam gähnte dramatisch und streckte sich. „Ich weiß nicht, wie es euch geht, aber ich bin bereit fürs Bett."

„Du kennst mich doch, Babe", antwortete Nick mit einem anzüglichen Grinsen. „Ich bin immer bereit, wenn du es bist."

Während die anderen über diese vorhersehbare Bemerkung stöhnten, halfen sie, das Feuer zu löschen und die Flaschen und ihren Müll vom Strand aufzusammeln. In dem großen, modernen Haus räumten sie rasch noch die Küche auf und klappten für Freddie und Elin die Couch im Wohnzimmer aus.

„Danke für einen wunderschönen Tag", wandte sich Freddie an Sam. Elin war im Bad verschwunden und wollte sich auch gleich umziehen.

„Ich bin froh, dass ihr es geschafft habt."

„Du weißt hoffentlich, dass du nur einen Ton zu sagen brauchst, wenn ich etwas für dich tun kann."

Sam drückte ihrem Partner dankbar den Arm. „Das ist mir klar. Ich habe vor, mich voll in die Planung deines Junggesellenabschieds zu stürzen. Für nächstes Wochenende habe ich eine kilometerlange Liste abzuarbeiten."

Freddies freundlicher Gesichtsausdruck wich einer strengen Miene, und er funkelte sie warnend an. „Ich hoffe, auf dieser Liste stehen keine Stripperinnen."

Sam lachte und tätschelte die Wange in seinem fast schon unanständig attraktiven Gesicht. „Mein armer, ahnungsloser Freddie. Du wirst dir noch wünschen, dass auf meiner Liste bloß Stripperinnen stünden."

Er stöhnte und schüttelte den Kopf. „Dich zu meiner

Trauzeugin zu machen könnte sich als der größte Fehler meines Lebens erweisen."

„Das ist das Ziel", erklärte Sam mit einem Grinsen.

Elin stieß zu ihnen. „Ärgerst du ihn?", fragte sie Sam.

„Ich? Ihn ärgern?"

„Sooft sie kann." Freddie streckte die Hände nach seiner Verlobten aus. „Komm, beschütz mich vor ihr."

Elin trat zu ihm und nahm ihn in die Arme. „Mein armer Schatz. Ich mach es wieder gut."

„Ja, bitte."

„Ich bin dann mal weg", verkündete Sam. „Wenn ihr noch etwas braucht, sagt Bescheid."

„Wir haben alles, was wir brauchen", antwortete er. „Danke noch mal für die Gastfreundschaft."

„Es ist mir stets ein Vergnügen, Gelegenheit zu haben, Sie zu ärgern, Detective. Schlaft gut, und denkt daran, es sind Kinder im Haus. Keine Schweinereien."

„Gute Nacht, Sam."

Sie grinste über ihren eigenen Witz und schloss die Tür zu ihrem Schlafzimmer im Erdgeschoss.

„Was hast du vor, Babe?", fragte Nick. Er lag bereits im Bett, hatte ein Buch in der Hand und war nur bis zur Hüfte zugedeckt, sodass seine prächtige breite Männerbrust entblößt war. Die Glasschiebetür stand einen Spaltbreit offen, um die frische Seeluft hereinzulassen.

Sam ertappte sich dabei, wie sie ihn anstarrte. Manchmal erstaunte es sie immer noch, dass es ihnen gelungen war, einander gleich zweimal zu finden. Obgleich ihr Leben fast ständig außer Kontrolle war, hätte sie ihre Ehe mit ihm niemals für eine ruhigere, planbare Beziehung mit einem anderen Mann eingetauscht.

„Samantha? Alles okay?"

Auf dem Weg durch das große Schlafzimmer streifte sie sich das lange Kleid über den Kopf, ließ es achtlos fallen und genoss die Art, wie sein Blick auflöderte, als er sie bloß mit einem winzigen Höschen bekleidet auf sich zukommen sah.

„Womit habe ich denn diese wunderbare Show verdient?", fragte er, als sie sich neben ihm aufs Bett schwang, sich auf seinen

Schoß setzte und das Buch zur Seite warf. Es landete mit einem lauten Knall auf dem Boden. Er legte ihr die Hände auf die Hüften, dann ließ er sie tiefer gleiten und umfasste ihren Hintern, um sie näher zu ziehen.

„Eigentlich ist es schon heute Morgen losgegangen, als du im Wasser etwas angefangen hast, was du nicht zu Ende bringen konntest. Seither warte ich sehnsüchtig darauf, dass sich endlich alle zur Ruhe begeben."

„Ich auch." Seine Hände wanderten von ihrem Hintern auf ihren Rücken und wühlten sich in ihr Haar, sodass er sie zu einem langen Kuss an sich ziehen konnte. „Falls ich es noch nicht erwähnt haben sollte, dieser Strandurlaub ist die beste Idee, die du je hattest. Ich kann dir gar nicht sagen, wie sehr ich ihn gebraucht habe."

„Wir alle haben ihn gebraucht. Scotty hatte hier einen Riesenspaß mit seinen Cousinen und Cousins, und ich habe eine ganze Woche ohne Arbeit, ohne Einsätze, ohne Wohltätigkeitsveranstaltungen und ohne Reporter mit dir verbracht. Diese gottverdammten Reporter, die uns ständig vor der Nase herumgetanzt sind, habe ich echt nicht vermisst. Ein Hoch auf den Secret Service, der sie uns hier vom Hals gehalten hat."

„Wenn wir zurückkommen, werden sie sensationshungriger sein denn je. Bist du bereit dafür?"

Sie schaute in sein attraktives Gesicht, schüttelte den Kopf und strich mit den Fingern durch sein lockiges, schokoladenbraunes Haar. „Nein, und bis dahin bleiben uns ja auch noch vier wunderbare Tage. Damit setzen wir uns auseinander, wenn es so weit ist. Aber bis dahin ..." Sie neigte den Kopf und küsste ihn voller Leidenschaft, sodass er sehr schnell mehr wollte. „Wir haben in diesem Urlaub noch lange nicht genug Sex gehabt."

„Habe ich in letzter Zeit erwähnt, dass du die beste Ehefrau bist, die ich je hatte?"

Sie prustete vor Lachen. „Ich bin wohl hoffentlich die einzige, die du je hattest, mein Freund."

„Wenn du damals im Watergate nicht an meinem Tatort aufgetaucht wärst, hätte ich überhaupt nie geheiratet."

„An *deinem* Tatort?", wiederholte sie mit hochgezogener Braue.

Nick grinste. Mit dieser Reaktion hatte er gerechnet.

„Irgendwie ist der schlimmste Tag meines Lebens gleichzeitig zum besten geworden."

Er hatte eine Weile nicht mehr davon geredet, wie es gewesen war, seinen Freund und Chef ermordet aufzufinden, aber sie wusste, dass er täglich an John O'Connor dachte und immer mit Zuneigung und großer Sympathie von ihm sprach.

„Was würde John sagen, wenn er dich jetzt sehen könnte?", fragte Sam. „Als Vizepräsident, bei dem es die Leute für möglich halten ..."

Er küsste ihr die Frage von den Lippen. „Sag es nicht. Für deinen Mund gibt es eine so viel bessere Verwendung, als über so was zu reden."

Lächelnd ließ sie die Lippen über seine gleiten. „Zum Beispiel?"

„Mehr hiervon." Er fuhr ihr mit der Hand ins Haar und erwiderte ihren Kuss, und das Spiel seiner Zunge führte dazu, dass sie sich auf ihm wand und versuchte, seiner Erektion näher zu kommen.

Keuchend unterbrach sie den Kuss. „Das finde ich gut."

„Ich hätte noch eine andere Idee, was deinen Mund betrifft ..."

„Auch das ist kein Problem. Ich tue alles, was du willst."

Er hob eine dunkle Braue, und Sam dachte, wenn die Frauen Amerikas ihren unsagbar sexy Vizepräsidenten in diesem Augenblick sehen könnten, würden sie kollektiv den Verstand verlieren. „Alles?"

„Was immer du willst."

„Du hast heute Nacht offenbar Frühlingsgefühle, Liebste."

„Ich bin mit meinen Lieblingsmenschen im Urlaub und liege derzeit mit meinem Lieblingsmann im Bett. Ich bin einfach glücklich."

„Das höre ich gern. Ich habe mir Sorgen gemacht, ob du klarkommst."

„Mach dir um mich keine Sorgen. Mir geht es gut, wenn es dir gut geht."

„Ich werde mir immer Sorgen um dich machen, und es könnte mir besser gehen", versetzte er und hob unmissverständlich die Hüften an.

„Subtil, Mr Vice President. Sehr subtil."

„Eine weise Frau hat einmal gesagt, meine Subtilität ließe sehr zu wünschen übrig."

„Manchmal kannst du sehr subtil sein." Sie liebkoste mit den Lippen seinen Mund und sein Gesicht, zog eine Spur aus Küssen an seinem Kinn entlang und dann hinauf zu seinem Ohr. Weil sie die ganze Nacht für sich hatten und am Morgen ausschlafen konnten, ließ sie sich Zeit, arbeitete sich an seinem Hals nach unten und an seinem Schlüsselbein entlang. Sie atmete seinen sauberen, frischen, vertrauten Duft ein, ehe sie mit der Zungenspitze über seine Brustwarze strich.

Er sog scharf die Luft ein und fuhr ihr wieder mit der Hand ins lange Haar.

Sie ließ sich weiter Zeit, strich mit der Zunge über jede Erhebung, jedes Tal seines definierten Bauches und folgte dann dem schmalen Streifen Haar zu seiner Erektion, die fast bis zu seinem Bauchnabel hochragte. „Da freut sich aber jemand, mich zu sehen."

„Er freut sich immer, dich zu sehen. Du bist sein Lieblingsmensch."

Sam lachte erneut. Sex mit Nick machte immer Spaß – und war oft auch lustig. Er machte sie so verdammt glücklich. Da konnte sie wenigstens versuchen, ihn auf andere Gedanken zu bringen, denn es hing unbestreitbar eine dunkle Wolke über ihnen, aus der jeden Augenblick ein Sturm loszubrechen drohte.

Apropos ein losbrechender Sturm ... Sie umfasste ihn und streichelte ihn so, wie er es mochte, fast grob und ziemlich schnell.

Er stöhnte auf und hob die Hüften, um sie zu ermutigen.

Sie nahm ihn in den Mund und saugte sanft, während sie ihn weiter streichelte. Diese Kombination machte ihn immer halb wahnsinnig – so auch diesmal.

Seine Finger krallten sich in ihr Haar, und er begann, rhythmisch mit den Hüften zu stoßen.

Sam nahm ihn so tief wie möglich in ihre Kehle auf, ehe sie sich zurückzog und ihn weiter mit der Zunge verwöhnte.

„Verdammt", flüsterte er keuchend. „Babe ..."

Mit der freien Hand drückte sie sanft seine Hoden und sog ihn wieder in ihren Mund. Wie erwartet kam er daraufhin schnell. Sie behielt ihn im Mund, bis er erschöpft auf die Matratze sackte – genau, wie sie es gewollt hatte.

„Mein Gott", murmelte er, als er wieder sprechen konnte. „Willst du mich umbringen?"

„Keineswegs." Sie streckte sich neben ihm aus und zog eine leichte Decke über sich und ihn. „Dafür brauche ich dich viel zu sehr. Außerdem wäre das viel zu viel Papierkram – ich habe schließlich Urlaub." Sam hasste Papierkram.

„Was auch immer ich getan habe, um das zu verdienen, erinnere mich daran, dass ich es morgen wieder tue."

Sie lachte. „Ich wollte dich nur auf andere Gedanken bringen."

„Mission erfüllt. Du hast meine Festplatte komplett gegrillt, und jetzt kann ich bloß noch an Sex denken. Und mehr Sex. Jede Menge Sex."

„Oh, Mist. Was habe ich getan? Wie kannst du mehr Sex wollen, als du bereits hast?"

„Offenbar ist mein Verlangen grenzenlos."

„Das ist mir mehr als recht." Sam gähnte und schmiegte sich an ihn.

„Ich weiß, du möchtest nicht, dass ich das sage, aber es tut mir immer noch leid, dass ich diesen ganzen zusätzlichen Wahnsinn in unser Leben gebracht habe, das bislang schon chaotisch genug war."

„Du hast recht. Ich möchte tatsächlich nicht, dass du das sagst. Nick, du hast keinen Grund, dich bei mir, Scotty oder sonst wem zu entschuldigen. Man hat dich gebeten, deinem Land zu dienen. Aus dem, was danach passiert ist, kann dir niemand einen Vorwurf machen."

„Trotzdem ... Ich finde es furchtbar, dass das alles für dich und Scotty so anstrengend war, selbst wenn ihr euch nie beklagt."

Sam richtete sich auf einen Ellbogen auf. „Es ist für uns nur anstrengend, weil wir sehen, wie es dir zusetzt." Sie streichelte sein Gesicht und bemerkte die dunklen Augenringe und die in den letzten Monaten neu hinzugekommenen, der Erschöpfung geschuldeten Falten. Er hatte schon immer an schlimmer Schlaflosigkeit gelitten, die sich seit seinem Amtsantritt als Vizepräsident bloß verstärkt hatte.

„Was würdest du davon halten, wenn wir diese Situation

Schritt für Schritt angehen und uns nicht zu intensiv mit der Frage beschäftigen, was sein könnte?", schlug sie vor.

„Ich glaube, nur so können wir es durchstehen."

„Dann reden und spekulieren wir nicht mehr über Vizepräsidenten oder Gespräche mit dem DNC, sondern konzentrieren uns ganz auf das Hier und Jetzt?"

„Ich werde verlauten lassen, dass ich nur darüber sprechen möchte, wenn es gar nicht anders geht."

„Ausgezeichnet." Sie legte den Kopf auf seine Brust und den Arm quer über seinen Bauch.

„Du musst aber wissen, dass du mich intensiv ablenken musst, damit ich nicht ins Grübeln gerate."

Er konnte zwar ihr Gesicht nicht sehen, doch sie verdrehte trotzdem die Augen. „Deine Subtilität lässt weiter zu wünschen übrig."

„Gerade hast du noch gesagt, ich würde langsam besser darin." Er bewegte sich schnell und überraschte sie, indem er sich auf sie rollte, eine perfekte Position für weitere Ablenkungen.

„Nette Aktion", stellte Sam fest und schaute in die schönen haselnussbraunen Augen hinauf, die sie immer mit Liebe, Zuneigung, Begierde und einer Million anderer Empfindungen betrachteten, die sich weniger leicht in Worte fassen ließen.

„Hat dir das gefallen?"

Sie nickte, erfreut, dass er so selbstzufrieden wirkte. „Mir gefällt alles, was du machst."

„Wie ist es damit?" Mit einem entschlossenen Ruck riss er ihr das Seidenhöschen vom Leib und stieß tief in sie.

„Das war auch gut", lobte sie, sobald sie wieder Luft bekam.

Er schmiegte das Gesicht an ihren Hals und begann, sich in ihr zu bewegen. „Halt dich an mir fest, Babe, und lass mich nicht los. Egal, was geschieht."

Sie schlang die Arme und Beine um ihn, wollte so dicht wie möglich bei ihm sein. „Ich werde dich niemals loslassen."

3
———

Am Sonntag des Labor-Day-Wochenendes kehrten sie mit einem übellaunigen Dreizehnjährigen in die Stadt zurück. „Es ist dermaßen unfair", beschwerte sich Scotty, „dass die Ferien immer so schnell vorbei sind und das Schuljahr sich ewig hinzieht."

„Das habe ich früher auch so empfunden", musste Sam ihm recht geben. „Das Ferienende war immer eine Qual."

„Stimmt genau. Es *ist* eine Qual!", pflichtete ihr Scotty bei. „Jetzt ist wieder für Monate Schluss mit Ausschlafen, Fernsehen bis Mitternacht, Tagen am Strand, dem Baseballcamp – mit allem, was Spaß macht."

„Du hast ja so recht, mein Freund", bestätigte Sam.

„Samantha", mischte sich Nick in dem strengen Tonfall ein, der für besondere Anlässe reserviert war, „dies wäre vielleicht eine gute Gelegenheit, unseren Sohn an den Wert von Bildung und die Bedeutung der achten Klasse als Vorbereitung für die Highschool zu erinnern."

Sam und Scotty sahen einander an. „Nope", antworteten sie dann im Chor, lachten heftig und klatschen einander ab.

„Ihr haltet euch wohl für sehr witzig", brummte Nick.

„Wir *sind* witzig", erwiderte Scotty, „und du bist gerade nicht besonders hilfreich. Glaubst du, ich will etwas von der Highschool hören, wo ich mich noch ein ganzes Jahr durch Achte-Klasse-Algebra kämpfen muss?"

„Nachvollziehbar", räumte Sam ein, was ihr einen entrüsteten Blick von ihrem Mann eintrug. „Eins nach dem anderen, erinnerst du dich?"

„Ja, ja", gab sich Nick geschlagen.

Die Autokolonne des Secret Service erreichte den Kontrollpunkt in der Ninth Street, wo sie viel länger als sonst standen.

„Warum dauert das so lange, Brant?", erkundigte sich Nick.

„Riesiger Medienrummel."

Das rief ihnen schlagartig wieder ins Gedächtnis, was sie zu Hause erwartete. Der Secret Service brauchte zehn Minuten, um der Autokolonne einen Weg in die Ninth Street zu bahnen. Als sie ausstiegen, wurden sie mit Aufforderungen, sich zu den bevorstehenden Anhörungen zu äußern, zum Sohn des Präsidenten, zu Nicks Ambitionen auf das Präsidentenamt und anderen Themen, regelrecht überschüttet.

„Willkommen daheim", knurrte Nick, während er den Menschenauflauf vor dem Tor beäugte. „Die Nachbarn freuen sich bestimmt einen Ast, dass wir wieder da sind."

Eingekeilt zwischen Beamten eilten sie die Rampe zum Eingang ihres Doppelhauses hoch, wo ein neuer Personenschützer von Scotty Wache stand.

„Mr Vice President, Mrs Cappuano, Scotty ... Willkommen zu Hause. Ich hoffe, Sie hatten einen schönen Urlaub."

„Danke, Liam", sagte Nick. „Der Urlaub war toll."

„Und viel zu schnell vorbei", fügte Scotty hinzu. „Noch ein Tag, dann geht die Tretmühle wieder los."

„Was höre ich da?", begrüßte Skip Holland sie, der seinen elektrischen Rollstuhl durch das große Wohnzimmer steuerte. Sams Vater und seine Frau Celia hatten sie für einen Tag am Strand besucht, waren aber nicht die ganze Zeit geblieben. Sam vermutete, er hatte ihnen mit seinen gesundheitlichen Problemen nicht den Spaß verderben wollen, doch das hatte er nicht gesagt.

„Freut sich da jemand nicht auf die Schule?"

„‚Nicht freuen' ist noch vorsichtig ausgedrückt", bestätigte Sam.

„Die Schule ist ein notwendiges Übel", erklärte Skip.

„Ich bin umgeben von Bildungsrebellen", seufzte Nick und warf die Hände in die Luft.

Scotty lachte. „Da bin ich definitiv in der richtigen Familie gelandet."

Seine Worte trafen Sam mitten ins Herz. Sie liebte es, wenn er solche Dinge sagte, vor allem, wenn sie Grund dazu hatten, sich zu fragen, ob er eines Tages gegen die Beschränkungen aufbegehren würde, die ein Aufwachsen, umgeben von Bodyguards, die jeden seiner Schritte beobachteten, mit sich brachte. Im Augenblick jedenfalls war er glücklich und so zufrieden, wie er nur sein konnte – abgesehen davon, dass der erste Schultag drohte.

Sam beugte sich vor, um ihren Vater auf die Stirn zu küssen, eine der wenigen Stellen, an denen er noch etwas spürte, nachdem ihn dreieinhalb Jahre zuvor eine Kugel getroffen hatte. „Wie geht es dir, Skippy?"

„Geht so, Kleines. Wie war der Rest eures Urlaubs?"

„Fantastisch, schön und wundervoll", antwortete Sam. „Ich kann es kaum erwarten, da nächstes Jahr wieder hinzufahren."

„Ein ganzes Jahr!" Scotty warf sich stöhnend auf die Couch. „Das halte ich nicht aus."

„Pack deinen Koffer aus, du Drama-Queen", wies Sam ihren Sohn an.

„Muss ich?"

„Ja, du musst. Duschen solltest du auch."

„Jetzt gehen die ewigen Pflichten wieder los", beklagte sich Scotty bei Skip. Sein Missfallen darüber war mit Händen zu greifen.

Skip lachte über sein Theater. „Es gehört zum Mannsein dazu, Dinge zu tun, auf die man keine Lust hat, einfach weil sie das Richtige sind. Frag mal deinen Vater. Der kennt sich damit aus."

„Nur allzu gut", pflichtete ihm Sam bei.

„Jetzt fühle ich mich schlecht, weil ich mich überhaupt beklagt habe", erwiderte Scotty. „Im Vergleich zu Dad habe ich überhaupt *nada* Probleme. Und jetzt sagt mir nicht, *nada* wäre kein richtiges englisches Wort. Ich habe es nur zur Betonung benutzt."

Darüber mussten die Erwachsenen lachen. Womit hatten sie sich eigentlich so die Zeit vertrieben, ehe Scotty in ihr Leben getreten war? Sam umarmte den Teenager. „Ich verspreche, wir tun, was wir können, um den Schulwiederbeginn so schmerzfrei wie möglich zu gestalten, angefangen bei einer Schale Eiscreme von der Größe deines Kopfes, sobald du ausgepackt und geduscht hast. Abgemacht?"

Er schenkte ihr das unwiderstehliche Grinsen, das sie so an Nicks erinnerte. Auch wenn sie nicht blutsverwandt waren, glichen sich Vater und Sohn in vielerlei Hinsicht – außer in ihrer Einstellung zur Schule. In der Beziehung schlug Scotty ganz nach Sam. „Abgemacht." Er schleppte seinen Koffer hinter sich die Treppe hoch, sodass er gegen die Kante jeder einzelnen Stufe knallte.

„Dieses Kind", seufzte Nick kopfschüttelnd.

„... ist das beste überhaupt", vollendete Skip seinen Satz. „Ich freue mich einfach riesig über ihn."

„Da bist du nicht der Einzige", bekannte Sam. „Er hat uns rettungslos um alle zehn Finger gewickelt, aber das dürfen wir ihm nicht verraten, sonst verlieren wir in diesem Irrenhaus endgültig die Kontrolle."

„Mit dem Um-den-Finger-Wickeln kenne ich mich aus", sagte Skip und lächelte Sam an. „Sei vorsichtig, sonst wird er noch wie du."

„Hey!" Sam lachte über die spitzbübische Miene auf der Gesichtshälfte ihres Vaters, die durch den Schlaganfall, den er infolge der Schussverletzung erlitten hatte, nicht gelähmt worden war.

Ihr Handy klingelte, und mit einem lauten Stöhnen erkannte sie die Nummer der Zentrale auf dem Display. „Noch nicht! Ich habe noch bis Mitternacht Urlaub!"

„Du musst nicht rangehen", erinnerte Nick sie.

„Wenn man mich anruft, bevor ich offiziell wieder im Dienst bin, muss es schlimm sein." Sie klappte ihr Handy auf. „Holland."

„Lieutenant, man hat mich gebeten, Sie über tödliche Schüsse aus einem vorbeifahrenden Wagen auf einen Teenager im Südosten der Stadt zu informieren." Die Telefonistin nannte eine Adresse in einem Viertel namens Penn Branch, südöstlich des Anacostia. „Können Sie zum Tatort kommen?"

Der Gedanke, dass ein Kind in etwa demselben Alter wie ihr

Sohn in ihrer Stadt erschossen worden war, bereitete Sam Magenschmerzen. „Ich fahre gleich los." Sie klappte das Handy zu und erzählte ihrem Vater und Nick, was passiert war.

„Ach, verdammt", fluchte Skip. „Fälle mit Kindern als Opfer sind immer am schlimmsten."

„Tut mir leid, das zu hören, Babe", erklärte Nick mitfühlend, legte einen Arm um sie und küsste sie auf die Schläfe.

Sie sah ihn an. „Ich muss los, auch wenn ich offiziell noch nicht wieder im Dienst bin. Ich hoffe, dafür hast du Verständnis."

„Natürlich. Sei bloß vorsichtig da draußen."

„Bin ich immer." Sie küsste ihn und küsste dann auch ihren Vater noch einmal auf die Stirn. „Ich muss mich rasch umziehen." Ein Strandkleid wäre unpassend für einen Tatort.

„Informiere mich über den Fall, wenn du Gelegenheit dazu hast", bat Skip.

„Du weißt doch, dass ich das immer tue." Sam lief nach oben zu dem begehbaren Schrank, in den Nick das kleinste der Gästezimmer für sie verwandelt hatte, zog das Kleid aus und Jeans, T-Shirt und Turnschuhe an. Sie nahm noch ein MPD-Sweatshirt mit, weil im Polizeigebäude um diese Jahreszeit immer Kühlraumtemperaturen herrschten.

Sie betrat ihr Schlafzimmer auf der anderen Seite des Ganges, schloss die Nachttischschublade auf und entnahm ihr ihre Dienstwaffe, ihre Polizeimarke und das Notizbuch, das sie in die Gesäßtasche ihrer Jeans schob, während sie zur Treppe eilte. Adrenalin strömte durch ihre Adern, wie immer, wenn sie sich auf einen neuen Fall konzentrieren musste.

Im Wohnzimmer wartete Nick darauf, sie zu verabschieden.

„Ist Dad gegangen?"

„Ja, er hat gemeint, er wolle später noch mal mit dir reden."

„Kümmerst du dich um die Schale Eis von der Größe seines Kopfes für Scotty, wenn er aus der Dusche kommt?"

„Mach ich", versprach er lächelnd.

„Sag ihm, es tut mir leid, dass ich wegmusste."

„In Ordnung." Er küsste sie. „Danke für den tollen Urlaub. Du hast keine Ahnung, wie sehr ich den gebraucht habe."

„Doch, ich denke schon. Was auch immer in den nächsten

Wochen passiert, wir kriegen das geregelt, wie immer. Versuch, dir keine Sorgen zu machen."

„Das ist, als würdest du zu mir sagen, ich solle nicht atmen, aber für dich schaffe ich das." Wieder küsste er sie. „Im Augenblick wollen alle etwas von uns, also sei besonders vorsichtig. Ich will nicht, dass sich jemand an dem vergreift, was mir gehört."

Als moderne, unabhängige Frau hätte sie es furchtbar finden müssen, wenn er das Alphamännchen heraushängen ließ. Tat sie aber nicht. Sie liebte seinen ausgeprägten Beschützerinstinkt.

„Klar, ich pass auf. Ich liebe dich."

„Ich dich auch."

Liam öffnete die Haustür und nickte ihr zu, als sie auf die Rampe und den aufgemotzten schwarzen BMW zuging, den Nick für alle Notfälle, in die sie durch ihren Job geraten könnte, ausgestattet hatte. Alle Scheiben waren kugelsicher, die Technologie so fortschrittlich, dass sie nie verstehen würde, wie das alles funktionierte. Außerdem hatte sie für den Notfall Proviant für drei Tage an Bord.

Auf der kurzen Fahrt von ihrem Heim in Capitol Hill zum Tatort rief sie Freddie an.

„Willkommen zurück, Lieutenant."

„Danke. Hast du schon gehört, dass irgendjemand im Südosten der Stadt eine Party für mich veranstaltet hat?"

„Die Zentrale hat gerade angerufen, ich bin auf dem Weg dorthin. Aber bist du nicht erst ab Mitternacht wieder im Dienst?"

„Die Zentrale hat mich ebenfalls angerufen und mir freigestellt, ob ich kommen möchte, und jetzt bin ich unterwegs."

„Sehr schön. Ich hasse Fälle, bei denen es um Kinder geht. Gut, dass du dazustößt."

„Weißt du schon mehr über den getöteten Jungen?"

„Bisher verfüge ich über genauso viele Informationen wie du."

„Na schön. Bis gleich." Sam warf das Handy auf den Beifahrersitz und gab Gas, wollte möglichst schnell am Tatort sein. Sie konnte sich kein anderes Lebensziel für sich vorstellen als die Mörderjagd.

Wenn Nelson sein Amt verlor und Nick Präsident wurde, würde sie dann ihren Job an den Nagel hängen müssen? Als er

Vizepräsident geworden war, hatten sie erfahren, dass nur der Präsident, der Vizepräsident, der designierte Präsident und der designierte Vizepräsident zwingend Personenschutz durch den Secret Service haben mussten. So war es ihr fürs Erste gelungen, ihren Beruf weiter auszuüben, ohne ständig eine Eskorte im Schlepptau zu haben. Aber wenn sie die Frau des Präsidenten war, würde das ganz anders aussehen, und sie machte sich keine Illusionen darüber, was das vermutlich für sie bedeuten würde.

„Beherzige deinen eigenen Ratschlag, und denk darüber erst nach, wenn es sein muss." Schon allein bei der Vorstellung, im goldenen Käfig des Weißen Hauses auf der Reservebank zu sitzen, brach ihr der kalte Schweiß aus, und sie schaltete die Klimaanlage aus und öffnete das Fenster, um den Fahrtwind reinzulassen.

Der außergewöhnlich dichte Verkehr ließ auf ein Heimspiel des Baseballteams der Stadt, der D. C. Federals, schließen. Das war jedoch lediglich eine mögliche Erklärung für den Verkehrsinfarkt am Sonntagabend eines Feiertagswochenendes.

Sam fuhr in den Bezirk Penn Branch, der in einem Streifen zwischen der Pennsylvania Avenue Southeast und der Branch Avenue Southeast verlief und aus einer Mischung aus Mittelklasse-Einfamilienhäusern und Sozialwohnungen bestand. Sie bog in eine Straße ein, die gesäumt war von Reihenhäusern und in der es derzeit von Rettungsfahrzeugen nur so wimmelte. Sam parkte hinter einem Streifenwagen und ging auf das Epizentrum des Geschehens zu, das einen halben Block entfernt lag.

Die Streifenbeamten hatten den Bereich, in dem sich bereits eine Traube Menschen um die zugedeckte Leiche drängte, mit Flatterband abgesperrt. Auf der anderen Straßenseite entdeckte Sam die leitende Gerichtsmedizinerin Dr. Lindsey McNamara, die sich gerade zusammen mit ihrem Stellvertreter Dr. Byron Tomlinson einen Weg zu dem Toten bahnte.

Sam fiel eine schluchzende Schwarze ins Auge, die von zwei ebenso in Tränen aufgelösten jungen Frauen gestützt wurde. Ihr Magen zog sich vor Mitleid mit dieser Frau zusammen, bei der es sich höchstwahrscheinlich um die Mutter des Opfers handelte. Sie vermochte sich nicht vorzustellen, wie man den gewaltsamen Tod eines Kindes überstehen sollte. Sie ertrug es ja kaum, an den Fällen zu arbeiten, in die Kinder verwickelt waren.

„Was haben wir?", erkundigte sie sich bei Officer Beckett, der sie am Absperrband erwartete.

Er hielt es hoch, damit sie sich darunter hindurchducken konnte. „Jamal Jackson, fünfzehn, auf dem Heimweg mit Freunden aus einem vorbeifahrenden Auto erschossen."

„Haben wir die Freunde?"

Beckett nickte in Richtung der Treppe eines nahe gelegenen Reihenhauses, wo unter Aufsicht eines weiteren Streifenpolizisten und zweier Sanitäter zwei offenbar traumatisierte Teenager saßen.

„Als wir eingetroffen sind, lag die Mutter schluchzend über der Leiche", informierte Beckett sie über die Kontaminierung des Tatorts.

„Zeigen Sie ihn mir." Sie folgte Beckett zu dem abgedeckten Leichnam und ging in die Hocke, um ihn sich näher anzuschauen. Unter der Plane lag ein gut aussehender Junge, den eine Kugel in die rechte Schläfe getroffen hatte. Eine tragische Verschwendung eines jungen Lebens.

Sam hob den Blick zu Lindsey, die ihr rotes Haar wie gewohnt zu einem Pferdeschwanz gebunden hatte, und stellte fest, dass ihr Tränen des Mitleids in den grünen Augen standen. „Lass mich die Mutter von hier wegschaffen, ehe du anfängst, Doc."

„Gute Idee. Willkommen zurück. Wir haben dich vermisst."

„Ich wünschte, ich könnte dasselbe sagen." Sam erhob sich. „Was wissen wir über die Familie?", fragte sie Beckett.

Er konsultierte sein Notizbuch. „Danita Jackson, alleinerziehende Mutter, drei Kinder. Jamal war das jüngste. Das da bei ihr sind ihre Töchter Misty und Tamara. Misty hat mir erzählt, Jamal habe noch nie Schwierigkeiten gehabt. Einser-Schüler, ist fleißig, spielt Basketball in einer Freizeitmannschaft und in der Schulmannschaft."

„Verdammter Mist", murmelte Sam.

„Sie sagen es, Lieutenant."

„Wie haben sie davon gehört?"

„Einer seiner Freunde hat Tamara angerufen."

Sam holte tief Luft und bemühte sich, die Kraft dafür aufzubringen, mit Jamals völlig verzweifelter Mutter und seinen

Schwestern zu sprechen. „Mrs Jackson." Sie zeigte ihre Marke. „Lieutenant Holland, MPD."

„Wir wissen, wer Sie sind", erwiderte eine der Töchter.

Seit Nick Vizepräsident war, war Sam diese Antwort gewohnt. „Können wir uns kurz auf der anderen Straßenseite unterhalten?"

„Hier entlang, Lieutenant", meinte Sergeant Tommy „Gonzo" Gonzales, der gerade mit Freddie am Tatort eintraf. Sie bahnten einen Weg für Sam, sodass sie die drei Frauen auf die andere Straßenseite lotsen konnte, ein Stück vom Tatort entfernt und weg von den Einsatzkräften, Nachbarn und den nach und nach eintreffenden Reportern.

„Mein aufrichtiges Beileid." Aus dem Augenwinkel beobachtete Sam weiter die Reporter, die von Beckett und den anderen Streifenpolizisten aufgehalten wurden.

„Ich brauche Ihr Beileid nicht", schluchzte Danita. „Schnappen Sie einfach das Schwein, das mein Baby getötet hat!" Sie brach in klagendes Geheul aus, und ihre Töchter versuchten, sie trotz ihrer eigenen Trauer zu trösten.

„Das möchte ich gern, und ich werde alles in meiner Macht Stehende tun, um den Täter zu fassen." Sam zog das Notizbuch aus ihrer Gesäßtasche. „Können Sie mir sagen, wo Jamal herkam?"

„Sie waren in dem neuen IMAX-Film im Air and Space Museum." Danita wischte sich Tränen aus dem Gesicht. „Mein Baby wollte Astronaut werden. Er war besessen vom Weltraum und vom Fliegen. Der Junge wollte etwas aus sich machen."

Ihre Worte brachen Sam, die sich das notierte, das Herz. „Hatte Ihr Sohn mit jemandem Streit?"

„Nicht, dass ich wüsste. Er war bei allen beliebt und hatte viele Freunde."

„Hatte er was mit Straßengangs am Hut?"

„Absolut nicht! Er hat gewusst, dass er mächtig Ärger mit mir bekommen würde, wenn er mit diesen Typen auch nur redete. Ich habe auf ihn aufgepasst. Ich habe immer gewusst, wo er war und mit wem. Ich habe getan, was ich konnte, um zu verhindern, dass er in Schwierigkeiten gerät. Wie konnte meinem Sohn das zustoßen?" Sie brach wieder zusammen, und erneut versuchten ihre Töchter, sie zu trösten, während ihnen selbst Tränen übers Gesicht liefen. Leiser beteuerte sie: „Er war ein guter Junge, Lieutenant. Ein Sohn, auf den jede Mutter stolz gewesen wäre."

„Es tut mir so leid, was Sie durchmachen müssen, Ma'am. Wir werden alles tun, was wir können, um Jamals Mörder zu finden."

„Aber was bringt das?", fragte Tamara bitter. „Davon wird er auch nicht wieder lebendig."

„Nein, doch es verhindert, dass der Täter das Gleiche noch jemand anderem antun kann. Bitte geben Sie mir Ihre Adresse." Sie reichte ihr Notizbuch und einen Stift Misty, die das Gewünschte aufschrieb und Sam dann beides zurückgab.

Sam hielt ihr eine Visitenkarte hin. „Wenn ich etwas für Sie tun kann – *irgendetwas* –, zögern Sie bitte nicht, sich bei mir zu melden. Da steht auch meine Handynummer drauf."

„Danke für Ihre Freundlichkeit", sagte Danita. „Ich bewundere Sie und Ihren Mann so. Aber auf diese Weise hätte ich Sie nicht unbedingt kennenlernen müssen."

Sam drückte ihren Arm. „Bitte rufen Sie mich an, wenn ich Ihnen irgendwie helfen kann."

Sie nickte, und Sam ließ die drei stehen, überquerte wieder die Straße und duckte sich erneut unter dem Flatterband durch. „Erzählen Sie mir was über die Freunde", wandte sie sich an Beckett.

Der warf einen kurzen Blick auf seine Notizen und begann: „Vincent Andina, links, und Corey Richie, rechts. Ich habe alle drei Jungs überprüft, und nur Richie hat einen Eintrag wegen eines geringfügigen Vergehens. Die Sanitäter haben sie untersucht, ihr Zustand ist den Umständen entsprechend gut. Ein leichter Schock, doch das war zu erwarten."

„Gute Arbeit, Beckett. Danke." Sie näherte sich den beiden Jungs, die gemeinsam auf der Treppe vor einem der Reihenhäuser saßen. „Ich bin Lieutenant Holland, Metro PD."

„Sie sind die Braut, die den Typ bei der Parade rundgemacht hat", stellte Vincent fest. Wie Jamal war er schwarz, hatte aber blondiertes Haar.

„Ja, genau."

„Das war cool."

„Danke. Ich möchte jeweils einzeln mit euch sprechen, wenn das geht. Vincent, kommst du bitte mit?"

Er warf Corey, einem Latino, einen Blick zu. „Warum nicht?"

Sam entfernte sich mit ihm ein Stück weit von der Stelle, wo sein Freund auf der Treppe saß. „Kannst du mir sagen, was ihr heute so gemacht habt?"

„Wir waren im Air and Space im Kino. Jamal mochte diesen Weltraumscheiß und hat uns gebeten, ihn zu begleiten, weil er nicht allein hinwollte. Es war ziemlich cool."

„Wie seid ihr hergekommen?", fragte Sam.

„Mit dem Bus", erwiderte Vincent. „Wir waren auf dem Heimweg, als dieses Auto die Straße entlanggerast ist. Es war so schnell, dass wir praktisch aus dem Weg springen mussten, weil wir Angst hatten, es fährt uns um. Dann gab es einen lauten Knall, und Jamal ... ist einfach umgefallen."

„Hast du das Auto erkennen können?"

Vincent schüttelte den Kopf. „Es ist alles so schnell gegangen", antwortete er. „Bis ich kapiert habe, dass jemand Jamal erschossen hatte, war das Auto schon lange weg."

„Denk mal genau nach. War es eine Limousine oder ein SUV? Die kleinste Kleinigkeit könnte uns helfen."

Er schwieg lange und versuchte, sich zu erinnern. „Ich glaube, es war schwarz. Eine Limousine. Kein Pick-up, kein SUV. Aber sicher bin ich mir nicht. Es ist an uns vorbeigerauscht wie der Blitz, und als wir den Knall gehört haben, war ich irgendwie durcheinander. Ich war nah an der Hauswand. Jamal war ganz außen an der Straße, und Corey ist in der Mitte gelaufen." Vincent wischte sich eine Träne aus dem Gesicht. „Warum sollte jemand Jamal etwas tun wollen? Er war so ein netter Kerl."

„Es ist durchaus möglich", erklärte Sam, „dass diese Typen, wer auch immer sie sind, einfach irgendwem wehtun wollten, egal wem."

„Das ist so kaputt", meinte Vincent.

„Sehe ich auch so. Ich muss dich fragen, ob du Kontakt zu Straßengangs hast oder ob Freunde von dir in einer Gang Mitglied sind."

„Jeder von uns kennt Leute, die bei so einem Mist dabei sind, aber wir machen da nicht mit."

„Hatte Jamal oder einer von euch beiden Streit mit irgendwem?"

„Nein", sagte Vincent. „Zumindest nichts, weswegen uns jemand erschießen würde. Ein paar Streitereien auf Twitter und so ein Scheiß. Unwichtiger Kram. Niemand hat unseren Tod gewollt. Zumindest nicht, dass wir wüssten."

„Du hast uns sehr geholfen." Sie reichte ihm ihre Karte. „Wenn dir etwas einfällt, melde dich. Selbst wenn dir morgen oder übermorgen irgendeine Kleinigkeit wieder in den Kopf kommt oder du online irgendetwas liest. Ruf mich an."

Er nickte.

„Das mit deinem Freund tut mir wirklich leid."

„Danke", erwiderte Vincent und wischte sich weitere Tränen aus dem Gesicht.

Ein ähnliches Gespräch führte sie mit Corey, der allerdings nichts Neues beizusteuern hatte. Sam wandte sich an Beckett. „Hat jemand ihre Eltern verständigt?"

„Sie sind unterwegs."

„Lassen Sie sie nicht hierher. Warten Sie an der Ecke auf sie oder so. Sie müssen das nicht sehen."

„Jawohl, Ma'am." Beckett schickte die Jungs ans Ende der Straße.

„Wie lautet der Plan, Lieutenant?", fragte Gonzo Sam, während sie die umstehenden Häuser prüfend betrachtete.

„Wir brauchen eine Fahndung nach einer schnellen schwarzen Limousine. Es muss klar sein, dass die Insassen bewaffnet sind und nicht zögern, von den Schusswaffen auch Gebrauch zu machen."

Gonzo nickte. „Ich kümmere mich darum."

„Was haben wir hier an Überwachungskameras?"

„An den Ecken des Blocks gibt es jeweils eine. Ich habe Archie schon gebeten, sich die Aufnahmen zu besorgen", antwortete Gonzo. Lieutenant „Archie" Archelotta war der Leiter ihrer IT-Abteilung.

Als Lindsey Jamals Leichnam in den Van der Forensik schob, schlug Sam vor: „Reden wir mit den Schaulustigen, und gehen wir von Tür zu Tür, vielleicht finden wir ja einen Augenzeugen. Nachher im Hauptquartier will ich all ihre Social-Media-Accounts checken. Mein Bauchgefühl sagt mir, der Junge war ein Zufallsopfer, aber wir müssen auf Nummer sicher gehen."

Die nächste Stunde verbrachten sie damit, mit allen Schaulustigen zu sprechen und an alle Türen in der Straße zu klopfen, doch sie fanden keine Zeugen der Schüsse. Einige hatten das Schussgeräusch gehört und waren nach draußen geeilt, um zu sehen, was passiert war. Niemand hatte offenbar das Auto oder den Schützen beobachtet.

Als sie getan hatten, was sie konnten, überließen sie der Spurensicherung das Feld. „Fahren wir zum Hauptquartier und finden heraus, was Archie für uns hat."

4

Als Sam auf ihr Auto zuging, bemerkte sie, dass Darren Tabor vom *Washington Star* daran lehnte und wie wild auf seinem Smartphone herumtippte.

„Weg von meinem Auto, Darren. Sie zerkratzen mir noch den Lack."

„Ah, der Urlaub war offenbar nicht besonders erholsam, Lieutenant."

Seine Bemerkung amüsierte sie zwar, aber das ließ sich Sam nicht anmerken. „Was wollen Sie?"

„Das wissen Sie doch. Die ganze Welt wartet auf eine Stellungnahme von Ihnen oder dem Vizepräsidenten zu der Sache mit Nelson und darüber, wie Sie dazu stehen, möglicherweise Präsident und First Lady zu werden."

„Dann werden Sie weiter warten müssen. Ich habe dazu nichts zu sagen."

„Kommen Sie schon, Sam. Das muss Ihnen doch Sorgen bereiten. Wie auch nicht?"

„Sorgen bereitet mir nur der völlig unbescholtene Junge, der gerade in meiner Stadt erschossen worden ist. Ihm gilt meine volle Aufmerksamkeit."

„Wie wollen Sie Ihren Job weiter ausüben, wenn Sie First Lady werden?"

„Ich habe Sie freundlich gebeten, von meinem Auto wegzutreten, Darren. Die Arbeit ruft, und Sie stehen mir im Weg."

Er stieß sich von ihrem Wagen ab. „Kriege ich was, wenn Sie was für mich haben?"

„Schönen Tag noch, Darren."

„Ich dachte immer, wir würden Freunde werden, Sam. Aber Freunde helfen einander."

Darüber musste Sam lachen. „Und was wollen Sie, als mein Freund, im Gegenzug für mich tun?"

„Eine nette Geschichte darüber schreiben, was für ein fantastischer Präsident und was für eine großartige First Lady Sie beide wären. Viel besser als die beiden, die wir jetzt haben. Das steht fest."

„Ich dachte, die Presse müsse unparteiisch sein?"

„Ach, kommen Sie schon, Sam. Irgendwas müssen Sie mir geben!"

„Nein, eigentlich nicht. Wenn Sie mir einen Gefallen tun wollen, Darren, schreiben Sie einen Leitartikel über den unschuldigen Jungen, der hier heute umgebracht worden ist, und über die Sinnlosigkeit von Waffengewalt."

„Kriege ich von Ihnen was zum Thema Nelson, wenn ich das tue?"

„Bis dann." Sam stieg in den Wagen, ließ den Motor an und fuhr davon. Sie hatte das ständige Nachbohren zum Thema Nelson so satt. Was sollte sie denn sagen? *Wir hoffen, dass der Präsident, dessen Sohn damit gedroht hat, die Kinder, die wir lieben, zu zerstückeln, und meinen Ex-Mann hat foltern und umbringen lassen, im Amt bleibt, damit wir den Mist nicht am Hals haben?*

In Wirklichkeit wusste Sam gar nicht so genau, worauf sie hoffen sollte. Eine Hälfte von ihr wollte Nelson und seine gesamte Familie für das, was Christopher ihrer Familie mit den schrecklichen Drohungen gegen Scotty, ihre geliebten Nichten und Neffen und Nicks viel jüngere Halbbrüder angetan hatte, hinter Gittern sehen. Ihre weit rationalere Hälfte hoffte, Nelson könne vielleicht irgendwie beweisen, dass er keine Ahnung gehabt hatte, was sein Sohn da trieb, und dadurch im Amt bleiben.

Ihr und Nick war schmerzlich bewusst, dass das DNC Nick als Kandidat für die nächste Wahl wollte, aber die war noch ein paar

Jahre hin, und sie hatten gehofft, die Zeit einigermaßen ruhig und friedlich verbringen zu können, nur hatte Christopher Nelson ihnen das gründlich verhagelt.

Verdammt, jetzt grübelte sie schon wieder über diesen Mist nach, dabei hatte sie doch viel größere Sorgen. Sie rief ihren Vorgesetzten Captain Malone an, um ihm über den neuesten Fall Bericht zu erstatten.

„Willkommen zurück, Lieutenant. Ich würde Ihnen ja sagen, dass wir Sie vermisst haben, aber das können Sie sich bestimmt denken."

Sam verdrehte die Augen über den Spruch ihres Freundes und Mentors. „Ich bin sicher, Sie haben den Urlaub von mir genauso genossen wie umgekehrt."

„Sie verletzen meine Gefühle, Lieutenant."

„Pah! Dazu müssten Sie erst mal welche haben."

Sein leises Lachen entlockte ihr ein Lächeln. „Was verschafft mir die Ehre dieses Telefonanrufs am Sonntagabend?"

„Man hat mich frühzeitig zum Dienst zurückgeholt, weil im Südosten der Stadt ein Fünfzehnjähriger aus einem fahrenden Auto erschossen worden ist."

„Ach, verdammt. Was haben wir?"

Sam informierte ihn über die wenigen bisherigen Erkenntnisse. „Als Nächstes schauen wir uns die Aufnahmen der Überwachungskameras an und versuchen, den Wagen zu identifizieren."

„Halten Sie mich auf dem Laufenden."

„Natürlich. Ich arbeite noch ein paar Stunden und mache dann morgen früh weiter."

„Klingt nach einem Plan. Ich hoffe, Sie haben sich im Urlaub etwas entspannen können."

„So gut es eben geht, wenn man einen Mann hat, der auf den Titelseiten aller Zeitungen im ganzen Land prangt und über den auf jedem Radiosender geredet wird."

„Ich kann mir nicht mal ansatzweise vorstellen, unter welchem Druck Sie beide stehen."

„Wir versuchen, so zu tun, als wäre dem nicht so."

„Klappt das denn?"

„Es ist leichter gesagt als getan."

„Darauf wette ich. Das ist alles so unglaublich. Wie hat Nelson nichts von den Plänen seines Sohnes mitbekommen können? Selbst wenn er irgendwie beweisen könnte, dass er nichts damit zu tun hatte – ich bin nicht sicher, ob ich ihm glauben würde."

„Genau. Ich persönlich sehe das auch so, aber wir hoffen trotzdem, dass er sich irgendwie im Amt halten kann."

„Ich frage mich, wie Sie beide nachts überhaupt ein Auge zumachen können."

„Wir haben Mittel und Wege gefunden, dafür zu sorgen, dass wir so erschöpft sind, dass wir schlafen wie Babys."

„Mein Gott, Sam", schnaubte er. „Ich bin Ihr Vorgesetzter, um Himmels willen."

Sie brach in Gelächter aus. „Ich versuche doch nur, die Stimmung etwas aufzulockern."

Sein leises Lachen erklang aus dem Telefon. „Sie sind wirklich unmöglich, Holland."

„Das höre ich oft. Ganz was anderes: Gibt es etwas Neues von Staatsanwalt Forrester und den Geschworenen?"

„Nicht, dass ich wüsste, aber das alles ist ja auch immer sehr geheim."

„Stimmt. Ich wünschte nur, wir würden da endlich mal einen Schritt weiterkommen. Stellen Sie sich vor, Nelson tritt zurück, Nick wird Präsident, und ich werde wegen Körperverletzung in Sachen Ramsey angeklagt – und das alles am selben Tag."

„Ihre Fantasie geht mit Ihnen durch. Niemand rechnet damit, dass man Sie vor Gericht stellt. Sie und Ihr Mann gehören zu den beliebtesten Personen des Landes. Forrester hat gewusst, was er tat, indem er Ihren Fall der Allgemeinheit vorgelegt hat. Die Geschworenen werden Sie niemals anklagen."

„Hoffentlich haben Sie recht. Übrigens, wenn nötig, würde ich es wieder tun."

„Nein, würden Sie nicht, denn eine hochdekorierte Polizistin steht über Verhalten wie dem tätlichen Angriff auf einen Kollegen, wie sehr er es auch verdient haben mag."

„Eigentlich stehe ich da nicht drüber", schnaubte sie.

„Doch. Das war mein letztes Wort. Geben Sie mir später ein Update zu den Schüssen aus dem fahrenden Wagen."

„Wird gemacht." Sam klappte ihr Handy zu und warf es auf

den Beifahrersitz. Wenn das Gespräch auf ihren Kollegen Sergeant Ramsey kam, war das immer schwierig, vor allem, da sie seit Monaten in der Luft hing und abwartete, ob man sie dafür anklagen würde, dass sie ihn ins Gesicht geschlagen hatte, woraufhin er rückwärts eine Treppe hinuntergestürzt war. Das Resultat, eine Gehirnerschütterung und ein gebrochenes Handgelenk, war das Mindeste, was er verdient hatte – schließlich hatte er erklärt, sie habe es sich selbst zuzuschreiben, was Lieutenant Stahl ihr angetan hatte.

Sams kometenhafter Aufstieg im MPD hatte ihr eine ganze Menge Neider beschert, die der Auffassung waren, sie habe nur aufgrund ihres Vaters so viel erreicht. Skip war Deputy Chief gewesen, als ihn drei Monate vor seiner Pensionierung ein unbekannter Angreifer niedergeschossen hatte. Dass es ihr bisher nicht gelungen war, diesen wichtigsten Fall ihrer Karriere zum Abschluss zu bringen, belastete sie tagtäglich. Sie würde weder ruhen noch in Rente gehen, ehe sie den Schuldigen erwischt hatte, der auf ihren Vater geschossen hatte.

Das war bloß einer der vielen Gründe, aus denen die aktuelle Situation mit Nelson problematisch war. Wie sollte sie weiter Spuren im Fall ihres Vaters verfolgen und auf dem Laufenden bleiben, wenn sie nicht mehr bei der Polizei arbeitete? Der Gedanke, derart auf die Reservebank verbannt zu werden, ließ sie erschauern. Das durfte nicht passieren. Es *würde* nicht passieren. Dafür würde sie sorgen.

Am Hauptquartier angekommen, betrat sie das Gebäude durch den Eingang der Gerichtsmedizin und begab sich zunächst zu Lindsey.

Sam schlenderte in den Untersuchungsbereich, wo sie von antiseptischen Gerüchen und erschreckenden Bildern begrüßt wurde. Im grellen Licht sah Jamals Kopfwunde noch verheerender aus als zuvor auf der Straße. „Wenigstens war er sofort tot."

„Immerhin." Lindsey hielt einen Beweisbeutel mit der Kugel hoch. „Neun Millimeter. Ich schicke sie zur ballistischen Analyse ins Labor."

„Muss ich sonst noch etwas wissen?"

„Im Moment nicht. Morgen früh kriegst du meinen Bericht."

„Danke, dass du an einem Wochenende mit Feiertag reingekommen bist", sagte Sam.

„Wie du weißt, hält sich dieser Job nicht an Wochenenden und Feiertage."

„Oder Urlaube", fügte Sam hinzu. „Ich bin auch vorzeitig wieder zurück, um an diesem Fall zu arbeiten."

„Ich hasse es, wenn es Kinder erwischt", meinte Lindsey. „Das finde ich tausendmal schlimmer."

„Geht mir genauso. Er war nur zwei Jahre älter als Scotty." Sam krümmte sich innerlich bei der Vorstellung, ihren Sohn auf so sinnlose Weise zu verlieren.

„Der Secret Service beschützt deinen Sohn und würde niemals zulassen, dass ihm etwas passiert", tröstete Lindsey sie, die offenbar Sams Gedanken gelesen hatte.

„Das ist der eine große Vorteil an der Tatsache, dass Nick Vizepräsident ist."

„Ansonsten hatte das in letzter Zeit eher Nachteile, was?"

„Ja." Sam warf noch einen letzten langen Blick auf Jamal und schwor sich, dafür zu sorgen, dass der Gerechtigkeit Genüge getan wurde, egal, was dafür nötig wäre. „Ich gehe mal besser an die Arbeit."

„Schön, dass du wieder da bist, auch wenn die Umstände echt beschissen sind."

„Danke, Doc."

Sam verließ die Gerichtsmedizin und begegnete Freddie, der ihr aus dem Großraumbüro der Ermittler entgegenkam. „Was gibt's?"

„Ich wollte mich gerade mal erkundigen, ob Lindsey etwas Neues für uns hat, aber du scheinst mir wie üblich einen Schritt voraus zu sein."

Gemeinsam kehrten die beiden ins Großraumbüro zurück. „Du sagst das, als wäre es eine Überraschung."

„Im Gegenteil, es ist die Geschichte meines Lebens."

„Warum höre ich das nur so gern?"

„Weil Sie eine kaltherzige Frau sind, Lieutenant."

Sam tat, als müsse sie sich die Augen trocken tupfen. „Sie schmeicheln mir, Detective."

Sein schnaubendes Lachen half ihr, die finstere Stimmung

abzuschütteln, unter der sie immer litt, wenn in ihrer Stadt jemand einem Mord zum Opfer fiel, vor allem, wenn es ein Kind traf.

„Das würdest auch bloß du als Kompliment verstehen."

„Genau deshalb liebst du mich so."

„Wenn du meinst. Wie geht's jetzt weiter?"

„Ich will ein Whiteboard für diesen Fall anlegen und mal Archie fragen, was die Videos der Überwachungskameras ergeben haben. Danach bringe ich Carlucci und Dominguez auf den neuesten Stand und übergebe an sie. Wir machen morgen weiter."

„Äh, ich sage es ja nur ungern, aber Carlucci und Dominguez haben heute frei. Es ist Sonntag."

„Verdammt. Wessen Idee war das noch mal mit dem freien Wochenende?"

„Ich glaube, die Gewerkschaft besteht darauf, dass wir zwei Tage die Woche nicht in diesem Irrenhaus sein müssen."

„Blöde Gewerkschaften. Wer von der Mordkommission hat heute Abend Dienst?"

„Äh, wir."

„Nein. Ich bin technisch gesehen noch im Urlaub, und du hast heute frei."

„Ich kann gern noch ein bisschen bleiben, um die bisherigen Erkenntnisse zu sortieren und die nächsten Schritte festzulegen."

„Gut. Ich helfe dir, aber wir arbeiten nicht die ganze Nacht."

„Du bist der Chef."

„In der Tat. Reden wir mit Archie." Sie gingen die Treppe hoch, die Ramsey hinuntergefallen war, denn die IT, die genauso hell erleuchtet war wie unter der Woche, und die Special Victims Unit, in der es stockfinster war, befanden sich im ersten Obergeschoss. Wenn da oben kein Licht brannte, bestand auch nicht die Gefahr, dort auf Ramsey zu treffen.

„Warum habe ich nur geahnt, dass ihr aufkreuzen würdet?", fragte Lieutenant Archelotta und grinste sie von seinem Platz hinter einem riesigen Monitor aus an. Mehrere andere IT-Ermittler saßen ebenfalls an ihren Schreibtischen.

„Wir sind einfach vorhersehbar." Sam hatte noch immer daran zu knabbern, dass ihre kurze Beziehung zu ihm im Rahmen der Untersuchung über den Mord an ihrem Ex-Mann publik geworden war. Nick war alles andere als begeistert gewesen, zu erfahren, dass sie einmal etwas mit dem attraktiven IT-Ermittler gehabt hatte, selbst wenn es bloß eine kurze Affäre nach dem Ende ihrer ersten Ehe gewesen war. „Was habt ihr an Bildern vom Tatort?"

„Leider nicht viel. Schaut." Er klickte auf einen anderen Bildschirm und spielte ein Video ab, auf dem man ein schnell fahrendes Auto und einen Lichtblitz sah, bei dem es sich um das Mündungsfeuer handeln musste, doch weil der Wagen so schnell unterwegs war, konnte man keine Einzelheiten erkennen.

„Irgendwas von den anderen Kameras in der Gegend?", erkundigte sich Freddie.

„Die Aufnahmen kämmen wir gerade durch. Ich lasse es euch wissen, wenn wir etwas Hilfreiches entdecken."

„Danke, Archie."

„Ich wünschte, ich könnte mehr tun, aber wir bleiben auf jeden Fall dran. Ich hasse es, wenn Kindern solche Scheiße zustößt."

Sam drückte seine Schulter. „So geht es uns allen. Danke für die Hilfe."

„Gerne."

„Nun", sagte Sam auf dem Weg nach unten zu Freddie, „jetzt stehen wir ohne jeden Hinweis wieder ganz am Anfang."

„Nutzen wir das Board. Das ist immer hilfreich."

„Du kannst ja Gedanken lesen!"

Die beiden betraten den Konferenzraum und schalteten das Licht an. Beim Anblick des Whiteboards zur Ermordung ihres Ex-Mannes, das noch niemand weggeräumt hatte, obwohl Peters Fall schon seit Wochen gelöst war, erstarrte Sam.

„Wir waren nicht sicher, ob wir das auseinandernehmen sollen oder ob du es selbst machen möchtest", erklärte Freddie.

Sams Blick fiel auf die Aufnahme des blutunterlaufenen, zerschlagenen Gesichts von Peters Leiche. Christopher Nelsons Handlanger hatte ihn gefoltert, um an Informationen zu kommen, mit deren Hilfe er Sam und Nick diskreditieren konnte. Es erstaunte sie immer noch, dass Peter trotz ihrer wechselhaften Geschichte am Ende versucht hatte, sie zu schützen. Das war das

Mindeste, was er ihr geschuldet hatte, doch es überraschte sie trotzdem.

„Macht ihr das morgen. Wir brauchen es nicht mehr."

„Alles klar." Er ging zu einem zweiten Whiteboard und schrieb oben in Rot „Jamal Jackson, 15" darauf. Dann heftete er ein Foto von Jamal ganz links an das Board.

„Wo hast du das her?", fragte Sam und betrachtete das lächelnde Gesicht des ermordeten Jungen.

„Von seinem Instagram-Account."

Daneben heftete Freddie ein Foto von Jamals Leichnam am Tatort und schrieb den Todeszeitpunkt und Informationen, die ihnen Vincent und Corey über den Schuss auf ihn gegeben hatten, darunter. Dann zog er einen Strich von Jamal zu den Namen seiner Mutter und seiner Schwestern.

„Schreib dazu, dass die Tatwaffe eine Neun-Millimeter-Pistole war", wies Sam ihn an. „Lindsey schickt die Kugel zur ballistischen Analyse."

Freddie machte sich eine Notiz zu der Kugel. „Was noch?"

„Mehr haben wir im Augenblick nicht."

„Wo willst du anfangen?"

„All meine Instinkte sagen mir zwar, dass er ein zufälliges Opfer war, aber das müssen wir belegen. Also beschäftigen wir uns mit seinem Leben, dem seiner Freunde, seiner Mutter und seiner Schwestern."

„Warum die Mutter und die Schwestern?"

„Wenn jemand mit ihnen Streit hatte, könnte Jamals Ermordung ein Racheakt gewesen sein. Überraschen würde mich das nicht."

„Möglich wäre es", räumte Freddie ein.

„Wir fangen mit den Leuten an, die ihm am nächsten standen, und arbeiten uns von da aus nach außen vor." Sie sah auf die Uhr und stellte fest, dass es nach neun war. „Heute Abend sollten wir nicht mehr zu den Jacksons fahren. Morgen reicht auch noch."

„Einverstanden."

Sam wollte gerade nach Hause gehen, als Gonzo mit grimmigem Gesicht den Konferenzraum betrat.

„Es ist schon wieder jemand aus einem fahrenden Auto erschossen worden."

5

In Begleitung von Freddie und Gonzo fuhr Sam nach Eckington im Nordosten der Stadt. Eckington wurde von der Rhode Island Avenue, dem Metropolitan Branch Trail, der Florida Avenue und der North Capitol Street begrenzt und war ein aufstrebender Stadtteil, bekannt für die bunten Reihenhäuser, die man im Vorspann der Fernsehserie *House of Cards* sah.

„Ich liebe diese Gegend", sagte Freddie.

„Nick und ich sind hier früher immer ins Big Bear Cafe gegangen, als wir noch allein das Haus verlassen durften", erzählte Sam. „In der guten alten Zeit."

„Hier rechts in die Quincy", unterbrach Gonzo.

Sam tat, wie ihr geheißen, und nahm den erstbesten freien Parkplatz in einer weiteren Straße voller Einsatzfahrzeuge. „Ich hoffe, es ist nicht wieder ein Kind."

„Oh, bitte nicht", stimmte ihr Freddie zu.

Die drei näherten sich dem gelben Flatterband, an dem wieder Beckett auf sie wartete. Er hielt das Band hoch, damit sie darunter hindurchkonnten.

„Was haben wir?", fragte Sam.

„Melody Kramer, einunddreißig. Wir haben einen Dienstausweis des Innenministeriums bei ihr gefunden, und laut ihrem Führerschein wohnt sie hier in der Quincy, nur zwei Häuserblocks entfernt."

Becketts Partner hob die Plane an, unter der in einer großen Blutlache eine hübsche Blondine lag, die eine Kugel in die Brust getroffen hatte.

Sam wollte gerade nach Zeugen fragen, als ein Schrei hinter ihr sie herumfahren ließ. Sie sah einen attraktiven, dunkelhaarigen Mann mit panischem Gesichtsausdruck auf sich zurennen.

„Was ist passiert? Ist das Mel? Lassen Sie mich durch!"

Sam nickte Beckett zu, der das gelbe Band hochzog und den Mann durchließ. Sie legte ihm die Hand auf die Brust, um ihn aufzuhalten. „Sir, bitte gehen Sie nicht weiter."

„Aber ich muss wissen ..." Beim letzten Wort versagte ihm fast die Stimme. „Ist das meine Frau?"

„Wie heißt Ihre Frau?"

„Melody Kramer. Sie kommt jeden Abend auf dem Heimweg von der Metro diese Straße entlang. Unterwegs hat sie mir eine SMS geschrieben, deswegen bin ich ihr entgegengegangen, und da habe ich die Einsatzfahrzeuge gesehen." Er rieb sich über die Bartstoppeln. „Bitte sagen Sie mir, dass es nicht sie ist. Bitte."

„Ich muss Ihnen leider mitteilen, dass es sich bei dem Opfer um Ihre Frau handelt."

Sein klagender Aufschrei jagte ihr einen Schauer über den Rücken. „Nein, nein, nein. Bitte nicht Mel. Nicht Mel." Als er einknickte, stützte ihn Freddie, damit er nicht fiel. Er klammerte sich an Freddie und schluchzte haltlos.

Sam half dem Mann zu einer nahe gelegenen Treppe, auf der er mühsam Platz nahm.

Er schlug die Hände vors Gesicht.

„Wie heißen Sie?", fragte Sam.

„Joe Kramer", antwortete er. Seine Stimme klang dumpf, weil er immer noch die Hände vor dem Gesicht hatte.

„Unser Beileid, Joe." Sam kam sich so hilflos vor. Was brachten ihre Beileidsbekundungen einem Mann, der die Liebe seines Lebens verloren hatte? Sie versuchte, sich vorzustellen, wie sie sich fühlen würde, wenn jemand ihren Mann erschoss. Nein. Einfach nein. Daran durfte sie nicht einmal denken.

„Sie ist schwanger", flüsterte Joe mit hängendem Kopf. „Wir

wissen es seit drei Tagen. Sie war so glücklich. Wie konnte das passieren?"

Seine Trauer um seine Frau zerriss Sam das Herz. Sie sah, dass auch Freddie mit seinen Gefühlen rang. Die Arbeit bei der Polizei war manchmal wirklich ein Scheißjob. Eigentlich meistens.

„Haben Sie bereits Kinder?"

Er schüttelte den Kopf. „Es wäre unser erstes gewesen. Wir versuchen es schon so lange." Er blickte zu den drei Polizisten auf, völlig am Boden zerstört, als ihm klar wurde, dass er auf einen Schlag zwei geliebte Menschen verloren hatte. „Wer hat ihr das angetan?"

„Das wissen wir noch nicht, aber wir werden es herausfinden."

Er ließ die Schultern hängen, als er begriff, dass es für ihn überhaupt nichts ändern würde, wenn der Schuldige festgenommen wurde. Seine Frau würde das nicht wieder lebendig machen.

„Können wir jemanden für Sie anrufen?", erkundigte sich Freddie.

Joe seufzte und wischte sich die Tränen ab. „Meine Schwester wohnt in Georgetown ... Ich ... ich habe ihr erst vor einer Stunde erzählt, dass sie Tante wird." Er brach wieder zusammen. „Ich kann das alles nicht glauben."

„Wenn Sie mir die Nummer Ihrer Schwester geben, spreche ich für Sie mit ihr", erbot sich Freddie.

Vor allem in solchen Situationen, in denen sein behutsamer Umgang mit Menschen Gold wert war, war Sam dankbar, ihn als Partner zu haben.

„Sie heißt Sarah." Joe zückte sein Handy, suchte die Nummer seiner Schwester heraus und reichte es Freddie. Der entfernte sich ein kleines Stück, damit Joe nicht mit anhören musste, wie er dessen Schwester die schreckliche Nachricht überbrachte.

„Was soll ich denn jetzt machen?", fragte Joe und schaute zu Sam auf. „Ich weiß nicht, was ich tun soll."

„Es wäre hilfreich, wenn Sie mir sagen könnten, wo sie herkam."

„Um diese Jahreszeit muss sie sonntags arbeiten, das Ende des Geschäftsjahres vorbereiten. Danach war sie mit ein paar Kollegen unterwegs. Heute Morgen hat sie noch gescherzt, dass die Happy Hour sich völlig anders anfühlen würde, weil sie jetzt ja neun Monate lang keinen Alkohol hätte trinken dürfen. Aber es war der Geburtstag einer Freundin, deshalb wollte sie wenigstens kurz mit. Ich habe gesagt, ich mache derweil das Abendessen." Er schüttelte ungläubig den Kopf. „Wenn sie nicht nach der Arbeit noch weggegangen wäre, wäre das nicht passiert." Tränen traten in seine Augen und rannen ihm über die Wangen. „Dann wäre sie schon seit zwei Stunden zu Hause. In Sicherheit."

Sam vermutete, dass diese Laune des Schicksals ihn sein ganzes restliches Leben lang verfolgen würde. Sie legte ihm eine Hand auf die Schulter und wünschte, sie hätte besseren Trost.

Freddie kam mit niedergeschlagener Miene zurück, was ihr verriet, dass das Telefonat genauso schrecklich verlaufen war, wie sie befürchtet hatte. „Ihre Schwester ist unterwegs. Sie wird in ein paar Minuten hier sein."

„Sie muss völlig fertig sein. Die beiden standen einander sehr nah. Sie waren eng befreundet ..."

„Ja, sie ist sehr aufgewühlt. Ihr Mann wird mitkommen."

Joe nickte und starrte ins Leere.

Sam winkte einen Sanitäter herbei. „Kümmern Sie sich um den Mann, ja?"

„Jawohl, Ma'am."

„Bleib bitte bei ihm, bis seine Schwester eintrifft", wandte sich Sam an Freddie.

„Mach ich."

Sie ging zu Lindsey und Byron hinüber.

„Schon wieder", empfing Lindsey sie. „Was liegt an?"

„Eine Einunddreißigjährige namens Melody Kramer, die vor drei Tagen festgestellt hat, dass sie ihr erstes Kind erwartet."

„Verdammt", fluchte Lindsey. „Was zur Hölle ist heute Abend eigentlich los?"

„Das weiß ich nicht, aber möglicherweise handelt es sich um denselben Schützen." Sam wandte sich Beckett zu und fragte: „Zeugen?"

„Ein junges Paar war auf der Straße, als der Schuss fiel", antwortete Beckett. „Wir haben die beiden gebeten, da drüben zu warten, damit Sie mit ihnen reden können." Er deutete auf ein

Haus auf der anderen Straßenseite, wo ein Paar bei einem weiteren uniformierten Polizisten stand.

Sam überquerte die Straße und nickte dem Streifenpolizisten zu. Dem Paar streckte sie die Hand hin. „Lieutenant Holland, MPD."

„Ja, wissen wir." Die Frau errötete, als sie Sam die Hand schüttelte. „Ich bewundere Sie so."

„Danke. Wie heißen Sie?"

„Kelsey. Das ist mein Freund Charlie." Sie war zierlich, hatte braunes Haar mit rosa gefärbten Spitzen, große braune Augen, und ihre Mascara war vom Weinen zerlaufen. Charlie war fast einen ganzen Kopf größer als sie, hatte recht langes, dunkles Haar und war leichenblass. Sam schätzte beide auf Anfang zwanzig.

Sam schüttelte die Hand, die ihr Charlie hinstreckte. „Können Sie mir erzählen, was Sie gesehen haben?"

Kelsey holte tief Luft. „Wir waren etwa einen Block hinter der Frau, die erschossen worden ist, als dieses Auto die Straße entlanggerast kam. Wir haben uns furchtbar erschrocken. Charlie hat mich gepackt und vom Straßenrand weggezogen. Es hat einen lauten Knall gegeben, und die Frau vor uns ist einfach umgefallen. Bis wir begriffen haben, was passiert war, war das Auto schon lange weg."

„Können Sie den Wagen beschreiben?"

„Es ging alles so schnell", erwiderte Charlie.

„Aus welcher Richtung ist er gekommen?", fragte Sam.

Kelsey deutete nach rechts. „Von da."

„Waren Sie auf dem Weg zu der Kreuzung da?"

Beide nickten.

„Es wäre unglaublich hilfreich, wenn Sie mir irgendetwas über das Auto sagen könnten. Erinnern Sie sich, ob es sich um eine Limousine, einen Pick-up oder einen SUV gehandelt hat?"

„Eine Limousine", antwortete Kelsey recht überzeugt.

„Erinnern Sie sich an die Farbe?", fragte Sam.

„Schwer zu sagen, es war ja schon nach Sonnenuntergang", entgegnete Charlie, „aber ich glaube, der Wagen war dunkel, schwarz oder möglicherweise blau."

„Das hilft. Danke." Sie reichte beiden je eine Visitenkarte. „Wenn Ihnen noch etwas einfällt, und sei es nur ein kleines Detail, rufen Sie mich an. Man weiß nie, was sich in so einem Fall zu einer heißen Spur entwickeln kann."

„Machen wir." Kelsey erschauerte und wirkte ein wenig zittrig.

Charlie legte den Arm um sie. „Wenn die Frau nicht da gewesen wäre, hätten die vielleicht auf uns geschossen."

Kelsey brach in Tränen aus. „Das ist so furchtbar."

„Ja." Das würde die beiden vermutlich noch eine Weile belasten. „Brauchen Sie medizinische Versorgung?"

„Nein", lehnte sie zögernd ab und sah zu Charlie auf. „Ich glaube nicht."

„Uns geht es gut", sagte der.

„Vielleicht sollten Sie sich einen Therapeuten suchen, mit dem Sie über das, was gerade passiert ist, reden können", riet Sam.

„Wir werden darüber nachdenken", antwortete Kelsey. „Danke."

„Hat der Streifenpolizist Ihre Kontaktdaten?"

Kelsey nickte. „Wir sollen morgen früh zum MPD kommen, um eine offizielle Aussage zu machen."

„Ja, bitte. Die brauchen wir für die Akten."

„Das erledigen wir morgen gleich als Erstes", versprach Charlie. „Wir tun alles, um zu helfen, damit die Täter gefasst werden können."

„Das weiß ich zu schätzen", versicherte ihm Sam. „Der Streifenpolizist kann Sie heimbringen."

„Wir wohnen ganz in der Nähe", wehrte Kelsey ab. „Wir können zu Fuß gehen."

„Es wäre mir lieber, wenn er Sie begleitet. Ich muss Sie auch darauf hinweisen, dass Sie wichtige Zeugen in einem Mordfall sind. Sie müssen sehr vorsichtig sein, bis wir diesen Dreckskerl haben, der in unserer Stadt einfach Leute niederschießt."

Charlie wurde noch bleicher. „War sie nicht das einzige Opfer?"

„Das zweite heute Abend", erwiderte Sam.

Charlie sah Kelsey an. „Wir ... wir lassen uns gerne fahren."

Sam winkte Becketts Partner heran und bat ihn, die beiden heimzubringen. „Eskortieren Sie sie bis zur Wohnungstür."

„Jawohl, Ma'am."

Sam überquerte erneut die Straße und erreichte den

Schauplatz von Joe Kramers Albtraum gerade rechtzeitig, um zu beobachten, wie seine verzweifelte Schwester aus einem Taxi ausstieg und zu ihm rannte. Er schloss sie zur Begrüßung in die Arme, und beide schluchzten krampfhaft. Dann kam der Ehemann der Schwester und legte die Arme um beide.

„Gott im Himmel, das ist so schwierig", sagte Sam zu Freddie, der nickte. Dass er sie nicht tadelte, weil sie den Namen des Herrn missbraucht hatte, verriet viel darüber, wie tief ihn das Schicksal dieser Familie traf.

„Malone hat mich angerufen, weil er dich nicht erreicht hat", informierte Freddie sie. „Die Chefetage will auf den neuesten Stand gebracht werden. Ich habe ihm berichtet, dass mutmaßlich der gleiche Schütze zwei zufällig ausgewählte Opfer in Nebenstraßen abgeknallt hat. Malone will, dass wir so schnell wie möglich die Polizeiführung ins Bild setzen."

„Erst müssen wir mal die Fahndung aktualisieren, damit klar ist, dass es einen zweiten Mord gegeben hat. Ich will, dass alle Streifenpolizisten in der Stadt nach diesen Mistkerlen suchen."

„Wird gemacht."

Während er sich darum kümmerte, trat Sam zu Joe Kramer und seinen Angehörigen.

„D... dürfen wir sie sehen?", fragte er, als sie ihm die Hilfe der Polizei anbot.

„Ich glaube, es ist besser, wenn wir das im Hauptquartier erledigen."

Sie beobachtete, wie er verarbeitete, was sie nicht gesagt hatte, und konnte klar erkennen, dass er ihr widersprechen wollte. Doch dann ließ er die Schultern sinken und nickte.

„Okay. Wie Sie meinen."

„Kann ich Ihre Adresse und Telefonnummer haben?"

„Ja." Er ratterte beides herunter, und sie notierte es sich.

„Ich melde mich bei Ihnen, sobald wir mehr wissen, und werde die Gerichtsmedizinerin bitten, Sie zu benachrichtigen, wenn die Leiche Ihrer Frau freigegeben wird. Dann können Sie mit einem Bestattungsunternehmen Ihrer Wahl Kontakt aufnehmen."

Bei dem Wort „Bestattungsunternehmen" vergrub seine Schwester das Gesicht an seiner Brust, und ihre Schultern zuckten. Ihr armer Mann stand daneben und wusste nicht, wohin mit sich.

Sam hätte ihm am liebsten gesagt, dass er einfach nur für sie da sein solle, doch sie schwieg. Diese Menschen würden das selbst herausfinden, genau wie jeder andere, dessen Leben durch Gewalt für immer verändert worden war. Sie reichte Joe ihre Visitenkarte. „Wenn ich noch etwas für Sie tun kann – da steht meine Handynummer drauf. Haben Sie keine Scheu, mich anzurufen. Tag oder Nacht."

„Danke", antwortete er.

„Officer Beckett bringt Sie nach Hause." Sie gab Beckett einen Wink. „Bitte sorgen Sie dafür, dass Mr Kramer und seine Familie sicher nach Hause kommen."

„Jawohl, Ma'am."

Ehe Joe sich mit Beckett entfernte, warf er noch einen letzten langen Blick auf den abgedeckten Leichnam seiner Frau, und seine Verzweiflung war mit Händen zu greifen. Erst als seine Schwester ihn am Arm weiterzog, riss er sich los und setzte auf dem Weg in eine plötzlich völlig veränderte Zukunft einen Fuß vor den anderen.

Erschüttert von seinem Leid beugte sich Sam vor, stützte die Hände auf die Knie und konzentrierte sich ganz auf ihre Atmung. Sie wusste zu schätzen, dass Freddie nicht fragte, ob alles in Ordnung sei oder ob er ihr irgendwie helfen könne. Er stand einfach nur da und ließ sie in Ruhe.

Als sie sich wieder einigermaßen im Griff hatte, richtete sie sich auf und sah Freddie an. „Finden wir diese Mistkerle."

6

Sie fuhren zum Hauptquartier zurück, wo Captain Malone in der Eingangshalle auf sie wartete. „Ich bin hergekommen, sobald ich von dem zweiten Mord gehört hatte. Der Chief ist ebenfalls da. Setzen Sie uns bitte ins Bild."

Sam sagte zu Freddie: „Sieh nach, ob Archie aus den Überwachungsaufnahmen im Fall Kramer schon irgendwelche Erkenntnisse gewinnen konnte."

„Alles klar."

Sam ging mit Malone an der Einsatzzentrale vorbei und ins Büro des Chiefs, wo Joe Farnsworth, den Sam und ihre Schwestern als Kinder liebevoll „Onkel Joe" genannt hatten, sie mit einem Nicken begrüßte. Er war einer der besten Freunde ihres Vaters und einer von Sams größten Förderern.

Der Chief führte ein offenkundig schwieriges Telefongespräch. „Natürlich, Ma'am", sagte er gerade. „Das verstehe ich. Wir empfinden genauso. Glauben Sie mir." Er hielt den Hörer vom Ohr weg, und Sam hörte am anderen Ende eine Frau sprechen, verstand ihre Worte aber nicht. „Ich halte Sie selbstverständlich auf dem Laufenden. Lieutenant Holland kommt gerade herein, sie war an beiden Tatorten." Eine weitere Pause. „Ja, wir informieren die Medien und unterrichten die Öffentlichkeit über die Geschehnisse. Wir tun alles, was wir immer tun, wenn in unserer Stadt ein Mord passiert."

Er hörte eine weitere Minute lang zu, dann gelang es ihm, das Telefonat zu beenden. „Die macht mich noch wahnsinnig."

„Ich nehme an, wir reden über unsere geschätzte Bürgermeisterin", vermutete Malone.

„Korrekt." Dann begrüßte Farnsworth Sam: „Willkommen zurück. Ich hoffe, der Urlaub war schön?"

„Ja, sehr."

„Freut mich zu hören. Was gibt es Neues zum Thema der beiden Morde?"

Sam berichtete ihm alle Details.

„O nein, ein Kind und eine Schwangere." Farnsworth sank leicht in sich zusammen. „Was sagt Ihnen Ihr Bauchgefühl, Lieutenant?"

„Dass wir es mit Taten aus reiner Mordlust zu tun haben, deren Opfer zufällig ausgewählt wurden, aber wir überprüfen das noch, damit uns nichts entgeht."

Farnsworth nickte zustimmend. „Ich hasse solchen Mist. Verflucht, ich hasse Morde grundsätzlich."

„Sie verhindern, dass wir arbeitslos werden", versuchte Sam es mit schwarzem Humor.

„Auch wieder wahr", pflichtete ihr Farnsworth mit einem angedeuteten Lächeln bei. „Wie geht es dem Vizepräsidenten?"

„Hervorragend. Besser denn je."

„Ich glaube, im Hause Cappuano ist man ziemlich gut im Ignorieren von Fakten", bemerkte Malone an Farnsworth gewandt.

„Wir machen das ungefähr so", bestätigte Sam und hielt sich die Ohren zu. „Lalalalala."

„Können Sie sich Sam als First Lady vorstellen?", fragte Malone.

„Das fällt mir sehr schwer", antwortete Farnsworth, „doch ich habe sie mir auch schon als Gattin des Vizepräsidenten nicht vorstellen können."

„Besonders der Begriff ‚Lady' bereitet mir Probleme", gestand Malone, musterte sie und rieb sich das Kinn.

„Sehr witzig, meine Herren", meinte Sam, die das Geplänkel der beiden durchaus amüsant fand. „Wie wäre es, wenn Sie mir eine Last abnehmen und bei einer kurzen Pressekonferenz selbst mit den Medien sprechen?"

„Sie wissen, die stehen total auf Sie, Lieutenant", erwiderte Malone. „Außerdem waren Sie am Tatort und können Informationen aus erster Hand weitergeben."

„Von mir aus. Dann erledige ich das eben selbst."

„Ich komme mit und übernehme, wenn politische Fragen gestellt werden", erbot sich Farnsworth.

„Was definitiv passieren wird", prophezeite Sam. „Die sind total wild auf Informationen über unseren Umgang mit dem Nelson-Fiasko."

„Haben Sie mal überlegt, ihnen einen Brocken hinzuwerfen, damit Sie sie eine Weile los sind?", erkundigte sich Farnsworth.

„Das würden wir tun, wenn wir der Ansicht wären, ein Brocken würde ihnen genügen", erklärte Sam. „Wir haben beschlossen, für den Augenblick Stillschweigen zu bewahren."

„Das verstehe ich. Die Situation ist in jedem Fall schwierig."

„Weswegen wir sie möglichst aussitzen möchten, bis wir wissen, wie es weitergeht. Bringen wir diese Pressekonferenz hinter uns, ich habe zu tun."

„Ich sage es ja nur ungern, aber Pressekonferenzen sind Teil Ihres Jobs", meinte Malone.

„Für mich zählen sie eher als Folter", versetzte Sam.

Farnsworth und Malone begleiteten sie zum Eingang, wo sich die übliche Reportermenge in den zwanzig Minuten seit ihrer Ankunft vervielfacht hatte. Es musste sich herumgesprochen haben, dass ihr Urlaub vorbei war. Na super.

Kaum war sie aus dem Gebäude, schrien die Reporter auch schon los. Das war zwar nicht unüblich, doch dieses Mal erwischte es sie irgendwie auf dem falschen Fuß. Nick hatte recht. Sie waren unersättlich, und sie würde sie hungrig wegschicken.

Sie trat zu dem Granitpodium, das dauerhaft vor dem Polizeigebäude aufgebaut war. Noch nie war sie so dankbar für das Mindestmaß an Schutz gewesen, das es ihr bot. Sie brüllten ihr weiter Fragen über Nick, Nelson und Nelsons Sohn entgegen, wollten wissen, ob sie bereit sei, First Lady zu werden, ob ihr Mann sich darauf freue, Präsident zu sein, was das für Auswirkungen auf Scotty haben würde und ...

Malone steckte zwei Finger in den Mund und stieß einen scharfen Pfiff aus, der Sam erschreckte, das Geschrei aber augenblicklich verstummen ließ. „Lieutenant Holland ist hier, um Sie über die Todesschüsse aus einem fahrenden Auto zu informieren, die heute Abend gefallen sind. Sie wird keine Fragen beantworten, die den Vizepräsidenten oder andere nicht direkt zum Fall gehörende Themen betreffen. Ist das klar?"

Darauf folgte allgemeines Gemurmel, offensichtlich waren die Pressevertreter nicht erfreut über die Ansage des Captains.

„Sie und Ihr Mann müssen sich zu den aktuellen Ereignissen äußern", murrte eine Wasserstoffblondine von einem der Fernsehsender. „Die Menschen haben ein Recht darauf, zu erfahren, ob der Vizepräsident und seine Frau im Notfall bereit sind, die Nachfolge anzutreten."

Sam hätte darauf am liebsten irgendetwas Unflätiges erwidert. Natürlich waren sie dazu bereit, und zwar schon seit dem Tag von Nicks Amtsübernahme. Das bedeutete aber nicht, dass sie Lust darauf hatten.

„Richten Sie solche Anfragen bitte an das Büro des Vizepräsidenten", sprang Malone in die Bresche. „Lieutenant Holland wird nur Fragen zu den tödlichen Schüssen beantworten. Lieutenant?"

Sam ging ans Mikro und zählte dieselben Fakten auf, die sie zuvor dem Chief und dem Captain berichtet hatte. „Wir glauben, dass die Schüsse von einer schwarzen Limousine mit mindestens zwei Insassen aus abgegeben worden sind. Alle Einwohner der Stadt sind aufgerufen, Vorsicht walten zu lassen, wenn sie nach Einbruch der Dunkelheit zu Fuß in Seitenstraßen unterwegs sind. Wer Informationen über den möglichen Schützen und seine Komplizen hat, sollte mit dem MPD Kontakt aufnehmen. Versuchen Sie nicht, die Betreffenden auf eigene Faust anzusprechen. Sie sind bewaffnet und äußerst gefährlich."

„Gibt es Hinweise darauf, dass die beiden Vorfälle zusammenhängen?", fragte Darren Tabor.

„Zeugen an beiden Tatorten berichten von einer schnell fahrenden dunklen Limousine. Wir untersuchen derzeit mögliche Verbindungen zwischen den Opfern, doch die Ermittlungen haben gerade erst begonnen. Das ist im Augenblick alles. Wenn wir mehr wissen, lasse ich wieder von mir hören."

Als sie vom Podium wegtrat, begann die Pressemeute wieder,

Fragen zum Thema Nick und Nelson zu brüllen. Sam merkte, dass es ihr zunehmend schwerfiel, ihren Job zu erledigen, je komplizierter der von Nick wurde. Allerdings hätte sie ihn niemals noch zusätzlich belastet, indem sie ihm das mitteilte.

„Halten Sie uns über alle Entwicklungen unterrichtet", wies Malone sie an, als sie wieder im Gebäude waren.

„An *allen* Fronten", ergänzte Farnsworth vielsagend.

„Mach ich."

Sam wollte gerade zum Großraumbüro gehen, als Freddie und Gonzo auf ihre drei Vorgesetzten zukamen.

„Wir haben ein weiteres Opfer", knurrte Freddie.

~

WÄHREND SAM MIT FREDDIE UND GONZO NACH GEORGETOWN FUHR, lauschten sie dem zunehmend hektischen Funkverkehr. Den Berichten der Streifenpolizisten vor Ort zufolge handelte es sich bei dem Opfer um einen Doktoranden der Georgetown University, der mit seiner Frau tanzen gewesen war und tragischerweise entschieden hatte, zu Fuß nach Hause zu gehen.

Kurz nach zwei Uhr morgens erreichten sie die P Street Northwest, die einen nur allzu vertrauten Anblick bot. Auf der Straße drängten sich Einsatzfahrzeuge, und man hielt die Schaulustigen durch gelbes Flatterband von der abgedeckten Leiche des Opfers fern. Sanitäter kümmerten sich um eine Frau, von der Sam vermutete, dass sie die Ehefrau des Erschossenen war.

Müdigkeit drohte über Sam zusammenzuschlagen und erinnerte sie daran, dass sie seit dem frühen Morgen des Vortags auf den Beinen war, als Nick sie zu einem letzten Strandspaziergang überredet hatte, damit sie den Sonnenaufgang betrachten konnten, bevor sie nach Hause fuhren.

Jetzt, zwanzig Stunden später, ging ihr langsam der Treibstoff aus. Sie schüttelte die Müdigkeit ab, um sich ganz auf dieses neueste Opfer zu konzentrieren.

Ein Streifenpolizist namens O'Brien stand am Flatterband und nickte ihr zu, als sie näher kam. Weil O'Brien seit einer Weile Nachtschicht schob, traf sie ihn nur noch selten im Hauptquartier.

„Schön, Sie zu sehen."

„Gleichfalls, Lieutenant. Ich wünschte bloß, die Umstände wären anders."

„Wer ist das Opfer?"

„Sridhar Kapoor, fünfunddreißig. Ich habe mich in den sozialen Medien umgetan und herausgefunden, dass er aus Indien stammt und in Georgetown in Chemie promoviert. Seine Frau Rayna promoviert dort ebenfalls, ihr Thema sind Pandemien. Ich habe nicht viel aus ihr herausbekommen, nur dass sie mit Freunden unterwegs waren und beschlossen haben, zu Fuß nach Hause zu gehen. Kopfschuss von hinten. Die Ehefrau hat das Auto nicht gesehen, weil der Schuss ihn nach vorne geschleudert und er sie mit sich zu Boden gerissen hat. Bis sie begriffen hatte, was passiert war, war das Auto schon lange weg."

„Ist sie in der Lage, mit uns zu sprechen?"

„Sie ist hysterisch. Die Sanitäter haben ihr ein Beruhigungsmittel verabreicht. Sie überlegen, sie zur Beobachtung mitzunehmen. Vielleicht warten Sie besser ein paar Stunden."

„Ich will, dass sie rund um die Uhr bewacht wird, bis wir sicher sind, dass dahinter nicht mehr steckt."

„Jawohl, Ma'am. Ich gebe es an die Einsatzleitung des Streifendienstes weiter."

„Weitere Zeugen?"

„Nein. Es waren nur die beiden auf der Straße. Ein paar Anwohner haben den Schuss gehört und sind rausgelaufen, um zu sehen, was passiert war. Einer von ihnen hat die Polizei gerufen, aber nichts von der Tat mitbekommen."

Sam ging hinüber und hob die Plane an, mit der das Opfer abgedeckt war. Die Kugel hatte ihm den Hinterkopf zertrümmert. Sam richtete sich auf und beobachtete, wie die Sanitäter die Frau des Opfers in einen Krankenwagen verfrachteten.

„Ich will wissen, wo die sie hinbringen", erklärte Sam Freddie, der daraufhin rüberjoggte, um mit den Sanitätern zu sprechen.

„Wer auch immer diese Typen sind, sie sind gut", sagte sie zu Gonzo, während sie sich gründlich umschaute. „Das sind keine hergelaufenen Ganoven, die aus reiner Langeweile mit dem Auto durch die Dunkelheit rasen und Leute erschießen."

„Wie meinst du das?"

„Wir suchen möglicherweise nach einem Scharfschützen oder jemandem mit polizeilicher oder militärischer Ausbildung."

„Wenigstens eine Spur", meinte Freddie, der sich gerade wieder zu ihnen gesellte. „Dem gehen wir direkt nach."

„Das hat auch bis morgen Zeit. Schlafen wir uns aus und machen uns dann frisch gestärkt wieder ans Werk." O'Brien wies sie an: „Klopfen Sie an jede Tür in dieser Straße, und geben Sie uns Bescheid, falls sich Augenzeugen finden."

„Jawohl, Ma'am."

Sam hasste es, wenn ein eigentlich nur zu verständliches menschliches Bedürfnis, wie beispielsweise das nach Schlaf, sie daran hinderte, rund um die Uhr zu arbeiten. „Ich bin erledigt. Leute, ich muss heim. Wir sehen uns morgen früh um sieben im Hauptquartier."

„Wenn heute Nacht noch etwas reinkommt, sollen die mich anrufen", meinte Freddie. „Gönn dir mal etwas Schlaf."

„Danke." Früher hätte Sam darauf bestanden, sofort informiert zu werden. Inzwischen wusste sie, dass sie am nächsten Tag nicht voll einsatzfähig wäre, wenn sie jetzt nicht zumindest ein Nickerchen einlegte. „Ich melde mich morgen als Erstes bei dir."

„Solltest du dich noch hinters Steuer setzen?", erkundigte sich Freddie besorgt.

„Mach dir keine Sorgen um mich, Mom."

„Sie schafft das schon", meinte Freddie zu Gonzo, der lachte.

„Kommt ihr beiden denn irgendwie heim?", fragte sie.

„Mach dir keine Sorgen um uns, Mom", erwiderte Freddie. „Wir schaffen das schon."

„Dann bin ich mal weg." Auf vor Erschöpfung leicht unsicheren Beinen ging Sam zu ihrem Auto und fuhr nach Hause. Auf halbem Weg merkte sie, dass sie tatsächlich besser nicht mehr gefahren wäre. Sie drehte Bon Jovi auf und stellte die Klimaanlage auf die höchste Stufe, ließ sich die kalte Luft direkt ins Gesicht blasen. Als sie den Kontrollpunkt des Secret Service in der Ninth Street erreichte, fühlte sich ihr Gesicht halb abgefroren an, aber sie war noch wach. Mehr oder weniger.

Was zum Teufel ...? Warum war sie nach einem entspannenden Urlaub, in dem sie viel geschlafen hatte, so furchtbar müde? Als sie auf ihren persönlichen Parkplatz vor dem Haus abbog, ließ die mögliche Antwort auf diese Frage ihr Herz schneller schlagen. Immer wenn sie sich anders fühlte als sonst, fragte sie sich, ob sie vielleicht ...

„Nein", sagte sie laut. „Daran kann es nicht liegen, denk nicht mal daran. Wie willst du die Enttäuschung aushalten, wenn du dich irrst?" Wütend auf sich selbst, weil ihre Gedanken ständig diese Richtung einschlugen, stieg sie aus und schleppte sich mit letzter Kraft die Rampe hoch, die Nick hatte anbauen lassen, damit Skip sie besuchen konnte. Die Erinnerung an diesen Tag, daran, was er für sie getan hatte und warum, trieb ihr selbst jetzt noch, über ein Jahr später, die Tränen in die Augen.

Mein Gott. Wurde sie jetzt auch noch weinerlich? Das war nicht gut. Überhaupt nicht gut.

„Guten Abend, Mrs Cappuano", begrüßte sie der Personenschützer an der Tür.

„Guten Abend, Eric."

„Ist alles in Ordnung?", fragte der junge Beamte.

„Ja, abgesehen davon, dass jemand in meiner Stadt Unschuldige abknallt."

„Ich habe davon gehört. Das ist heftig. Viel Erfolg bei den Ermittlungen."

„Danke."

Im Erdgeschoss brannte nur im Wohnzimmer eine Lampe. Sam ging direkt zur Treppe und schlich sich auf Zehenspitzen ins Schlafzimmer, um Nick nicht zu stören, falls er ausnahmsweise einmal schlief. Im Bad zog sie sich aus und putzte sich die Zähne. Sie nahm sich kurz Zeit, um ihre Waffe und ihre Dienstmarke einzuschließen, und stellte den Wecker auf zwanzig nach sechs, ehe sie ins Bett schlüpfte, tief seufzte und versuchte, die Nachwehen des Vorgefallenen abzuschütteln, um etwas Schlaf zu finden.

„Ich hoffe wirklich, du bist meine Frau, sonst kriege ich Riesenärger, wenn sie heimkommt."

Sam lächelte, rückte näher an Nick heran und ließ sich von ihm in die Arme schließen. „Mmm, mit deiner Frau nehme ich es auf, wenn ich dafür das hier kriege."

Er schmiegte sein Gesicht an ihren Hals. „Ich habe das mit den

Todesschüssen aus dem vorbeifahrenden Wagen um elf in den Nachrichten gesehen."

„Es hat heute Nacht drei solcher Fälle gegeben, und wir müssen davon ausgehen, dass es nicht die letzten waren."

„Das tut mir leid, Babe. Das muss schlimm gewesen sein."

„Es war furchtbar. Eines der Opfer hatte gerade vor drei Tagen herausgefunden, dass sie schwanger war. Sie und ihr Mann haben schon lange versucht, ein Kind zu kriegen. Er war vor Ort. Der arme Kerl wollte ihr entgegenlaufen und ist in einen Tatort hineingestolpert." Sam erschauerte, als sie an Joes abgrundtiefe Trauer zurückdachte.

„Das hat dich natürlich schwer getroffen."

„Es trifft mich immer schwer."

„Aber diesmal ganz besonders."

„Ja." Die Tränen, mit denen sie schon zuvor gekämpft hatte, rannen ihr über die Wangen, und sie hoffte, er würde es nicht bemerken. Das war natürlich Wunschdenken. Er merkte alles, was sie anging.

„Komm her, Babe." Er drückte sie noch fester an sich und zog ihren Kopf an seine Brust. „Halt dich an mir fest."

„Ihr Mann war völlig am Boden zerstört. Da habe ich mich gefragt, wie es wohl wäre …"

„Nicht. Ich bin ständig von den besten Personenschützern der Welt umgeben. Mir passiert nichts. Versprochen."

„Versprich nichts, was du nicht halten kannst."

„Das tue ich nie, Süße. Das weißt du doch."

„Ich war so müde, als ich heimgekommen bin. Aber jetzt …"

„Was? Sag's mir."

„Jetzt will ich, dass du mich liebst, und zwar langsam und sinnlich."

Er lachte, wovon seine Brust vibrierte. „,Langsam und sinnlich' kann ich." Er stützte sich auf einen Ellbogen und schaute sie im Schein des Nachtlichts an, das sie im Badezimmer angelassen hatte. „Ich hasse es, dich so aufgewühlt zu sehen."

„Ich war aufgewühlt. Allerdings geht es mir jetzt schon besser, wo ich weiß, dass ich ‚langsam und sinnlich' kriege."

Lächelnd beugte er sich zu ihr herunter und küsste sie mit einer Sanftheit, die sie völlig wehrlos machte. Nicht, dass sie sich gegen ihn hätte wehren wollen. Doch nachdem sie ihr ganzes Erwachsenenleben lang auf der Hut hatte sein müssen, hatte es eine Weile gedauert, bis sie in der Beziehung mit ihm hatte abrüsten können. Wenn er sie jetzt mit mehr Liebe im Blick ansah, als sie zwischen zwei Menschen für möglich gehalten hätte, wusste sie, dass sie gegen ihn niemals Verteidigungsmechanismen gebraucht hatte.

Sam streckte die Hand nach ihm aus und gewährte seiner Zunge widerstandslos Einlass. Sie scherzte oft, dass sie für ihn viel zu leicht zu haben war, aber ihm war es ganz recht so. Als sie ihn küsste und sich in seiner Zärtlichkeit verlor, versuchte sie, nicht an Joe, an Sridhars Frau oder Jamals Mutter zu denken, doch das war leichter gesagt als getan.

Nick löste sich von ihr und zog eine Spur aus Küssen über ihren Hals und ihre Kehle bis hinunter zu ihrem Busen, ehe er eine ihrer Brustspitzen in den Mund nahm.

Die Empfindungen, die ihren Körper durchrasten, erinnerten Sam daran, wie sie gemeinsam im Meer gewesen waren und sich von den Wellen hatten tragen lassen.

Als er sich von ihren Brüsten zu ihrem Bauch und dann noch weiter an ihr hinunterküsste, meinte sie, gleich in Flammen aufzugehen.

Alle Nervenenden ihres Körpers standen unter Hochspannung, und sie konnte einfach nicht genug von den Gefühlen bekommen, die er in ihr weckte.

Sie fuhr mit den Händen durch sein weiches Haar, während er ihre Beine auf seine Schultern legte und „langsam und sinnlich" mit seiner Zunge und seinen Fingern auf eine ganz neue Ebene hob. Innerhalb von Sekunden stand sie kurz vor dem Höhepunkt, doch dann wich er zurück, und sie stöhnte frustriert auf.

Er lachte. „Alles zu seiner Zeit, Liebste."

„Das überlebst du nur, weil ich dich so liebe."

„Oh, wie nett von dir." Er begann wieder, sie sanft mit der Zunge zu berühren und zu streicheln, und schon bald stand sie erneut kurz vor dem Orgasmus.

„Nick ... bitte ..."

„Was will meine Süße?"

„Das weißt du ganz genau!"

„Meine Order lautet: Langsam und sinnlich. Ich tue bloß, was man mir gesagt hat."

Sam sank zurück auf die Matratze, als deutlich wurde, dass er ihre Anweisungen buchstabengetreu auszuführen gedachte – nicht dass sie sich beklagen würde. Zumindest nicht sehr. Sie zwang sich, sich zu entspannen und auf sein Tempo einzulassen, was immer äußerst befriedigend für sie endete, auch wenn er sich dieses Mal extrem viel Zeit ließ.

Früher hatte sie Oralverkehr eher über sich ergehen lassen, aber Nick machte es ihr unmöglich, ihn nicht in vollen Zügen zu genießen.

Er saugte leicht an ihr, während er mit den Fingern in sie eindrang und ihren G-Punkt berührte, den sie erst durch ihn entdeckt hatte. Ihre Hüften hoben sich vom Bett, und dann legte er noch einen drauf, indem er einen Finger von hinten in sie schob, und sie explodierte.

„Mein Gott, es ist so heiß, wenn du die Kontrolle verlierst", stöhnte er, als er sie langsam wieder auf die Erde zurückholte, wobei er seine Finger und seine Zunge weiter bewegte, bis das Nachbeben verebbte. Dann küsste er sich an ihrem Körper wieder empor, liebkoste ihre Brüste, ehe er endlich in sie kam, allerdings zunächst nur ein kleines Stück weit.

Sam wand sich unter ihm und wollte mehr.

„Hat mein ungeduldiges Mädchen genug von ‚langsam und sinnlich'?"

„Ja! Vergiss ‚sinnlich'. Mach's mir hart und schnell."

Mit einer geschmeidigen Bewegung stieß er sich ganz in sie, und erneut überrollte sie ein Orgasmus. Das war ihr vor ihm noch nie passiert. Stöhnend schlang er seine Arme um sie und liebte sie hart, schnell und kraftvoll.

Sam presste sich an ihn und nahm alles, was er zu geben hatte. Sie umklammerte mit den Beinen seine Hüften und hob sich mit ungezügelter Begeisterung jedem seiner Stöße entgegen. Nur er konnte sie die Schrecken der letzten Stunden vergessen lassen. Nur er konnte sie aus dem Wahnsinn ihres Lebens an einen Ort transportieren, wo allein sie und die Liebe, die sie beide verband, zählten.

Zuerst hatte sie befürchtet, die Leidenschaft zwischen ihnen könnte vergehen. Sie hatte sich gefragt, ob sie es überleben würden, wenn sie noch intensiver werden sollte. Aber jetzt war sie so viel größer, und sie sehnte sich nach der unendlichen Nähe zu ihm, die sie dann empfand.

„Samantha ... Ich wünschte, du wüsstest, wie sehr ich dich liebe."

„Das weiß ich doch. Ehrlich. Ich liebe dich genauso sehr."

„Die Worte, um dieses Gefühl zu beschreiben, sind noch nicht erfunden worden."

Sie klammerte sich enger an ihn und hielt sich fest, bis sie spürte, wie er erzitterte und sich dann anspannte, ehe er tief in ihr kam und sie daran erinnerte, worüber sie zuvor nachgedacht hatte. Sie waren schon so oft enttäuscht worden. Sam war nicht sicher, ob sie eine weitere Enttäuschung würde ertragen können.

„Was denken wir jetzt über ‚langsam und sinnlich'?", fragte er nach langen Minuten zufriedenen Schweigens.

„Wir lieben es, bis wir es schnell und wild wollen."

Sam spürte, wie sich seine Lippen an ihrer Brust zu einem leisen Lächeln verzogen, und strich ihm weiter durchs Haar. Sie war fasziniert von seinem dichten, schönen Haar.

„Du kannst von mir immer alles haben."

„Ich weiß, deshalb bin ich auch so widerborstig."

Sein leises Lachen kittete vieles, was zuvor in ihr zerbrochen war. Er hob den Kopf und sah sie an, ehe er sie zärtlich küsste. „Ich mag dich genau so, wie du bist, selbst wenn du total widerborstig bist."

„Gut, denn jeder andere Ehemann würde wahrscheinlich in neunzig Prozent der Zeit das Bedürfnis verspüren, mich zu erschießen."

„Ich will dich mir gar nicht mit anderen Ehemännern vorstellen. Du wirst den aktuellen nicht so leicht wieder los."

„So viel zu meinem Plan für eine Blitzscheidung in der Dominikanischen Republik, wenn Nelson zum Rücktritt gezwungen wird."

Er starrte sie an, offenbar erschüttert, dass sie über so etwas scherzte. „Du scheinst darüber gründlich nachgedacht zu haben."

Sam lachte und schüttelte den Kopf. „War nur ein Witz. Ich schwöre es."

„Jetzt mache ich mir Sorgen."

„Nick, komm schon. Was würde ich denn tun, wenn du mich nicht zurechnungsfähig und befriedigt halten würdest?"

Er grinste leicht selbstgefällig. „Ich befriedige dich ziemlich gründlich."

Sie zog seinen Kopf wieder an ihre Brust. „Ganz ohne Frage. Vor dir habe ich gar nicht gewusst, dass man so komplett befriedigt sein kann."

„Sam, ich will dich gar nicht komplett befriedigen. Ich möchte, dass du immer Verlangen nach mehr hast."

„Ich glaube, mein lüsternes Verhalten in den ersten anderthalb Jahren unserer Ehe ist ein Vorzeichen für meinen endlosen Wunsch nach mehr. Danke."

„Wofür?"

„Hierfür. Für alles. Das Lachen, das Langsame, das Sinnliche, das Schnelle, das Wilde. Du warst genau das, was ich gebraucht habe."

„Ich möchte immer genau das sein, was du brauchst."

„Bisher machst du das ganz toll." Sie tätschelte seinen Kopf. „Weiter so."

„Ich werde mein Bestes tun, Lieutenant."

Die Arme um ihn geschlungen und ein breites Lächeln im Gesicht, schlief sie ein.

7

Sam erwachte kurz vor dem Klingeln des Weckers von dem ihres Handys. „Mmm, Holland." Sie versuchte, alle Reste von Müdigkeit abzuschütteln. Ihr Körper hätte gerne noch fünf Stunden geschlafen, aber der Urlaub war vorbei, und die Wirklichkeit hatte sie wieder.

„Sind Sie wach, Lieutenant?", fragte Malone mit einer dröhnenden Stimme, die ihr verriet, dass er bereits mehrere Tassen Kaffee intus haben musste.

Sam hasste Morgenmenschen. „Jetzt ja."

„Es hat heute Nacht noch ein weiteres Opfer gegeben. Ich wollte Sie vor Dienstantritt informieren."

Nach dieser Nachricht war sie hellwach. Nick lag schlafend neben ihr auf dem Rücken, einen Arm über dem Kopf. Sie riss sich von seinem attraktiven Gesicht los, stand auf, zog einen Bademantel an und eilte mit dem Handy über den Flur zu ihrem begehbaren Kleiderschrank, dessen Tür sie hinter sich schloss, um sich auf die Worte des Captains konzentrieren zu können, ohne Nick zu wecken.

„In Woodley Park."

Sam keuchte auf, als er den Stadtteil nannte, in dem Freddie und Elin lebten.

„Die sechsundzwanzigjährige Caroline Brinkley wurde gegen

halb vier heute Morgen in der Woodley Road Northwest erschossen."

„Zeugen?"

„Nein. Sie war allein, und um diese Zeit war sonst niemand auf der Straße."

„Wo kam sie her? Wissen wir das?"

„Detective Cruz ist am Tatort und versucht, mehr herauszufinden."

„Ich fahre hin."

„Kommen Sie anschließend hierher. Wir müssen diesen Fall lösen, ehe der Schütze erneut zuschlägt. Die Medien schreien nach Informationen."

„Kann ich mir vorstellen. Bis dann." Sam duschte rasch, zog Shorts und ein leichtes Oberteil an und bereitete sich auf einen weiteren langen, heißen Tag vor, an dem sie viel auf den Beinen sein würde. Sie steckte ihr Haar zu einem nachlässigen Dutt hoch und trug Sonnencreme auf.

Eine Viertelstunde nach dem Telefonat mit Malone hatte sie ihren schlafenden Ehemann geküsst, der Nachttischschublade ihre Waffe und ihre Handschellen entnommen und war auf dem Weg nach unten. Überraschend fand sie in der Küche ihre Assistentin Shelby samt deren neugeborenem Sohn Noah vor, den sie in einer komplizierten Vorrichtung am Körper trug. Shelby hatte ihre Kündigung zurückgenommen und war wieder zur Arbeit erschienen, als sei nie etwas gewesen, was Sam und Nick sehr erleichtert hatte.

Wie immer stellte der Anblick eines Babys etwas mit Sam an und erinnrate sie daran, dass sie sich unauffällig einen Schwangerschaftstest besorgen musste. Keine leichte Aufgabe.

„Was macht ihr denn hier?", fragte Sam Shelby, während sie sich einen Moment Zeit gönnte, um mit einem Füßchen des Babys zu spielen. Der Kleine hatte blonden Haarflaum auf dem Kopf und Pausbacken. „Du hast doch eigentlich frei."

„Wir waren wach und haben uns irgendwie eingeengt gefühlt, da haben wir beschlossen, hier mal nach dem Rechten zu sehen. Du bist früh auf."

„Ich muss zur Arbeit."

„Wegen der Todesschüsse? Ich habe mich schon gefragt, ob man dich ins Hauptquartier gerufen hat."

„Ja, gestern."

„Es ist so furchtbar, dass da jemand durch die Gegend fährt und Unschuldige erschießt. Ich hoffe, du schnappst diese Typen, ehe sie noch jemanden verletzen oder töten können."

Sam griff sich eine Banane aus der Obstschale auf dem Küchentresen. Selbst im Mutterschaftsurlaub sorgte Shelby dafür, dass die wöchentliche Lebensmittellieferung pünktlich eintraf. „Das ist der Plan." Nach einer kurzen Pause fügte sie hinzu: „Tja, äh, du könntest mir einen Gefallen tun, und ich möchte, dass du dazu kein Wort sagst, außer ‚Okay', wenn du mir helfen kannst, denn ich kann nicht darüber reden. Wenn ich das tue, verliere ich die Fassung, und das darf gerade nicht passieren. Verstehst du?"

„Äh, ich denke schon", antwortete Shelby zögernd. Wer konnte ihr nach dieser Einleitung das Zögern verdenken?

„Ich brauche einen Schwangerschaftstest. Hast du zufällig irgendwo einen rumliegen?"

Shelby öffnete den Mund und riss die Augen auf, aber sie sagte nur: „Ja, ich habe noch mindestens zehn daheim. Ich lege dir ein paar in den Unterschrank unter dem Waschbecken. Passt das?"

Sie nickte. „Danke."

„Sam ..."

„Bitte, Shelby. Nicht jetzt."

Shelby nickte, wobei sie hektisch blinzelte, vermutlich, um nicht in Tränen auszubrechen. Seit ihrer eigenen Schwangerschaft weinte sie laut ihrem Verlobten, FBI Special Agent in Charge Avery Hill, wegen allem Möglichen, selbst bei Hundefutterwerbung. „Verstehe."

Sam spürte, dass sie das tatsächlich tat, und wusste es sehr zu schätzen. „Ich muss los." Sie küsste den kleinen Noah auf die Wange und drückte Shelbys Arm. „Habt einen schönen Tag."

„Du auch. Viel Glück bei dem Fall."

„Danke. Das können wir brauchen."

Auf dem Weg nach draußen nickte Sam Melinda zu, der Personenschützerin, die sie im Geheimen als „Secret-Service-Barbie" bezeichnete.

„Guten Morgen, Mrs Cappuano."

„Guten Morgen." Sam eilte an ihr vorbei die Rampe hinunter. Sie brannte darauf, den Tatort zu erreichen und Freddie behilflich zu sein. Trotzdem hatte sie leise Schuldgefühle, weil sie zu der Frau, die ja nur ihren Job erledigte, nicht gerade freundlich gewesen war. Etwas an ihr nervte Sam. Wahrscheinlich die Tatsache, dass eine so unglaublich gut aussehende Frau dafür bezahlt wurde, ihren unsagbar heißen Mann im Auge zu behalten. „Du bist eine Idiotin", murmelte sie, stieg in ihr Auto und fuhr Richtung Kontrollstelle.

Die Secret-Service-Beamten winkten sie durch, und sie lenkte den Wagen nach Woodley Park, ein stummes Dankgebet an den Erfinder des Labor Day als allgemeiner Feiertag auf den Lippen. Es herrschte praktisch kein Verkehr, und sie gelangte zügig durch die Stadt Richtung Tatort und grübelte dabei darüber nach, warum sie gegen Melinda eine solche Abneigung hegte. Das war besser, als über die nicht eben große Möglichkeit nachzugrübeln, dass sie schwanger war. Wieder einmal.

Es wäre ihr fünftes Mal. Nach vier Fehlgeburten hatte sie Erwartungsmanagement gelernt. Die letzte, bei der sie Nicks Baby verloren hatte, war die schlimmste gewesen. Nichts wünschte sie sich mehr, als ihm die Familie zu schenken, die er nie gehabt hatte. Er behauptete stets, sie und Scotty seien alles, was er an Familie brauchte. Trotzdem hoffte sie, dass sie vielleicht ein weiteres Mal Glück haben würden.

Tief atmend durchlief sie den Zyklus der Emotionen, die dieses Thema immer in ihr wachrief – Trauer, Enttäuschung, Verzweiflung und ein Gefühl der Unzulänglichkeit. Letzteres ärgerte sie besonders, da sie beruflich ihren Aufgaben mehr als gewachsen war, doch offenbar unfähig, ein Kind auszutragen. Was für Frauen auf der ganzen Welt so einfach war, schien für sie unmöglich zu sein.

„Darüber kannst du nicht den ganzen Tag nachgrübeln." Manchmal fiel es ihr leichter, ihre eigenen Ratschläge zu befolgen, wenn sie sie laut aussprach. „Dafür hast du zu viel zu tun. In der Stadt treibt jemand sein Unwesen, der Unschuldige abknallt. Wenn du den ganzen Tag an nichts anderes als an deine mögliche

Schwangerschaft denkst, wirst du gar nichts auf die Reihe kriegen. Das geht heute nicht."

Als sie die Woodley Road Northwest erreichte, hatte sie ihre Gefühle mehr oder weniger wieder unter Kontrolle und konnte sich auf die vor ihr liegende Aufgabe konzentrieren. Sie würde später noch genügend Zeit dafür haben, sich wegen der anderen Sache, an der vermutlich gar nichts dran war, selbst zu zerfleischen.

Sie parkte in der hübschen, baumbestandenen Straße, die von Restaurants gesäumt war, und lief das kurze Stück hinüber zu Freddie und Gonzo, die sich neben einem Blutfleck auf dem Bürgersteig unterhielten, der weiträumig mit Flatterband abgesperrt war. Lindseys Team hatte die Leiche bereits weggeschafft.

Außerhalb der Absperrung verfolgte wiederum eine große Gruppe neugieriger Schaulustiger das Geschehen, und Stimmengewirr kam auf, als Sam sich ihnen näherte. Die Leute waren immer furchtbar neugierig, was das Leid anderer anging. Sam empfand das als widerlich.

Sie bückte sich unter dem Band durch. „Morgen", begrüßte sie Freddie und Gonzo.

„Morgen", erwiderte Letzterer. Er wirkte müde und gestresst.

„Habt ihr überhaupt geschlafen?"

„Ein paar Stunden", antwortete Freddie. „Man hat mich angerufen, weil ich am nächsten wohne."

„Was wissen wir über das Opfer?", fragte Sam, deren Blick zu dem Blutfleck wanderte, der ihr einen Teil der Geschichte erzählte.

Freddie zog seine Notizen zurate. „Caroline Brinkley, sechsundzwanzig, Kellnerin in einer Bar in der K Street, auf dem Heimweg von der Arbeit in den Rücken geschossen."

„Wo hat sie gewohnt?", hakte Sam nach.

Freddie deutete auf ein vierstöckiges Eckhaus. „Im ersten Obergeschoss, zusammen mit einer Mitbewohnerin namens Delilah. Wir haben sie benachrichtigt, und sie hat uns die Kontaktinformationen von Carolines Familie in Minnesota gegeben. Freddie und ich haben sie gebeten, uns dort anrufen zu lassen. Wir haben aber noch auf dich gewartet."

„Puh." Sam wurde klar, dass sie wahrscheinlich das würde machen müssen, worauf kein Polizist auf der ganzen Welt scharf war. Dabei hieß es doch immer, ein höherer Rang brächte Privilegien mit sich. Egal. Sie nahm den Zettel mit dem Namen und der Telefonnummer der Eltern von Freddie entgegen und steckte ihn ein. „Umgebungsbefragung?"

„Wir haben den gesamten Block vernommen", erklärte Gonzo. „Keine Zeugen. Archie holt sich gerade die Aufnahmen der Überwachungskameras hier in der Gegend."

„Sonst noch was?"

„Lindsey glaubt, dass sie nicht sofort tot war."

„Verdammt", flüsterte Sam. „Wie lange hat sie hier gelegen, bevor uns jemand gerufen hat?"

„Mindestens dreißig Minuten. Als die erste Polizeistreife am Tatort eintraf, war sie tot."

Sam stieß einen tief frustrierten Seufzer aus. „Ich will diese Typen. Unbedingt."

„Die Polizeistreifen der gesamten Stadt halten jede schwarze Limousine an, die sie sehen", sagte Gonzo. „Bisher neun verschiedene Autos, aber keine Spur von einer Neun-Millimeter oder einer anderen Waffe."

„Fahren wir zurück zum Hauptquartier, um die Fakten zu ordnen", schlug Sam vor. „Ich rufe von unterwegs ihre Eltern an."

„Soll ich das erledigen?", erbot sich Freddie.

Sie bedachte ihn mit einem schwachen Lächeln, denn sie wusste das Angebot zu schätzen, etwas zu übernehmen, das wirklich niemand tun wollte. Eigentlich hätte sie ihm die Aufgabe überlassen sollen, denn er war in solchen Dingen viel besser, als sie je sein würde. Doch sie konnte ihn nicht bitten, ihr etwas abzunehmen, nur weil sie es nicht tun wollte. Zumindest nicht so etwas. „Danke, ich mach das schon. Wenn ihr hier fertig seid, treffen wir uns im Hauptquartier."

„Wir beeilen uns", versprach Gonzo.

Sam unterdrückte ihr Unbehagen wegen des Anrufs bei den Eltern, die noch keine Ahnung hatten, dass ihre Welt gleich in sich zusammenbrechen würde, stieg in ihren Wagen, wählte die Nummer und drückte den grünen Knopf, ehe sie komplett die

Nerven verlor. Während sich die Verbindung aufbaute, ließ sie den Wagen an und lenkte ihn Richtung Kreuzung.

„Hallo?", meldete sich die freundliche Stimme einer Frau.

„Mrs Brinkley?"

„Ja, mit wem spreche ich?"

„Lieutenant Sam Holland, Metro PD in Washington, D. C."

Mrs Brinkley sog scharf die Luft ein. „Caroline?"

„Ma'am, ich muss Ihnen leider mitteilen …"

Der durchdringende Schrei der Frau trieb Sam die Tränen in die Augen. Gott, sie hasste das.

Ein Mann kam ans Telefon. „Wer spricht da?", fragte er scharf.

Erneut meldete sich Sam: „Lieutenant Sam Holland, Metro PD, Washington, D. C."

„O Gott, nein. Nicht Caroline."

Im Hintergrund hörte Sam das herzzerreißende Schluchzen der Mutter.

„Es tut mir sehr leid, Ihnen mitteilen zu müssen, dass Ihre Tochter heute Morgen erschossen wurde."

Das gutturale Stöhnen des Mannes zwang Sam, sich die Tränen abzuwischen, während sie gleichzeitig versuchte, sich aufs Fahren zu konzentrieren. Das war so furchtbar, schlimmer als alles andere in ihrem schrecklichen Job. Sie konnte sich nicht vorstellen, wie man so grauenhafte Nachrichten überleben sollte.

„Haben Sie … Kennen Sie den Täter?"

„Nein. Bisher nicht. Aber wir arbeiten daran. Caroline war das vierte Opfer einer Reihe von Todesschüssen aus einem fahrenden Auto in der gesamten Hauptstadt heute Nacht und heute Morgen."

„Sie war also ein zufälliges Opfer? Es war niemand, den sie kannte?"

„Das wissen wir noch nicht sicher, doch wir glauben nicht, dass sie den Schützen gekannt hat."

„Mein Gott. Caroline war so ein liebes Mädchen. Sie hat hart gearbeitet, um wieder die Schule besuchen zu können. Meine Tochter hat versucht, etwas aus sich zu machen. Wie kann das sein?"

„Ich wünschte, ich könnte diese Frage beantworten, aber ich werde mein Bestes tun, um den Schuldigen zu finden und seiner gerechten Strafe zuzuführen."

„Was sollen wir denn jetzt tun? Können wir sie sehen?"

An einer roten Ampel schloss Sam kurz die Augen und versuchte, die Tränen zurückzuhalten. „Wenn Sie herkommen möchten, können wir das einrichten. Ich gebe Ihnen meine Nummer, und Sie können mich für eine Terminvereinbarung anrufen."

„Ich schreibe sie mir auf. Moment, ich muss nur eben einen Stift holen."

Sam wartete und holte ein paarmal tief Luft, in der Hoffnung, dann würde ihr Herz nicht mehr so hämmern. Als er wieder am Telefon war, nannte sie ihm ihre Nummer. „Sie können mich jederzeit anrufen. Es tut mir leid, doch ich muss Sie fragen, ob Ihre Tochter, soweit Sie wissen, Probleme mit irgendjemandem hatte."

„Nein, überhaupt nicht. Sie hat viele Freunde und ist sehr beliebt."

„Fragen Sie auch Ihre Frau, wenn es geht, und wenn Ihnen sonst noch etwas einfällt, das von Bedeutung sein könnte, nehmen Sie bitte Kontakt mit mir auf."

„Das werden wir."

„Ich halte Sie über die Ermittlungen auf dem Laufenden. Mein herzliches Beileid."

„Danke. Wir melden uns. Ich muss jetzt zu meiner Frau."

„Natürlich."

Das Gespräch endete mit einem Klicken, und Sam musste gegen den Drang ankämpfen, ihr Handy aus dem Fenster zu werfen, um nie wieder einen solchen Anruf tätigen zu müssen. Sie wischte sich die Tränen von den Wangen, wütend, weil sie so ein emotionales Wrack war. Ein Anflug von Angst traf sie mitten in die Magengrube. Emotionale Ausbrüche waren bei ihr ein typisches Zeichen von Schwangerschaft. Zumindest war das bisher so gewesen.

„Darüber denke ich heute *nicht* nach."

Auf dem Rückweg zum Hauptquartier bekam sie sich einigermaßen wieder unter Kontrolle und fühlte sich bereit, sich einem anstrengenden Arbeitstag zu stellen. Die übliche Medienmeute vor dem Haupteingang hatte sich über Nacht zahlenmäßig verdoppelt, und da sie sich außerstande sah, sich in ihrer derzeitigen Verfassung damit auseinanderzusetzen, fuhr sie ums Gebäude herum zum Eingang der Gerichtsmedizin.

Drinnen bot die eisige Klimaanlagenluft eine willkommene Abwechslung von der drückenden Schwüle. Sam betrat die Gerichtsmedizin, um sich auf den neuesten Stand bringen zu lassen. Lindsey führte gerade Carolines Autopsie durch.

„Was hast du für mich, Doc?", erkundigte sich Sam und bemerkte, dass das Opfer eine hübsche junge Frau mit kastanienbraunem Haar und heller Haut gewesen war.

„Ein weiteres Neun-Millimeter-Geschoss für unsere Sammlung." Sie deutete auf den Beweisbeutel mit dem Metallstück, das Carolines Leben ein Ende gesetzt hatte.

„Gonzo hat gemeint, du bist der Auffassung, sie sei nicht sofort tot gewesen."

„Definitiv nicht. Die Kugel hat eine Arterie verletzt. Ich würde sagen, sie ist etwa zwanzig Minuten lang verblutet."

„War sie bei Bewusstsein?"

„Schwer zu sagen."

„Ich hoffe doch nicht."

„Sie hatte eine Dose Pfefferspray in der Hand." Lindsey deutete auf einen weiteren Beweisbeutel.

„Das hat ihr leider auch nichts genützt." Dieses kleine Detail weckte in Sam Wut und Trauer für die junge Frau, die offenbar alles richtig gemacht hatte.

„Nein." Lindsey blickte Sam an. „Hast du die Familie schon benachrichtigt?"

„Ja. Sie wollen herkommen, um sie zu sehen. Ich habe ihnen geantwortet, wir arrangieren das."

„Diese armen Menschen. Jetzt war ihr Kind sechsundzwanzig, und sie dachten, sie wären aus dem Gröbsten heraus, und dann passiert so etwas."

„Ich hasse solche Fälle. Wenn Leute einfach zum Spaß töten."

„Ist das deine Theorie?"

„Mehr haben wir im Moment nicht. Hoffentlich ändert sich das bis heute Abend."

„Alles okay, Sam? Deine Augen sind ein bisschen ... gerötet."

„Ich ... äh, ja, du weißt schon. Schwieriger Fall. Das ist alles." Sie hatte auf die harte Tour gelernt, ihren Verdacht, schwanger zu sein, für sich zu behalten. So musste sie weniger Leuten Bescheid geben, wenn es sich entweder als falscher Alarm erwies oder schlecht lief. Was es bisher immer getan hatte.

„Ich bin für dich da, wenn du eine Freundin brauchst. Das weißt du hoffentlich."

„Natürlich", versicherte ihr Sam, genervt, weil ihr schon wieder die Tränen kamen. Verfluchte Scheiße. „Ich muss los. Schick mir deinen Bericht, sobald er fertig ist."

„Mach ich."

Sam begab sich ins Großraumbüro, entschlossen, sich zusammenzureißen und auf den Fall zu konzentrieren – und zwar ausschließlich. Die vier Leichen in der Gerichtsmedizin verdienten ihre ungeteilte Aufmerksamkeit, und die würden sie auch kriegen.

„Ich will euch in fünf Minuten alle im Konferenzraum sehen", verkündete sie auf dem Weg zu ihrem Büro. „Jeannie", wandte sie sich an Detective Jeannie McBride, „bring das Board mit den Infos zu Caroline Brinkley auf den neuesten Stand, und zitiere Archie und jemanden von der Abteilung für Bandenkriminalität herunter."

„Jawohl, Ma'am."

Sam schloss ihr Büro auf und schaltete das Licht ein und sofort wieder aus, als der Glanz der Neonröhren in ihren Augen schmerzte. Sie hasste Neonlicht fast ebenso sehr wie Spritzen und Flugzeuge.

Es klopfte an der Tür, dann betrat Malone ihr Büro. Als er die Tür hinter sich schloss, hatte Sam das ungute Gefühl, dass ihr Tag noch schlechter werden würde – wenn das denn überhaupt möglich war. „Was gibt's?"

„Der Chief hat mich gebeten, mit Ihnen zu sprechen", begann er und machte es sich in ihrem Besucherstuhl bequem.

Ihre Instinkte ließen sie selten im Stich. „Worüber?"

„Stahl."

Bei dem Namen schossen eine Million Gedanken durch Sams Kopf – und keiner davon war angenehm. „Was ist mit ihm?"

„Forresters Büro hat sich gemeldet", erklärte Malone. Forrester war der Staatsanwalt des District of Columbia. „Man hat uns mitgeteilt, dass Stahl in Ihrem Fall bereit ist, ein Alford-Bekenntnis in Erwägung zu ziehen."

Sam setzte sich, denn ihre Beine drohten nachzugeben. „Er ist also bereit, zuzugeben, dass genügend Beweise für eine Verurteilung vorliegen, aber nicht bereit, seine Schuld einzugestehen? Dieser Mistkerl."

„Mit dieser Antwort haben wir schon gerechnet." Malone beugte sich vor und stützte die Ellbogen auf die Knie. „Folgendes, Sam. Wenn Sie dem Deal zustimmen, fährt er trotzdem für mehrere Jahrzehnte ein. Sie müssen nicht aussagen und nicht noch einmal durchmachen, was an jenem Tag in Marissa Springers Keller geschehen ist."

Bei den Worten „Marissa Springers Keller" war plötzlich alles wieder da. Die Schmerzen und die Angst. Der Klingendraht. Das Benzin. Die absolute Sicherheit, dass sie von der Hand eines Mannes sterben würde, der einmal ihr Vorgesetzter gewesen war und sie inzwischen zutiefst verabscheute. „Nach allem, was er mir angetan hat, will ich ein Geständnis von ihm hören. Ich will, dass er seine Schuld vor Gericht einräumt, sonst gibt es keinen Deal."

„Das habe ich begriffen, und ich kann Ihren Standpunkt auch nachvollziehen. Ich möchte allerdings, dass Sie sich vierundzwanzig Stunden Zeit dafür lassen, die Sache von allen Seiten zu betrachten, ehe wir das an Forresters Team zurückmelden. Sprechen Sie mit Nick und Ihrem Vater. Hören Sie sich ihre Meinung an. Nehmen Sie sich einfach einen Tag Zeit, Sam."

„Das ist nicht nötig. Ich werde meine Meinung nicht ändern."

„Lassen Sie sich trotzdem Zeit. Tun Sie es mir zuliebe. Ich möchte nicht, dass Sie es später bereuen, wenn Sie aussagen müssen."

Mit ihrem besten störrischen Gesichtsausdruck starrte Sam ihn an, doch Malone starrte einfach nur zurück. „Na schön. Wenn es Ihnen so viel bedeutet, schiebe ich die Entscheidung noch einen Tag auf, aber das wird an meiner Meinung nichts ändern."

„Also gut. Wie steht es bei den Ermittlungen zu den tödlichen Schüssen?"

„Ich versammle mein Team im Konferenzraum, um unsere Vorgehensweise festzulegen."

„Dann komme ich mit."

Gemeinsam betraten sie den Konferenzraum, und wieder ertappte sich Sam dabei, dass sie Schwierigkeiten hatte, sich auf den Fall zu konzentrieren. Dieser gottverdammte Stahl. Als hätte sie nicht schon genug um die Ohren! Jetzt musste auch er noch sein hässliches Haupt erheben.

„Okay, fangen wir an."

8

Sam trat an das Indizienboard, deutete nacheinander auf die Fotos der Opfer und zählte die Fakten auf: „Jamal Jackson, fünfzehn, erschossen im Stadtteil Penn Branch. Er hat eine Mutter und zwei ältere Schwestern, die ihn geliebt haben. Melody Kramer, einunddreißig, erschossen in Eckington, auf dem Heimweg auf der Quincy. Sie war verheiratet, und sie und ihr Mann Joe hatten gerade erfahren, dass sie ihr erstes Kind erwartete, nachdem sie lange versucht hatte, schwanger zu werden. Sridhar Kapoor, fünfunddreißig, Doktorand in Chemie in Georgetown, erschossen auf der P Street Northwest, auf dem Heimweg mit seiner Frau Rayna nach einem abendlichen Clubbesuch mit Freunden. Sie ist so am Boden zerstört, dass sie noch nicht mit uns sprechen konnte. Wir werden heute ihre Aussage aufnehmen. Caroline Brinkley, sechsundzwanzig, irgendwann nach drei heute Morgen auf der Woodley Road Northwest in den Rücken geschossen, auf dem Heimweg von der Arbeit in einem Club in der K Street. Dr. McNamara glaubt, sie ist etwa zwanzig Minuten lang verblutet. Carolines Vater in Minnesota zufolge hat sie hart gearbeitet und hatte gerade den Schulbesuch wieder aufgenommen, um sich ein besseres Leben zu ermöglichen."

Sam sah allen Anwesenden der Reihe nach in die Augen – Freddie, Gonzo, Jeannie, Archie, Malone und dem Captain der

Einheit für Bandenkriminalität, dessen Name ihr gerade nicht einfallen wollte. „Gestern um diese Zeit waren diese vier Menschen alle noch am Leben. Jamal war in einem IMAX-Film im Air and Space Museum, weil ihn der Weltraum fasziniert hat. Melody war im siebten Himmel, weil sie und ihr Mann endlich ein Kind erwarteten. Sie hat Witze darüber gemacht, dass sie den Geburtstag einer Freundin in einer Bar feiern wollte, aber leider nichts würde trinken können. Sridhar war brillant. Hat in Georgetown in Chemie promoviert. Caroline ... hat getan, was Tausende andere Menschen in dieser Stadt auch jeden Tag tun – sie ist von der Arbeit nach Hause gelaufen. Sie hatte eine Dose Pfefferspray in der Hand, um potenzielle Angreifer abzuwehren."

Sam machte eine kurze Pause, damit die anderen dieses absurde Detail verarbeiten konnten.

Jeannie starrte auf den Tisch, während Freddie die Rückwand des Raums fixierte, wo Malone neben Chief Farnsworth stand.

„Augenzeugenberichten zufolge suchen wir eine schwarze Limousine", fuhr Sam fort.

„Ich habe mir erlaubt, eine Liste aller Fahrzeuge im Bereich D. C., Maryland und Northern Virginia auszudrucken, die der Beschreibung entsprechen", warf Jeannie ein und hielt einen anderthalb Zentimeter dicken Papierstapel hoch.

Sam nickte ihr zu. „Wir fangen mit der Stadt an und arbeiten uns von da nach außen vor." Zu Malone und Farnsworth sagte sie: „Wir werden Hilfe von der uniformierten Polizei und eine Überstundengenehmigung für unsere Leute brauchen."

„Erteilt", antwortete Farnsworth sofort. „Was immer Sie brauchen, um diese Drecksäcke zu erwischen, bevor sie noch jemanden umbringen."

„Womit wir es hier auch immer zu tun haben, ich glaube nicht, dass es vorbei ist", sagte Sam.

„Sehe ich ähnlich", gab ihr der Captain der Abteilung für Bandenkriminalität recht.

Der Name lag ihr auf der Zunge. „Wie lautet Ihre Theorie, Cap?", fragte sie.

„Mich erinnert das an ein Initiationsritual", entgegnete er. „Wir kennen das schon. Mein Team redet mit unseren Kontakten. Schauen wir mal, was wir rausfinden."

„Das ist zwar eine mögliche Theorie, aber dafür kommt mir das Ganze zu professionell vor. Ich fürchte, wir müssen einen möglichen militärischen oder polizeilichen Hintergrund des Schützen in Betracht ziehen."

„Wie kommst du darauf, Lieutenant?", fragte Jeannie.

„Wer auch immer unser Täter ist, wir haben es mit einem verdammt guten Schützen zu tun, der jemanden aus einem schnell fahrenden Auto heraus mit tödlicher Genauigkeit treffen kann. Es gab keine Fehlschüsse. Jedes Mal ist bloß ein Schuss gefallen, der die gewünschte Wirkung erzielt hat. Etwas sagt mir, dass wir es hier nicht mit normalen Kriminellen zu tun haben."

„Dem würde ich zustimmen", pflichtete ihr der Captain der Abteilung für Bandenkriminalität bei. „Doch wir hören uns trotzdem um, nur für alle Fälle."

Sam nickte zustimmend. „Bitte halten Sie uns auf dem Laufenden."

„Wird erledigt."

„Archie, was habt ihr über die Schüsse in Georgetown und Woodley?", fragte sie.

„Wir gehen noch die Aufnahmen der Verkehrs- sowie der Überwachungskameras aus allen möglichen Quellen im Umkreis aller vier Tatorte durch. Das ist eine Mammutaufgabe, aber wir arbeiten, so schnell wir können."

„Dann will ich dich nicht weiter aufhalten", erwiderte Sam.

Er erhob sich und versicherte ihr: „Ich sage Bescheid, sobald wir etwas finden."

„Danke."

Er verließ das Zimmer, und Sam wandte ihre Aufmerksamkeit wieder ihrem Team zu. „Jemand muss die Social-Media-Accounts aller vier Opfer sichten", fuhr sie fort.

„Das habe ich über Nacht schon erledigt", ließ sich Gonzo vernehmen und reichte ihr einen schriftlichen Bericht.

Sam hob eine Braue in seine Richtung.

„Ich konnte nicht schlafen", erklärte er achselzuckend, und sie fragte sich sofort, ob es ihm wirklich gut ging. „Mir ist allerdings nichts aufgefallen. Nur alltäglicher Routinekram. Nichts, wofür man jemanden ermorden müsste."

„Danke, dass du dich darum gekümmert hast", sagte Sam.

„Gern."

„Teilen wir uns die schwarzen Limousinen in der Stadt auf und fangen damit an." Dann drehte sie sich zu Malone um. „Ich würde mir die Streifenpolizisten Beckett und O'Brien gern für heute zur Unterstützung ausleihen. Morgen fängt Detective Green an", setzte sie hinzu. Nachdem sie mit Cameron Green, einem Ermittler aus Fairfax County, im Sommer zusammengearbeitet hatte, hatte sie ihn von dort abgeworben. Er würde Detective A. J. Arnold ersetzen, der im zurückliegenden Winter in Ausübung seines Dienstes erschossen worden war.

Sam rechnete damit, dass der Arbeitsbeginn von Arnolds Ersatzmann die Wunde wieder aufreißen würde, die jene schreckliche Nacht, in der er vor den Augen seines Partners Gonzo erschossen worden war, bei ihnen allen hinterlassen hatte. Vielleicht schlief Gonzo deshalb plötzlich wieder so schlecht. Sie würde ihren Stellvertreter und guten Freund im Auge behalten müssen.

„Klar", sagte Malone. „Dafür können wir sorgen."

„Ehe wir uns trennen", schwor sie ihr Team ein, „möchte ich mich vergewissern, dass ihr alle besonders auf eure Umgebung achtet. Wenn diese Typen auf größere Beute aus sind, wäre ein Polizist das ideale Opfer. Seid auf der Hut."

Alle antworteten mit „Jawohl, Ma'am" und „Werden wir".

Jeannie reichte Freddie einen Stapel Papier, nahm einen für sich und einen für Gonzo an sich und bereitete zwei weitere für die beiden Streifenbeamten vor, die Sam angefragt hatte.

„Den Rest gebe ich Captain Hernandez", verkündete sie und meinte damit den Einsatzleiter der uniformierten Beamten.

„Sag ihm, dass diese Anfrage oberste Priorität hat und er uns alle Erkenntnisse umgehend mitteilen soll."

„Wird gemacht." Jeannie verließ den Konferenzraum.

„Jemand muss die Medien auf den neuesten Stand bringen", erinnerte Malone sie. „Die haben schon Schaum vorm Mund, so dringend wollen sie Informationen über die Todesschüsse."

„Diese Typen haben doch aus dem einen oder anderen Grund immer Schaum vorm Mund", erwiderte Sam. „Können Sie sich heute darum kümmern? Ich lenke zurzeit zu sehr vom Thema ab."

„Alles klar."

„Cruz, legen wir los."
„Bereit, wenn du es bist, Lieutenant."

∼

IHRE ERSTE STATION WAR DAS GEORGE WASHINGTON UNIVERSITY Hospital, wo Rayna Kapoor im vierten Obergeschoss lag, bewacht von einem Streifenpolizisten, den Sam nicht kannte. Sie zeigte ihm ihre Dienstmarke, und Freddie tat dasselbe. Der Beamte sah sie sich genau an, wie es seine Pflicht war. Sie nutzte die Gelegenheit, sein Namensschild zu lesen: Keeney.
„Wie geht es ihr?"
„Nicht so gut. Sie haben ihr ein Schlafmittel gegeben, aber sie ist jetzt wieder wach und nach allem, was ich höre, am Rande der Hysterie."
„Ist jemand bei ihr?"
Er schüttelte den Kopf. „Ich habe gefragt, ob ich jemand für sie anrufen kann, und die Schwestern auch. Sie sagt, sie will nur Sri. Sonst niemanden."

Sam wappnete sich innerlich für Raynas tiefe Trauer, ehe sie anklopfte und das Zimmer betrat, in dem die Jalousien heruntergelassen waren. Das einzige Licht stammte von einer kleinen Lampe über dem Bett. Rayna lag auf der Seite, die Arme um ein Kissen geschlungen, und schluchzte hilflos.
„Ich bin Lieutenant Holland, Metro PD, Rayna", stellte sich Sam sanft vor. „Und das ist mein Partner, Detective Cruz."
„Ich kenne Sie. Aus den Nachrichten." Sie sprach mit einem britischen Akzent. „Sie haben all diese Mörder gefangen. Sie werden den Mörder von meinem Sri fassen."
„Ich werde mein Bestes tun."
Rayna wischte sich mit ihrer Decke das Gesicht ab. „Er darf einfach nicht tot sein. Das ist nicht gerecht. Es ging ihm doch so gut."
„Können Sie uns erzählen, was passiert ist?"
Rayna drückte einen Knopf und ließ das Kopfteil ihres Bettes ein Stück hochfahren. „Wir ... wir waren mit Freunden in einem Club. Mit Leuten, die wir von der Uni kennen. Wir waren das erste Mal zusammen mit ihnen unterwegs und zum ersten Mal in

einem Club. Sri hat gemeint, wir müssten mal lernen, Spaß zu haben, weil eigentlich niemand so viel arbeiten sollte, wie wir es tun. Ich wollte nicht, bin aber ihm zuliebe mitgekommen. Weshalb hat er nur nicht auf mich gehört? Ich wusste, dass das keine gute Idee war."

„Warum hatten Sie dieses Gefühl?"

„Keine Ahnung." Sie starrte die Wand an, wo die Schwestern ihre persönlichen Daten auf einem Whiteboard notiert hatten. „Ich hatte das Gefühl, wir sollten da nicht hingehen."

„Hatte dieses Gefühl eine konkrete Ursache?"

„Keine bestimmte. Ich habe manchmal einfach so eine Ahnung." Rayna berührte ihren Bauch. „Hier. Oft erweisen sie sich als richtig. Ich wünschte, diesmal hätte ich falschgelegen." Sie brach wieder zusammen, und ihr Schluchzen hallte durch das kleine Zimmer.

Sam fühlte sich schrecklich, weil sie die Frau zwang, sich den traumatischsten Augenblick ihres Lebens noch einmal zu vergegenwärtigen, aber sie musste es einfach wissen. „Sie waren also auf dem Heimweg ..."

Rayna nickte und wischte sich erneut das Gesicht ab. „Zu Fuß, auf der P Street. Ich wollte ein Taxi nehmen, doch Sri hat gemeint, nach dem Club würde uns die frische Luft guttun. Er hat mich überredet, zu Fuß zu gehen. ‚Komm', hat er gesagt. ‚Es ist so eine wunderschöne Nacht.' Er ist sehr überzeugend, wenn er sich etwas in den Kopf gesetzt hat." Ihr Gesicht verzerrte sich, als ihr offenbar klar wurde, dass sie im Präsens von ihm gesprochen hatte. „Er ... er hat über eine große Präsentation geredet, die er diese Woche an der Uni hätte halten müssen. Es gab ein lautes Geräusch, und dann ist alles gleichzeitig passiert. Er ist getaumelt und auf mich gefallen, hat mich mit sich zu Boden gerissen. Ich wusste erst gar nicht, was passiert war, bis ich das Blut gespürt habe. Da war so viel Blut." Sie erschauerte, während sie erneut zu schluchzen begann.

„Wann ist Ihnen klar geworden, dass man auf ihn geschossen hatte?", fragte Sam.

„Erst als die Polizei eingetroffen war. Die Beamten haben mir erzählt, was geschehen war."

„Haben Sie sich bei Ihrem Sturz verletzt?"

„Ich habe mir das Handgelenk verstaucht", erwiderte sie und hob den Arm, um Sam ihren Stützverband zu zeigen.

„Haben Sie das Auto oder etwas anderes gesehen, das uns helfen könnte, die Täter zu fassen?"

Sie schüttelte den Kopf. „Die Polizisten haben gesagt, sie wären von hinten gekommen. Ich habe gar nichts gesehen." Sie hob den Blick und fragte Sam: „Werden Sie sie finden? Werden Sie dafür sorgen, dass die dafür bezahlen, dass sie mir meinen wunderbaren Mann genommen haben?"

„Ich werde tun, was ich kann. Versprochen. Sollen wir jemanden anrufen, damit Sie nicht allein sind? Eine Freundin, Ihre Familie oder so?"

„Nein. Meine Familie und die von Sri leben in Indien. Wir hatten hier nur einander. Mehr haben wir auch nicht gebraucht."

Sam konnte sich nicht vorstellen, so allein auf der Welt zu sein. „Die Leute, mit denen Sie den gestrigen Abend verbracht haben, würden doch sicher kommen, wenn Sie sie darum bitten."

„Dafür kenne ich sie nicht gut genug."

„Wenn Sie mir Namen und Telefonnummer einer Freundin geben, rufe ich gerne für Sie an."

Rayna dachte kurz nach und griff dann nach dem Notizbuch, das Sam ihr hinhielt. „Sri hat gesagt, ich solle die Nummer seiner Laborpartnerin auswendig lernen, falls ich ihn mal nicht erreichen könne. Er ist so in seiner Arbeit versunken, dass ich manchmal sie anrufen musste, wenn ich mit ihm reden wollte." Sie notierte Namen und Telefonnummer der Frau.

Sam reichte das Notizbuch Freddie, der das Zimmer verließ, um den Anruf zu tätigen, dann gab sie Rayna ihre Karte. „Ich muss das fragen ... Sie sagen, Ihre Familie lebt in Indien, aber Sie haben einen britischen Akzent."

„Sri und ich haben in Großbritannien studiert. Da haben wir uns kennengelernt. Unsere Familien haben viel geopfert, um uns von allem das Beste zu ermöglichen, und wir haben uns darauf gefreut, nach der Promotion das Gleiche für sie zu tun. Jetzt ..." Sie seufzte tief. „Ich weiß nicht, was ich jetzt tun werde."

„Wenn Ihnen noch irgendetwas einfällt, das bei unseren Ermittlungen hilfreich sein könnte, rufen Sie mich bitte an, egal wie spät es ist. Und auch, wenn ich irgendetwas für Sie tun kann."

„Sehr freundlich. Danke."

„Es tut mir leid, dass Ihnen und Ihrem Mann dies in unserer Stadt zugestoßen ist."

„Mir auch. Es hat uns hier wirklich gefallen. Wir waren glücklich."

Sam hätte ihr gern gesagt, es werde alles wieder gut werden, sie werde das irgendwie überstehen, aber woher wollte sie das wissen? „Mein Beileid."

„Danke. Alle waren so freundlich zu mir ..."

„Ich lasse Sie sich jetzt etwas ausruhen." Sam ging aus dem Zimmer und stand vor Keeney, bemerkte dessen attraktives junges Gesicht mit der diensteifrigen Miene. Ihn hatte der Job noch nicht kaputtgemacht, doch das würde er. Unausweichlich.

„Alles in Ordnung, Lieutenant?"

„Ja. Das war hart."

„Ich weiß nicht, wie ihr Jungs und Mädels von der Mordkommission das jeden Tag aushaltet. Ehrlich gesagt könnte ich das nicht."

„Sie wären überrascht, was man alles hinkriegt, wenn man muss."

„Wahrscheinlich." Er zuckte die Achseln. „Jedenfalls bewundere ich Sie für die Arbeit, die Sie und Ihr Team leisten."

„Danke." Erschöpft von ihrem Gespräch mit Rayna lehnte sich Sam an die Wand und legte den Kopf in den Nacken, um sich kurz zu sammeln. In einiger Entfernung hörte sie Geflüster aus dem Schwesternzimmer, das wahrscheinlich ihr galt. In den letzten Wochen hatte viel Geflüster ihr gegolten, aber sie ignorierte es wie immer.

„Wie Sie *damit* fertigwerden, verstehe ich auch nicht", bemerkte Keeney so leise, dass nur sie es hören konnte.

„Indem ich es ignoriere." Sie wäre, wo sie schon mal hier war, so gerne in ein Untersuchungszimmer geschlüpft und hätte um einen Schwangerschaftstest gebeten. Sie hätte natürlich auch in der Praxis ihres Freundes Harry, der Arzt war, vorbeischauen und ihn darum bitten können. Aber beides hätte bedeutet, ihren Verdacht mit jemandem zu teilen, und es war schon schwer genug gewesen, Shelby einzuweihen.

Wahrscheinlich hätte sie es Nick sagen sollen, doch der

Gedanke, ihn schon wieder zu enttäuschen, hatte den Ausschlag gegeben, und sie hatte entschieden, lieber abzuwarten, bis sie sich sicher war. Harry hätte den Zweifeln ein Ende setzen können, allerdings hatte sie einen Fall zu lösen und durfte keine Zeit verschwenden, solange ein Amokschütze unterwegs war und die Stadt in Angst und Schrecken versetzte.

Es war damit zu rechnen, dass der Spuk noch nicht vorüber war, sie hatte also wirklich keine Zeit, sich um persönliche Angelegenheiten zu kümmern. Zumindest nicht heute.

Freddie kam ein paar Minuten später zurück. „Die Laborpartnerin ist unterwegs. Sie war froh, dass wir sie angerufen haben. Die Frau hatte sich schon große Sorgen darüber gemacht, wo Rayna ist und wie es ihr geht."

„Ich bin erleichtert, zu wissen, dass sich jemand um sie kümmert."

„Ja, ich auch. Wohin jetzt?"

„Ich möchte noch mal mit Danita Jackson sprechen."

„Dann los."

Zu Keeney sagte sie: „Informieren Sie uns, wenn sich etwas ändert oder sie entlassen wird."

„Mach ich. Ich hoffe, Sie erwischen diese Drecksäcke bald."

„Ich auch."

Sie verließen das Krankenhaus und fuhren in Richtung des Hauses der Jacksons, das nur ein paar Blocks von der Stelle entfernt lag, wo Jamal die tödliche Kugel getroffen hatte.

Unterwegs berichtete Sam: „Stahl hat angeboten, ein Alford-Bekenntnis abzulegen."

„Das ist doch totale Scheiße", entfuhr es Freddie. „Scheiße" war in seinen Augen ein schlimmer Kraftausdruck. „Und was willst du tun?"

„Ich soll mir vierundzwanzig Stunden Zeit lassen und es mit Nick und meinem Vater besprechen, aber ich will hören, wie er gesteht."

„Nach dem, was er dir angetan hat, kann ich dir daraus keinen Vorwurf machen."

„Ein Prozess würde hässlich werden – für mich, für Nick, für die Mordkommission."

„Ja, und? Du warst mit Stahl in diesem Raum, und diese Entscheidung triffst ganz allein du."

Seine uneingeschränkte Unterstützung zauberte Sam ein Lächeln auf die Lippen. „Danke."

„Was auch immer du tun willst, wir stehen hinter dir."

„Das bedeutet mir viel."

Auf der Veranda von Danitas zweistöckigem Reihenhaus standen Topfpflanzen, weitere Blumen säumten den Bürgersteig. „Es sagt viel über Menschen aus, wie gut sie sich um ihr Heim kümmern", meinte Sam zu Freddie, als sie sich dem Tor in dem weißen Lattenzaun näherten, der den kleinen Vorgarten umgab.

„Stimmt."

„Danita pflegt ihr Haus. Sie nimmt sich Zeit, um es hübsch und einladend zu gestalten. Wer so viel Zeit in sein Heim investiert, behandelt auch seine Kinder gut."

„Ich glaube, ich werde nie Kinder haben."

Sam blieb abrupt stehen und wirbelte zu ihm herum. „Was? Seit wann das denn?"

„Tatsächlich sehe ich das schon eine Weile so. Elin und ich haben darüber gesprochen. Wir sind uns weitgehend einig."

„Worüber?"

„Dass wir keine Kinder in diese verrückte Welt setzen wollen. Was Jamal zugestoßen ist ... Wenn das je einem meiner Kinder passieren würde ..." Er schüttelte den Kopf. „Ich höre schon mein ganzes Leben, dass Gott niemandem mehr auflädt, als er ertragen kann. Das wäre aber viel mehr, als ich ertragen könnte. Es würde mich fertigmachen."

Es war weder der Zeitpunkt noch der Ort dafür – hier, vor dem Heim einer trauernden Familie –, dieses Gespräch zu führen, trotzdem taten sie es. „Du lässt dich von deinem Job beeinflussen. Wir sehen solche Scheiße viel zu oft, und sie passiert tatsächlich zu oft. Viel zu oft. Doch wir sind auch immer Zeugen des schlimmsten Ausschnitts. Das Leben von Millionen anderer Menschen, denen nie etwas zustößt, bekommen wir nicht mit. Millionen, Freddie. Die Wahrscheinlichkeit, dass ein Kind zufällig auf der Straße erschossen wird, ist astronomisch gering. Man gewinnt eher in der Lotterie, als so zu sterben wie Jamal."

„Es geht nicht um Jamal. Dahinter steckt viel mehr."

„Ob du's glaubst oder nicht, das verstehe ich. Wirklich. Bevor Scotty Personenschutz durch den Secret Service bekommen hat, habe ich mir ständig Sorgen gemacht, ihm könnte etwas passieren. Ich habe diese Sorge noch immer, selbst wenn er jetzt von einer ganzen Armee umgeben ist. Dauernd denke ich an die Dinge, die ihm zustoßen könnten, aber weißt du, was?"

Freddie legte den Kopf schief. „Was?"

„Die Freude, die er in unser Leben bringt, ist so viel größer als die Summe unserer Ängste. Er ist das Beste, was Nick und mir je passiert ist, und ich möchte die Liebe, die ich für ihn empfinde, nicht gegen allen Seelenfrieden der Welt eintauschen. Ich fände es furchtbar, wenn du die unglaubliche Erfahrung verpassen würdest, Vater zu sein, weil du Angst vor dem hast, was geschehen könnte. Noch furchtbarer fände ich es allerdings, wenn du dir von der Angst dein Leben ruinieren ließest. Du würdest eine der größten Freuden unseres Daseins verpassen, Freddie. Beraube dich dessen nicht wegen dem ganzen Mist, den wir beruflich ständig sehen müssen. Bitte nicht."

Er trat von einem Fuß auf den anderen. „Wie immer sagst du kluge Dinge."

„Darauf würde ich normalerweise erwidern: ‚Klar doch', aber dieses Thema ist zu wichtig für Witze. Versprich mir, das mit den Kindern nicht schon vor deiner Hochzeit komplett auszuschließen."

„Ich verspreche, noch einmal mit Elin zu reden."

„Sehr gut." Sam musterte das weiße Haus mit den schwarzen Fensterläden. „Bringen wir es hinter uns."

„Hey, Sam?"

Sie wandte sich ihm wieder zu. „Ja?"

„Danke. Für das, was du gesagt hast und so. Ich weiß, dieses Thema ist nicht einfach für dich."

„Es war schwerer, bevor ich Scotty hatte", antwortete sie und versuchte erneut, den Gedanken zu verdrängen, dass sie wieder schwanger sein könnte. „Er hat vieles in Ordnung gebracht."

„Scotty ist ein toller Junge."

„Ja, und du würdest auch tolle Kinder haben. Du wärst ein wunderbarer Vater."

„Meinst du wirklich?"

Sie schaute ihn an und verdrehte die Augen. „Ja, Freddie, das meine ich wirklich, genau wie jeder andere, der dich kennt. Mein Vater hat mal gesagt, das Schlimmste, was man tun kann, ist, den Beruf mit nach Hause zu nehmen. Tu das nicht. Du wirst es ewig bereuen, wenn du deine Lebensentscheidungen von dem abhängig machst, was wir hier draußen sehen."

„Zur Kenntnis genommen." Er öffnete das Tor und bedeutete ihr vorzugehen.

9

Sie stiegen die Stufen zur Veranda hoch, und Sam klingelte.
Misty öffnete die Tür. Sie sah aus, als hätte sie nicht geschlafen. Ihre Augen waren rot verweint. „Hi."

„Hallo, Misty. Könnten wir kurz mit Ihnen, Ihrer Mutter und Ihrer Schwester sprechen?"

„Ja, klar. Schätze schon."

„Passt es gerade?"

Sie zuckte die Achseln. „So gut wie zu jedem anderen Zeitpunkt." Sie trat zur Seite und ließ sie rein.

Es lief allem zuwider, woran Sam glaubte, im Einsatz jemandem den Rücken zuzudrehen, doch aus Respekt vor der Trauer des Mädchens machte sie eine Ausnahme.

„Sie sind hinten." Misty deutete einen schmalen Korridor entlang, der in eine helle, sonnendurchflutete Küche mit gelben Wänden führte. Die heitere Atmosphäre stand in krassem Kontrast zu der alles durchdringenden Trauer, die den Menschen anhaftete, die am Tisch saßen und am Küchentresen lehnten. Mit einem raschen Blick in die Runde zählte Sam etwa zehn Personen, darunter Danita und Tamara.

„Mama, Lieutenant Holland möchte mit dir sprechen", sagte Misty.

Danita, die den Kopf in die Hände gestützt hatte, schaute auf. Sie war offensichtlich am Boden zerstört und schien über Nacht um zehn Jahre gealtert. „Haben Sie den Mörder meines Sohnes gefunden?"

„Ich fürchte nein", antwortete Sam. „Aber wir arbeiten daran. Ich würde gerne kurz ungestört mit Ihnen und Ihren Töchtern sprechen."

„Okay." Danita sah die anderen an und bat sie mit einer Kopfbewegung, den Raum zu verlassen.

Mehr als einer der Anwesenden musterte Sam sehr genau, während sie im Gänsemarsch die Küche verließen. Sie erinnerte sich an Nicks Bild von dem Goldfisch, das treffend beschrieb, wie sie in letzter Zeit von Menschen beobachtet wurde. Sie hatten das Gefühl, sie zu kennen – und ihn. Doch in Wirklichkeit kannten sie nur die Medienberichte über sie, und die waren nicht gerade eine verlässliche Informationsquelle.

Sam nahm am Tisch Platz, während Freddie stehen blieb.

„Was wollen Sie wissen?" Danita zog ein Papiertaschentuch aus einer Schachtel auf dem Tisch und schnäuzte sich.

„Gestern habe ich Sie gefragt, ob es in Ihrem Leben irgendetwas gibt, was zu Jamals Ermordung geführt haben könnte. Vielleicht haben Sie uns heute, nachdem Sie etwas Zeit zum Nachdenken gehabt haben, mehr zu erzählen."

Zorn huschte über Danitas Gesicht. „Wir haben Ihnen nichts zu sagen."

Tamara und Misty betrachteten ihre Hände auf dem Tisch, und Sam wurde sofort argwöhnisch. „Sie vielleicht, meine Damen? Ich erinnere Sie daran, dass es ein Verbrechen ist, bei einer Mordermittlung Informationen zurückzuhalten."

„Ich möchte, dass Sie jetzt mein Haus verlassen", erklärte Danita und funkelte Sam an.

Einem Instinkt folgend blieb Sam sitzen und fixierte die beiden jüngeren Frauen mit ihrem Blick. Nach ein oder zwei Minuten drückender Stille brach Tamara in Tränen aus.

„Jetzt sag's ihr schon", drängte Misty.

„Wovon redest du?", fuhr Danita ihre Tochter an.

Misty sah ihre Schwester an.

„Es … es tut mir so leid, Mama", schluchzte Tamara. „Jamals Tod ist meine Schuld."

„Was hast du getan?", flüsterte Danita.

Tamara weinte so heftig, dass sie kein Wort herausbekam.

Danita schaute Misty an. „Rede. Auf der Stelle."

Misty schluckte schwer. „Sie hat sich mit Trace getroffen …"

Danita schlug so heftig mit der Hand auf den Tisch, dass alle zusammenzuckten. „Was?"

Tamara schluchzte heftiger, sodass es ihren ganzen Körper schüttelte. „Es tut mir so leid, Mama. Ich hätte nie gedacht …"

Danita erhob sich und bedachte ihre Töchter mit einem flammenden Blick. „Ich habe dir klipp und klar befohlen, die Finger von ihm zu lassen, Tamara." Dann wandte sie sich an Misty: „Wenn du davon gewusst hast, warum hast du nichts gesagt?"

Sam räusperte sich. „Entschuldigung. Könnte mir bitte mal jemand erklären, wer Trace ist?"

„Trace Simmons ist ein Gangster, der mit meinen Töchtern zusammen aufgewachsen ist. Ich habe ihnen ausdrücklich den Umgang mit ihm verboten."

Sam schaute Freddie an, dessen Miene Erschrecken verriet. Auch ihm war wieder eingefallen, dass Trace ein Partner von Darius Gardner war, dem Gangster, der in der Woche von Sams Hochzeit auf sie geschossen hatte. Sie hatten versucht, mit Gardner über mögliche Hinweise im Fall der Schüsse auf Skip zu sprechen.

„Ich liebe ihn, Mama!"

Danita stöhnte. „Ja, klar. Er ist ein gewalttätiger Dreckskerl, der mit Drogen dealt, und du hast was Besseres verdient!"

Tamara krallte die Finger in die Brust ihres Shirts, und Sam erkannte, dass sie hyperventilierte. Sie sprang auf. „Wir brauchen eine Tüte oder so, in die sie atmen kann."

Mit zitternden Händen stand Misty auf, öffnete eine Schublade und entnahm ihr eine braune Papiertüte, die Sam Tamara vor Mund und Nase hielt.

„Tief durchatmen", befahl Sam und rieb dem Mädchen den Rücken. „Sie müssen sich beruhigen."

Tamara atmete in die Tüte, bis sie sich wieder etwas beruhigt hatte.

Sam zog einige Papiertaschentücher aus der Schachtel auf

dem Tisch und reichte sie Tamara, die sich das Gesicht abwischte und sich schnäuzte.

„Kann ihr jemand mal ein Glas Wasser holen?"

Misty übernahm das, während Danita Tamara weiter anfunkelte. Ihre Wut war beinahe mit Händen zu greifen.

„Wenn du ihn liebst", wandte sich Danita verächtlich an ihre Tochter, „warum sollte er dann deinen Bruder töten wollen?"

Sam hatte sich dieselbe Frage gestellt und war froh, dass Danita sie laut aussprach.

Tamara trank einen Schluck aus dem Glas, das Misty ihr reichte. „Ich ... ich habe ihm erzählt ... dass du nicht willst, dass wir uns treffen, und ich einen Haufen Ärger kriege, wenn du es herausfindest. Er ... er hat dann gemeine Dinge über dich gesagt ..." Wieder schluchzte sie auf. „Ich habe geantwortet, er darf nicht so über dich reden, und er hat mir eine geknallt. Er hat gebrüllt, niemand befiehlt ihm, was er tun darf und was nicht. Danach ... habe ich nicht mehr mit ihm geredet und bin nicht rangegangen, wenn er angerufen hat. Er hat gemeint, es würde mir noch leidtun, dass ich ihn ignoriere. Niemand würde ihn ignorieren."

„Du dummes, dummes Mädchen", zischte Danita. „Was glaubst du, warum ich wollte, dass du dich von ihm fernhältst? Ein Mann, der dich schlägt, über deine Mutter herzieht und Drohungen ausstößt, verdient keine fünf Minuten deiner Zeit."

„Das weiß ich jetzt auch."

„Das hast du schon vorher gewusst! Ich habe dir prophezeit, dass das passieren würde!"

Sam bat Freddie mit den Augen, Danita aus dem Raum zu schaffen.

„Mrs Jackson", sagte er, „lassen Sie uns ein bisschen frische Luft schnappen."

Zum Glück ließ sie sich von Freddie aus dem Zimmer führen, nachdem sie ihren Töchtern einen weiteren angewiderten Blick zugeworfen hatte.

Beide Mädchen schienen sich etwas zu entspannen, als sie weg war.

„Reden wir über Trace", erklärte Sam.

∼

Eine Stunde später verließen Sam und Freddie das Haus der Jacksons mit einer neuen Spur.

„Verbinde mich mit dem Captain der Abteilung für Bandenkriminalität. Wie heißt er noch mal?"

„Harrison."

Sam schnippte mit den Fingern. „Genau! Der Name wollte mir einfach nicht einfallen."

„Wende dich nur ruhig an mich, deinen allwissenden Partner. Ich kenne die Antworten auf alle Fragen."

„Ja, ja. Das war ganz schön krass eben, was?"

„Mir tut die Mutter leid", erwiderte Freddie. „Sie hat bei ihren Kindern alles richtig gemacht, aber wenn sie erwachsen werden, ist es schwer, sie auf Schritt und Tritt im Auge zu behalten."

„Mir tut Tamara leid. Sie ist mit Trace zusammen aufgewachsen. Kannte ihn schon, bevor ihn die Gang in ihre Fänge bekommen hat. Sie sucht in dem Mann, der er heute ist, noch immer den Jungen, den sie früher gekannt hat, und hat nicht kapiert, dass es den schon lange nicht mehr gibt."

„Mir ist sofort alles wieder eingefallen: der Tag damals mit Gardner, seine Drohungen gegen Faith Miller, der Vorwurf der Vergewaltigung, die wir ihm nicht nachweisen konnten."

Sam grinste. „Bis wir ihn dann doch festgenagelt haben."

„O ja, das haben wir. Was soll ich Harrison sagen?"

„Er soll sein Team bitten, Simmons aufs Revier zu schaffen. Wir müssen auch prüfen, ob er selbst oder einer seiner bekannten Kontakte eine schwarze Limousine fährt."

„Bin dran."

Während Freddie telefonierte, kontaktierte Sam Captain Malone, um ihm zu berichten, was sie von Tamara Jackson erfahren hatten, und einen Durchsuchungsbeschluss für Simmons' Wohnung zu beantragen.

„Ich kümmere mich sofort darum. Gute Arbeit, Lieutenant. Der Typ könnte der Schlüssel zu alldem sein."

„Hoffen wir's. Was gibt es Neues bei der Fahndung nach dem Wagen?"

„Da kommen wir nur langsam voran. Wir arbeiten uns nach und nach durch alle schwarzen Limousinen der Stadt. Haben Sie gewusst, dass Schwarz eine ziemlich beliebte Autofarbe ist?"

„Habe ich gerüchteweise gehört. Halten Sie mich auf dem Laufenden."

„Wenn es etwas Neues gibt, erfahren Sie es als Erste."

Sam und Freddie beendeten ihre Telefonate gleichzeitig.

„Was hat Harrison gesagt?", fragte sie.

„Er hat leise gepfiffen, als ich Simmons erwähnt habe. Den Kerl kennt er gut. Er war bloß allzu gern bereit, ihn aufs Revier holen zu lassen. Harrison hofft, dass wir etwas haben, wofür er in den Knast muss, und zwar, ich zitiere, ‚für den Rest seines Lebens und das nächste gleich mit'."

„Gut zu wissen, dass wir seine volle Unterstützung haben."

„Definitiv. Ich habe ihm erzählt, was Tamara gesagt hat, und er meinte, das passt zu Simmons' üblicher Reaktion, wenn er findet, dass ihm nicht der angemessene Respekt entgegengebracht wird. Er war nicht sicher, was die schwarze Limousine angeht, aber seine Leute werden das für uns überprüfen."

„Diese Spur fühlt sich gut an", erklärte Sam, als sie den Wagen Richtung Hauptquartier lenkte, erneut froh über das geringe Verkehrsaufkommen. „Sehr gut sogar."

„Du weißt, ich bin ungern ein Spaßverderber ..."

Sam sah ihn an und verdrehte die Augen. „Du liebst es doch, mir den Spaß zu verderben. Was hast du denn diesmal zu sagen?"

„Es ist nur ... Wenn Trace Tamara tatsächlich für ihren mangelnden Respekt bestrafen wollte, kann ich mir unter Umständen irgendwie vorstellen, dass er deswegen Jamal umlegt. Aber warum sollte er noch drei weitere Menschen erschießen? Er ist bereits Vollmitglied seiner Bande, darum kann es also nicht gehen."

„Vielleicht wollte er die Ermordung Jamals wie einen Zufall aussehen lassen?"

„Möglich, kommt mir allerdings vor wie mit Kanonen auf Spatzen geschossen. Das sollte kein Wortspiel sein."

Sam musste ihm wider Willen recht geben. „Du bist wirklich ein Spaßverderber, Detective Cruz."

„Wenigstens bleibe ich mir da treu."

„Das ist mein Spruch, auf den habe ich das Urheberrecht. Du darfst ihn nicht ohne meine schriftliche Genehmigung verwenden."

„Hast du als Kind auch schon zu jedem Spiel deine eigenen Regeln gemacht?"

Sie warf ihm einen verächtlichen Blick zu. „Was glaubst du denn?"

„Dass du Glück hast, deine Kindheit überlebt zu haben?"

Sam lachte auf. „Meine Schwestern wollten mich mehr als einmal umbringen." Ihr Telefon klingelte, und sie nahm den Anruf von Nick entgegen. „Hey, Babe."

„Hey", meldete er sich undeutlich und verschlafen, als sei er gerade aufgewacht. Sie wäre jetzt lieber bei ihm und nicht auf Mörderjagd gewesen. „Du hast dich nicht von mir verabschiedet."

„Doch. Ich habe dich sogar geküsst."

„Das zählt nicht, wenn ich nicht wach bin und es nicht genießen kann."

„Ich mache es später wieder gut."

Freddie hielt sich die Ohren zu, was Sam erneut ein Lachen entlockte. „Nicht vor den Kindern", beschwerte er sich.

„Was ist denn so witzig?"

„Freddie versucht, meine Hälfte dieses Gesprächs gezielt zu überhören. Vielleicht sollte ich mal ganz genau beschreiben, wie ich es wiedergutzumachen gedenke."

Während Nick „Ja, bitte" antwortete, warnte Freddie sie: „Wag's ja nicht!"

Darüber musste Sam noch heftiger lachen. Sie war so dankbar für die beiden und die Leichtigkeit, die sie in ihr Leben brachten, häufig, wenn sie es am meisten brauchte. „Hast du unseren Sohn schon gesichtet?"

„Nein", sagte Nick. „Er nutzt seinen letzten Ferientag voll aus. Ich habe gedacht, ich überlege mir heute was Schönes für ihn. Vielleicht schauen wir uns ein Spiel der Feds an."

„Das würde ihm bestimmt gefallen. Ich wünschte, ich könnte dabei sein."

„Wirklich?", fragte er trocken.

„Na ja, weniger wegen des Spiels als wegen der Gesellschaft. Hast du noch etwas über ... die Situation gehört?"

„Nichts Neues. Ich melde mich, wenn sich das ändert."

„Bitte nicht. Neue Informationen von jetzt an nur, wenn es gar nicht anders geht. Wenn ich es nicht wissen muss und du es nicht loswerden musst, dann behalt es bitte für dich. Ich gedenke, meinen Kopf so tief wie möglich in den Sand zu stecken, und zwar solange wie irgend möglich."

„Guter Plan, Babe. Bis nachher."

„Es wird wahrscheinlich spät werden."

„Keine Sorge. Wir lassen dich trotzdem rein."

Sam lächelte über die Antwort. Er war so schlagfertig, lustig und süß, und sie liebte ihn so heiß und innig, dass sie Probleme damit gehabt hätte, wenn er ihr nicht gezeigt hätte, dass es in Ordnung war, so tiefe Gefühle für jemanden zu haben. „Ich liebe dich."

„Ich dich auch. Pass auf dich auf."

„Tu ich doch immer."

„Ihr beiden seid echt witzig", meinte Freddie, nachdem sie das Gespräch beendet hatte.

„Sind wir nicht."

„Doch, und es ist toll, dass ihr angesichts der aktuellen Lage noch immer lachen und euch ganz normal benehmen könnt."

„Wir können gar nicht anders sein als normal."

„Auf diese Weise werdet ihr mit allem fertig. Weil ihr einander habt."

„Du hast heute deinen philosophischen Tag, kleiner Freddie."

„Sam, du hast keine Ahnung, wie sehr wir euch bewundern oder wie stolz wir darauf sind, eure Freunde zu sein. Elin und ich haben darüber auf dem Heimweg vom Strand gesprochen. Sie hat gesagt, es sei total cool, dass wir einen Tag mit dem Vizepräsidenten und seiner Frau verbracht haben und dass sie für uns einfach unsere Freunde Sam und Nick sind."

„Das ist sehr nett von ihr – und von dir. Wir versuchen, Bodenhaftung zu behalten. Ich kann mir nicht vorstellen, dass einer von uns beiden je den ganzen Quatsch mitmacht, den dieser Job eigentlich mit sich bringt."

„Die meisten Leute würden das nicht hinbekommen."

„Ich mag mich so, wie ich bin, und noch mehr mag ich Nick so, wie *er* ist."

Freddie lachte leise. „Es ist wirklich bewundernswert, dass ihr euch selbst treu bleibt, obwohl das ganze Land – ja fast die ganze Welt – jetzt eure Gesichter kennt."

Sam schnitt eine Grimasse. „Erinnere mich nicht daran."

„Sorry, aber du musst auch mal das Positive sehen. Du wirst nie wieder verdeckt ermitteln müssen."

„Definitiv ein Vorteil, zumal wenn man bedenkt, wie meine letzte verdeckte Ermittlung ausgegangen ist." Sie würde die Schießerei in dem Crackhaus, bei der Quentin Johnson ums Leben gekommen war, niemals vergessen.

„Muss ich dich ein weiteres Mal daran erinnern, dass an Quentins Tod ausschließlich sein Vater, dieser Drogen vertickende Drecksack, schuld ist, und nicht du?"

„Nein, das ist mir klar. Trotzdem wünschte ich, es wäre anders gelaufen. Er war so ein süßer Junge, der nur das unsagbare Pech hatte, dass seine Eltern beide Idioten waren."

„Wohl wahr."

Sie erreichten das Polizeigebäude und betraten es über den Eingang der Gerichtsmedizin, um der Pressemeute vor dem Haupteingang auszuweichen.

„Was machen wir, wenn sie ihren Zirkus vor diese Tür verlegen?", fragte Freddie.

„Das darf nicht passieren. Die wissen, dass wir ausschließlich vor dem Haupteingang mit ihnen sprechen. Wenn sie jemals hierher umziehen, werden wir einen Helikopter beantragen, damit wir auf dem Dach landen können."

„Das wäre cool. Den fliege ich dann."

„So weit kommt's noch." Sam verdrehte die Augen in seine Richtung, bevor sie durch die Tür ging und dann direkt weiter ins Großraumbüro. „Wer hat etwas für mich?"

„Bisher nichts Neues", rief Jeannie von ihrem Schreibtisch aus. „Die uniformierten Beamten klappern die Besitzer schwarzer Limousinen ab, und ich suche nach Scharfschützen hier in der Gegend. Dazu habe ich vielleicht etwas, aber ich bin noch nicht sicher."

„Halt mich auf dem Laufenden", antwortete Sam. „Wir müssen ein bisschen Tempo machen. Ich bin nicht davon überzeugt, dass die nach einer Nacht aufhören werden."

„Wir arbeiten, so schnell wir können", versicherte Jeannie.

Sam betrat ihr Büro und las die verschiedenen Berichte, die in ihrer Abwesenheit eingetrudelt waren. Darunter befand sich nichts sonderlich Hilfreiches, was sie ziemlich frustrierte. Dann wandte sie ihre Aufmerksamkeit der Fülle von Informationen zu, die sie über Trace Simmons hatten, der seit seinem fünfzehnten Lebensjahr aufgrund schwerer werdender Delikte immer wieder mit dem Gesetz in Konflikt geraten war. Was mit Ladendiebstahl und einfacher Körperverletzung als Teenager begonnen hatte, hatte mit mehreren Drogenvergehen, schwerer Körperverletzung und häuslicher Gewalt geendet. Der Typ war ein Paradebeispiel für eine Verbrecherkarriere.

Archie streckte den Kopf in ihr Büro. „Hey, hast du eine Minute?"

„Klar, komm rein."

„Ich bin die verschiedenen Überwachungskamera-Aufnahmen von den Tatorten durchgegangen und konnte eine Zahl auf dem Nummernschild erkennen." Er reichte ihr einen Ausdruck, bei dem als letzte Ziffer eindeutig eine Acht erkennbar war. „Siehst du, dass sie blau ist? Das bedeutet, es ist ein Washingtoner Nummernschild. Ich habe mir erlaubt, eine Liste der schwarzen Limousinen mit Washingtoner Nummernschild, das auf eine Acht endet, zu erstellen. Es gibt siebzehn."

„Wow, fantastisch. Damit hast du uns viele Stunden Arbeit erspart." Sie rief nach Jeannie.

„Ja?"

Sam reichte ihr den Ausdruck der Liste, den ihr Archie gebracht hatte. „Die Streifen sollen sich auf diese siebzehn Fahrzeuge konzentrieren."

„Das reduziert die Auswahl von Hunderten auf ein paar", sagte Jeannie zu Archie, als dieser das Büro verließ. „Vielen Dank."

„Gern geschehen", erwiderte er auf dem Weg nach draußen. „Lasst mich wissen, was sich daraus ergibt."

Mit den Worten „Ich gebe diese Info an alle Streifenwagen raus" verließ Jeannie ebenfalls Sams Büro.

Sams Magen knurrte, um sie wissen zu lassen, dass es fast Mittagszeit war, doch dann klingelte ihr Handy. „Holland."

„Lieutenant Holland", meldete sich eine Frauenstimme. „Ich rufe im Auftrag von Staatsanwalt Tom Forrester an. Er würde Sie gerne morgen Mittag um zwei Uhr in seinem Büro sehen. Passt Ihnen das?"

Sam rutschte das Herz in die Hose. „Äh, ja, das geht."

„Dann bis morgen."

Nachdem sie aufgelegt hatte, suchte Sam die Nummer von Nicks Freund Andy aus ihrer Kontaktliste heraus.

„Hi, Sam", begrüßte er sie. „Was gibt's?"

„Tut mir leid, dass ich dich am Feiertag störe, aber Forrester hat mich anrufen lassen. Er will mich morgen Mittag um zwei treffen. Kannst du mit Kurt hinkommen?", fragte sie. Kurt war der Strafverteidiger aus Andys Kanzlei, der auch an ihrem ersten Treffen mit Forrester im Fall Ramsey teilgenommen hatte.

„Wir werden da sein."

„Besteht Grund zur Sorge?"

„Schwer zu sagen, doch wenn ich wetten müsste, würde ich denken, keine Geschworenen der Welt werden dich angesichts dessen, was du für diese Stadt und dieses Land bedeutest, anklagen."

Sam klammerte sich mit aller Kraft an seine Zusicherungen. „Danke für den Optimismus. Bis morgen."

„Wir sehen uns dann."

Sie legte auf, schlug die Hände vors Gesicht und dachte über die Parallelen in ihrem Leben nach. Stahl hatte sie als Geisel genommen, mit Klingendraht gefesselt und mit Benzin übergossen, und jetzt wollte er ein Alford-Bekenntnis abgeben, während sie abwartete, ob man sie dafür anklagen würde, dass sie Sergeant Ramsey geschlagen hatte, weil er geäußert hatte, das mit Stahl hätte sie sich selbst zuzuschreiben.

Sie könnte gut damit leben, wenn der ganze Mist nicht ausgerechnet in dem Moment seinem Höhepunkt zustreben würde, in dem ein unbekannter Serientäter in ihrer Stadt Unschuldige abknallte. Ganz zu schweigen von den Vorgängen im Weißen Haus und der Möglichkeit, dass ... Nein. Daran durfte sie gar nicht denken. Daran durfte sie *auf keinen Fall* denken.

Jeden Augenblick würde ihr Gehirn ihr geschmolzen aus den Ohren laufen.

Freddie erschien an der Tür. „Sam?"

Sie sah auf. „Ja?"

„Was ist denn los?"

„Nichts. Was hast du?"

Er musterte sie eindringlich, denn er kannte sie zu gut. „Die Abteilung für Bandenkriminalität hat uns Simmons in Verhörraum zwei gesetzt."

Sam nahm sich einen Moment Zeit, um sich zu sammeln, schüttelte den Anruf aus Forresters Büro, ihre Gedanken an Stahl und sein geplantes Bekenntnis, das Chaos um Nelson und alles andere ab, was sie von diesem Verhör ablenken würde.

„Bist du sicher, dass alles in Ordnung ist?"

„Ja." Spontan entschied sie, die Information über Forrester fürs Erste für sich zu behalten. Es hatte keinen Sinn, alle Welt nervös zu machen, schließlich musste ihr Team sich auf den Fall konzentrieren.

Sie schnappte sich Simmons' Akte und folgte Freddie zum Verhörraum.

10

Vor dem Verhörraum fragte Freddie: „Wie gehen wir vor?"
„Mach einfach mit."
„Das ist nicht besonders hilfreich."
„Mehr musst du im Augenblick nicht wissen."
Sein finsterer Gesichtsausdruck hätte sie zum Lachen gebracht, wenn sie sich nicht gerade darauf vorbereitet hätte, den Raum als knallharte, eiskalte Ermittlerin zu betreten. In solchen Situationen brachte ein wenig Einschüchterung sehr viel.
Zwei Ermittler der Abteilung für Bandenkriminalität leisteten Simmons Gesellschaft.
„Wir übernehmen jetzt, meine Herren", verkündete Sam. „Ich weiß Ihre Unterstützung zu schätzen."
„Jawohl, Ma'am", antwortete einer von ihnen. „Wir warten dann draußen."
Sein Tonfall deutete an, dass er damit rechnete, dass sie Hilfe brauchen würden, was Sams Beunruhigung noch steigerte.
Simmons, der am Tisch saß, funkelte sie an. Er hatte eins dieser Tattoos, das sich aus dem Kragen seines T-Shirts einmal um den Hals schlängelte. Möglicherweise eine Schlange. Sam konnte nicht verstehen, warum jemand sich Hals und Gesicht so großflächig tätowieren ließ. Dachten diese Leute gar nicht daran, dass sie sich eines Tages vielleicht für einen Job bewerben mussten, bei dem Gesichtstätowierungen nicht gerne gesehen

wurden? Wobei ein Gangster wie Simmons wahrscheinlich gar keiner regulären Erwerbstätigkeit nachging.

„Ohne meinen Anwalt sage ich kein Wort."

„Super", entgegnete Sam. „Holen wir uns was zu essen, Detective Cruz."

„Hast du eben ‚essen' gesagt?", fragte Freddie, der wie immer perfekt auf ihre Vorgaben einstieg.

„Warten Sie", meinte Simmons. „Wie lange wird das dauern? Ich habe zu tun."

„Kommt darauf an, wann Ihr Anwalt auftaucht. Sie sollten doch inzwischen wissen, wie das läuft."

Sein finsterer Blick sprach Bände.

Bevor er noch mehr sagen konnte, schob Sam Freddie aus dem Raum. Den beiden Ermittlern der Abteilung für Bandenkriminalität erklärte sie: „Er will einen Anwalt. Geben Sie uns Bescheid, wenn – oder besser falls – sein Rechtsbeistand auftaucht."

„Geht klar."

Freddie folgte ihr zurück ins Großraumbüro. „Äh, versteh mich nicht falsch, ich ziehe ein Mittagessen immer einem Gespräch mit solchen Typen vor, aber darf ich fragen, warum du nicht wie üblich versucht hast, ihn zum Reden zu bringen?"

„Na ja, sieh es mal so: Wenn er unser Schütze ist, ist er für den Moment von der Straße weg."

„Ah, verstehe."

„Es wird uns nicht umbringen, eine, zwei oder auch zehn Stunden zu warten, zumal wir wissen, dass er uns niemals freiwillig irgendwelche Auskünfte erteilen wird. Besorgen wir uns was zu essen, bis der Durchsuchungsbeschluss eintrifft."

„Das lasse ich mir nicht zweimal sagen." Freddies Appetit war legendär.

Sie verließen das Hauptquartier und statteten einem ihrer Lieblings-Sandwichläden einen Besuch ab, wo Sam ein kleines vegetarisches Sandwich bestellte, Freddie ein großes mit Frikadellen.

„Es ist so unfair, dass du essen kannst, so viel du willst, ohne zuzunehmen", beklagte sie sich und beäugte lustvoll sein Mittagessen.

„Was soll ich sagen? Ich habe einen gesegneten Stoffwechsel."

„Dafür hasse ich dich."

„Nein, tust du nicht", erwiderte er undeutlich, den Mund voller Hackfleisch.

„Im Augenblick schon."

„Worüber hast du vorhin im Büro nachgegrübelt? Und versuch mir nicht weiszumachen, es sei nichts gewesen. Ich weiß, dass etwas nicht stimmt."

„Forrester will mich morgen um zwei sehen."

„Oh." Er trank einen Schluck von seiner extragroßen Limo und wischte sich die Soße aus dem Gesicht. „Hat sein Büro angedeutet ..."

Sam schüttelte den Kopf. „Sie haben mich nur zu der Besprechung eingeladen."

„Ich bin sicher, alles wird gut."

„Freddie, ich wünschte, ich könnte so zuversichtlich sein wie du und mein Anwalt."

„Komm schon, Sam. Normale Menschen werden dich niemals dafür anklagen, dass du diesem Großmaul, das es mehr als verdient hatte, eine gelangt hast."

„Trotzdem zählt es als Körperverletzung. Meines Wissens ist das nach wie vor ein Vergehen."

Er schob sich in Ketchup getunkte Pommes in den Mund. „Die werden dich nicht anklagen. Die Bürger dieser Stadt wollen, dass du weiter das tust, was du am besten kannst – Kriminelle fangen."

„Hoffen wir es."

Ihr Handy summte, es war eine SMS von Malone. *Habe Ihren Durchsuchungsbeschluss.*

„Wir haben den Durchsuchungsbeschluss. Iss auf."

~

Im Laufe der nächsten fünf Stunden nahmen sie das Reihenhaus auseinander, in dem Trace Simmons mit seiner Schwester und deren beiden kleinen Kindern lebte. Man hatte die Frau gebeten, für die Dauer der Durchsuchung das Haus zu verlassen, doch sie hatte sich so heftig gewehrt, dass die

Streifenbeamten sie festgenommen hatten. Die Kleinen waren in dieser Zeit bei ihrer Großmutter.

„Das war Captain Harrison", sagte Freddie, nachdem er ein Telefonat beendet hatte. „In Simmons' Umfeld gibt es keine schwarzen Limousinen."

Sam knurrte frustriert.

„Bedeutet nicht, dass sie sich nicht eine besorgt haben und damit in der Stadt herumgefahren sind, um Leute zu erschießen", fuhr Freddie fort. „Sondern nur, dass sie keine eigene haben."

„Ja, ja." Sams Handy klingelte, und sie nahm den Anruf von einer unbekannten Nummer aus Minnesota an. „Lieutenant Holland."

„Hier spricht Robert Brinkley, Carolines Vater."

„Guten Tag, Sir. Was kann ich für Sie tun?"

„Meine Frau und ich sind auf dem Weg nach Washington und würden gerne unsere Tochter sehen."

„Ich werde unsere leitende Gerichtsmedizinerin Dr. Lindsey McNamara bitten, sich in dieser Sache mit Ihnen in Verbindung zu setzen."

„Danke." Nach einer Pause fügte er hinzu: „Haben Sie schon jemand festgenommen?"

„Noch nicht, aber wir arbeiten an dem Fall und gehen mehreren Spuren nach."

„Okay."

„Wir sprechen uns, wenn Sie hier sind." Nachdem sie das Telefonat beendet hatte, sagte sie zu Freddie: „Schreib dir diese Nummer auf." Sie diktierte ihm Roberts Nummer.

„Wusstest du, dass man bei Smartphones Kontakte teilen kann und sich nichts mehr aufschreiben muss?"

„Hör auf klugzuscheißen und gib Lindsey diese Nummer durch. Bitte sie, Caroline Brinkleys Eltern anzurufen und abzusprechen, wann sie ihre Tochter sehen können."

„Jawohl, Ma'am. Ich helfe, wo ich kann."

Sam begab sich zu Haggerty, dem Lieutenant von der Spurensicherung, der die Hausdurchsuchung leitete. „Irgendeine Spur von einer Neun-Millimeter?"

„Wir haben keine Waffen gefunden."

„Suchen Sie weiter."

„Genau das haben wir vor." Er kehrte zu seinem Team zurück, während Sam ungeduldig auf eine Spur von ihrem Schützen wartete.

Dann rief Captain Malone sie an.

„Irgendwas Neues bei Simmons?"

„Bisher nicht."

„Die uniformierten Beamten haben möglicherweise eine Spur zum Tatfahrzeug. Die Campus-Polizei der American University hat gemeldet, es stünde ohne Parkausweis auf einem der dortigen Parkplätze. Möglicherweise befinden sich am Fensterrahmen auf der Beifahrerseite Schießpulverrückstände. Ich habe ein Team hingeschickt, das den Wagen ins Labor bringt."

„Haben Sie dem unglaublich langsamen Labor die Dringlichkeit klargemacht?"

„Natürlich."

„Wissen wir, wem es gehört?"

„Ja."

„Dann schnappen wir ihn uns!"

„Der Besitzer hat den Wagen vor zwei Tagen als gestohlen gemeldet. Ich habe vorhin jemanden bei ihm vorbeigeschickt, um für alle Fälle seine Fingerabdrücke zu besorgen."

Sam sank in sich zusammen. „Wenigstens können wir im Wagen nach Fingerabdrücken der Schützen und anderen Beweisen suchen."

„Ja, immerhin das."

„Das wird allerdings dauern." Sie sah prüfend zur Sonne, die gerade hinter dem westlichen Horizont versank, und ihre Angst erreichte einen neuen Höhepunkt. Würde der Schütze nach Einbruch der Dunkelheit wieder zuschlagen? „Wir müssen die Öffentlichkeit davor warnen, sich heute Nacht auf der Straße aufzuhalten. Wir schließen alle Freiflächen vor Restaurants und Cafés, und es darf keine Menschenansammlungen an Straßenecken oder Treppen geben. Die Leute sollen in ihren Häusern bleiben, bis wir sicher sein können, dass dieser Albtraum vorbei ist."

„Richtig. Das Gleiche habe ich gerade zum Chief gesagt. Aber das ist den Leuten in dieser Jahreszeit schwer beizubringen."

„Eine schwierige Entscheidung – esse ich im Freien und werde dabei möglicherweise erschossen, oder bleibe ich verdammt noch mal drinnen und werde nicht von jemandem umgelegt, der eindeutig vor nichts zurückschreckt? Ja, wirklich schwer zu entscheiden ..."

„Ihr Sarkasmus ist eine Ihrer charmantesten Eigenschaften, Lieutenant."

„Was sind denn die anderen?"

Sein lautes Lachen hallte aus dem Hörer. „Ich mache von meinem Aussageverweigerungsrecht Gebrauch."

„Hey, Cap ... Äh, nun, Forresters Büro hat angerufen. Ich soll morgen um zwei vorbeikommen."

„Haben die sonst noch was ..."

„Nur dass ich vorbeikommen soll."

„Puh. Hoffen wir, dass die Geschworenen richtig entschieden haben."

„Was, wenn nicht?"

„Grübeln Sie darüber nicht nach, Sam. Darüber können Sie sich Gedanken machen, wenn es so weit ist."

„Alles klar. Vogel-Strauß-Taktik. Meine Lieblingsstrategie in letzter Zeit."

„Solange sie funktioniert ..."

„Tun Sie mir einen Gefallen, und sprechen Sie darüber weder mit dem Chief noch mit sonst jemandem, bis wir wissen, worauf es hinausläuft, okay?"

„Ich werde kein Wort sagen, aber informieren Sie mich bitte, sobald Sie etwas hören."

„Geht klar. Nach diesem Telefonat werde ich erst mal Feierabend machen, bis wir mehr über das Auto wissen. Kümmern Sie sich um die Verlautbarung für die Öffentlichkeit?"

„Die Pressestelle arbeitet bereits dran."

„Gut. Die sollen bloß keinen Mist bauen."

„Mal sehen, ob wir es vermeiden können."

„Rufen Sie mich an, wenn sich heute Nacht etwas Neues ergibt."

„Sie erfahren es als Erste."

„Wie schön. Dann hoffe ich, wir hören uns später nicht."

„Das hoffe ich auch."

Sam klappte ihr Handy zu und informierte Freddie darüber,

was der Captain ihr über das auf dem Parkplatz der American University gefundene Auto erzählt hatte.

„Was nun?"

„Lass uns für heute Schluss machen. Hoffentlich hat das Labor morgen früh etwas zum Thema Auto für uns. Die wissen, dass es eilt, und vielleicht handeln sie ausnahmsweise mal entsprechend."

„Wir können es nur hoffen. Bedeutet die Tatsache, dass wir das Auto haben, es könnte vorbei sein?"

„Nichts hindert sie daran, sich ein anderes zu besorgen. Wir werden leider einfach abwarten müssen. Unsere Pressestelle fordert Einwohner und Besucher Washingtons in wenigen Minuten in einer Verlautbarung auf, sich von der Straße fernzuhalten. Wenn die heute Nacht wieder auf die Jagd gehen, werden es ihnen die Leute hoffentlich etwas schwerer machen als gestern."

Freddies tiefes Seufzen sagte alles. In einer geschäftigen Großstadt wie ihrer war es fast unmöglich, alle Menschen dazu zu bewegen, in ihren Häusern zu bleiben. „Das war's also? Wir fahren einfach heim?"

„Nun ja, unsere Schicht ist vorbei, und wir haben fürs Erste alles getan, was wir konnten. Simmons will einen Anwalt, und da der bis zum Ende unserer Schicht nicht eingetroffen ist, ist der Kerl über Nacht unser Gast. Sag Harrison Bescheid."

„Okay."

Kurz darauf kam Haggerty heraus, um zu vermelden, dass die Durchsuchung beendet war. „Wir haben keine Waffen gefunden, aber ein Drogenversteck, das möglicherweise einen Verstoß unseres Freundes Mr Simmons gegen seine Bewährungsauflagen darstellt. Die Familie kann jetzt wieder rein."

Sam schaute in das Haus, das ihre Kollegen bei der Durchsuchung auf den Kopf gestellt hatten, und hatte Mitleid mit den Menschen, die bei ihrer Rückkehr ein solches Chaos vorfinden würden, auch wenn Simmons' Schwester sie wirklich genervt hatte. „Sorgen wir wenigstens dafür, dass sie durch die Tür kommen", schlug Sam vor.

Sie und Freddie betraten das Haus und verbrachten eine halbe Stunde damit, einen Pfad durch die Verwüstung zu bahnen. Als sie einigermaßen aufgeräumt hatten, traten sie zusammen wieder auf die Straße.

„Es tut mir leid, dass ein solches Durcheinander auf sie wartet", brummte Freddie.

„Das hat sie davon, dass sie ihren kriminellen Bruder bei sich und ihren Kindern wohnen lässt."

„Wahrscheinlich hast du recht."

„Soll ich dich beim Hauptquartier absetzen?"

„Nein", lehnte er ab. „Ich nehme die Metro und lasse mein Auto über Nacht auf dem Polizeiparkplatz stehen."

„Bist du sicher?"

„Ja. Sehen wir uns um sieben?"

„Spätestens."

„Hoffentlich nicht früher."

„Ich drücke alle Daumen und großen Zehen für eine ruhige Nacht – aber die Beine werde ich nicht zusammendrücken."

„Igitt, eklig."

„Daran ist nichts Ekliges, mein Freund."

„Tja, und mit diesem obszönen Bild im Kopf ..." Er winkte und setzte sich Richtung Metro in Bewegung.

Sam fuhr nach Hause, dachte dabei an die Familien der vier Opfer und wünschte, sie hätten schon mehr vorzuweisen. Doch solche Ermittlungen erforderten methodische Polizeiarbeit, und die dauerte nun mal. Der Secret Service winkte sie an der Kontrollstelle in der Ninth Street durch, und sie stellte ihr Auto auf ihrem privaten Parkplatz vor dem Haus ab.

Da in der Straße keine schwarzen SUVs standen, beschloss Sam, noch kurz bei ihrem Vater vorbeizuschauen. „Wo sind sie?", fragte sie Eric, den Bodyguard, der Türdienst hatte.

„Auf dem Heimweg vom Spiel der Feds."

„Okay, danke", antwortete Sam, die sich freute, zu hören, dass es Nick gelungen war, diesen Ausflug für sich und Scotty zu organisieren. Sie ging drei Häuser weiter, eilte die Rampe hoch und klopfte kurz an, ehe sie eintrat. „Jemand zu Hause?"

„Wir sind hier, Sam", rief ihre Stiefmutter Celia.

Celia und Skip saßen am Küchentisch, aßen zu Abend und schauten die Nachrichten. Sam begrüßte beide mit einem Kuss auf die Wange und nahm sich eine Flasche Wasser aus dem Kühlschrank, die sie in einem Zug halb austrank.

„Harter Tag im Büro, Liebes?", fragte Skip.

„Ja." Sam setzte sich an den Tisch. „Ich bin durstig, verschwitzt und frustriert."

„Wir haben die Aufforderung der Polizei an die Bürger gesehen, das Haus nicht zu verlassen", sagte Celia und reichte Skip ein Stück Hühnchen. „Es ist wirklich eine Schande, dass die Menschen solche Angst haben müssen."

„Glaub mir, da empfinde ich genauso. Es regt uns alle auf, aber bis wir diese Drecksäcke haben, müssen wir vorsichtig sein."

„Irgendwelche Hinweise?", fragte Skip.

Sam erzählte ihnen von Tamara Jacksons Verbindung zu Trace Simmons, der Durchsuchung von dessen Haus und dem Autofund an der American University.

„Das ist immerhin ein Anfang", sagte Skip.

„Mir geht das alles viel zu langsam."

„Das ist bei solchen Dingen leider so. Man muss einfach methodisch immer weitermachen."

„Ich hasse das. Am liebsten würde ich den Fall auf der Stelle lösen und die Schuldigen einsperren."

„Du bist immer so ungeduldig", lächelte er nachsichtig.

„Jap, stimmt. Es hat heute übrigens noch ein paar andere Entwicklungen gegeben", wechselte sie das Thema und erzählte ihnen von Stahl, dem Alford-Bekenntnis und dem Treffen mit Forrester.

„Forresters Büro hat sonst nichts angedeutet?", hakte Skip nach.

Sam schüttelte den Kopf, nahm sich ein Brötchen aus dem Brotkorb auf dem Tisch und biss hinein. „Nur dass ich morgen um zwei da sein soll."

„Ich rechne nicht mit einer Anklage, und das solltest du auch nicht", riet Skip.

„Es ist gut, das zu wissen, aber ich bin furchtbar nervös, bis ich das von ihm persönlich höre."

„Versuch, dich davon nicht um den Schlaf bringen zu lassen." Celia tätschelte Sams Hand. „So oder so, morgen weißt du Bescheid."

„Stell dir die Schlagzeilen vor", lächelte Sam ironisch. „Zusätzlich zu denen, die es ohnehin schon gibt."

„Wie stehst du zu Stahls Angebot?"

„Ich will ein Schuldeingeständnis, selbst wenn ich dafür einen Prozess durchstehen muss."

„Gut", bestärkte Skip sie, „denn diesen Deal lasse ich dich nur über meine Leiche annehmen."

„Ich spreche auch für Celia und den Rest deiner Familie, wenn ich sage, dass wir über deine Leiche nicht reden möchten."

„Das sehe ich ganz genauso wie sie." Celia deutete mit dem Daumen auf Sam.

„Dieser Mistkerl muss für das geradestehen, was er getan hat, er darf sich nicht ins Gefängnis verziehen, ohne zu gestehen."

„Ganz deiner Meinung, Skippy. Ich bin froh, dass wir uns da wie üblich einig sind. Jetzt muss ich aber heim und nach meinen Jungs schauen."

„Scotty war vorhin hier", berichtete Celia. „Er ist deprimiert, weil morgen die Schule wieder losgeht."

„War bei mir früher auch immer so", sagte Sam. „Weißt du noch?"

„Ich erinnere mich nur zu gut", erwiderte Skip, und seine nicht gelähmte Gesichtshälfte verzog sich zu einem Lächeln. „Um diese Jahreszeit bist du immer wochenlang in tiefe Melancholie versunken. Vor allem vor der Dyslexie-Diagnose."

„Die Schule war für mich der siebte Kreis der Hölle."

„Aber irgendwie hast du die Highschool und das College doch abgeschlossen und dein Diplom gemacht", sagte Skip mit sichtlichem Stolz. „Ich bezweifle nicht, dass unser Scotty auch klarkommen und seinen Weg gehen wird. Er ist eines der klügsten, intelligentesten Kinder, die ich kenne. Tatsächlich erinnert er mich sehr an seine Mutter in diesem Alter."

Sam lächelte und bückte sich, um ihn auf die Stirn zu küssen. „Das höre ich gern. Ich denke oft, er ist genau wie Nick."

„Er ähnelt dir sehr", meinte Celia. „Die Erziehung ist ganz genauso wichtig wie die Gene."

„Das höre ich wirklich gern. Danke."

„Wir lieben dich", verkündete Celia schlicht.

„Ich euch auch." Sam küsste ihre Stiefmutter auf die Wange,

bevor sie heimging, dankbar für die Familie, die in guten wie in schlechten Zeiten zu ihr stand.

Sie hatte unlängst nach einer fast zwanzigjährigen Eiszeit, die in der hässlichen Scheidung ihrer Eltern begründet gelegen hatte, wieder Kontakt zu ihrer Mutter aufgenommen. Sam und ihre Schwestern hatten ihrer Mutter im Sommer durch die Nachwehen einer Lumpektomie wegen Brustkrebs im ersten Stadium geholfen. Zum Glück hatten die Ärzte alles erwischt, und es war keine weitere Behandlung notwendig gewesen. Brenda hatte sie für einen Tag am Strand besucht, und es war gut gelaufen. Sams Beziehung zu ihr besserte sich langsam, aber sicher wieder.

Brenda lebte jetzt in einem Reihenhaus in Arlington, Virginia, um in der Nähe ihrer drei Töchter und ihrer Enkel sein zu können. Es fühlte sich noch immer etwas seltsam an, dachte Sam auf dem kurzen Weg nach Hause, nach all der Zeit wieder Kontakt zu ihr zu haben, doch es war schön, den Konflikt hinter sich zu lassen. Sam hatte gelernt, dass niemand außer dem betreffenden Paar wusste, was in einer Ehe vor sich ging, und das galt auch für die ihrer Eltern.

Apropos Ehe – Sam freute sich, zu sehen, dass inzwischen schwarze SUVs die Straße säumten, was bedeutete, dass ihr Mann und ihr Sohn nach Hause gekommen waren, während sie bei ihrem Vater gewesen war. Sie lief die Rampe zu ihrem Haus hoch, und Eric öffnete ihr die Tür.

„Danke", sagte sie zu dem Personenschützer. In der Küche stand Nick, an die Arbeitsplatte gelehnt, und trank ein Bier. Als sein Blick auf sie fiel, strahlte er auf.

„Das ist aber eine schöne Überraschung." Er streckte die Arme nach ihr aus. „Ich habe erst viel später mit dir gerechnet."

Sam schmiegte sich an ihn und brachte ihn auf den neuesten Stand, was ihren Fall betraf. „Wir haben heute getan, was wir konnten. Jetzt warten wir die Laborergebnisse ab, und ob der Schütze erneut zuschlägt."

„Ich habe von der Warnung an die Bevölkerung gehört. Ziemlich krass."

„Musste sein."

„Glaubst du, dieser Gangster war der Schütze?"

„Ich weiß nicht. Das passt vorne und hinten nicht zusammen.

Wenn er Tamara zurückwollte, wäre es doch der Romanze eher abträglich gewesen, ihren Bruder zu töten. Außerdem deutet nichts darauf hin, dass er überdurchschnittlich gut schießen kann."

„Stimmt." Mit kreisenden Bewegungen streichelte Nick ihr den Rücken.

„Was hast du mit unserem Sohn gemacht?"

„Ich habe ihn duschen geschickt und ihm gesagt, er soll seine Schulsachen für morgen packen."

„Wie hat er diese Anweisung aufgenommen?"

„Genau so, wie du es dir vorstellst."

Sam lachte.

„Ich fand den ersten Schultag nach den Ferien immer toll", seufzte Nick.

„Du warst einer dieser Streber, die für uns andere die Durchschnitte ruiniert haben, oder?"

„Vielleicht."

„Wie oft hast du es auf die Liste der besten Schüler geschafft?"

„Darf ich die Antwort verweigern, weil ich fürchte, ansonsten für den Rest meines Lebens verspottet zu werden?"

Sie sah zu ihm auf. „Wie oft?"

„Jedes Jahr", gestand er mit einem kleinen Lächeln.

„O mein Gott! Warum habe ich das nicht gewusst, bevor ich Ja gesagt habe?"

„Du hast gewusst, dass ich ein Stipendium für Harvard erhalten habe. Was glaubst du, wie es dazu gekommen ist?"

„Darüber habe ich ehrlich gesagt nie nachgedacht, aber jetzt, wo ich es weiß, ist das vielleicht ein ausreichender Grund für eine Ehe-Annullierung."

„Netter Versuch, Babe", erwiderte er mit einem Grinsen. „Als ob ich dich je gehen lassen würde, aus welchem Grund auch immer. Außerdem glaube ich, dass man eine Ehe nur annullieren lassen kann, bevor sie vollzogen worden ist. Da wir unsere etwa sechstausend Mal vollzogen haben, würde ich sagen, das kannst du vergessen."

Sam lachte. „Du hältst dich wohl für besonders schlau."

„Ich weiß, dass ich besonders schlau bin, und jetzt weißt du es auch." Er sah sie an und setzte hinzu: „Übrigens, gerade hast du zum zweiten Mal innerhalb von vierundzwanzig Stunden davon gesprochen, mich zu verlassen. Habe ich Grund zur Sorge?"

„Nicht mal ansatzweise." Sie schloss die Augen, legte den Kopf an seine Brust und seufzte tief, erleichtert, nach einem höllischen Tag wieder in seinen Armen zu liegen. Bei ihm fühlte sie sich immer besser, selbst wenn er mit seinen beeindruckenden akademischen Leistungen prahlte. „Wenn wir je leibliche Kinder hätten, glaubst du, sie wären in der Schule eher so wie du oder eher so wie ich?"

Nur weil sie so eng an ihn gepresst war, spürte sie, wie sich sein gesamter Körper versteifte, als das delikate Thema Babys zur Sprache kam.

„Ich weiß nicht", antwortete er. „Hoffentlich kriegen wir irgendwann die Chance, es herauszufinden."

„Was wäre, wenn wir ein Kind bekämen, das ganz nach mir schlägt? So richtig schlecht in der Schule. Würde dich das nicht wahnsinnig machen?"

„Überhaupt nicht. Ich würde jedes gemeinsame Kind mit dir so lieben, dass ich mehr Angst hätte, es total zu verwöhnen, als vor schlechten Noten."

Wie üblich sagte er genau das Richtige. „Gut zu wissen."

„Möchtest du mir etwas erzählen, Babe?"

11

Sam hatte ihm eigentlich nichts sagen wollen, bis sie sich sicher war, doch als sie nun in seinen Armen lag, konnte sie ihm das einfach nicht antun. „Ich habe mich in letzter Zeit irgendwie seltsam gefühlt. Deshalb habe ich Shelby gebeten, mir einen Test zu besorgen, und sie wollte ihn in den Unterschrank in unserem Bad tun."

Er legte ihr die Hände auf die Schultern und schob sie ein Stück von sich weg, um ihr ins Gesicht sehen zu können. „Wirklich?"

„Ich weiß nicht." Sie hatte plötzlich einen Kloß im Hals und fand es schrecklich, dass dieses Thema sie nach all der Zeit immer noch so berührte.

„Lass uns den Test machen."

„Jetzt?"

„Auf der Stelle."

„Nick ... Ich muss noch etwas anderes mit dir besprechen."

„Später." Er zog leicht an ihrer Hand. „Das hier hat Vorrang." Ohne dass sie viel dazu beitrug, aber auch ohne großen Widerstand führte er sie nach oben ins Bad, das an ihr Schlafzimmer grenzte. Er entnahm dem Unterschrank drei verschiedene Schwangerschaftstests und stellte sie neben das Waschbecken.

Mangelnde Gründlichkeit konnte man Shelby zumindest nicht vorwerfen.

Vor Sam, die sich seltsam entkoppelt von dem Geschehen fühlte, das sich vor ihren Augen abspielte, nahm er drei der stabförmigen Dinger aus den Schachteln und packte sie aus.

„Soll ich mit reinkommen?"

Die Frage riss sie aus ihrem distanzierten Zustand, und sie schüttelte den Kopf. „Das ginge mir dann doch etwas zu weit."

„Dann erledige das allein." Er schob sie in Richtung der vom Bad abgetrennten Toilette. „Gib sie mir raus, wenn du fertig bist."

„Das ist irgendwie pervers."

„Mach schon, Samantha."

Sie nahm ihm die Teststäbchen ab und ging in die Toilette, wo sie sich ungeschickt die Shorts aufknöpfte. Geschah das gerade wirklich? Konnte sie nach all der Zeit ... *Nichts überstürzen. Eins nach dem anderen.* Sie benutzte das erste Teststäbchen.

„Hier."

Ganz sachlich streckte er die Hand ins Bad und nahm es entgegen. Sie urinierte auch auf die beiden anderen und reichte ihm die ebenfalls. Ihre Hände zitterten, als sie sich wieder anzog und hinaus ins Bad trat, wo er die Teststäbchen neben dem Waschbecken aufgereiht hatte.

„Wie lange dauert das?", fragte er.

„Ein paar Minuten." Für eine Frau, die nie ein Kind bekommen hatte, hatte sie viel zu viel Erfahrung damit.

Er schloss sie in die Arme und zog ihren Kopf an seine Brust. „Halt dich an mir fest, Samantha. Wir haben das hier. Der Ausgang dieser Tests hat eigentlich keine Bedeutung."

Sie klammerte sich an ihn und seine liebevollen Worte und redete sich ein, dass er recht hatte. Ein Baby würde ein bereits wunderbares Leben nur noch schöner machen. Kein Baby zu kriegen würde ihnen nichts von dem nehmen, was sie bereits hatten.

Wieder spürte sie die Veränderung in ihm, weil sie einander so eng umschlungen hielten. Als mit einem tiefen Seufzen alle Luft aus seinem Körper zu entweichen schien, hatte sie ihre Antwort und blinzelte die Tränen der Enttäuschung weg. Inzwischen hätte sie eigentlich daran gewöhnt sein müssen.

„Wir probieren es einfach weiter", brummte er. „Bis es passiert. Denk nur an all den Spaß, den wir dabei haben werden."

Tränen liefen ihr ungehindert übers Gesicht, durchfeuchteten sein Hemd, doch er ließ sie nicht los. Er hielt sie fest, bis sie sich ausgeweint hatte, strich ihr übers Haar und über den Rücken, flüsterte ihr Zärtlichkeiten zu und gab ihr, was sie brauchte, um diese jüngste Enttäuschung zu überstehen.

„Wenn es sein soll", sagte er, „wird es geschehen. Wenn nicht, auch gut. Versprochen. Wir haben alles, was wir brauchen, und noch ein bisschen mehr. Mehr, als ich mir je hätte träumen lassen."

„Tut mir leid", schluchzte sie. „Ich hätte das nicht erzählen sollen. Oh, wie ich es hasse, dich zu enttäuschen."

„Samantha, natürlich war es richtig, dass du mir davon erzählt hast. Ich möchte nicht, dass du die Enttäuschung allein durchstehen musst. Das ist unser gemeinsames Projekt. So oder so, wir ziehen es zusammen durch. Verschweige mir so etwas nie aus falsch verstandener Rücksichtnahme."

„Ich will dich nicht enttäuschen."

„Sam, Süße, sieh mich an."

Sie hob das Gesicht von seiner Brust und schaute ihm in die schönen haselnussbraunen Augen, in denen sie unendlich viel Liebe las.

„Das Einzige, was du tun könntest, um mich zu enttäuschen, wäre, mich nicht mehr zu lieben."

„Das wird nicht passieren."

Mit den Daumen wischte er ihr die restlichen Tränen weg. „Dann ist ja alles klar." Er zog sie wieder an sich, und die Art, wie er sie mit seiner Zuneigung umfing, machte alles besser. „Wie wäre es, wenn wir mit unserem Sohn zu Abend essen, der sich für den letzten Abend seiner Sommerferien Pizza gewünscht hat, und dann ein wenig Zeit unterm Dach verbringen? Ich möchte heute Nacht mit meiner Frau allein sein."

„Klingt gut."

„Du hast gesagt, du müsstest noch etwas anderes mit mir besprechen?"

Nach der Nachricht von der Schwangerschaft – oder vielmehr

Nicht-Schwangerschaft – erschien ihr alles andere unwichtig. Sie nickte. „Später. Ich muss mal kurz zu mir kommen."

„Lass dir Zeit. Ich bestelle die Pizza." Diskret sammelte er die Schwangerschaftstests ein und nahm sie mit, vermutlich, um sie so zu entsorgen, dass sie nicht die nächste Schlagzeile produzieren würden. „Samantha", erinnerte er sie in der Tür stehend, „vergiss nie, wie sehr ich dich liebe."

„Das könnte ich gar nicht."

Er schenkte ihr ein Lächeln, das sein gesamtes Gesicht aufstrahlen ließ. „Gut."

Sam beugte sich über das Waschbecken und spritzte sich kaltes Wasser ins Gesicht, in der Hoffnung, so die Schwellung um die Augen loszuwerden, an der Scotty erkennen würde, dass sie geweint hatte. Sie kam sich wie eine Närrin vor, weil sie geglaubt hatte, dass diesmal alles anders sein würde. Wieder hatte ihr Körper sie mit einem falschen Alarm in die Irre geführt. Das nächste Mal würde sie es besser wissen und keine voreiligen Schlüsse ziehen. Wenn sie schwanger wurde, würde sie eine dieser Frauen sein, die erst beim Einsetzen der Wehen merkten, dass sie ein Kind erwarteten.

Bei diesem Gedanken musste sie lachen, weil sie sich immer gefragt hatte, wie jemand das so lange nicht mitkriegen konnte.

Sie nahm einen kalten Waschlappen mit, streckte sich auf dem Bett aus und legte ihn sich über die Augen, aus denen weiter Tränen flossen, obwohl sie wild entschlossen war, diese neueste in einer langen Reihe von Enttäuschungen ihre Fruchtbarkeit betreffend hinter sich zu lassen.

Vielleicht mussten sie doch mehr tun, dachte sie und stöhnte bei der Vorstellung, eine erneute Fruchtbarkeitsbehandlung über sich ergehen zu lassen. Beim letzten Mal war sie noch mit Peter verheiratet gewesen, und der Stress, die Hormone und die schiere Qual einer Enttäuschung nach der anderen hatten sie fast zerstört.

Aber mit Nick an ihrer Seite würde das vielleicht ganz anders laufen. Darüber musste sie nachdenken, wenn die aktuelle Krise in ihrem Leben auf die eine oder andere Weise beigelegt war. Wenn Nick gezwungen wäre, Präsident zu werden, wäre jetzt kaum der richtige Zeitpunkt für eine Fruchtbarkeitsbehandlung.

Nach einer halben Stunde erhob sie sich und begab sich ins

Bad, um den Zustand ihres Gesichts zu prüfen, das weiter gerötet war, doch nicht mehr so verquollen wie zuvor. Sie trug Concealer auf und bürstete sich das Haar, entschlossen, ihrem Sohn, den der Beginn des neuen Schuljahres schon genug herunterzog, eine fröhliche Fassade zu präsentieren. Er brauchte nicht auch noch eine deprimierte Mutter.

Als sie so weit war, lief sie nach unten, wo in der Küche eine offene Pizzaschachtel auf der Arbeitsplatte stand. Normalerweise mied sie Pizza, weil diese so furchtbar viele Kalorien hatte, aber an diesem Abend nahm sie zwei Stücke mit Schinken, Hackfleisch, Peperoniwurst und Salami und setzte sich auf ihren angestammten Platz.

Nick sah sie an, die Brauen fragend hochgezogen.

Sam nickte, um ihn wissen zu lassen, dass es ihr gut ging. „Wie war das Spiel?", fragte sie Scotty.

„Toll. Die Feds haben haushoch gewonnen. Aber wenn sie es bis in die Play-offs schaffen wollen, brauchen sie bis zum Ende des Monats auch jeden Punkt."

„Wenn sie weiter so spielen wie heute", meinte Nick, „kommen sie locker in die Play-offs."

„Können wir dann noch mal zu einem Spiel gehen?"

„Warum nicht?"

„Vielleicht bist du bis dahin Präsident", erwiderte Scotty grinsend.

„Halt dein freches Mundwerk", warf Sam ein, während sie noch Pizza kaute.

Scotty brach vor Lachen fast zusammen. „Irgendwann müssen wir darüber reden, was wir machen, wenn es tatsächlich passiert."

„Aber noch nicht jetzt", beharrte Nick. „Noch verschließen wir unsere Augen und Ohren davor."

„Das ist lächerlich", stellte Scotty fest. „Die gesamte Stadt dreht durch, weil morgen die Anhörungen beginnen, und ihr tut so, als wüsstet ihr nichts davon."

„Ja, und genau so gedenke ich es auch weiterhin zu halten."

„Möchtest du denn nicht Präsident werden?", wollte Scotty wissen.

„Äh, nun ja ... Nein, eigentlich nicht."

Scotty blieb vor Überraschung der Mund offen stehen – er war unübersehbar voller Pizza. „Echt nicht?"

„Echt nicht. Die Vizepräsidentschaft reicht mir völlig."

„Weiß das DNC, dass du das so siehst?", fragte er.

„Du bist viel schlauer, als dir guttut, Mister", erklärte Nick mit einem Anflug von Erheiterung.

Sam spürte, wie sehr ihm die klugen Fragen ihres Sohnes gefielen, der im Hinblick auf ihre Jobs immer auf die kleinsten Kleinigkeiten achtete.

„Nein, das DNC weiß das nicht."

„Vielleicht möchtest du sie ins Bild setzen, denn die bauen darauf, dass du bei der nächsten Wahl kandidierst."

„Meine Worte", nickte Sam.

„Na schön, ihr beiden, genug über Politik und meine Karriere geredet. Wenn es dir missfällt, dass morgen die Schule wieder anfängt, erinnere dich an das, was auch morgen anfängt und mir furchtbar missfällt."

Darüber dachte Scotty nach, während er ein weiteres Stück Pizza verputzte. „Anhörungen vor dem Kongress, die zur Amtsenthebung des Präsidenten führen könnten, während man selbst Vizepräsident ist, sind eindeutig schlimmer als Schule."

„Danke", erwiderte Nick.

„Ich frage mich nur ... Was soll ich den anderen Kindern antworten, wenn die mich fragen, was abgeht?"

Nick warf Sam einen Seitenblick zu, ehe er wieder Scotty ansah. „Sag ihnen, das weiß noch niemand so genau, und wir müssen wie alle anderen abwarten und Tee trinken."

„Das kann ich machen."

„Am wichtigsten ist es, Spekulationen zu vermeiden. Alles, was wir jetzt in der Richtung von uns geben oder tun, selbst eine harmlose Bemerkung in der Schule, könnte am Ende auf der Titelseite jeder Zeitung des Landes stehen. Verstehst du?"

„Ja, tu ich. Ich halte mich ans Drehbuch."

Nick lachte über Scottys Wortwahl. „Du bist echt der Beste."

Gemeinsam räumten sie den Tisch ab und schickten Scotty nach oben, damit er sich früh bettfertig machte. „Die Party ist vorbei", knurrte er auf dem Weg aus der Küche.

„Ich kann seinen Schmerz nachempfinden. Genau hier",

meinte Sam und legte sich eine Hand auf den Bauch. „Ich weiß nur zu genau, wie schrecklich ich das Ende der Sommerferien immer fand."

„Während ich all meine Bleistifte gespitzt und meine Ordner mit Papier und bunten Trennblättern gefüllt habe." Nick erschauerte wie in freudiger Erwartung.

„Das kann ich mir nicht anhören." Sam, die an der Spüle stand, hielt sich die Ohren zu. „Ich habe gewusst, dass ich irgendwann etwas an dir entdecken würde, was nicht perfekt ist. Es war bloß eine Frage der Zeit."

„Ich mag auch den Geruch von Büchern aus der Bibliothek – saure Milch und Papier – und das Knistern der Plastikeinbände ..."

„Hör auf! Sonst schlafe ich nie wieder mit dir!"

Lachend legte er von hinten die Arme um sie und rieb seine Nase an ihrem Nacken, während er sich gegen ihren Hintern presste. „Gib zu, dass du es sexy findest, dass ich stets der Klassenbeste war."

„Nie im Leben", weigerte sie sich, während sie ihren Po verführerisch an ihm rieb.

„Mhm ... Was immer du sagst, Babe." Seine Hände wanderten von ihren Hüften zu ihrem Bauch und umfassten dann ihren Busen, seine Daumen glitten über ihre Brustspitzen, die auf seine Nähe wie gewohnt reagierten.

Sie konnte ihm nicht widerstehen – nicht, dass sie es je ernsthaft versucht hätte. „Ich hoffe, niemand nervt Scotty in der Schule mit dem, was bei uns zurzeit so abgeht. Meinst du, wir sollten darüber mit dem Rektor sprechen oder so?"

„Ist vielleicht einen Versuch wert. Ich kümmere mich morgen darum."

„Das Sekretariat dreht durch, wenn du anrufst."

„Aber ein Anruf von mir wird nicht ungehört verhallen, und genau das bezwecken wir."

„Stimmt", gab Sam zu und wandte sich zu ihm um. „Ein Anruf des sexy Vizepräsidenten würde jedermanns Aufmerksamkeit erregen, besonders die der Sekretärinnen in Scottys Schule."

Wie immer setzte er eine finstere Miene auf, wenn sie ihn als sexy bezeichnete.

Sam lachte, zog ihn an sich und küsste ihn. „Stecken wir

unseren Sohn ins Bett, damit wir etwas Zeit für uns haben. Das brauche ich heute Nacht wirklich." Mit einem Anflug von Furcht dachte sie daran, dass sie jederzeit zu einem weiteren Mord gerufen werden konnte.

„Ich auch", pflichtete er ihr bei, erwiderte ihren Kuss und betrachtete sie voller Liebe und Fürsorge.

Wieder waren sie enttäuscht worden, doch sie hatten immer noch einander, und das war mehr als genug, um den Schmerz dieses jüngsten Rückschlags zu verkraften.

∽

SAM WARTETE BIS ZUM SCHICHTWECHSEL DES SECRET SERVICE UM neun, bevor sie in Scottys Zimmer ging, um ihm einen Gutenachtkuss zu geben. „Licht aus um zehn, Kumpel", sagte sie und zog seine Decke zurecht.

„Ja, ja. Ich weiß."

„Versuch, dich darauf zu freuen, dass du all deine Freunde wiedersehen wirst, und denk nicht an den Unterricht."

Er lächelte zu ihr empor. „Hast du das früher immer so gemacht?"

„Jedes Jahr." Sie küsste ihn auf die Wange. „Bis morgen früh. Sehr früh."

„Das hättest du jetzt nicht erwähnen müssen."

„Tut mir leid", entschuldigte sie sich und versuchte, sich ein Lächeln zu verkneifen.

„Nein, tut es nicht."

Lachend sagte sie: „Ich hab dich lieb. Schlaf gut."

„Ich dich auch."

Sam schloss die Tür und begab sich ins zweite Obergeschoss, dankbar, dass sie sich auf dem Weg zum Rendezvous mit ihrem Mann nicht an dem Personenschützer vorbeischleichen musste, der im Flur des ersten Stockwerks Wache stand. Sie hatten sich immer noch nicht richtig daran gewöhnt, dass es bei ihnen von Mitarbeitern des Secret Service nur so wimmelte, und in solchen Augenblicken versuchte Sam, die zusätzlichen Personen im Haus zu vergessen und sich ganz auf ihren Mann zu konzentrieren.

Nick hatte bereits die Kerzen mit Meeresbrise-Duft entzündet und die polynesische Musik aufgelegt, die sie an Bora Bora erinnerte, wo sie ihre Flitterwochen und ihren ersten Hochzeitstag verbracht hatten. „Da bist du ja. Gerade wollte ich einen Suchtrupp losschicken."

„Ich habe den Schichtwechsel abgewartet. Weißt du, ich mag es nicht, wenn die wissen, dass wir hier oben sind. Es ist, als wüssten sie, was wir tun."

Lachend streckte er die Hand nach ihr aus und lud sie damit ein, zu ihm auf die Doppelliege zu kommen.

Sam öffnete den Bindegürtel ihres Morgenmantels und ließ ihn zu Boden fallen, ehe sie vom Fußende aus zu ihm kroch und sich an ihn schmiegte.

„Könnte ich davon bitte ein Video haben, damit ich es mir jederzeit ansehen kann, wenn mir danach ist?"

„Auf gar keinen Fall. Mein Mann ist sehr wichtig, und wenn so ein Video je an die Öffentlichkeit gelangen würde, würde das seine Karriere zerstören. Du wirst dich auf dein Gedächtnis verlassen müssen."

„Dein Mann", stieg er auf ihren Scherz ein, barg sein Gesicht an ihrem Hals und umfasste ihre Brüste, „kann sehr, sehr glücklich sein."

„Ja, und er wird gleich noch sehr viel glücklicher werden."

Sein leises Lachen entlockte ihr ein Lächeln.

„Ich kann dir gar nicht sagen, wie erleichtert ich bin, dass du heute Nacht lächelst und Witze machst, selbst wenn du innerlich zerrissen bist."

„Das stimmt", gab sie ihm recht, schmiegte sich enger an ihn und legte den Kopf an seine Brust. „Doch diese Enttäuschungen sind leichter zu ertragen, seit ich dich und Scotty habe. In der Zeit mit Peter ... waren wir beide aufgewühlt, haben das aber nicht zusammen durchgestanden, wie wir beide es tun. Ich war mit meiner Enttäuschung immer so allein."

„Ich hasse die Vorstellung, dass du all die Jahre in greifbarer Nähe und trotzdem so weit weg warst, einsam und traurig."

„Wenn ich das nicht durchgemacht hätte, wüsste ich das, was ich jetzt habe, vermutlich nicht so zu schätzen."

„Doch. Du hättest nicht durch die Hölle gehen müssen, um Magie zu erkennen, wenn du sie spürst."

„Ist es das? Magie?"

„Ich habe noch kein besseres Wort dafür gefunden. Wann immer mir alles zu viel wird, muss ich nur an dich denken, und schon ist alles besser. Mehr brauche ich nicht."

Bei diesen wunderschönen Worten stiegen ihr die Tränen in die Augen. Sie richtete sich auf einen Ellbogen auf und sah ihn an. „Geht mir genauso. Bei der Arbeit passieren manchmal grässliche Dinge, aber sobald ich an dich und Scotty denke, komme ich irgendwie damit klar."

Er hob eine Hand an ihr Gesicht und zog sie zu einem Kuss zu sich herab. „Deshalb weiß ich auch, dass wir alles durchstehen können, was die nächsten paar Wochen für uns bereithalten. Was auch immer passiert, das nimmt uns keiner, und es macht den Rest erträglich."

Sam nickte. „Genau. Was bedeutet es schon, dass du möglicherweise Präsident werden musst, solange wir unseren Dachboden als Zuflucht haben?"

Er stöhnte. „Stimmungstöterin."

„Baust du mir einen Dachboden ins Lincoln-Schlafzimmer ein?"

„Halt den Mund."

„Bring mich doch dazu."

„Mit Vergnügen." Nick rollte sich auf sie und presste seine Lippen auf ihre.

Wenn sie so zusammen waren, gab es keine Mörder auf freiem Fuß, keine aufdringlichen Reporter, keine politischen Krisen und keine Niedergeschlagenheit wegen des Ferienendes. Er hielt ihre Hände über dem Kopf fest und spielte virtuos auf ihrem Körper, als sei er ausschließlich dazu geschaffen, sie zu lieben. Nick wusste, wo genau er sie küssen, berühren und streicheln musste, um ihr Verlangen zu wecken.

„Lass meine Hände los." Sie versuchte, sie aus seinem Griff zu befreien. „Ich will dich anfassen."

Er schüttelte den Kopf und fuhr mit der Zunge über eine ihrer Brustspitzen. „Diesmal soll sich alles um dich drehen, Liebste."

Sams Reaktion auf seine Worte und die süße Folter seiner Lippen auf ihrer Brust war ein Zittern. Im zweiten Jahr ihrer Ehe hatte sie begriffen, dass er sich heute Nacht ganz ihr widmen und dass sie das zulassen musste. Also lenkte sie ein, gab sich ihm hin, damit sie beide bekamen, was sie so sehr brauchten.

Als er sich an ihrem Körper nach unten küsste, ließ er ihre Hände los, doch Sam behielt sie da, wo er sie haben wollte. Mit seinen Lippen und seiner Zunge brachte er sie schnell zum Orgasmus und erregte sie dann erneut, trieb sie bis kurz vor den Höhepunkt, bevor er in sie eindrang und sie explodierte.

Sie riss die Augen auf und sah, dass er sie anschaute, und in seinen Augen war nichts als tiefste Liebe. Dann bewegte er sich, und sie schlang die Arme um ihn, denn sie wollte ihn in dieser Nacht noch näher spüren als sonst. Er packte ihren Hintern und hielt sie genauso fest, während er sie liebte.

„Mein Gott, Samantha ... Ich liebe dich. Ich liebe dich so sehr."

„Ich dich auch."

Danach sprachen sie nicht mehr, schufen nur weiter ihre gemeinsame Magie, und genau das brauchte sie jetzt.

12

Viel später, nachdem sie ihr Verlangen befriedigt hatten, lag Sam wach in Nicks Armen, starrte in die Finsternis und dachte über die Dinge nach, die sie ihm sagen musste. Mit einer Hand streichelte er ihr den Rücken und verriet ihr damit, dass auch er noch wach war.

„Wir müssen über ein paar Dinge reden."

Seine Hand erstarrte. „Nämlich?"

„Stahl und Ramsey."

Bei der Erwähnung der beiden Beamten, derentwegen sie im zurückliegenden Jahr so viel Leid erfahren hatte, verspannte sich Nick am ganzen Körper. „Wirklich?"

„Bedauerlicherweise ja." Sie erzählte ihm, dass Forrester sie in sein Büro gebeten hatte und dass Stahl auf ein Alford-Bekenntnis aus war und was genau das bedeutete. „Morgen um diese Zeit bin ich vielleicht schon wegen Körperverletzung angeklagt." Sie hatte zwar beschlossen, nicht mehr an das Treffen zu denken, doch die möglichen Implikationen waren einfach überwältigend. Eine solche Anklage wäre das Ende ihrer Karriere.

„Man wird dich nicht anklagen."

„Wie kannst du da so sicher sein?"

„Ich habe Forrester schon vor einer ganzen Weile über den Justizminister wissen lassen, dass ich erwarte, vorab informiert zu werden, wenn dir eine Anklage droht. Ich habe nichts von ihm gehört, wir können also wahrscheinlich davon ausgehen, dass es dazu nicht kommen wird."

„Wow. Das erleichtert mich jetzt wirklich. Ich kann kaum glauben, dass du das getan hast."

„Ich konnte nicht zulassen, dass uns eine Anklage auf dem falschen Fuß erwischt, auch wenn ich sie von vornherein nicht für wahrscheinlich gehalten habe. Die Menschen mögen dich. Sie wollen, dass du weiter das tun kannst, was du am besten beherrschst. Dich einzusperren wird unsere Stadt nicht sicherer machen."

„Ramsey dreht durch, wenn es nicht zu einem Prozess kommt."

„Soll er doch. Die Schlagzeilen über die Anhörung beherrschen die Titelseiten, deshalb kräht kein Hahn danach."

Sam lachte schnaubend. „Wäre das nicht toll? Falls ich später vergesse, es zu erwähnen – danke, dass du Vizepräsident und in den aktuellen Skandal des Präsidenten verwickelt bist, weswegen sich niemand darum schert, ob ich angeklagt werde."

„Ich tue, was ich kann, Babe", erwiderte er mit einem Lachen. „Jetzt erzähl mir von Stahl. Was hältst du von diesem Deal?"

„Wenn es nur um mich ginge, würde ich nicht zulassen, dass er damit durchkommt, ohne zugeben zu müssen, was er mir angetan hat. Aber es geht nicht nur mich. Es geht auch um dich, Scotty, meinen Vater und mein Team, die dann alle mit einem langen, hässlichen Prozess klarkommen müssten. Es geht darum, dass es für die Presse ein Festmahl wäre, wenn die Frau des Vizepräsidenten gegen ihren Kollegen aussagt, der sie hasst und sie deswegen gefangen genommen, gefesselt und misshandelt hat. Will ich euch allen das wirklich antun? Will ich *mir* das antun?"

Er nahm ihre Hand und verschränkte seine Finger mit ihren. „Es geht weder um mich noch um Scotty, deinen Vater oder dein Team. Es geht um dich und das, was dir dieses Monster an jenem schrecklichen Tag angetan hat. Du solltest tun, was du willst, und dir nicht wegen der möglichen Auswirkungen auf andere den Kopf zerbrechen. Wir werden dich unterstützen, egal, wie du dich entscheidest."

Von seiner glühenden Solidarität ermutigt, antwortete Sam: „Ich will es ihm nicht zu leicht machen und ihn einfach vom Haken lassen. Er soll vor Gericht zugeben müssen, dass er schuldig ist, und verurteilt werden. Das ist auch das, was mir mein Vater geraten hat."

„Dann solltest du genau das umsetzen. Lass dich nicht auf den Deal ein. Sag ihm, ihr seht euch vor Gericht."

„Beim Gedanken daran, mir diesen Tag noch einmal vergegenwärtigen zu müssen, wird mir ganz schlecht."

„Ein Mal schaffst du das noch, denn damit sorgst du dafür, dass er hinter Gitter kommt, und dann kannst du es vergessen. Ich werde bei dir sein, Babe."

Sam drückte seine Hand. „Danke. Ich werde den Staatsanwalt wissen lassen, dass es keinen Deal gibt." Sie holte tief Luft und seufzte: „Was für ein schrecklicher Tag."

„Da hast du recht." Er ließ ihre Hand los und legte die Arme um sie. „Mach die Augen zu, und ruh dich aus, solange du kannst, Süße. Morgen verspricht auch wieder ein beschissener Tag zu werden."

Lächelnd tadelte Sam: „Den Satz habe ich mir urheberrechtlich schützen lassen."

„Dann verklag mich doch."

„Nein, ich liebe dich lieber einfach nur."

~

Sie erwachte vom Klingeln von Nicks Handywecker. Draußen war es noch dunkel. Überrascht und erfreut stellte sie fest, dass die Zentrale sich über Nacht nicht gemeldet hatte. Das war ein gutes Zeichen – die Todesschüsse würden wohl doch auf eine Nacht beschränkt bleiben. Wobei eine Nacht schon mehr als genug war.

„Babe", sagte sie und stieß Nick mit der Schulter an. „Wach auf."

Seine Antwort war ein Grunzen.

Da er auf dem Bauch schlief, legte sich Sam auf seinen Rücken und presste sich mit ihrem nackten Körper an ihn. „Wach auf", wiederholte sie. „Heute ist der Lieblingstag aller Streber. Der erste Tag nach den Ferien."

Er riss die Augen auf. „Neue Bleistifte?"

Sam lachte und küsste seinen Rücken, dann biss sie ihn in die Schulter, was ihn zusammenzucken ließ. „Weißt du, was?"

„Hmm?"

„Die Zentrale hat sich über Nacht nicht gemeldet."

„Das sind immerhin gute Nachrichten."

„Sehr gute sogar. Das bedeutet, ich bin besonders ausgeruht und bereit, diese mörderischen Drecksäcke heute zu fassen."

„Ich finde es echt heiß, wenn du die knallharte Polizistin raushängen lässt. Besonders, wenn du dabei auf mir liegst."

Sie bewegte lasziv die Hüften, was ihm ein gequältes Stöhnen entlockte.

„Mach das nicht, wenn wir keine Zeit haben, es durchzuziehen."

„Für einen Quickie ist immer Zeit."

„Ernsthaft?"

„Mhm, aber es muss wirklich sehr schnell gehen. In fünfzehn Minuten müssen wir Scotty wecken."

„,Sehr schnell' kann ich."

„Dreh dich um." Sie hob ihren Körper ein Stück an, damit er sich unter ihr bewegen konnte, und überraschte ihn damit, dass sie ihn bis zum Anschlag in sich aufnahm.

„Lieber Himmel, Samantha! Ein bisschen Vorwarnung wäre nett."

„Ich habe dich doch gewarnt. Oder habe ich etwa nicht gesagt, wir müssten uns beeilen? Willst du dich etwa beschweren?"

„Definitiv nicht."

Er verschränkte die Hände hinter dem Kopf. „Leg los, du durchtriebenes Weib."

In weniger als drei Minuten brachte Sam sie beide zum Höhepunkt, danach lagen sie keuchend und schwer atmend nebeneinander.

„Meine Güte", murmelte er. „Ich muss der glücklichste Ehemann aller Zeiten sein. Meine Frau ist eine Sexgöttin."

Sam lachte. „Du kannst ja eine Rezension auf meiner Website hinterlassen."

„Kommt nicht infrage. Wenn ich der ganzen Welt erzähle, was ich habe, wollen alle ein Stück vom Kuchen."

„Kriegen sie aber nicht."

„Gott sei Dank." Er gab ihr einen Klaps auf den Hintern, und sofort wünschte sie sich, sie hätten noch Zeit für mehr.

„Wir müssen unseren Achtklässler aus dem Bett scheuchen."

„Ja", seufzte er. Sie sah ihn prüfend an und bemerkte die Spannung, unter der er plötzlich stand. „Ich wünschte, wir könnten uns hier verstecken, bis die Wogen sich geglättet haben."

„Wir verstecken uns nicht. Das ist nicht unser Stil."

„Ich weiß, doch manchmal würde ich es mir wünschen."

„Geht mir genauso. Wenn es zu viel wird, flüchten wir für eine Nacht in Johns Hütte, nur wir beide." Er hatte die Hütte in Leesburg, Virginia, von John O'Connor geerbt.

„Wir beide und dreißig Mitarbeiter des Secret Service", erwiderte er mit einem ironischen Lächeln.

„Die sperren wir aus."

„Lass uns das tun. Nach einem fantastischen Urlaub wieder zur Arbeit zu müssen ist auch ohne Kongressanhörungen schon schlimm genug."

„Ja, oder Schüsse aus fahrenden Autos", pflichtete sie ihm bei.

„Im Vergleich dazu wirken meine Probleme klitzeklein."

„Sind sie aber nicht. Sie sind vollkommen nachvollziehbar. Versprich mir etwas."

Er wickelte sich eine Locke ihres Haars um den Zeigefinger. „Was immer du willst."

„Versuch nicht, es vor mir zu verbergen, wenn dir alles zu viel wird. Erzähl es mir. Du musst nicht über allem stehen. Nicht mir gegenüber. Okay?"

Er nickte lächelnd. „Das kann ich dir ganz leicht versprechen. Ich brauche jede Unterstützung, die ich kriegen kann, um mit dieser Krise fertigzuwerden."

Sie beugte sich über ihn und küsste ihn. „Meine hast du. Weißt du schon, ob du aussagen musst?"

„Noch nicht, doch ich gehe davon aus, dass ich, wenn, dann irgendwann diese Woche vorgeladen werde."

„Wann auch immer, ich werde da sein."

„Das musst du nicht. Jag du lieber Mörder."

„Ich werde da sein, Nick, genau, wie du für mich da wärst."

Lächelnd sah er zu ihr hoch. „Danke."

„Du musst mir nicht dafür danken, dass ich dir ausnahmsweise mal eine gute Ehefrau bin."

Grinsend widersprach er: „Du bist mir immer eine gute Ehefrau. Vor allem hier oben."

„Hier bin ich am besten."

„Da wirst du von mir keine Widerworte hören, Babe."

Sie lösten sich voneinander und machten sich im angrenzenden Badezimmer präsentabel, ehe sie sich nach unten begaben, um Scotty zu wecken. Nachdem diese unangenehme Aufgabe erledigt war, duschte Sam rasch und zog sich an. Sie schloss ihre Nachttischschublade auf, entnahm ihr ihre Waffe, die Dienstmarke und die Handschellen und ging um Viertel vor sieben nach unten. In der Küche löffelte ein mürrischer Junge unter den wachsamen Augen seines Vaters, der gleichzeitig die Schlagzeilen der Morgenausgabe des *Washington Star* überflog, sein Müsli.

„Hat es über Nacht irgendwelche Katastrophen gegeben?"

„Nein", antwortete Nick. „Ein großer Bericht über die Todesschüsse und die Aufforderung des MPD an die Bürger, ihre Häuser nicht zu verlassen, bis der Schütze gefasst ist. Das müsst ihr zügig hinkriegen, vor allem, weil es um diese Jahreszeit alle nach draußen zieht."

„Ich weiß. Das ist totaler Mist. Ich hoffe bloß, dass das Labor heute etwas über das Auto für uns hat, damit wir den Gangster zum Reden bringen können. Nick, ich hasse das Gefühl, mich an Strohhalme zu klammern."

„Verständlich. Heute fängt dein neuer Mitarbeiter an, oder?"

„O Gott, das hätte ich beinahe vergessen. Ich muss nicht nur den Fall lösen, sondern auch den Nachfolger eines ermordeten Kollegen einarbeiten. Das verspricht wirklich, ein großartiger Tag zu werden."

„Wie für uns alle", murmelte Scotty.

Nick zauste seinem Sohn lachend das Haar. „Deine Mutter und ich würden uns freuen, wenn der erste Schultag als Achtklässler heute unser größtes Problem wäre."

„Hört auf, mir das Gefühl zu geben, mein Gejammere über die Schule wäre Kinderkram."

Lächelnd beugte sich Sam vor und küsste ihn auf die Wange. „Ich hoffe, du hast einen großartigen ersten Schultag und ein tolles Jahr. Sorg dafür, dass dein Dad Bilder macht, ehe du das

Haus verlässt, und zieh das marineblaue Poloshirt an, das wir vor ein paar Wochen gekauft haben. Darin siehst du gut aus."

„Okay", seufzte Scotty leidgeprüft. Er erhob sich, stellte seine Schüssel in die Spülmaschine und schlurfte aus der Küche.

„Es trifft ihn wirklich hart", sagte Sam zu Nick, der die Augen verdrehte.

„Er ist eine Drama-Queen."

„Ich kann ihm das nachfühlen." Sie beugte sich vor und gab auch ihrem Mann einen Kuss. „Danke für die tolle Nacht. Genau das habe ich nach diesem harten Tag gebraucht."

„Es war ein großes Opfer, aber ich komme schon irgendwie damit klar." Er tätschelte ihr den Po. „Sei vorsichtig da draußen, ja?"

„Immer doch." Sie küsste ihn erneut. „Ruf mich an, wenn du mich brauchst."

„Dito. Wenn ich dich zu Forrester begleiten soll, mach ich das."

„So gern ich dich an meiner Seite hätte, wenn du dabei bist, bekommt das Ganze noch mehr Gewicht."

„Alles klar, aber ruf mich an, sobald du etwas weißt."

„Du erfährst es als Erster, vor allem, falls ich dich brauche, weil du Kaution für mich stellen musst."

„Das ist nicht witzig. Ich liebe dich, Babe."

„Ich dich auch." Auf dem Weg nach draußen nickte sie an der Tür Melinda zu und lief die Rampe hinunter in die bereits überaus schwüle Hitze, die den Tag nur noch unangenehmer machen würde. Während der Fahrt zur Arbeit dachte sie über den Fall, die Ankunft von Detective Cameron Green und die emotionalen Auswirkungen der Tatsache nach, dass er Detective Arnold ersetzen würde.

Sam rief ihren Stellvertreter an, um vorzufühlen, wie er damit klarkam.

„Morgen", grüßte Gonzo.

„Wie geht's?"

„Nach einer unerwartet durchschlafenen Nacht ziemlich gut."

„Ich weiß genau, was du meinst."

„Glaubst du, es ist vorbei?"

„Schwer zu sagen. Das wird sich weisen. Hör zu, ich wollte mal

nachfragen, wie es dir damit geht, dass Green heute anfängt."
Nach langem Schweigen fragte sie: „Gonzo?"

„Ja, ich bin noch da. Ich hab gewusst, dass dieser Tag kommen würde, und er scheint ein echt netter Kerl zu sein."

„Alles okay bei dir?"

Sein raues Lachen verbarg unendliche Qual. „Ja, alles super."

„Gonzo ..."

„Schon gut, Sam. Das Leben geht weiter, ob wir es wollen oder nicht, und es ist an der Zeit, jemand Neues ins Team zu holen. Wir brauchen Hilfe, und du hast jemanden gefunden, der zu uns passt. Ich werde einfach etwas Zeit brauchen. Mehr kann ich dazu nicht sagen."

„Niemand wird Arnold je ersetzen können, für niemanden von uns. Ich hoffe, du weißt das."

„Ja, aber danke, dass du es mir noch mal gesagt hast."

„Ich bin gleich da und kümmere mich um den Papierkram in Sachen Green."

„Schon erledigt. Ich bin dein Stellvertreter und bin extra deswegen früher gekommen. Das ist meine Aufgabe, nicht deine."

„Bist du dir da sicher?"

„Absolut."

„Versprichst du mir, mit mir, Cruz oder Trulo zu reden, wenn du irgendwelche Probleme hast?", bat sie. Bei Letzterem handelte es sich um den Polizeipsychiater.

„Ja. Danke, dass du dir Sorgen um mich machst. Das bedeutet mir viel."

„Wir alle machen uns Sorgen um dich, Gonzo."

„Ich weiß. Bis gleich."

Am Polizeigebäude parkte Sam am Eingang zur Gerichtsmedizin und legte dort einen kurzen Zwischenstopp ein, um mit Lindsey zu reden, die für die frühe Uhrzeit viel zu munter wirkte. „Wieso strahlst du denn so?"

„Ich hatte eine wirklich tolle Nacht mit meinem Kerl." Lindsey war mit Nicks Stabschef Terry O'Connor verlobt, dem Bruder des ermordeten John O'Connor und Sohn von Graham O'Connor. „Er hat mich gestern Abend damit überrascht, dass er gekocht hatte, und dann haben wir ..."

„Aufhören!" Sam hielt sich die Ohren zu. „Alles Weitere muss ich nicht wissen. Ich kann es mir denken."

„Sie haben eine schmutzige Fantasie, Lieutenant", scherzte Lindsey. „Ich wollte sagen, wir haben am Stück drei Folgen von *The Crown* über Queen Elizabeth geschaut. Eine tolle Serie. Hast du die schon gesehen?"

„Leider nein."

„Die würde euch gefallen. Selbst Terry war ganz begeistert."

„Das merke ich mir. Hast du dich gestern mit Caroline Brinkleys Eltern getroffen?"

„Ja", seufzte Lindsey, und bei der Erinnerung an den schrecklichen Fall verblasste ihr Strahlen etwas. „Es war furchtbar. Diese armen Leute. Sie haben alles richtig gemacht. Ihre Tochter auch ... Ich habe ihnen von dem Pfefferspray erzählt, und dieses kleine Detail hat ihren Vater fast gebrochen. Er hatte ihr eingeschärft, sie solle immer welches dabeihaben. Genutzt hat es ihr nichts. Haben wir irgendwelche Spuren?"

„Ich hoffe, die Untersuchung des Autos hat etwas Nützliches ergeben, und wir haben jemand in Gewahrsam, der Stress mit der Schwester eines der Opfer hatte. Ich will heute außerdem bei unseren anderen Opfern tiefer graben, um herauszufinden, ob jemand von ihnen Feinde hatte. Also bisher nichts Handfestes, aber wir kommen langsam voran."

„Ich lass dich mal weiterarbeiten. Sag Bescheid, wenn ich irgendwie helfen kann."

„Mach ich."

Sam verließ die Gerichtsmedizin und begab sich ins Großraumbüro, wo sie als Erstes Detective Cameron Green an Arnolds Arbeitsplatz sitzen sah. Sie blieb abrupt stehen, und es traf sie wie ein Schlag in die Magengrube. Sie holte tief Luft und kämpfte gegen den Ansturm von Gefühlen an, den der Anblick von jemand anderem an Arnolds Schreibtisch auslöste. Sam räusperte sich und ging zu dem neuen Mitarbeiter hinüber, um ihn willkommen zu heißen.

„Guten Morgen, Detective."

Beim Klang ihrer Stimme sprang er auf. „Guten Morgen, Lieutenant."

Sam schüttelte ihm die Hand und registrierte das gestärkte

hellblaue Hemd und die marineblaue Krawatte, die er an seinem ersten Tag trug. „Schön, dass Sie da sind."

„Danke, ich freue mich." Green war groß, muskulös und attraktiv und hatte blondes Haar, blaue Augen und einen festen Händedruck. Er hatte Sam mit seiner Detailverliebtheit beeindruckt, dank der sie eine verschwundene Collegestudentin aufgespürt hatten, und mit seiner Entschlossenheit, einem Opfer zu Gerechtigkeit zu verhelfen, das versucht hatte, sein Leben auf die Reihe zu kriegen. „Ich bin ab sofort bereit, mich nützlich zu machen."

„Hat Gonzo Sie über die Ermittlungen im Fall der Todesschüsse aus dem fahrenden Auto ins Bild gesetzt?"

„Ich habe gerade die Berichte gelesen."

„Wir treffen uns in zehn Minuten im Besprechungsraum, um uns über die neuesten Entwicklungen auszutauschen."

„Klingt gut."

Sam wollte sich entfernen, blieb dann aber stehen und wandte sich noch mal zu ihm um, da sie im Moment allein im Großraumbüro waren. „Das", sagte sie und deutete auf seinen Arbeitsplatz, „wird etwas sein, woran sich das Team, allen voran Sergeant Gonzales, nur schwer gewöhnen wird. Das ist nichts Persönliches. Ich hoffe, das ist Ihnen klar."

„Dafür habe ich jedes Verständnis."

„Wenn Sie Probleme oder Fragen haben, steht Ihnen meine Tür immer offen. Ich möchte, dass Sie sich hier willkommen und wohl fühlen, trotz der Umstände."

„Das weiß ich zu schätzen."

„Prima. Dann können Sie sich jetzt wieder den Berichten widmen."

„Jawohl, Ma'am."

Sam freute sich, dass der erste Eindruck vor Monaten sie offenbar nicht getrogen hatte, und ging in ihr Büro, ermutigt von seinem Eintreffen und seinem Verständnis für das emotionale Minenfeld, auf das er sich begeben hatte.

Sie fuhr ihren Rechner hoch und suchte nach einem Laborbericht über das Auto. Sie fand keinen und wollte gerade telefonisch nachfragen, als Special Agent Avery Hill plötzlich in der Tür stand. Zu ihrem Leidwesen fiel ihr wie stets auf, wie unglaublich attraktiv Shelbys Verlobter mit seinen goldfarbenen Augen, dem goldbraunen Haar und den hohen Wangenknochen war.

Sam hatte ihn seit Wochen nicht mehr gesehen, seit dem Ende der Ermittlung, die sie zu Christopher Nelson geführt hatte. „Agent Hill. Was für eine Überraschung!"

„Ich wollte mal nachschauen, ob wir bei den Ermittlungen über die Todesschüsse helfen können, und habe bei der Gelegenheit den Laborbericht vorbeigebracht."

Sam nahm ihm den Ausdruck aus der Hand. „Den hätten Sie auch mailen können."

„Ich wollte noch über etwas anderes mit Ihnen reden, wenn Sie kurz Zeit haben."

„Ja, allerdings wirklich nicht lang."

Als er die Tür schloss und Platz nahm, war ihre Neugier geweckt. „Ich habe mich gefragt, wie Ihnen Shelby in den letzten Wochen vorgekommen ist."

„Ich war im Urlaub, und sie hatte frei, wir haben uns also nicht oft gesehen, aber sie scheint ganz vernarrt in Noah zu sein und hat sich von der Geburt sehr schnell erholt."

Avery nickte. „Sie ist wirklich sehr glücklich mit dem Kleinen. So selig habe ich sie noch nie erlebt."

„Das ist doch gut, oder?"

„Ja."

Dieses einzelne Wort war so bedeutungsschwer, dass sie nachhaken wollte, obwohl sie wusste, dass sie das nichts anging. Averys lächerliche Faszination für sie hatte ihr und Nick Probleme bereitet, auch wenn die nichts im Vergleich zu denen waren, die daraus für ihn und Shelby entstanden waren. Deswegen hatte Shelby vorübergehend gekündigt. „Was erzählen Sie mir nicht?", fragte Sam und redete sich ein, es sei ein Freundschaftsdienst für ihn und Shelby, so nachzubohren.

Er seufzte tief. „Sie und Noah leben bei mir, aber zwischen uns hat sich vieles verändert." Er meinte, seit er Shelby in einem kritischen Moment „Sam" genannt hatte.

„Ich dachte, das sei beigelegt."

„Dachte ich auch, doch sie hat sich ... verändert. Ich habe mich nur gefragt, ob das bloß für mich gilt oder ob andere es ebenfalls bemerken, und mir ist niemand anders eingefallen, den ich hätte fragen können."

„Wie Ihnen und dem Rest der Welt bekannt ist, habe ich noch nie ein Kind gekriegt, aber ich denke, wenn das der Fall wäre, hätte das Baby in meinem Leben einen höheren Stellenwert als alles andere."

„Auch als Nick?"

Sam zögerte, weil sie sich kein Szenario vorstellen konnte, in dem sie Nick von irgendetwas würde ausschließen wollen. „Wir wären beide völlig versessen auf das Baby." Sie verspürte einen Stich im Herzen. Dieses Thema ging ihr viel zu nahe, vor allem nach dem Schwangerschafts-Fehlalarm vom Vortag. Noch immer wünschte sie sich eine Schwangerschaft mehr als alles andere.

„Tut mir leid. Es ist auf so vielen Ebenen unsensibel von mir, mit Ihnen darüber zu reden."

Sams Fruchtbarkeitsprobleme waren kein gut gehütetes Geheimnis mehr. Ihre Rede vor einer Organisation, die Frauen mit Schwierigkeiten wie den ihren unterstützte, hatte großes Aufsehen erregt. „Shelby ist gerade mit dreiundvierzig Mutter geworden", kehrte Sam zum ursprünglichen Thema zurück. „Sie ist wegen des Babys hin und weg. Lassen Sie ihr etwas Zeit, Avery. In ein paar Wochen, wenn sich eine neue Routine eingestellt hat, wird alles wieder normal sein."

Nickend sagte er: „Da haben Sie sicher recht."

„Wann hatte ich das je nicht?"

Sein kurzes Lachen passte schon viel besser zu dem Avery, den sie kannte.

„Warum bleiben Sie nicht zu unserer morgendlichen Besprechung über die Todesschüsse? Sie können den Bericht des forensischen Labors vorstellen."

„Klar, warum nicht? Außerdem – danke. Sie wissen schon. Für den Rat."

„Sehr gern." Sam wünschte Shelby und Avery alles Glück der Erde, obgleich seine Verknalltheit in sie allen Beteiligten solche Probleme bereitet hatte. Sie wollte, dass diese Verknalltheit endgültig der Vergangenheit angehörte, und Averys Sorge um seine Beziehung zu Shelby war ein gutes Indiz dafür, dass er über sie hinweg war. Zumindest hoffte sie das für alle Beteiligten.

„Fassen Sie kurz die wichtigsten Punkte des Berichts für mich zusammen."

„Wir haben Fingerabdrücke des Autobesitzers gefunden, der aktenkundig ist, sowie die einer weiteren Person, die wir seiner Lebensgefährtin zuordnen konnten, die ebenfalls aktenkundig ist."

„Ein Verbrecherpärchen." Sam klimperte mit den Wimpern. „Es geht doch nichts über gute alte Romantik."

„In der Tat." Avery grinste. „Auf der Beifahrerseite haben wir Schießpulverrückstände sowie Haare und Fasern gefunden, die wir noch weiter analysieren. Die Schlussfolgerung lautet, dass es sich um das Tatfahrzeug handeln könnte, aber nicht muss."

„Die meisten Menschen, selbst Berufsverbrecher, erschießen ja keine Leute aus ihrem eigenen Auto heraus. Ich denke also, die Wahrscheinlichkeit ist hoch, dass es sich um das fragliche Fahrzeug handelt."

„Sehe ich auch so."

„Das heißt, obgleich das Auto keine handfesten Beweise geliefert hat, hat es uns eine neue Information gebracht – dass die Gesuchten klug genug sind, Handschuhe zu tragen, um keine Fingerabdrücke zu hinterlassen."

„Was denken Sie?"

„Das und die Tatsache, dass unser Schütze – oder unsere Schützin – gut genug ist, um bei hoher Geschwindigkeit bewegliche Ziele tödlich zu treffen, verrät mir, dass wir einen Berufsschützen suchen, was Simmons vermutlich ausschließt."

„Worauf läuft das hinaus?"

„Sagen Sie es mir. Inlandsterrorismus? Hat es in letzter Zeit in der Hauptstadt Terrorwarnungen gegeben?"

„Nichts Außergewöhnliches, aber ich forsche da noch mal nach."

„Das wäre hilfreich." Sam schnappte sich die Berichte und ihr Notizbuch. „Gehen wir in den Besprechungsraum und bringen alle auf den neuesten Stand."

13

Sam trat hinter Avery nach draußen und stellte fest, dass sich das Großraumbüro der Ermittler inzwischen gefüllt hatte. Sie sah, dass sich Cruz mit Green unterhielt, und dankte dem Gott der Partner ein weiteres Mal, dass er ihr einen so großartigen zugeteilt hatte. Er wusste, dies würde für Green, genauso wie für das Team, ein harter Tag werden, und hatte den ersten Schritt gemacht. „Gehen wir in den Besprechungsraum, um den Tagesplan festzulegen, Leute."

Die anderen folgten ihr in den Raum, in dem jemand das Whiteboard bereits auf den neuesten Stand gebracht und dankenswerterweise das zu Peter abgebaut hatte. Captain Malone kam herein, eine große Kaffeetasse in der Hand, und nickte Sam und Hill zu.

Als alle saßen, begann Sam: „Ich möchte zunächst Detective Green in unserem Team begrüßen. Wir freuen uns auf die Zusammenarbeit."

Green lächelte. „Dito. Danke, Lieutenant."

„Also, ich möchte nicht viele Worte verlieren", fuhr Sam fort.

„Warum tust du es dann?", flüsterte Freddie und löste damit nervöses Gelächter in der Runde aus. Sam lächelte ebenso wie ihre Kollegen. Ein Scherz war genau das, was sie jetzt gebraucht hatten.

„Wie gesagt", nahm Sam ihre kleine Ansprache wieder auf

und funkelte Freddie an, „ich möchte nicht viele Worte verlieren – Detective Green schließt sich heute unserem Team an, und die Fußstapfen, in die er tritt, sind sehr groß." Sam bemerkte, wie sich Jeannie bei der Erwähnung von Arnold die Tränen aus dem Augenwinkel wischte. „Wenn jemand irgendwann Hilfe braucht, meine Tür steht immer offen, genau wie die von Dr. Trulo. Bei Bedarf bitte ohne Scheu auf uns zukommen." Sie holte tief Luft und wechselte das Thema. „Agent Hill wird uns über die Laborbefunde nach der Untersuchung des Wagens informieren."

Avery trug die Laborbefunde und die Schlussfolgerungen vor, die er und Sam daraus gezogen hatten. „Mein Team wird sich mit der Möglichkeit von Inlandsterrorismus als Motiv befassen, obgleich Schüsse aus einem fahrenden Auto nicht zur Vorgehensweise irgendeiner bekannten Gruppe passen. Zumindest bisher nicht."

„Glauben wir, dass es das war oder dass die Schützen nur Pause machen?", fragte Gonzo.

„Schwer zu sagen", antwortete Malone. „Die letzte Nacht war ruhig, aber wer weiß, wie es heute aussehen wird? Über die Hotline sind ein paar vielversprechende Tipps reingekommen." Er reichte Gonzo mehrere Ausdrucke, die dieser an Sam weitergab. Sie überflog sie rasch und fand, dass keiner davon wichtiger war als ihr ursprünglicher Tagesplan.

„Ich möchte, dass wir uns heute unseren Opfern und Zeugen widmen und die Scharfschützenhypothese näher untersuchen. Jeannie, könntest du das Paar übernehmen, das Zeuge des Mordes an Melody Kramer war, und die Schwestern von Jamal Jackson? Gonzo, du gehst zusammen mit Green zu Rayna Kapoor. Freddie und ich befassen uns mit Melody Kramer und Caroline Brinkley. Jeder kümmert sich zusätzlich um einen dieser Tipps." Sie legte Malones Ausdrucke auf den Tisch.

„Ich beschäftige mich weiter mit der Möglichkeit, dass der Täter ein Scharfschütze ist", erklärte Malone.

„Super, danke. Treffen wir uns um vier Uhr wieder hier, um uns gegenseitig auf den aktuellen Stand zu bringen." Hoffentlich würde ihr Treffen mit Forrester nicht länger als dreißig Minuten dauern. Die Information von Nick hatte ihr einen Großteil ihrer

Sorgen genommen, sodass sie heute tatsächlich das ein oder andere würde erledigen können.

Die anderen hatten ihre Aufgaben und verließen im Gänsemarsch den Besprechungsraum.

„Ich melde mich, wenn ich etwas für Sie habe", versprach Avery beim Hinausgehen.

„Danke."

„Wohin zuerst?", fragte Freddie.

„Ich will mit Joe Kramer reden."

„Das habe ich schon befürchtet."

„Lieutenant", rief Malone, als Sam gerade durch die Gerichtsmedizin flüchten wollte. „Einen Augenblick, bitte."

„Ich komme gleich nach", sagte sie zu Freddie.

„Gut, ich warte draußen."

Sam betrat das Büro.

Malone folgte ihr und schloss die Tür. „Wegen Stahl und des Alford-Bekenntnisses …"

„Kein Deal." Sam schaute dem Captain über den Schreibtisch hinweg in die kühlen grauen Augen. „Ich habe mit meinem Vater und mit Nick darüber gesprochen, und sie teilen meine Ansicht. Wir wollen hören, wie er gesteht, oder sehen, wie er verurteilt wird, ohne jeden Spielraum."

„Ich gebe es weiter."

„Ich hoffe, Sie verstehen das, Captain. Es könnte für die Polizei und alle Beteiligten einfacher sein, sich auf den Alford-Deal einzulassen, aber wir wollen weder für uns noch für ihn einen leichten Ausweg."

„Ich verstehe vollkommen, und es geht hier nicht darum, was für die Polizei am besten ist. Es geht darum, was er Ihnen angetan hat, und um die gerechte Strafe dafür."

„Es fände es nicht richtig, ihn in irgendeiner Weise vom Haken zu lassen."

„Verstehe ich. Dann lasse ich Sie mal arbeiten. Informieren Sie mich, wie es mit Forrester gelaufen ist?"

Sam schaute zur Tür und sah, dass alle anderen beschäftigt waren. „Nick hat mir gestern Abend gesagt, er habe den Justizminister um eine inoffizielle Benachrichtigung gebeten, wenn mir eine Anklage droht. Die hat es nicht gegeben."

Malone lächelte zufrieden, wobei sich sein Gesicht entspannte.
„Ist das so? Gut zu wissen."
„Fand ich auch."
„Darauf wette ich. Geben Sie uns auf jeden Fall Bescheid, sobald es offiziell ist."
„Wir müssen darauf vorbereitet sein, dass die Entscheidung Ramsey nicht glücklich machen wird."
„Nicht glücklich machen"", wiederholte Malone und lachte. „Das ist schön ausgedrückt. Wir kümmern uns schon um ihn, keine Sorge, und halten Sie sich um Gottes willen von ihm fern."
„Das müssen Sie mir nicht sagen. Ich will nichts mit ihm zu tun haben. Ich habe immer noch keine Ahnung, womit ich es verdient habe, dass er mir immer solchen Mist an den Kopf wirft."
„Sie existieren. Das reicht ihm."
„Er ist ein Mitglied der hiesigen Altherrenseilschaft, und die hasst es, wenn Frauen beruflich vorankommen."
„Ich werde die Existenz der Seilschaft, von der sie da sprechen, niemals offiziell zugeben, aber Ihre Analyse ist ziemlich zutreffend."
Sam verdrehte die Augen. „Ach wirklich?"
„Hören Sie, Sam, nicht alle alten Herren gehören zu diesem Club. Sie sind eines der effektivsten Mitglieder dieser Behörde, das weiß jeder. Wenn die Leute Ihnen Ihren Erfolg neiden, ist das deren Problem, nicht Ihres."
„Wollen Sie damit andeuten, dass ich es nicht nur mit Ramsey zu tun habe?"
„Ich sage, Erfolg erzeugt Missgunst. Umgeben Sie sich mit Ihren Freunden, und ignorieren Sie Ihre Feinde."
„Danke für Ihre unerschütterliche Unterstützung meiner Person und meines Teams, Captain. Sie bedeutet mir sehr viel."
Das unerwartete Kompliment war ihm unbehaglich, und er antwortete: „Klar, immer gern. Ich, äh, lasse Sie dann mal weiterarbeiten."
Während Sam sich Schlüsselbund, Handy und Notizbuch schnappte und das Büro hinter sich abschloss, fragte sie sich, warum Männer eigentlich nicht mit Komplimenten umgehen konnten. Bei Nick war es genauso. Immer, wenn sie ihm ein Kompliment machte, weil sie ihn so unglaublich sexy fand, lief er

rot an und war ganz durcheinander. Sie liebte es, ihn so weit zu treiben, und lächelte allein beim Gedanken daran.

„Später werden Sie nichts mehr zu lachen haben", höhnte eine Stimme, die sie sofort als Ramseys erkannte. „Forrester wird Sie mit Beschuldigungen geradezu überhäufen, Sie mieses Stück."

„Das sehen wir dann, nicht wahr?", gab sie zurück, ohne stehen zu bleiben oder ihm auch bloß einen Blick zu gönnen.

„Sie fallen endlich aufs Maul, und ein Haufen Leute hier wird das feiern."

Sam würdigte ihn keiner Antwort. Wenn sie es nicht zuließ, konnte er sie nicht verletzen, und sie hatte nicht vor, ihm das zu gestatten. Sie freute sich inzwischen regelrecht auf das Treffen mit Forrester, und sei es nur, weil sie Ramseys Reaktion erleben wollte, wenn er mitbekam, dass man sie nicht anklagen würde.

Sam empfand beim Gedanken an seinen Zorn tiefe Befriedigung und stieß die Tür auf, um in die Sommerhitze hinauszutreten, die immer angenehm war, wenn sie sich länger in dem viel zu weit heruntergekühlten Gebäude aufgehalten hatte. Doch die Erleichterung war nur von kurzer Dauer. Innerhalb weniger Sekunden brach ihr der Schweiß aus, und sie ging schneller, um ihr klimatisiertes Auto zu erreichen.

Freddie lehnte am Auto und sah auf sein Smartphone, während er darauf wartete, dass sie die Tür aufschloss. „Bereit?"

„So bereit, wie ich nur sein kann."

„Was wollte Malone?", erkundigte er sich unterwegs.

„Eine Entscheidung in Bezug auf Stahls Alford-Bekenntnis."

„Was hast du gesagt?"

„Kein Deal. Ich tue mir lieber den Prozess an, als ihn so leicht davonkommen zu lassen."

„Gut."

„Ist es falsch, dass ich die Vorstellung genieße, wie sein Gesicht violett anläuft, wenn er hört, dass ich den von ihm vorgeschlagenen Deal ablehne?"

„Überhaupt nicht. Für das, was er dir angetan hat, müsste er in der Hölle schmoren."

„Da sind wir uns einig."

„Apropos Hölle, wie sieht unser Plan in Sachen Joe Kramer aus?"

„Wir schließen alle aus, die möglicherweise Krach mit einem der beiden hatten. Wir ermitteln, haken Namen ab. Ich rechne nicht damit, dass dabei was herauskommt, aber man weiß nie, also gehen wir streng nach dem Lehrbuch vor."

„Alles klar."

„Warum übernimmst nicht du die Gesprächsführung bei ihm?"

Freddie fuhr auf seinem Sitz herum, sein Mund stand offen, die Augen traten ihm fast aus dem Kopf. „Echt jetzt? Ausgerechnet bei ihm soll ich die Gesprächsführung übernehmen?"

Sam versuchte, ihre Erheiterung zu verbergen. „In Situationen, die Fingerspitzengefühl erfordern, bist du am besten. Du schaffst das."

„Du liebst es, mich zu quälen."

„Das stimmt überhaupt nicht. Ich bilde dich aus. Das ist ein großer Unterschied."

„Wenn du meinst."

„Du warst so ein netter, respektvoller Junge", tadelte sie. „Ich verstehe nicht, was mit dir passiert ist."

„*Du* bist mir passiert."

Sam lachte schnaubend. Es machte ihr immer großen Spaß, sich mit ihm zu kabbeln. „Lass uns dein Gespräch mit Joe durchgehen. Womit fängst du an?"

„Mit unserem Beileid und Hilfsangeboten für ihn und seine Familie."

„Gut. Was dann?"

Sie sprachen alles Schritt für Schritt ab, bis Freddie sich einigermaßen sicher fühlte.

„Du schaffst das."

„Wenn du meinst."

„Meine ich, und ich habe immer recht. Das weißt du doch."

Er murmelte etwas, das sie nicht verstand.

„Reden wir über deinen Junggesellenabschied. Möchtest du überrascht werden oder nicht?"

„Keine Überraschungen."

Seine fast schon panische Antwort entlockte ihr ein Lachen. Der arme, liebe Freddie hatte keine Ahnung, wie viele Überraschungen sie sich für diesen großen Abend schon überlegt hatte. Welche sie umsetzen würde, würde sich noch zeigen.

„Das ist nicht witzig. Ich schwöre bei Gott, wenn du mich dazu bringst, es zu bereuen, dass ich dich zu meiner Trauzeugin erkoren habe ..."

„Freddie ... *Natürlich* werde ich dich das bereuen lassen. Gab es daran jemals ernsthafte Zweifel?"

Bei seinem gequälten Stöhnen musste sie erneut auflachen. „Ich wusste, ich hätte mich an Gonzo wenden sollen."

„Äh, ich sage es ja nur ungern, aber der ist mein begeisterter Mitverschwörer."

„Ich habe die schlimmsten Freunde der Welt."

Sam kam aus dem Lachen gar nicht mehr heraus. Was sie tat, war fies, aber wenigstens ging ihm nicht mehr so die Muffe wegen des Gesprächs mit Joe Kramer.

Wenige Minuten später erreichten sie das Reihenhaus der Kramers in Eckington. Das dreistöckige Gebäude hatte eine Backsteinfront, schwarze Fensterläden, schmiedeeiserne Gitter vor den Fenstern im Erdgeschoss und daran üppig bepflanzte schwarze Blumenkästen voller Blüten. Während sie warteten, dass man sie einließ, vergewisserte sich Freddie: „Du hilfst mir doch aus, wenn ich etwas vergesse, oder?"

„Nein. Du wirst mich nicht brauchen. Du schaffst das."

Die innere Tür öffnete sich, und Sam sah sofort, dass die letzten Tage ihren Tribut von dem attraktiven jungen Mann gefordert hatten. Aus Gewohnheit zeigten sie ihm ihre Dienstmarken, und er öffnete die Sturmtür.

Sam stieß Freddie an.

„Bitte entschuldigen Sie die Störung, Mr Kramer, aber hätten Sie ein paar Minuten für uns?"

„Haben Sie die Mörder meiner Frau gefasst?"

„Bisher nicht, doch wir arbeiten daran. Haben Sie einen Moment für uns?"

Sein Achselzucken drückte vollkommene Hilflosigkeit aus. „Zeit ist das Einzige, was ich habe." Er trat beiseite und ließ sie ein. „In der Firma haben sie gesagt, ich soll mir ein paar Tage freinehmen, aber nun habe ich nur noch mehr Zeit zum Grübeln. Ich sollte einfach wieder arbeiten gehen."

„Wo arbeiten Sie denn?"

„Ich bin Marketingleiter in einer Kreativfirma in Alexandria."

„Was hat Ihre Frau beruflich gemacht?"

Joe führte sie in ein Wohnzimmer, wo sie auf einem Sofa Platz nahmen, während er sich in einem Sessel niederließ. „Sie hat in der Buchhaltung des Innenministeriums gearbeitet."

Freddie zögerte eine Sekunde. „Ich hoffe, Ihnen ist klar, dass wir Ihnen ein paar Fragen stellen müssen, um unser Bild abzurunden. Sie sind in keiner Weise despektierlich gemeint."

„Okay."

„Hatte jemand von Ihnen Probleme mit irgendwem? Familienmitgliedern, Kollegen, Nachbarn? Haben Sie Feinde?"

Joe schüttelte den Kopf. „Mir würde niemand einfallen, und ich zermartere mir schon die ganze Zeit das Gehirn darüber, wer ihr das wohl angetan haben könnte. Ich komme immer wieder zu dem Schluss, dass sie ein zufällig ausgewähltes Opfer sein muss. Alle haben Mel geliebt. Sie war ein Schatz." Seine Stimme versagte, und Tränen traten ihm in die Augen. „Ich muss mich erst daran gewöhnen, in der Vergangenheit von ihr zu sprechen. Wie kann sie Vergangenheit sein, wo sie doch noch vor zwei Tagen hier war?"

„Ich kann mir nicht einmal ansatzweise vorstellen, wie schwer das für Sie und Ihre Familie sein muss."

Er fuhr sich mehrfach mit den Fingern durch die Haare, bis sie in alle Richtungen abstanden. „Das Ganze ist ein Albtraum."

„Ich muss Sie auch fragen, ob Sie finanzielle Probleme hatten."

„Nicht mehr als jeder andere. Wir hatten beschlossen, ein paar Jahre in der Stadt zu leben und dann Kinder zu kriegen, und hier etwas zu kaufen ist nicht billig, also haben wir zur Miete gewohnt, bis wir uns einen Hauskauf hätten leisten können. Außerdem haben wir nach den Fruchtbarkeitsbehandlungen Schulden. Als wir erfahren haben, dass Mel schwanger war, haben wir darüber gesprochen, in einen der Vororte zu ziehen. Sie wollte einen Garten für das Baby."

Sam fand es unerträglich, nur wenige Tage nachdem sein Leben in einer Sekunde in lauter Scherben zersplittert war, und das wahrscheinlich durch einen ungezielten Gewaltakt, der für ihn niemals Sinn ergeben würde, mit diesem Mann hier zu sitzen.

„Keine Spielschulden, riskanten Investitionen oder so etwas, das dazu geführt haben könnte, dass jemand Ihnen schaden wollte?", hakte Freddie nach.

Seufzend schüttelte Joe den Kopf. „Nichts dergleichen."

Freddie sah Sam an, die zustimmend nickte.

„Dann möchten wir Ihre Zeit nicht länger in Anspruch nehmen." Freddie gab Joe seine Karte. „Rufen Sie mich bitte an, wenn Ihnen noch etwas Relevantes einfällt."

Joe nahm die Karte. „Mach ich."

„Wir finden selbst raus."

„Wäre es möglich, dass Sie ihn nie fassen?"

Sam wandte sich um. „Das ist immer möglich, aber ich verspreche, wir tun, was wir können. Das FBI unterstützt uns bei der Ermittlung, und alle Mitarbeiter des MPD suchen nach diesen Leuten."

„Immerhin."

„Wir melden uns, sobald wir etwas wissen", fügte Sam hinzu.

„Danke."

Als sie in die dampfige Hitze hinaustraten, seufzte Freddie tief.

„Gut gemacht. Ich habe allerdings auch nichts anderes erwartet."

„Es ist so schwer, jemanden befragen zu müssen, der gerade den wichtigsten Menschen in seinem Leben verloren hat."

„Ja, trotzdem verstehst du, warum es nötig war, oder?"

„Ja, schon klar. Was nun?"

„Jetzt gehen wir einigen der Hinweise nach, die über die Hotline zu uns gelangt sind."

Die nächsten Stunden verbrachten sie damit, kreuz und quer durch die Stadt zu fahren, mit Menschen zu sprechen, Befragungen durchzuführen und Informationen zu sammeln, von denen ihnen die meisten nicht viel brachten, doch so wie die Gespräche mit den Familien der Opfer war all das nötig. Um Viertel vor zwei bat Sam Freddie, sie am Gerichtsgebäude in der Fourth Street Northwest abzusetzen, wo sie sich mit Staatsanwalt Tom Forrester treffen wollte.

„Soll ich auf dich warten?"

„Nein, ich komme zu Fuß zum Hauptquartier zurück."

„Nicht bei dieser Hitze. Ruf mich an, dann hole ich dich ab."

„Ja, Mom." Sam stieg aus und schloss die Tür, ehe er Zeit hatte, noch was zu sagen. Die brütende Hitze war nahezu unerträglich, daher eilte sie die Treppe hoch, um ins klimatisierte Innere des Gebäudes zu gelangen. Man durfte seinen Gegner niemals sehen lassen, dass man schwitzte.

14

Ihr Anwalt und Freund Andy Simone und sein Kollege Kurt Hager warteten in der Lobby auf sie. Sam schüttelte ihnen die Hand.

„Hat Forrester Ihnen gegenüber schon angedeutet, worauf es hinauslaufen wird?", fragte Kurt auf dem Weg zu den Aufzügen.

„Nein, aber Nick." Sie erzählte den beiden von Nicks Bitte um eine Vorabinformation, die ausgeblieben war.

„Na, das sind doch gute Nachrichten", meinte Andy sichtbar erleichtert.

„Das kannst du laut sagen", pflichtete ihm Sam bei. „Wir brauchen nicht noch mehr Schlagzeilen, in denen unser Name auftaucht."

Kurt blockierte die Fahrstuhltür für sie und Andy.

Obgleich Sam sich wegen des Ausgangs der Besprechung keine größeren Sorgen machte, war sie trotzdem nervös, denn schließlich war sie vom Staatsanwalt in einer sie persönlich betreffenden Angelegenheit vorgeladen worden. Sie war nicht stolz darauf, dass sie sich von Ramsey hatte provozieren lassen und ihn geschlagen hatte, würde aber unter vergleichbaren Umständen wahrscheinlich wieder genauso handeln.

Forresters Assistentin ließ Sam wieder die gleiche VIP-Begrüßung angedeihen wie beim letzten Mal, als sie hier gewesen war. Als sie Getränke anbot, wollten die beiden Anwälte Kaffee und Sam Eiswasser.

Irgendwann führte die junge Dame sie endlich in Forresters geräumiges Büro. Der U. S. Attorney kam um seinen Schreibtisch herum und begrüßte sie per Handschlag. Er war groß, hatte silbergraues Haar, scharf blickende blaue Augen und sprach mit starkem New Yorker Akzent. Nachdem sie auf der Sitzgruppe vor einem großen Fenster Platz genommen hatten, eröffnete er das Gespräch: „Ich weiß zu schätzen, wie geduldig Sie abgewartet haben, während die Geschworenen Ihren Fall erörtert haben. Nach sorgfältiger Prüfung aller Fakten haben sie sich dazu entschlossen, keine Anklage zu erheben."

Sam versuchte, die Euphorie zu verbergen, die sich in ihr breitmachte. *Was für eine Erleichterung!*

„Ich möchte Sie darauf hinweisen, dass Ihr Vorgehen den Tatbestand der Körperverletzung erfüllt. Zwar weiß ich zu schätzen, dass weder Sie noch der Vizepräsident um eine Sonderbehandlung gebeten haben, doch Sie haben in der Tat Glück gehabt."

„Verstanden."

„Ich möchte Sie hier unter solchen Umständen nicht wiedersehen."

„Werden Sie nicht."

„Sie sollten auch wissen, dass wir Sergeant Ramsey über die Entscheidung der Geschworenen unterrichtet haben und er, wie Sie sich sicher denken können, alles andere als begeistert ist. Er beabsichtigt wohl eine Zivilklage gegen Sie."

„Okay."

„Nun, wenn Sie keine Fragen mehr haben, ist die Sache damit für mein Büro abgeschlossen."

„Werden Sie eine öffentliche Verlautbarung herausgeben?", fragte Kurt.

„Nein. Wenn Sie das möchten, steht es Ihnen frei."

Sam erhob sich und schüttelte ihm die Hand. „Danke."

„Bitte."

Sam führte ihre Anwälte aus dem Raum und nickte im Vorbeigehen Forresters Assistentin zu. Bis sie im Fahrstuhl waren, sagte niemand ein Wort.

„Gott sei Dank ist das endlich vorbei", brach Andy schließlich das Schweigen.

„Es ist vom strafrechtlichen Gesichtspunkt aus betrachtet vorbei", korrigierte ihn Kurt. „Ich rechne fest damit, dass Ramsey seine Androhung einer Zivilklage wahr macht."

Sam zuckte die Achseln. „Soll er. Ist mir egal." Jetzt, wo die Anklage vom Tisch war, kam ihr alles andere im Vergleich dazu unbedeutend vor.

„Lassen Sie uns wissen, ob Sie eine zivilrechtliche Vertretung brauchen", erklärte Kurt. „Wir haben gute Leute, die das für Sie übernehmen könnten."

„Werde ich." Sam schüttelte beiden die Hand. „Danke für die Hilfe, die ich sehr zu schätzen weiß."

„Wir haben ja gar nichts getan", gab sich Andy bescheiden.

„Dass ihr bei den Besprechungen mit Forrester dabei wart, hat mir sehr geholfen. Schick mir die Rechnung."

„Das geht aufs Haus", wehrte Andy ab. „Für dich und Nick übernehmen wir das gern."

„Danke noch mal", lächelte sie.

„Brauchst du eine Mitfahrgelegenheit?", fragte Andy.

„Nein, danke. Ich gehe zu Fuß zum Hauptquartier zurück. Das sind ja nur ein paar Blocks."

„Auch recht. Bis dann."

„Ja, wir hören uns." Auf dem kurzen Rückweg zum Polizeigebäude rief sie Nick an, der beim dritten Klingeln abnahm.

„Was hat er gesagt?"

„Ich freue mich auch, dich zu hören."

„Komm schon, Sam. Ich warte mit angehaltenem Atem auf diesen Anruf."

„Wie du bereits weißt, wird es keine Anklage geben."

Sie hörte sein tiefes Seufzen der Erleichterung. „Das sind tolle Nachrichten."

„Ja. Aber als Forrester das Ramsey mitgeteilt hat, hat der mit einer Zivilklage gedroht."

„Okay."

„Das habe ich auch geantwortet. Soll er mich doch verklagen. Wen juckt's?"

„Uns ganz bestimmt nicht."

„Forrester meinte, er hätte nicht vor, eine öffentliche Verlautbarung zum Verlauf der Geschworenenberatungen abzugeben, ich könnte das allerdings ruhig tun. Ich habe mit dem Gedanken gespielt, Darren ein Exklusivinterview zu geben, damit er mir gewogen bleibt. Was meinst du?"

„Warum nicht?"

„Dann kommt aber die Geschichte wieder auf den Tisch, dass ich einen Kollegen geschlagen habe."

„Na und? Er hatte es verdient."

Sam lachte. „Das ist einer der vielen Gründe, warum ich dich so liebe. Die meisten Politiker hätten Panikattacken, wenn ihre Frauen einmal mehr in die Schlagzeilen geraten würden, weil sie einen Kollegen tätlich angegriffen haben."

„Ich bin nicht wie meisten Politiker, und du bist nicht wie die meisten Frauen."

„Wünschst du dir manchmal, mit einem hübschen, braven Mädchen verheiratet zu sein, das für seinen Mann Teepartys und Wohltätigkeitsbälle veranstaltet, wie es eine gute Politikergattin nun mal tut?"

„Bloß nicht. Wie du sehr wohl weißt, wollte ich nie mit einer anderen Frau als mit dir verheiratet sein."

Selbst nach all der Zeit schlug ihr Herz immer noch schneller, wenn er so etwas sagte. „Nur ein ganz besonderer Mann kann mit einer Frau wie mir fertigwerden, und ich bin jeden Tag dankbar, dass ich so einen gefunden habe."

„Da habe ich ja Glück gehabt."

„Danke für all deine Unterstützung in dieser Sache. Ich werde in Zukunft länger nachdenken, ehe ich zuschlage."

Sein Lachen brachte sie zum Lächeln. „Wenn noch einmal jemand sagt, du hättest dir selbst zuzuschreiben, was Stahl dir angetan hat, hast du meine ausdrückliche Erlaubnis und Ermutigung, ihn auf die Bretter zu schicken."

„Zur Kenntnis genommen. Was passiert in deiner Welt? Irgendwelche Neuigkeiten vom Untersuchungsausschuss?"

„Es geht gerade los, Nelsons Stabschef sagt aus. Er hat natürlich nichts von Christophers Plänen gewusst."

„Natürlich. Wann ist der Präsident dran?"

„Nicht vor Ende der Woche, vielleicht auch erst Anfang der

nächsten. Das wird einen Medienrummel geben!"

„Ich freue mich schon darauf, dass es endlich vorbei ist."

„Aber echt. Ich muss auflegen. Graham ist zu einer Stippvisite hier, und danach habe ich noch eine Besprechung."

„Okay, dann sehen wir uns daheim. Ich liebe dich."

„Ich dich auch, Babe. Danke für den Anruf."

„War mir ein Vergnügen." Das Letzte, was sie hörte, war sein Lachen. O Gott, er war einfach der Beste. Selbst in ihren wildesten Träumen hätte sie nie gedacht, dass sie einen Mann finden würde, der sie so verstand, wie er es tat. Seine Liebe machte es ihr möglich, mit all dem Mist fertigzuwerden, der ihr ständig ins Gesicht geschleudert wurde, was ihr früher nicht so leicht gelungen war.

~

Erleichtert über Sams Neuigkeit legte Nick sein Handy auf den Schreibtisch und nahm sich ein paar Minuten Zeit, um sich vor seinem Treffen mit Graham O'Connor zu sammeln. Gott sei Dank war die Anklage vom Tisch. Sie wäre neben allem, womit sie bereits fertigwerden mussten, ein weiterer Albtraum gewesen – und ein Albtraum auf einmal reichte ihm völlig.

Wenn – nicht falls – Ramsey sie verklagte, bedeutete das wieder fette Schlagzeilen, doch die und der Zivilprozess waren Nick egal. Ramsey hatte den Schlag von Sam verdient, und das würde auch jeder andere vernünftige Mensch so sehen. Der Zivilprozess würde wahrscheinlich genauso ein Rohrkrepierer werden wie der Strafprozess, aber es machte ihm Sorgen, dass Sam jetzt einen neuen Erzfeind innerhalb der Polizei hatte, besonders, da der letzte sie beinahe umgebracht hatte.

Er versuchte, seine Sorge um ihre Sicherheit abzuschütteln, und rief sich ein weiteres Mal ins Gedächtnis, dass sie sehr gut auf sich aufpassen konnte. Er erinnerte sich lächelnd an ihre Frage, ob er es nicht eigentlich lieber hätte, wenn sie eine hübsche, brave Ehefrau wäre, die seinen Unterstützern Tee servierte, und lachte dann laut, als er versuchte, sich Sam als Gastgeberin einer Teeparty vorzustellen. Wahrscheinlich würde dabei am Ende Blut fließen.

Noch immer über die Vorstellung von Sam als eine der Frauen von Stepford lächelnd, öffnete Nick die Tür, um Graham einzulassen, der im Foyer auf ihn wartete. Sein Mentor, der für ihn so etwas wie ein Adoptivvater gewesen war, sprang auf und begrüßte Nick mit einem breiten Lächeln und einer Umarmung.

„Gut siehst du aus, Mr Vice President." Grahams Augen funkelten vor Vergnügen. „Gebräunt und ausgeruht."

Nick führte ihn ins Büro und schloss die Tür. „‚Gebräunt' mag sein, aber ausruhen konnte ich mich in letzter Zeit leider nicht viel."

„Das kann ich mir vorstellen."

Graham setzte sich auf ein Sofa, während Nick auf dem anderen Platz nahm und seine Krawatte lockerte.

„Möchtest du was trinken?"

„Nein, danke. Laine will nicht, dass ich überhaupt Alkohol trinke, wenn ich fahre. Hat irgendwas mit meinen neuen Blutdrucktabletten oder irgend so einem Quatsch zu tun."

„Ich werde ihr sagen, dass du dich vorbildlich benommen hast."

Graham quittierte dies mit einem gespielt finsteren Blick, der Nick zum Lachen brachte. Auch mit einundachtzig zeigte der frühere Senator noch keine Alterserscheinungen.

„Sag die Wahrheit. Hat dich das DNC hergeschickt?"

„Offiziell nicht."

Nick hob eine Braue und hoffte, er würde das weiter ausführen.

„Das Gremium macht sich Sorgen darüber, ob du bereit bist, in die Bresche zu springen, wenn sich die Notwendigkeit ergibt."

„Ich bin Vizepräsident, Graham. Bereit zu sein, in die Bresche zu springen, wenn sich die Notwendigkeit ergibt, ist Teil meiner Stellenbeschreibung."

„Du weißt, was ich meine. Die wollen, dass du dir mögliche Vizepräsidenten überlegst und dich ansonsten für alle Eventualitäten bereithältst."

„Das tue ich erst, wenn es wirklich nötig ist. Wenn sich herumspricht, dass ich über mögliche Vizepräsidenten nachdenke und ein Schattenkabinett zusammenstelle, gießt das nur Öl in ein bereits jetzt außer Kontrolle geratenes Feuer."

„Ich verstehe, dass du das so empfindest, und sehe es genauso. Aber es könnte jetzt alles sehr schnell gehen. Dann musst du vorbereitet sein."

„Gut, ich werde darüber nachdenken, doch Kandidatengespräche oder so etwas werden nicht stattfinden. Noch nicht."

Graham musterte ihn mit schief gelegtem Kopf. „Du bist ein cooler Typ, Mr Vice President."

„Findest du?"

„Durchaus. Jeder andere würde sich an deiner Stelle vor Angst in die Hosen machen."

„Sam und ich haben uns geeinigt, einen Schritt nach dem anderen zu tun. Alles andere wäre zurzeit kontraproduktiv. Der Untersuchungsausschuss hat gerade erst angefangen, und seine Arbeit kann sich Wochen hinziehen. Ich weigere mich, mich so lange in Spekulationen zu ergehen. Nelson wird sich nicht kampflos ergeben, und wer etwas anderes denkt, kennt ihn nicht besonders gut."

„Viele Mitglieder der Parteiführung hätten gern, dass er zurücktritt, um uns das Spektakel eines möglichen Amtsenthebungsverfahrens zu ersparen."

Beim Gedanken an einen Rücktritt des Präsidenten drehte sich Nick der Magen um. „Ist das nur Gerede?"

„Im Augenblick schon, aber wenn es im Untersuchungsausschuss schlecht aussieht, wird mehr daraus werden."

„Ich kann mir einen Rücktritt bei ihm nicht vorstellen. Er beharrt darauf, von Christophers Plänen nichts geahnt zu haben."

„Das bedeutet nicht, dass es wahr ist."

„Zugegeben, doch ich möchte die Ergebnisse des Untersuchungsausschusses abwarten. Bitte richte aus, dass ich mich nicht unter Druck setzen lasse. Wenn ich nachrücken muss, tue ich es zum gegebenen Zeitpunkt. Bis dahin bin ich an Spekulationen nicht interessiert."

Nach einer langen Pause erkundigte sich Graham: „Kann ich dich etwas fragen?"

„Was immer du möchtest."

„Willst du irgendwann Präsident werden?"

Da war sie, die Frage, der er nicht mehr lange würde ausweichen können. „Ich weiß es nicht."

Graham war so schockiert, dass sein Gesicht erschlaffte. „Machst du Witze?"

„Über etwas so Wichtiges würde ich niemals scherzen."

„Aber du bist der designierte Nachfolger, der mutmaßliche Kandidat, die große Hoffnung der Partei. Das musst du doch wissen."

„Ja, das ist mir klar."

„Und es passt dir nicht?"

„Ich bin eigentlich nicht scharf darauf, Präsident zu werden, schon gar nicht, nachdem ich jetzt zehn Monate unter den wachsamen Augen des Secret Service gelebt habe. Du kannst dir nicht vorstellen, was für Einschränkungen es bedeutet, in diesem goldenen Käfig zu sitzen, bis du es mal selbst ausprobiert und zwischen den Gitterstäben hindurch auf die Welt da draußen geschaut hast."

„Ich ... ich weiß nicht, was ich dazu sagen soll."

„Für den Moment nichts – und zu niemandem. Wenn es Nelson gelingt, im Amt zu bleiben, müssen wir dieses Gespräch erst nächstes Jahr führen. Und dann vermutlich unter anderen Vorzeichen. Wenn ich allerdings heute entscheiden müsste, würde ich unter keinen Umständen antreten."

„Ich bin wirklich schockiert, das zu hören – und der Partei wird es genauso gehen."

„Für die Erwartungen der Partei habe ich Verständnis, und ich weiß das in mich gesetzte Vertrauen zu schätzen, nur wenn ich mich und meine Familie einem ausgedehnten Wahlkampf mit all dem Mist, der dazugehört, aussetzen soll, müsste ich dafür wirklich brennen, und das ist nicht der Fall."

Graham starrte ihn weiter an, dann räusperte er sich. „Ich glaube, ich nehme jetzt doch einen Drink."

Nick erhob sich und ging zur Anrichte, wo eine Flasche Bourbon und ein paar Gläser standen. Er goss ihnen beiden ein und reichte Graham den Drink, ohne ein Wort über die Verbote von dessen Frau zu verlieren.

Graham trank und stellte das Glas dann auf den Tisch. „Hör zu. Ich weiß, du lebst noch immer in der Illusion, dass du dein heutiges Amt bloß hast, weil mein Sohn ermordet worden ist und du in den Senat nachgerückt bist. Dabei ist das totaler Quatsch. Du hast dieses Amt, weil du eines der größten politischen Talente dieser und jeder anderen Generation bist. Die Menschen fühlen sich dir verbunden. Sie mögen dich. Wenn du den Job wolltest, würde er dir auf dem Silbertablett serviert werden. Weißt du, wie viele Menschen dem Teufel ihre Seele verpfänden würden, um in deiner Position zu sein, mit deinen himmelhohen Zustimmungswerten und einer Beliebtheit, wie es sie in dieser Stadt nur noch selten gibt?"

„Ja, ich weiß. Das ist mir alles klar. Das bedeutet trotzdem nicht, dass ich das Amt will."

„Ich weiß nicht, was ich dazu sagen soll."

Nick lachte über Grahams ungewohnte Sprachlosigkeit. „Tut mir leid, wenn ich dich schockiert oder dir Kummer bereitet habe."

„Beides ist der Fall."

„Komm schon, Graham. Das kann dich nicht völlig überraschen. Du weißt, wie ungern ich Vizepräsident bin und wie schwer es mir fällt, mich mit dem Secret Service und allem, was das Amt sonst so mit sich bringt, abzufinden."

„Der Job macht dir keinen Spaß, weil deine Beliebtheit Nelson so nervt, dass er dir keine Gelegenheit gibt, dich zu beweisen."

„Das Problem sind mehr die wachsende Aufmerksamkeit, die sich auf mich und meine Familie richtet, das Gefühl des Eingesperrtseins, weil ich ständig von Personenschützern des Secret Service umringt bin, und der Verlust der Freiheit, tun und lassen zu können, was ich will und wann ich es will, ganz zu schweigen davon, dass die gesamte Welt weiß, wer meine Frau ist und welcher Arbeit sie nachgeht – und zwar ohne Personenschutz durch den Secret Service. Unter normalen Umständen würden wir dieses Gespräch frühestens in einem Jahr führen, darüber muss also im Augenblick niemand nachdenken. Wenn Nelson seines Amtes enthoben wird, bin ich bereit, die Nachfolge anzutreten. Mehr musst du dem DNC nicht sagen. Ich will nicht, dass die mich alle wegen der nächsten Legislaturperiode bestürmen. Nicht jetzt."

„Das verstehe ich. Na ja, eigentlich nicht, aber ich respektiere deine Wünsche."

„Tut mir leid, wenn das für dich schwer zu verstehen ist, doch versuch mal, es aus meiner Perspektive zu sehen. Ich arbeite als Stabschef für einen Senator, dann bin ich über Nacht plötzlich sein Nachfolger im Amt, und weniger als ein Jahr später bin ich Vizepräsident. Manchmal kommt es mir vor, als hätte mich eine Sturmflut mitgerissen, und ich erkenne mein eigenes Leben nicht wieder."

„Es war ein schneller, wilder Ritt. Das würde ich niemals leugnen, aber es fühlt sich auch irgendwie schicksalhaft an, oder?"

„Irgendwie schon, dennoch möchte ich meine zukünftigen Entscheidungen selbst treffen und nicht so in der Tretmühle stecken, dass ich keine Minute mehr zum Luftholen habe."

„Nachvollziehbar."

„Ich hoffe, dir ist klar, wie sehr ich deine Unterstützung zu schätzen weiß. Seit unserer ersten Begegnung und an jedem Tag seither hat sie mir alles bedeutet. Ohne dich auf meiner Seite hätte ich es nicht geschafft."

„Ach, das stimmt doch gar nicht."

„Doch, Graham. Ohne deine Ermutigung hätte ich über diese Karriere nie nachgedacht. Ganz sicher wäre ich ohne dich nicht Vizepräsident."

„Wenn du das glauben möchtest, werde ich dir nicht widersprechen."

„Das wäre das erste Mal", erwiderte Nick mit einem Lachen.

Graham stimmte mit ein und erhob sich dann. „Was auch immer du tust oder lässt, ich bin sehr stolz auf dich, und daran wird sich auch nichts ändern."

Nick stand auf, um ihm die Hand zu schütteln. „Das bedeutet mir ungeheuer viel."

15

Wieder war die eisige Luft im Polizeigebäude eine willkommene Abwechslung nach der enorm hohen Luftfeuchtigkeit draußen. Sie hätte sich besser doch von Freddie abholen lassen sollen. Sam fand ihr gesamtes Team im Großraumbüro versammelt vor, zusammen mit Malone und Deputy Chief Conklin. Alle schauten sie erwartungsvoll an.

Sie lächelte breit und hob den Daumen.

Ihr Team brach in Jubelrufe und Applaus aus, der von einem Schrei aus dem anderen Flur, der zum Großraumbüro führte, unterbrochen wurde.

„Sie verdammtes, selbstgefälliges Miststück!"

Ramsey. Ein anderer Beamter hielt ihn zurück, sonst wäre er ins Großraumbüro gestürmt.

„Feiern Sie nur, aber bevor das hier endgültig vorbei ist, kriege ich Sie, und dann sind Sie Ihre Marke los." Ramsey riss sich los und wollte sich auf sie stürzen.

Freddie, Gonzo, Malone und Green traten ihm in den Weg und stießen ihn zurück.

„Es ist noch nicht vorbei, Sie blöde Schlampe!"

Sam ignorierte ihn komplett, während die anderen ihn zurück in den Gang schoben. „Hat jemand etwas Neues zum Fall der Todesschüsse für mich?", fragte Sam.

Jeannie sah sie mit großen Augen an.

Sam zwinkerte ihr zu und grinste.

Nervös blinzelte Jeannie und warf einen Blick auf ihre Notizen. „Ich habe wie besprochen das Paar überprüft, das Zeuge der Erschießung von Melody Kramer war, und beide sind unauffällig. Keine Vorstrafen. Dasselbe gilt für Jamals Schwestern. Ich habe mir erlaubt, die finanziellen Verhältnisse aller Beteiligten zu überprüfen, und bei Joe Kramer gibt es Unregelmäßigkeiten."

Sam hatte ein flaues Gefühl in der Magengegend, wie häufig, wenn sie auf eine Spur stießen. „Inwiefern?"

„Er ist hoch verschuldet. Etwa eine Viertelmillion Dollar." Jeannie reichte ihr einen Ausdruck, auf dem die Schulden aufgelistet waren, zumeist Dispokredite.

„Was zur Hölle ...? Vor einer Stunde hat er uns erzählt, es habe in ihrem Leben nichts gegeben, was für unsere Ermittlungen relevant sei, auch nicht im Bereich Finanzen oder Investitionen. Sieht aus, als müssten wir ihn noch mal besuchen."

Von der Lobby her hörte Sam Ramsey weiter rumbrüllen. Er veranstaltete einen Riesenzirkus. Wenn er so weitermachte, würde man ihn suspendieren, was ihr nicht gerade das Herz brechen würde.

„Vielleicht gibt es dafür eine logische Erklärung", meinte Jeannie, während sie ängstlich in Richtung Lobby schaute.

„Ich hoffe es. Irgendwie tut mir der Kerl leid, immerhin hat er gerade auf ziemlich schreckliche Art und Weise seine schwangere Frau verloren. Ich könnte den Gedanken nicht ertragen, dass er daran schuld ist. Gute Arbeit, Jeannie."

„Danke, Lieutenant." Sie blickte wieder in Richtung Lobby. „Ist bei Ihnen ... alles in Ordnung?"

„Ich habe kein Problem mit ihm. Keine Sorge." Sam ging in ihr Büro und rief Darren Tabor an.

„Sam ... Womit habe ich diesen unerwarteten Anruf verdient?"

„Was halten Sie von einem Exklusivinterview?"

„Über die Sache mit Nelson?"

„Nein. Über die Entscheidung der Geschworenen, keine Anklage wegen meiner Tätlichkeit gegen Sergeant Ramsey zu erheben, der in der Lobby des MPD gerade völlig hohldreht."

„Erzählen Sie mir alles."

Sam informierte ihn umfassend über ihr Gespräch mit

Forrester und dessen Aussagen über die Ergebnisse der Geschworenenberatungen.

„Sie müssen sehr erleichtert sein", vermutete Darren.

„Nun ja, ich freue mich, dass es keine Anklage geben wird, aber von Erleichterung würde ich nicht sprechen. Ich habe zwar technisch gesehen eine Körperverletzung begangen, doch unter diesen Umständen hätten die meisten normalen Menschen wahrscheinlich genauso gehandelt. Ein Kollege hatte mich gerade beinahe umgebracht. Ich war nicht in der Stimmung, von einem anderen zu hören, ich sei selbst schuld, dass man mir das angetan hatte."

„Ich hätte ihm wahrscheinlich auch eine geknallt."

Sam lachte. „Wissen Sie, ich möchte betonen, dass ich als Polizistin, die seit vierzehn Jahren für das MPD tätig ist, Gewalt rundweg ablehne. Ich bin nicht stolz auf das, was ich getan habe, aber es ist passiert, und jetzt bin ich bereit, es hinter mir zu lassen." Sie beschloss, Ramseys Plan, sie auf Schmerzensgeld zu verklagen, nicht zu erwähnen.

„Kann die Öffentlichkeit davon ausgehen, dass die Vorfälle um Sie, Stahl und Ramsey Symptome polizeiinterner Probleme sind?"

„Keineswegs. Es sind Einzelfälle, bei denen zwei Typen Vorbehalte gegen mich haben, weil ich als Frau in einem traditionellen Männerberuf Erfolg habe. Ich kann das sogar nachvollziehen. Sie fühlen sich von mir bedroht. Zum Glück ist das eine Minderheitenmeinung. Mit vielen anderen Männern in dieser Behörde arbeite ich harmonisch zusammen, und zwar sowohl mit Vorgesetzten als auch mit solchen, die im Rang unter mir stehen."

Darren lachte prustend. „Ramsey dreht durch, wenn er dieses Zitat liest."

„Soll er doch. Wenn Sie hören könnten, was er gerade für einen Aufstand macht, wäre Ihnen klar, dass er schwere Aggressionsbewältigungsprobleme hat. Ich bin seine geringste Sorge."

„Haben Sie irgendetwas über den Todesschützen für mich?"

„Wir ermitteln in alle Richtungen und ermutigen die Bürger, unsere Hotline zu nutzen, wenn sie hören, wie jemand mit den Schüssen prahlt, oder wenn sie uns sonst etwas mitteilen wollen.

Manchmal kann das kleinste Detail in einem solchen Fall den entscheidenden Durchbruch bedeuten."

„Glauben Sie, das war es jetzt mit den Schüssen?"

„Wir hoffen es, aber wir wissen es nicht sicher. Wir glauben, das Tatfahrzeug gefunden zu haben, und untersuchen es gerade im Labor. Bis wir die für die Schüsse Verantwortlichen festgenommen haben, raten wir der Bevölkerung weiter dazu, sich in der Stadt nicht auf Gehwegen aufzuhalten, vor allem nicht in Seitenstraßen, und nur im Notfall ins Freie zu gehen."

„Das ist um diese Jahreszeit sehr viel verlangt."

„Völlig klar, doch nur so können wir die Sicherheit unserer Bürger garantieren."

„Können Sie mir irgendetwas zu Nelson und dem Untersuchungsausschuss geben, Sam? Ich nehme, was ich kriegen kann."

„Tja, ich sage nur so viel: Wie alle anderen Amerikanerinnen und Amerikaner beobachten Nick und ich, wie sich die demokratischen Prozesse entfalten, werden uns aber nicht offiziell dazu äußern."

„Besser als nichts", murrte er.

„Mehr habe ich nicht."

„Es muss ganz schön hart sein, inmitten von alldem so ruhig und gesammelt zu bleiben."

„Kein Kommentar. Ich muss wieder an die Arbeit. Bauen Sie keinen Mist, Darren."

„Wann habe ich denn je Mist gebaut, Sam?"

„Bisher noch nie, deshalb habe ich ja auch Sie angerufen. Enttäuschen Sie mich nicht."

„Keine Sorge. Danke. Ich weiß das sehr zu schätzen."

„Ich muss Schluss machen." Sam klappte ihr Handy zu, lehnte sich in ihrem Stuhl zurück und hoffte, dass sie das Richtige damit getan hatte, in Sachen Ramsey Öl ins Feuer zu gießen, indem sie mit Darren gesprochen hatte. Es war jetzt ohnehin nicht mehr zu ändern. „Setzen wir uns zusammen", schlug sie vor, als Freddie, Gonzo und Green ins Großraumbüro zurückkehrten.

„Malone hat ihn suspendiert", berichtete Gonzo. „Ihn für eine Woche heimgeschickt und gesagt, er soll erst wiederkommen, wenn er sich im Griff hat."

Freddie fuhr fort: „Worauf er geantwortet hat: ‚So wie sie sich im Griff hatte?'"

„Er ist nicht unser Problem", beendete Sam das Thema. „Wir müssen einen Schützen finden, der in unserer Stadt wahllos Leute abknallt. Alle in den Besprechungsraum."

Ihr Team folgte ihr nach nebenan und setzte sich rund um den Tisch. „Jeannie hat die Finanzverhältnisse aller für den Fall relevanten Personen überprüft und herausgefunden, dass Joe Kramer Schulden in Höhe von etwa einer Viertelmillion Dollar hat."

Freddie riss überrascht die Augen auf. „Er hat uns doch gerade erzählt ..."

„Ich weiß. Nach dieser Besprechung reden wir noch mal mit ihm. Was gibt es sonst Neues?"

Der Reihe nach berichteten alle, mit wem sie gesprochen und was sie dabei herausgefunden hatten, doch es war nicht viel. Green beeindruckte sie mit seiner kurzen, aber knackigen Zusammenfassung dessen, was Gonzo und er getan hatten.

„Dieser Fall nervt mich", schloss sie die Runde ab und löste die Spange, mit der sie ihr Haar bei der Arbeit üblicherweise bändigte.

Malone betrat das Zimmer. „Simmons hat endlich jemanden gefunden, der bereit ist, ihn bei seinem aktuellen Besuch beim MPD anwaltlich zu vertreten. Der Rechtsbeistand wird in ein bis zwei Stunden hier sein."

„Immerhin", meinte Sam.

„Ich hatte heute nicht viel Zeit dafür, mich um die Scharfschützentheorie zu kümmern", fügte Malone hinzu.

„Dahinter kann ich mich später zu Hause klemmen", erbot sich Jeannie.

„Das wäre super", erwiderte Sam. „Cruz, wir beide reden noch mal mit Joe Kramer und kommen dann wieder her, um Simmons zu verhören. Alle anderen machen Schluss für heute."

„Und da behauptet ihr immer, ich hätte Glück, ihr Partner zu sein", wandte sich Freddie grinsend an die anderen.

„Du bist gebenedeit, weil du mein Partner bist."

„Jawohl, Ma'am", pflichtete er ihr bei. „Man wird mich niemals etwas anderes sagen hören."

„Schaufle dir nur weiter dein eigenes Grab, Cruz", grinste Gonzo.

„Danke für den ausgezeichneten ersten Tag, Detective Green", erklärte Sam. „Hoffentlich kommen Sie morgen wieder."

„Werde ich", bestätigte er mit einem freundlichen Lächeln und verließ den Raum.

Wegen des Berufsverkehrs brauchten sie ewig bis zu Joe Kramers Adresse. „Die Bundesbeamten sind aus den Sommerferien zurück", stellte Sam fest.

„Wie jedes Jahr nach dem Labor Day."

„Ich muss Scotty anrufen und hören, wie sein erster Schultag gelaufen ist." Sie wählte die Nummer und stellte das Handy laut, während sie gleichzeitig mit dem Lenkrad hantierte.

„Wenn du eins von diesen sogenannten Smartphones hättest", stichelte Freddie, „könnte es für dich Scotty anrufen, ohne dass du unser beider Leben und das aller anderen Straßenverkehrsteilnehmer gefährden müsstest."

„Gut zu wissen", versetzte Sam mit einem finsteren Blick zu ihm. „Übrigens, deine passive Aggressivität werde ich in deiner nächsten Mitarbeiterbeurteilung erwähnen."

„War sie passiv? Das war nicht meine Absicht."

Sie unterdrückte ein Lachen, als Scotty ans Telefon kam.

„Hi, Mom."

Es freute sie jedes Mal, wenn er sie so nannte. „Mom" war einfach ihre Lieblingsanrede. „Hi. Freddie und ich wollten hören, wie dein erster Tag gelaufen ist."

„Wir haben Hausaufgaben! Am verfluchten ersten Schultag!"

Freddie bebte vor stummem Lachen.

„Von ‚die Dinge langsam angehen' kann nicht die Rede sein, was?", fragte Sam.

„Nein! Alle haben ständig gesagt, dieses Jahr müssten wir die Highschool-Reife erreichen. Dabei habe ich gedacht, die Mittelstufe wäre schon schlimm. Die Highschool wird furchtbar!"

Sam kämpfte heldenhaft gegen das Gelächter, von dem sie wusste, dass es auf wenig Gegenliebe stoßen würde. „War es schön, deine Freunde wiederzusehen?"

„Ja, aber wir haben dieses Jahr alle unterschiedlich Mittagspause, das nervt total."

„Gab es neue Mitschülerinnen oder Mitschüler?", fragte Sam auf der verzweifelten Suche nach etwas Positivem.

„Ein paar. Da gibt's ein ziemlich nettes Mädchen, Annie. Sie ist im Sommer aus Kalifornien hergezogen. Zuerst war sie ganz durch den Wind, weil sie in dieselbe Klasse geht wie der Sohn des Vizepräsidenten. Ich habe ihr gesagt, das ist halb so wild, und das schien sie cool zu finden. Wir haben zusammen Algebra, da ist sie richtig gut. Sie hat angeboten, mir Nachhilfe zu geben."

„Solche Freunde braucht man."

„Ich weiß! Das habe ich ihr auch gesagt."

„Ist Dad schon daheim?"

„Noch nicht, aber er hat mir eine Textnachricht geschickt, dass er bald kommt. Ich geh mal rüber zu Opa Skip. Er will wissen, wie es in der Schule war."

„Ich bin dann auch demnächst da. Bis nachher."

„Okay. Danke für den Anruf."

Sam klappte das Handy zu. „Darf ich jetzt lachen?"

„Besser jetzt als vorhin, als er dich noch hören konnte."

„Ich finde es so witzig, dass er mir in vielerlei Hinsicht so ähnlich ist, in manchen anderen Dingen aber ganz nach Nick zu kommen scheint. Am ersten Schultag war ich immer tief deprimiert. Die Dyslexie hat mir das Leben zur Hölle gemacht, zumal das damals noch keine bekannte Diagnose war. Ich kann seinen Unmut sehr gut nachempfinden."

„Er ist so verdammt niedlich. Ich könnte nicht ernst bleiben, wenn mein Sohn solche Sachen sagen würde. Ein weiterer Grund, warum ich besser keine Kinder kriege."

„Darüber haben wir doch schon gesprochen. Du wirst Kinder haben, und jetzt will ich nichts mehr davon hören."

„Äh ... Falls du es vergessen haben solltest, bei der Arbeit bist du meine Vorgesetzte. Der Rest meines Lebens geht dich nichts an."

„Wie kommst du denn auf die Idee? Ich bin deine Vorgesetzte. Punkt. Du wirst Kinder haben. Ende der Diskussion."

„Du bist völlig übergeschnappt."

„Du sagst das, als ob es was Neues wäre."

Er brach in Gelächter aus. „Du bist wirklich unterhaltsam. Das muss ich zugeben."

„Ich tue, was ich kann."

„Das mit Ramsey war eine harte Nummer."

„Ja."

„Geht es dir gut? Ich meine, er hat einen Haufen Mist von sich gegeben ..."

„Nein, alles okay. Er ist mir herzlich egal. Ich bin ihn und seinen miesen Scheiß inzwischen gewohnt."

„Glaubst du wirklich, er wird dich verklagen?"

„Da bin ich mir ganz sicher."

„Nur weil er dir deine Karriere neidet? Das ist lächerlich."

„Es ist, wie es ist. Verschwenden wir unsere Zeit nicht mit ihm. Genau das will er doch."

„Was erzählen wir Joe Kramer?", wechselte er das Thema.

„Ich wollte mich gerade erkundigen, was du zu sagen gedenkst."

Er stöhnte. „Warum habe ich nur gewusst, dass du das willst?"

„Weil ich vorhersehbar bin."

„Stimmt. Ich schätze, ich werde ihn fragen, warum er uns nichts von der Viertelmillion Dollar Schulden erzählt hat und ob er uns noch mehr verschwiegen hat, was bei einer Kontenprüfung nicht sofort auffliegt. Dann werde ich ihn wissen lassen, dass es in seinem Interesse liegt, damit rauszurücken, bevor wir es selbst herausfinden."

„Vergiss nicht zu erwähnen, wie sehr wir es hassen, wenn man unsere Zeit verschwendet. Zwei Fahrten zu ihm bei diesem Verkehr sind eine Riesenzeitverschwendung. Am besten fängst du damit sogar an."

„Alles klar."

Freddie beschäftigte sich mit seinem Smartphone, und Sam drückte einen Knopf an ihrem Handy, sodass der Klingelton erklang. „Holland." Sie tat, als lausche sie. „Nein, ich habe gesagt, strippende Liliputanerinnen. Das ist ein großer Unterschied. Ich will die Kleinwüchsigen." Sie hielt inne und erklärte dann mit einem Seitenblick zu Freddie: „Keine Ahnung. Aber ich kann ihn mal fragen." Sie nahm das Handy vom Ohr und erkundigte sich: „Du hast doch keine Latexallergie, oder?"

Der Blick, den er ihr zuwarf, hätte jede andere getötet.

Sam hätte am liebsten laut aufgelacht, aber irgendwie gelang es ihr, sich zusammenzureißen. „Latex ist kein Problem. Ja, diesen Samstag, zehn Uhr abends. Enttäuschen Sie mich nicht." Als sie das Handy zuklappte, bedurfte sie ihrer gesamten Willenskraft, um sich zu beherrschen, während sie innerlich herunterzählte – fünf, vier, drei, zwei ...

„Machst du Witze, Sam? Strippende Liliputanerinnen? Und was zur Hölle soll das mit dem Latex?"

Aus dem Augenwinkel sah sie, wie sein Gesicht rot wurde, und sie musste sich auf die Innenseite einer Wange beißen, um nicht in lautes Lachen auszubrechen. „Geht dich nichts an."

„Ich schwöre bei Gott ..."

„Du sollst den Namen des Herrn nicht missbrauchen, Freddie. Sonst kommst du direkt in die Hölle."

„Ich wäre lieber in der Hölle als auf dieser Party, die du zu veranstalten planst. Rechne nicht mit mir."

„Du wirst da sein."

„Nein."

„Das werden wir ja sehen."

„Übrigens, das Wort ‚Liliputanerin' ist inakzeptabel, was du wüsstest, wenn du je die verpflichtenden Workshops zu diesem Thema besucht hättest."

„Ich nenne sie doch gar nicht so. Das ist ihre Eigenbezeichnung."

„Unglaublich, dass wir über so etwas überhaupt reden."

„Findest du?"

Er schüttelte den Kopf und seufzte tief.

Sam musste den Drang unterdrücken, über seine Verzweiflung in hysterisches Gelächter auszubrechen.

Kurz darauf trafen sie bei Kramer ein und mussten in zweiter Reihe parken.

„Beeilen wir uns, ehe irgendeine übereifrige Politesse beschließt, ihre Karriere zu ruinieren, indem sie mein Auto abschleppen lässt", sagte Sam.

Mühsam beherrscht klopfte Freddie an.

Kramers Schwester Sarah öffnete die Tür.

„Haben Sie Mels Mörder gefunden?", fragte sie, als sie sie einließ.

„Bisher nicht", antwortete Freddie, „aber wir hätten gerne noch einmal mit Joe gesprochen."

„Er hat erzählt, Sie seien vorhin schon mal da gewesen."

„Richtig", erwiderte Freddie. „Allerdings haben wir ein paar weitere Fragen."

„Er hat sich hingelegt. Mein Bruder hat nicht mehr geschlafen, seit ... Muss das jetzt sein?"

„Ja", beharrte Freddie.

„Ich gehe ihn holen. Sie können im Wohnzimmer warten."

Statt sich wie bei ihrem ersten Besuch zu setzen, blieben sie stehen, bis Joe Kramer einige Minuten später mit seiner Schwester im Schlepptau auftauchte.

„Könnten wir mit Ihnen allein sprechen?", bat Freddie.

„Ich habe keine Geheimnisse vor Sarah."

Freddie sah Sam an, die ihn mit einem Nicken ermutigte weiterzumachen.

„Wir wissen, dass Sie gerade eine schwere Zeit erleben, Sir", begann Freddie, „aber es ist wirklich störend, wenn Menschen unsere Zeit verschwenden."

„Ich fürchte, ich weiß nicht, wovon Sie reden."

Freddie reichte ihm den Ausdruck, auf dem seine Schulden aufgelistet waren.

Joe warf einen Blick darauf und ließ die Schultern hängen.

„Was ist, Joe?"

Er ignorierte die Frage seiner Schwester. „Was hat das mit dem Mord an meiner Frau zu tun?"

„Sie hätten uns mitteilen sollten, dass Sie hoch verschuldet sind, als wir gefragt haben, ob es noch irgendwas gibt, was wir im Zusammenhang mit unseren Ermittlungen wissen müssen", antwortete Freddie.

„Verschuldet?", fragte Sarah. „Wieso verschuldet?"

„Ich habe einen Teil des Geldes, das wir für das Haus gespart hatten, für eine Investition genutzt", erklärte er ihr. „Eigentlich wollte ich erst darüber sprechen, wenn der Profit reinkäme."

„Wir brauchen Einzelheiten über diese Investition." Freddie hielt ihm sein Notizbuch und einen Stift hin. „Inklusive der Namen und Telefonnummern aller Beteiligten."

Joe wurde blass. „Sie wollen doch nicht etwa mit denen reden, oder?"

„Gibt es einen besonderen Grund, warum wir das nicht tun sollten?"

„Die arbeiten an einem streng geheimen Verteidigungsprojekt." Seine Beine gaben nach, und er sank aufs Sofa. „Wenn ich denen die Polizei auf den Hals hetze, bin ich aus der Nummer raus und sehe meine Investition nie wieder."

„Wir werden sie wissen lassen, dass Sie keine andere Wahl hatten", beruhigte ihn Freddie. „Schreiben Sie mir alles auf. Wenn es außer den auf diesem Ausdruck aufgelisteten finanziellen Verpflichtungen weitere gibt, notieren Sie auch die. Wenn wir ein weiteres Mal wiederkommen müssen, weil wir darauf stoßen, dass Sie uns noch etwas verschwiegen haben, können Sie mit einer Anzeige wegen Behinderung der Ermittlungen rechnen."

„Der Mann hat gerade seine Frau verloren", wandte Sarah aufgebracht ein. „Ist es wirklich notwendig, so mit ihm zu reden?"

„Ich fürchte ja", entgegnete Freddie. „Hat Ihre Frau von dieser Investition gewusst?"

„Nein. Ich wollte sie mit einem Riesengewinn überraschen. Die Kosten der Fruchtbarkeitsbehandlung haben sie so fertiggemacht. Ich wollte, dass sie glücklich ist." Er blickte tief verzweifelt zu den beiden Polizisten hoch. „Sie glauben doch nicht, dass sie deswegen ermordet worden ist, oder?"

„Das werden wir erst wissen, wenn wir der Sache nachgegangen sind", erwiderte Freddie. „Je schneller Sie uns sagen, was wir wissen müssen, desto eher können wir mit der Arbeit beginnen."

„Wie sind diese Leute auf Sie gekommen?", fragte Sam.

„Über einen Arbeitskollegen. Den Freund eines Freundes."

„Notieren Sie auch seinen Namen", befahl Sam.

Er benötigte eine tränenreiche Viertelstunde, um die Liste zu schreiben und Freddie sein Notizbuch zurückzureichen.

„Ich frage Sie das noch einmal", sagte dieser. „Müssen wir noch etwas über Ihr oder Melodys Leben wissen? Irgendetwas?"

„Nein", beteuerte er kopfschüttelnd. „Das ist alles. L-lassen Sie mich wissen, was Sie herausfinden?"

„Natürlich."

„Wie soll ich mich in der Zwischenzeit verhalten? So tun, als hätte ich ihnen nicht die Polizei auf den Hals gehetzt?"

Sarah setzte sich neben ihren Bruder und legte den Arm um ihn.

Er lehnte sich an sie.

„Erwähnen Sie uns denen gegenüber nicht", schärfte ihm Sam ein. „Auch das könnte zu einer Anzeige wegen Behinderung der Ermittlungen führen."

„Wenn sie wegen etwas, das ich getan habe, getötet worden ist ..." Er schüttelte den Kopf. „Wie soll ich damit leben?"

„Du bist für das, was geschehen ist, nicht verantwortlich", tröstete ihn Sarah. „Du hast sie geliebt. Das weiß jeder."

Er schlug die Hände vors Gesicht und schluchzte.

„Wir finden allein raus", sagte Freddie. „Verlassen Sie nicht die Stadt, falls wir noch einmal mit Ihnen sprechen müssen."

„Wo soll ich denn schon hingehen?", fragte er.

16

„Das war brutal", meinte Freddie, als sie wieder draußen waren.
„Der Typ tut mir nach wie vor leid, selbst wenn er uns Zeit gekostet hat."
„Mir auch."
„Ruf Malone an, er soll die Namen überprüfen, die uns Kramer gegeben hat."
Während Freddie ihre Anweisungen in die Tat umsetzte, fuhr Sam sie beide zum Hauptquartier zurück, um dort Simmons zu vernehmen.
„Er kümmert sich darum", vermeldete Freddie nach seinem Gespräch mit dem Captain.
„Ich habe das Gefühl, auf der Stelle zu treten."
„Geht mir genauso. Glaubst du, die Infos von Kramer werden uns irgendwie weiterbringen?"
„Wahrscheinlich nicht. Das könnte eine reale Verdienstmöglichkeit sein, die mit der Ermordung seiner Frau überhaupt nichts zu tun hat. Ich meine, überleg doch mal. Er hat jemandem Geld für ein streng geheimes Projekt gegeben. Was hätten die Empfänger davon, seine Frau und drei andere Unschuldige zu erschießen? Es gibt kein Motiv."
„Aber wir fühlen denen trotzdem auf den Zahn, oder?"
„Ja, allerdings glaube ich nicht, dass das zu was führt."

Sie erreichten das Hauptquartier und begaben sich direkt zum Verhörraum, wo Simmons mit seinem Rechtsbeistand wartete.

„Welche Taktik?", fragte Freddie.

„Lass mich das machen. Ich will hier nur noch weg."

„Dann los."

Sam betrat den Raum, gefolgt von Freddie, und stellte sich und ihren Partner der jungen, dunkelhaarigen Frau vor, die neben dem mürrisch dreinblickenden Trace Simmons saß.

„Ich bin Mary Beth Phillips, die Pflichtverteidigerin."

Sie sah nicht einmal alt genug aus, um die Highschool abgeschlossen zu haben, geschweige denn ein Jurastudium, dachte Sam, als sie ihr gegenüber Platz nahm, während Freddie an der Tür stehen blieb.

„Reden Sie mit mir über Tamara Jackson", verlangte Sam.

Simmons fielen beinahe die Augen aus dem Kopf. „Was ist mit ihr?"

„Haben Sie gehört, dass man ihren Bruder aus einem vorbeifahrenden Auto erschossen hat?"

„Darum geht es hier? Glauben Sie, ich hatte etwas damit zu tun? Ich würde ihr nie was zuleide tun. Ich liebe sie. Sie ist das einzig Gute in meinem beschissenen, miesen Leben."

Sam bemerkte verblüfft, dass er Tränen in den Augen hatte. „Sie hat gesagt, Sie hätten ihr gedroht, sie geschlagen und ihre Mutter beleidigt."

„Ich schwöre bei Gott", flüsterte er, „ich war es nicht."

Seltsamerweise glaubte ihm Sam. „Haben Sie auf der Straße irgendwelche Gerüchte darüber gehört, wer hinter diesen Schüssen stecken könnte?"

„Nein, kein Wort."

„Wenn wir Sie freilassen und irgendetwas zu Ihnen dringt, erwarte ich, dass Sie es mich wissen lassen." Sam schob ihm über den Tisch ihre Visitenkarte zu. „Kapiert?"

„Ja, ich hab's verstanden. Kann ich jetzt hier raus?"

Sam starrte ihn lange an und hoffte, dass es richtig war, ihm aus einem Bauchgefühl heraus zu vertrauen. „In diesem Punkt ist alles geklärt, aber wir haben bei Ihnen zu Hause Drogen gefunden."

Er warf die Hände hoch. „Die gehören mir nicht."

„Dann gehören sie Ihrer Schwester?"

„Ich weiß nichts von irgendwelchen Drogen."

„In dieser Sache werden Sie noch von meinen Kollegen hören."

„Die wissen ja, wo sie mich finden." Ohne ein weiteres Wort zu Sam oder seiner Anwältin erhob er sich und verließ den Raum.

Mary Beth schien erleichtert in sich zusammenzusinken, zumindest machte es auf Sam den Eindruck, als sei sie erleichtert.

„Wie kommt es, dass ein nettes Mädchen wie Sie Typen wie ihn verteidigt?", fragte sie die junge Anwältin.

„Irgendwer muss es ja tun. Warum nicht ich?"

Beeindruckt von ihrer schlagfertigen Erwiderung sagte Sam: „Nun, ich schätze, dann haben wir uns heute nicht zum letzten Mal gesehen."

„Das würde ich auch vermuten. Im Übrigen bin ich ein großer Fan Ihrer Arbeit – und Ihres Mannes."

„Danke." Sam wusste nie, was sie auf solche Bemerkungen antworten sollte.

Mary Beth entfernte sich, und Sam wandte sich Freddie zu. „Ich hoffe, ich habe das Richtige getan."

„Ich habe ihm auch geglaubt."

„Gut zu wissen."

Malone trat zu ihnen. „Simmons war eine Sackgasse?"

Sam nickte. „Er wirkte richtig schockiert, dass wir ihn in Verdacht hatten. Hat gesagt, er liebe Tamara Jackson, sie sei das einzig Gute in seinem Leben, und er würde ihr nie etwas zuleide tun. Wir haben ihm beide geglaubt und ihm mitgeteilt, wegen der Drogen, die wir bei ihm daheim gefunden haben, werde sich noch jemand bei ihm melden. Er behauptet, sie gehörten nicht ihm, deshalb müssen wir uns dahin gehend mal mit der Schwester befassen."

Der Captain seufzte und fuhr sich mit den Fingern durchs drahtige graue Haar. „Damit stehen wir wieder am Anfang. Die Namen, die Sie von Joe Kramer gekriegt haben, haben nichts ergeben. Was halten Sie von dieser Spur?"

„Wie ich schon zu Detective Cruz gesagt habe, es gibt kein Motiv. Er hat in dieses Projekt investiert. Warum sollte das dazu führen, dass jemand seine Frau und drei andere Unschuldige abknallt?"

„Das kann ich mir auch nicht erklären", gab Malone zu.

„Schauen wir mal, was Jeannie heute noch über frühere und derzeitige Militär- und Polizeischarfschützen hier in der Gegend ausgräbt", meinte Sam. „Ich muss immer wieder daran denken, dass man ein sehr guter Schütze sein muss, um jemanden tödlich zu treffen, während man in einem sich schnell bewegenden Fahrzeug sitzt. Wir müssen herausfinden, wer dazu in der Lage ist."

„Stimmt."

„Ich werde dafür sorgen, dass Carlucci und Dominguez in der Nachtschicht diese Aufgabe von McBride übernehmen, und dann sehen wir ja, was wir morgen früh haben", verkündete Sam. Zu Cruz gewandt fügte sie hinzu: „Schreib deine Berichte, und geh erst mal heim."

„Hast du was dagegen, wenn ich meine Berichte auch schon daheim schreibe?"

„Überhaupt nicht."

„Na schön. Bis spätestens morgen früh."

Als er weg war, blickte Sam zu Malone. „Meinen Sie, unser Schütze ist fertig?"

„Das möchte ich gerne glauben, aber ich habe das ungute Gefühl, dass er gerade erst angefangen hat."

„Ich auch", pflichtete ihm Sam bei und fröstelte – wegen der Klimaanlage und wegen der bösen Vorahnungen, die sie hatte.

~

SAM TRAF ZU HAUSE EIN, ALS NICKS FAHRZEUGKOLONNE GERADE IN die Ninth Street einbog. Sie wartete am Straßenrand auf ihn.

Nick strahlte vor Freude, als er sie bemerkte. Er legte den Arm um sie und küsste sie auf dem Bürgersteig, wo alle Nachbarn und seine Personenschützer es sehen konnten. „Da ist ja meine nicht kriminelle Frau. Ich bin so froh, dass ich dich nicht im Gefängnis werde besuchen müssen, obwohl ich wette, dass die ehelichen Besuche heiß gewesen wären." Er presste die Lippen an ihre

Schläfe, als er mit ihr die Rampe hochging, und flüsterte: „Vielleicht können wir später ‚Ehelicher Besuch' spielen?"

Sam verpasste ihm lachend einen Ellbogenstoß.

„War das ein Ja?"

„Mal schauen."

„Können wir das Abendessen ausfallen lassen und direkt ins Bett gehen?"

„Benimm dich. Zuerst müssen wir uns um einen mürrischen Schüler nach seinem ersten Tag kümmern."

Bei seinem leisen Stöhnen musste sie lachen.

„Sie sind heute Nacht wohl sexsüchtig, Mr Vice President."

„Ich bin jede Nacht sexsüchtig, wenn ich dich in meinem Bett habe."

„Pssst." Sie warf Melinda, die sie beobachtete wie immer – als würde sie ihren sexy Schutzbefohlenen gern nackt sehen –, einen Blick von der Seite zu. Hätte sie inzwischen nicht längst dienstfrei haben müssen?

Nick schob Sam in die Küche und presste sie gegen die Arbeitsfläche, um ihr einen intensiven, sinnlichen Kuss zu geben, bei dem sie auch sofort an ihr gemeinsames Bett denken musste. Er rieb seine Erektion an ihrem Bauch und legte die Hände auf ihren Hintern, um sie enger an sich zu ziehen.

Sam vergaß alles, als der Stress des Tages heftiger Begierde wich.

„Gott, das habe ich gebraucht." Er wandte seine Aufmerksamkeit ihrer Kehle zu. „Ich war so verdammt erleichtert, als ich offiziell gehört habe, dass du nicht angeklagt wirst."

Sam klammerte sich an ihn und legte den Kopf schief, damit er besser an ihren Hals kam. „Du sollst nicht fluchen. Das ist meine Aufgabe."

„Der Anlass ist ein ordentliches ‚Verdammt' wert."

Er küsste sie auf die Stirn, die Nase und dann wieder auf die Lippen, da betrat Scotty die Küche.

„Ach, um Himmels willen." Er wirbelte herum und wollte wieder gehen.

„Komm zurück", rief Sam. „Wir wollten gerade aufhören."

„Du vielleicht", murmelte Nick und presste sich noch mal an sie.

Sam löste sich von ihm und folgte ihrem Sohn.

„Ein Mann sollte in seinen eigenen vier Wänden die Küche betreten können, ohne so etwas sehen zu müssen", beschwerte sich Scotty entrüstet.

Sam verwuschelte ihm das Haar und küsste ihn auf die Wange. „Ein Mann schon. Ein Junge hingegen muss Eltern aushalten, die einander sehr lieben. Tut mir leid, dir das sagen zu müssen."

„Das ist grässlich."

„Ich weiß, und ich würde mich auch entschuldigen, aber dein Vater ist einfach so ein guter Küsser."

„Trotzdem", murrte Scotty. „Ich wollte nur wissen, was es zum Abendessen gibt. Gekriegt habe ich viel mehr Informationen, als ich gebraucht habe."

Sam legte ihm die Hände auf die Schultern und schob ihn zurück in die Küche, wo Nick völlig unschuldsvoll am Tisch saß, obwohl sie wusste, dass er immer noch hart sein musste. Sie warf ihm unter hochgezogenen Brauen einen Blick zu, ehe sie in den Backofen schaute, um herauszufinden, was Shelby zum Abendessen dagelassen hatte. „Sieht aus wie Lasagne."

„Yes!" Scotty riss die Faust hoch. „Das ist die erste gute Nachricht heute."

„Ich habe eine weitere für dich", erklärte Sam.

„Nämlich?"

„Weißt du noch, wie ich Sergeant Ramsey absichtlich und in vollem Bewusstsein meiner Handlung geschlagen habe?"

„Nachdem er diesen miesen Scheißdreck über Stahl zu dir gesagt hatte", nickte Scotty. „Ja, warum?"

„Zunächst mal benutz solche Worte wie ‚Scheißdreck' nicht, sonst musst du einen Fünfer ins Fluchschwein werfen. Und außerdem habe ich heute erfahren, dass ich dafür nicht angeklagt werde."

„Die konnten dich nicht anklagen, weil es in ganz Amerika keinen einzigen Geschworenen gibt, der nicht der Auffassung wäre, dass Ramsey nur bekommen hat, was er verdient hat", rief Scotty voller Überzeugung.

„Eine Anklage wäre trotzdem möglich gewesen, weil es technisch gesehen Körperverletzung war. Das ist eine gute

Erinnerung daran, dass man mit körperlicher Gewalt keine Probleme löst. Ich habe daraus viel gelernt."

„Aber du würdest es wahrscheinlich wieder tun", gab Scotty zu bedenken. „Zumindest hoffe ich das."

Sam schaute Nick Hilfe suchend an und stellte fest, dass er breit grinste, weil sie sich so sauber in die Ecke manövriert hatte. „Hör zu, mein Freund. Ich gehe dir nicht immer mit gutem Beispiel voran, doch ich hoffe, du weißt, dass ich es nicht gut fände, wenn du jemanden schlägst, bloß weil er etwas gesagt hat, was dir nicht passt."

„Wenn jemand das zu mir sagen würde, was Ramsey zu dir gesagt hat, würde ich ihm eine verpassen. Nur damit du es schon mal weißt."

„Äh ..." Sam sah erneut Nick an, der amüsiert und möglicherweise auch leicht verzweifelt die Brauen hob, weil sie sich immer tiefer reinritt. „Ich möchte wirklich nicht, dass du denkst, du müsstest dich für mich prügeln."

„Das denke ich ja gar nicht. Aber wenn je jemand etwas so Fieses über dich oder mich sagt, garantiere ich für nichts."

„Scotty", mischte sich Nick mit seiner strengsten Vaterstimme ein, „deine Mutter und ich wissen deine Loyalität uns gegenüber zwar zu schätzen, dennoch können wir es nicht gutheißen, wenn du dich prügelst. So löst man keine Streitigkeiten, wie deine Mutter herausgefunden hat. Man hätte sie wegen Körperverletzung anklagen und vor Gericht stellen können. Im Falle einer Verurteilung wäre das das Ende ihrer Karriere als Polizistin gewesen, ganz zu schweigen davon, dass sie möglicherweise ins Gefängnis gemusst hätte. Manchmal reicht ein kräftiger Schlag, um jemanden zu töten. Sie hatte Glück, dass der fiese Sergeant seinen Treppensturz überlebt hat. Sie wollte ihn nicht verletzen, doch er hätte sogar sterben können, und dann hätte man sie hundertprozentig angeklagt und vor Gericht gestellt. Verstehst du?"

„Ja."

„Nicht schlagen", mahnte Nick. „Das gilt für euch beide."

„Jawohl, Dad", sagte Sam sarkastisch. An Scotty gewandt fügte sie hinzu: „Dein Vater hat recht. So benimmt man sich nicht, und auch ich hätte das nicht tun sollen, aus all den Gründen, die dein Dad genannt hat, und weil es einfach falsch war. Meine Aufgabe ist es, das Gesetz zu hüten, nicht, es zu brechen. Ich habe mit meiner Aktion mich und die Polizei bloßgestellt und bereue das sehr."

„Alles klar. Können wir jetzt essen?"

„Sicher." Sam schaute Nick erneut an und verdrehte die Augen. Der grinste allerdings nur und genoss offenbar die Tatsache, dass sie wieder einmal nicht gerade als Musterbeispiel einer Mutter taugte. Beim Abendessen hörten sie sich eine Litanei von Klagen eines Achtklässlers an, bei denen es in erster Linie um die viel zu schwer gewordene Algebra und den Einführungskurs in Spanisch ging, der sich ebenfalls zu einem Albtraum zu entwickeln versprach.

Nachdem sie die Küche aufgeräumt hatten, schickten sie Scotty unter die Dusche und Hausaufgaben machen und versprachen ihm, er dürfe das Spiel der Feds im Fernsehen gucken, wenn er fertig war.

„Ich liebe ihn so", sagte Nick, als sie wieder allein waren.

„Du liebst es, dass ich größte Schwierigkeiten habe, zu verhindern, dass er sich genauso schlecht benimmt wie seine Mutter."

„Das liebe ich am allermeisten."

„Am allermeisten?", fragte sie mit kokettem Lächeln. „Mehr als eine Runde ehelichen Besuch?"

Er schluckte schwer. „Darf ich die Frage hinterher beantworten?"

Sam lachte und polierte das Spülbecken. „Apropos Besuche, was wollte denn Graham heute?"

Bei einem Glas Wein erzählte Nick ihr von dem Gespräch. „Er hält mich für verrückt, weil ich bei der Vorstellung, Präsident zu werden, nicht sofort ganz hibbelig werde, selbst wenn er das nicht explizit gesagt hat."

„Er hat nie in einem Haus voller Secret-Service-Mitarbeiter leben müssen, hat also keine Vorstellung, wie sich das anfühlt."

„Stimmt. Mir ist klar, dass er nur das Beste für mich will und alles in seiner Macht Stehende tun würde, damit das eintritt, aber ich habe ihm erklärt, dass ich es auch wollen muss, und ich bin nicht sicher, ob ich das tue."

„Das zu hören muss ihm das Herz gebrochen haben."

„Hat es. Ich habe mich geschämt."

Sam griff nach seiner Hand. „Das musst du nicht. Du musst diese Entscheidung treffen, niemand darf sie dir aufzwingen. Es wäre einfach zu viel verlangt, wenn du nicht mit ganzem Herzen bei der Sache wärst."

„Es muss *unsere* Entscheidung sein, und ich bin ganz deiner Meinung – ich muss sicher sein, dass ich sie nicht halbherzig treffe. Ich habe ihm gesagt, dass ich bereit bin, in die Bresche zu springen, wenn es sein muss, jedoch wirklich hoffe, dass es so weit nicht kommt."

„Dein Wort in Gottes Ohr", erwiderte Sam und fröstelte bei dem Gedanken, Nick könnte plötzlich Präsident werden.

„Darüber müssen wir uns heute Nacht keine Sorgen machen", beruhigte ihr Mann sie. „Lass uns mit unserem Sohn ein bisschen Baseball schauen und dann unsere Ehe vollziehen."

„Du bist besessen."

Auf dem Weg aus der Küche tätschelte er ihren Hintern. „Schuldig im Sinne der Anklage, Liebste. Jetzt bestraf mich."

~

Nick verwandelte das Rollenspiel vom ehelichen Besuch in das Heißeste seit der Erfindung von Dachböden. Er erfüllte ihr Zusammensein mit einem Gefühl von Dringlichkeit, tat, als sei ihr Schlafzimmer eine Zelle, die bewacht wurde, und als müssten sie jede Minute nach Kräften ausnutzen, ehe man sie wieder trennte.

„Wie viel Zeit bleibt uns noch?", fragte er, während er tief in ihr pulsierte.

„Höchstens fünfzehn Minuten."

„Dann sollten wir das Beste daraus machen."

„Warum ist das nur so verdammt heiß?"

„Schh, sie dürfen dich nicht hören. Sonst holen sie mich hier raus, bevor wir fertig sind, und dann sind wir wieder wochenlang frustriert, bis wir uns wiedersehen dürfen. Ich kann ja nicht ständig selbst Hand anlegen."

Sie lachte bebend. „Woran denkst du denn dabei?"

„An dich", flüsterte er an ihren Lippen. Er nahm ihre Hände, hob sie über ihren Kopf und verschränkte seine Finger mit ihren. „Ich denke an deine weiche Haut und daran, wie unglaublich es sich anfühlt, in dir zu sein. Das ist das beste Gefühl auf der ganzen Welt. Manchmal will ich dich so sehr, dass ich meine, zu sterben."

„Ich komme gleich."

„Das war der Plan."

„Hör nicht auf."

„Niemals."

„Sag mir, dass du mir zwischen deinen Besuchen treu bist. Ich könnte den Gedanken nicht ertragen, dass du es mit einer anderen treibst."

„Es gibt keine anderen. Für mich gibt es immer nur dich."

„Du wirst auf mich warten, oder?"

„Auf dich würde ich bis in alle Ewigkeit warten."

„Jede Nacht denk ich an dich", flüsterte sie ihm ins Ohr, „und daran, wie sehr ich mir wünsche, dich berühren und lieben zu können. Dann muss ich mich selbst anfassen, weil ich mich so nach dir verzehre."

Er stöhnte und wurde noch härter in ihr. Abrupt ließ er ihre Hände los und umfasste ihren Hintern, während er in sie stieß. „Lass mich nicht allein, Babe. Ich brauche dich so sehr."

„Ich bin ja da. Ich bin hier." Sie fuhr ihm mit der Hand durchs Haar und drängte ihn mit der anderen tiefer in sich.

Ihr Handy klingelte, und sie ignorierte es, was sie sonst nie tat. Aber manche Dinge durfte man nicht unterbrechen. „Wir müssen uns beeilen", trieb sie ihn an. „Sie kommen mich holen."

„Nein", keuchte er und steigerte sein Tempo, „noch nicht. Es reicht noch nicht. Es reicht niemals."

„O Gott, du bist so groß und heiß in mir."

„Samantha ... Komm für mich. Ich will dich schreien hören."

„Ich kann nicht", stöhnte sie. „Sie werden mich hören, und dann kriege ich Ärger. Die Wachen ... werden wollen, was nur dir zusteht."

„Wenn sie dich anfassen, bring ich sie um." Er schob die Hand zwischen ihre Körper und streichelte sie. Sie erreichte den Höhepunkt lautlos, und ihre Finger gruben sich in seine

Rückenmuskulatur, während sie sich an ihn krallte, als hinge ihr Leben davon ab.

„Mein Gott", flüsterte er mit einem tiefen Seufzen und kam ebenfalls. Als er wieder sprechen konnte, fluchte er: „Heilige Scheiße."

„Das kannst du laut sagen."

Lachend fragte er: „Was zum Teufel war das denn?"

„Ein neues Spiel namens ‚Ehelicher Besuch'. All die coolen Kids spielen es zurzeit."

Er lehnte die Stirn gegen ihre und sah auf sie herab, Flammen in den wunderschönen haselnussbraunen Augen. „Der Gedanke, aus irgendeinem Grund von dir getrennt zu sein, und wenn es bloß gespielt ist, macht mich wahnsinnig. Das würde ich nicht überleben. Du musst versprechen, dich zu benehmen, damit man dich mir niemals wegnehmen kann."

„Definiere ‚benehmen'."

„Im Ernst, Samantha. Versprich es mir."

„Versprochen. Ich habe meine Lektion gelernt. Ab jetzt schlage ich nur noch mit Worten um mich, nicht mit Fäusten."

„Braves Mädchen", sagte er und schloss die Augen.

Sam fuhr ihm mit den Fingern durchs Haar, so versunken in diesen Augenblick, dass ihr erst beim erneuten Klingeln ihres Handys wieder einfiel, dass sie einen Anruf nicht entgegengenommen hatte. „Mist, da muss ich ran."

Nick zog sich aus ihr zurück und küsste sie noch einmal, ehe er sie losließ.

Sie schnappte sich das Handy vom Nachttisch und stöhnte, als sie das Wort „Zentrale" auf dem Display las.

„Holland."

„Lieutenant, wir haben ein weiteres Opfer nach Schüssen aus einem vorbeifahrenden Wagen."

„Wo?"

„In der Nähe des Spielplatzes in der V Street."

Bei dem Wort „Spielplatz" drehte sich Sam der Magen um.

„Ein Vater hat mit seiner sechsjährigen Tochter gerade den Park verlassen, als die tödlichen Schüsse das Mädchen trafen."

„O mein Gott. Okay, ich bin unterwegs." Sie klappte das Handy zu, sprang aus dem Bett und sprintete Richtung Dusche.

„Was ist passiert?"

„Unser Heckenschütze hat ein sechsjähriges Mädchen erschossen."

„Ernsthaft? Wie kann jemand nur ..."

„Du sagst es, Babe. Ich muss los." Sie eilte unter die Dusche, und er folgte ihr und legte von hinten die Arme um sie.

„Das wird hart werden."

„Ist es immer."

„Doch dieses Mal wird es schlimmer sein als sonst."

„Ich weiß." Ihr war jetzt schon schlecht, und sie hatte das kleine Opfer noch nicht einmal gesehen. „Wir haben keine Ahnung, wer das tut oder warum. Das ist so frustrierend."

„Du wirst es herausfinden. Wie immer."

„Aber wie viele Menschen werden vorher noch sterben müssen?"

Weil er auf diese Frage keine gute Antwort hatte, versuchte er es gar nicht erst mit einer. Er hielt sie nur fest und hüllte sie in dieser Sekunde, in der sie es am meisten brauchte, in seine Liebe.

„Ich muss gehen."

„Ich weiß", sagte er und hielt sie fester.

„Dazu musst du mich loslassen."

„Ich weiß."

„Nick ..."

Er entließ sie aus seinen Armen, und sie drehte sich zu ihm um und zog ihn zu sich herunter, um ihn zu küssen.

„Es war eben ganz wundervoll."

„Ja, aber das ist es mit dir immer." Er nahm ihr Gesicht zwischen seine großen Hände. „Pass da draußen gut auf meine Frau auf. Sie bedeutet mir alles."

„Werde ich. Versuch, ein bisschen zu schlafen."

Sein ironisches Lächeln verriet ihr, dass er in dieser Nacht wieder keine Ruhe finden würde. Die Schlaflosigkeit würde sie wahrscheinlich begleiten, bis der Untersuchungsausschuss zu einem Ergebnis gekommen war. Harry hatte ihm neue Medikamente verschrieben, die ihm jedoch nicht halfen, was sehr enttäuschend gewesen war.

„Sorg dich nicht um mich", erklärte er. „Du hast im Moment Wichtigeres um die Ohren."

„Nichts ist wichtiger als du und Scotty."

„Im Augenblick brauchen dich ein kleines Mädchen und ihre Familie. Geh nur. Ich komme schon klar." Mit einem Klaps auf den Po scheuchte er sie aus der Dusche, und sie machte sich fertig, um sich einem weiteren Albtraum zu stellen.

17

Als Sam die V Street Northeast erreichte, jagte ihr das verzweifelte Schluchzen des Vaters des toten Kindes einen Schauer über den Rücken. Sie konnte sich kein schlimmeres Geräusch vorstellen.

Officer Beckett begrüßte sie mit finsterem Gesicht. „Einfach schrecklich", sagte er ohne große Vorrede. „Sie sind Hand in Hand gegangen und haben über das Eis geredet, das er ihr kaufen wollte, als der Schuss sie in die Brust getroffen hat. Sie war wahrscheinlich sofort tot."

Sam seufzte tief. „Wie heißt sie?"

„Vanessa Marchand. Der Vater heißt Trey. Er ist untröstlich."

„Was ist mit der Mutter?"

„Wir kriegen nichts aus ihm heraus. Er ist völlig außer sich. Vielleicht haben Sie mehr Glück."

Sam holte tief Luft, um sich dafür zu wappnen, sich Trey Marchands Albtraum zu stellen, dann bückte sie sich unter dem Flatterband durch, das Beckett für sie hochhielt.

Der winzige Leichnam auf dem Bürgersteig war mit einer Plane abgedeckt. Der Vater stand darübergebeugt, schluchzte und wiegte sich vor und zurück. Er war schwarz, muskulös und attraktiv, ein Mann, nach dem sich Frauen umdrehten.

Sam sah wieder Beckett an und fragte: „Wo bleibt der Krankenwagen?"

„Ist unterwegs. Die sind heute Nacht überlastet."

„Rufen Sie noch mal an."

„Jawohl, Ma'am."

Wo zum Teufel war Freddie, wenn sie ihn brauchte? Die Zentrale hatte ihn sicher ebenfalls angerufen, was also hielt ihn so lange auf? Er wäre besser für das Gespräch mit dem verzweifelten Vater geeignet, als sie je sein würde. Aber er war nicht hier, also war das ihre Aufgabe.

„Mr Marchand." Sam legte ihm eine Hand auf die Schulter. „Lieutenant Holland, Metro PD. Mein Beileid."

Er schüttelte den Kopf. „Nicht mein Baby. Bitte nicht." Tränen liefen ihm übers Gesicht, und seine Hände zitterten heftig.

Sie hätte ihn am liebsten umarmt und ihm versichert, alles würde gut werden, doch das würde es nicht. Niemals. Wieder fragte sie sich, wie Menschen solche Schicksalsschläge überstehen konnten. „Wie wäre es, wenn wir ein Stück gehen und ein bisschen frische Luft schnappen? Officer Beckett wird bei Vanessa bleiben, bis die anderen hier eintreffen."

„Nein, ich kann sie nicht allein lassen. Dann bekommt sie Angst."

Da er nicht umzustimmen war, kniete sich Sam neben ihm auf den Bürgersteig, ohne die Hand von seiner Schulter zu nehmen. Sie fühlte sich ohnmächtig und nutzlos, denn sie wusste, nichts, was sie sagte oder tat, würde ihn trösten können.

„Gestern Abend haben wir das Haus nicht verlassen", begann er nach einem langen Schweigen, das nur von seinen Schluchzern unterbrochen worden war. „Wie die Polizei es empfohlen hat. Nessa wollte auf den Spielplatz. Sie hat gebettelt, dass sie rausdarf." Seine Tränen flossen unvermindert weiter, und er wischte sich das Gesicht ab. „Ich habe gewusst, dass das keine gute Idee ist, aber es ist Sommer. Im Sommer gehen wir jeden Abend in den Park. Warum hat es nicht mich erwischen können? Warum?" Er brach wieder in hilfloses, herzzerreißendes Schluchzen aus.

Sam hatte einen riesigen Kloß im Hals. Sie konnte bloß seine Schulter drücken und hoffen, dass der Krankenwagen bald da sein würde.

Nach langem Schweigen räusperte sie sich und zwang sich,

ihre Emotionen beiseitezuschieben und sich auf das zu konzentrieren, was getan werden musste. „Haben Sie das Auto gesehen?"

Er schüttelte den Kopf. „Ich habe es kommen gehört. Etwas hat gequietscht, aber ich konnte mich kaum umschauen, da ..."

Sam hörte in der Ferne Sirenen und verspürte eine gewisse Erleichterung. „Kann ich jemanden für Sie anrufen? Einen Freund, einen Verwandten? Was ist mit Vanessas Mutter?"

„Sie hat uns schon vor Jahren verlassen", antwortete er mit ausdrucksloser Stimme. „Es gibt nur uns beide. Immer schon."

O Gott, dachte Sam. *Ich kann das nicht.*

Als sie hörte, dass sich jemand näherte, hob sie den Kopf und erkannte erleichtert Lindsey McNamara.

„Kann ich wirklich gar niemanden für Sie anrufen?"

„Meinen Bruder", erwiderte er. „Er würde herkommen."

„Haben Sie seine Nummer im Kopf?"

Er zückte sein Handy und suchte die Nummer heraus. „Hier." Er reichte ihr das Mobiltelefon. „Jamie."

Sam warf Lindsey einen Blick zu und bat sie mit einem Nicken, auf Trey aufzupassen, während sie telefonierte. Sie hätte Lindsey vorgestellt, wusste allerdings, dass das Trey im Moment egal war.

Die Gerichtsmedizinerin nickte.

Sam entfernte sich ein Stück und wählte die Nummer.

„Yo, was geht?"

„Mr Marchand?"

„Ja, wer spricht da?"

„Lieutenant Sam Holland, Metro PD."

„Was zum Teufel ...? Wo ist mein Bruder?"

Sam schloss die Augen und betete um die nötige Kraft, um das hier durchzustehen. „Ich muss Ihnen leider sagen, dass Ihre Nichte Vanessa in der Nähe des Spielplatzes in der V Street erschossen worden ist."

„O mein Gott", flüsterte er. „O Gott, nein. Trey ..."

„Können Sie herkommen? Er braucht Sie."

„Ich bin in zehn Minuten da."

Die Verbindung wurde unterbrochen, und Sam kehrte zu Trey

zurück, den Lindsey gerade zu trösten versuchte. Sie gab ihm sein Handy zurück. „Ihr Bruder ist auf dem Weg hierher."

Er nickte.

Ein paar Minuten später traf der Krankenwagen ein, und mit Sams Hilfe überzeugten die Sanitäter Trey, sich untersuchen zu lassen.

„Ich bleibe bei Vanessa", versprach Lindsey. „Keine Sekunde weiche ich von ihrer Seite."

Während die Sanitäter ihn wegführten, schaute Trey mehrfach über die Schulter zurück.

„Unerträglich", murmelte Lindsey.

„Schlimmer geht es nicht", pflichtete ihr Sam bei.

Lindsey hob die Plane an. Darunter lag ein hübsches kleines Mädchen mit Zöpfen. Sie trug ein weißes Kleid mit Sonnenblumendruck, das jetzt aufgrund der großen Brustwunde blutverschmiert war. „Die arme Kleine." Lindsey wischte sich die Tränen ab und winkte ihr Team heran.

Captain Malone traf ein und rief Sam zu sich.

Sie setzte ihn ins Bild und beobachtete, wie sich sein Gesicht vor Zorn verzerrte.

„Die haben ein kleines Kind umgebracht", knurrte er.

„Ich weiß."

„Wir müssen diese Drecksäcke finden, Sam. Das muss aufhören."

„Ganz Ihrer Meinung, doch wer auch immer die sind, sie sind gut. Es geht immer so schnell, dass niemand sie kommen sieht."

„Was haben wir hier an Videoüberwachung?"

„Das ist der nächste Punkt auf meiner Liste. Ich frage bei Archie nach und lasse es Sie wissen." Sie blickte zu dem Krankenwagen, wo der unter Schock stehende Trey behandelt wurde. „Er ist alleinerziehender Vater. Sie hatte Zöpfe und trug ein ganz süßes Kleid."

„Was zum Teufel macht der Mann jetzt?", fragte Malone.

Sam seufzte tief. „Ich habe nicht die geringste Ahnung."

„Wenn die Presse das erfährt, wird sie noch aggressiver werden. Die Bürgermeisterin hat bereits wieder den Chief angerufen."

„Ich hätte nie gedacht, dass ich das mal sage, aber ich möchte

Avery und sein Team offiziell hinzuziehen. Wir brauchen jede Hilfe, die wir kriegen können."

„Sehe ich genauso. Vielleicht sogar die Marshals."

„Ich rufe dort an."

„Wenn Sie hier fertig sind, treffen wir uns alle im Hauptquartier zu einer Besprechung."

„Bis dann."

Freddie und Gonzo kamen getrennt voneinander an und gingen sofort daran, auf der Suche nach Zeugen die Schaulustigen zu befragen.

Sam sprach ein weiteres Mal mit Trey, ehe man ihn zur Beobachtung ins Krankenhaus brachte. Sie reichte seinem Bruder, der während ihrer Unterredung mit Malone eingetroffen war, ihre Karte. „Bitte rufen Sie mich an, wenn ich etwas für Sie tun kann oder Ihnen etwas einfällt, was uns bei unseren Ermittlungen helfen könnte."

Trey nickte und wischte sich weitere Tränen ab.

„Ich hoffe, Sie verstehen, dass ich fragen muss, ob Sie oder Vanessa Feinde hatten."

„Nein, so etwas gibt es bei mir nicht. Ich gehe arbeiten und kümmere mich um ein Kind – das ist mein ganzes Leben. Selbst meine Freunde und meine Familie sehe ich kaum. Mir fehlt die Zeit."

Sam fragte sich, wann ihm klar werden würde, dass er ab jetzt Zeit im Überfluss haben würde. Es war so ein grausamer, sinnloser Tod. „Wenn Ihnen noch etwas einfällt – oder auch jemand, mit dem Sie Stress hatten, und sei es nur ein Kollege, der Ihnen eine Beförderung nicht gönnt, oder jemand, mit dem Sie einfach einen Streit um einen Parkplatz hatten –, dann will ich das wissen."

„Mir fällt gerade nichts dergleichen ein, aber wenn, dann melde ich mich."

„Es tut mir so furchtbar leid, dass Ihnen und Vanessa das zugestoßen ist, und ich werde alles in meiner Macht Stehende tun, um den Mörder zur Strecke zu bringen. Versprochen."

Er nickte erneut. „Danke."

Erschüttert von seiner Trauer, ließ ihn Sam in der Obhut der Sanitäter und seines Bruders und kehrte zu Lindsey zurück, die

die kleine Leiche gerade für den Transport in die Gerichtsmedizin vorbereitete.

„An solchen Tagen zweifle ich an meiner Berufswahl", brummte Lindsey.

„Nicht nur du. Wir bitten das FBI um Hilfe, und du weißt, wie sehr ich das hasse, doch wir kommen einfach nicht weiter."

„Besorg dir jede Hilfe, die du kriegen kannst. Das Ziel ist, sie zu schnappen, ehe sie noch jemanden töten. Es ist völlig egal, wie."

„Da hast du absolut recht." Sam musste sich fragen, ob das kleine Mädchen mit den Zöpfen vielleicht noch leben würde, wenn sie früher die Kavallerie gerufen hätte.

„Wir sehen uns im Hauptquartier", verabschiedete sich Lindsey.

Sam half Gonzo und Freddie noch eine Stunde lang bei der Befragung möglicher Zeugen, aber wie bei den anderen Todesschüssen hatte niemand genug mitbekommen, um hilfreich zu sein.

„Das ist so frustrierend", schimpfte Sam, als sie zu den Autos zurückgingen. „Nach fünf tödlichen Schüssen haben wir nicht mehr als nach dem ersten."

„Mir gefällt deine Scharfschützentheorie", meinte Gonzo. „Die fühlt sich irgendwie richtig an."

„Finde ich auch", pflichtete ihm Sam bei. „Lasst uns mal schauen, was Carlucci und Dominguez bisher herausgefunden haben."

In drei getrennten Autos fuhren sie zum Hauptquartier. Von unterwegs rief Sam Avery Hill an.

„Tut mir leid, wenn ich Sie störe", meldete sie sich, „doch wir haben ein weiteres Opfer. Diesmal wurde ein sechs Jahre altes Mädchen beim Verlassen eines Spielplatzes im Nordosten der Stadt erschossen."

„Mein Gott."

„Ja, es war brutal. Der Vater ist alleinerziehend, und das Mädchen war ganz offenbar der Mittelpunkt seines Lebens."

„Was kann ich tun?"

„Wir brauchen die Kavallerie, Avery. Wir haben rein gar nichts, aber wir müssen diese Typen stoppen, ehe sie wieder zuschlagen."

„Ich bin in dreißig Minuten da."

„Danke." Das Gleiche erzählte sie bei ihrem nächsten Telefonat Jesse Best, dem örtlichen Befehlshaber des U.S. Marshal Service. Die Marshals waren auf Personenfahndung spezialisiert, und Sam hoffte, mit ihrer Hilfe die Dreckskerle zu erwischen, die in ihrer Stadt Menschen umbrachten. Best sagte zu, binnen einer Stunde auf dem Revier zu sein.

Dort hatte sich die übliche Reportermeute vervierfacht, und Übertragungswagen säumten die Straße. Offenbar hatte sich herumgesprochen, dass es einen weiteren Anschlag gegeben hatte, und die Tatsache, dass es ein so kleines Kind getroffen hatte, würde eine regelrechte Raserei auslösen.

Sam fuhr ums Gebäude herum zum Eingang der Gerichtsmedizin und lief an Lindseys Labor vorbei, weil sie noch nicht bereit war, das süße Mädchen auf einem Autopsietisch zu sehen. Irgendwann würde sie sich dieses schreckliche Bild antun müssen, allerdings nicht jetzt. Im Großraumbüro wimmelte es von Ermittlern und höherrangigen Beamten einschließlich Chief Farnsworth.

„Wir treffen uns alle in fünf Minuten im Besprechungsraum." Sam zog sich in ihr Büro zurück und hoffte, die fünf Minuten nutzen zu können, um einmal kurz tief durchzuatmen. Sie hatte aber bloß eine Minute, dann klopfte es. „Herein."

Chief Farnsworth trat ein und schloss die Tür. „Geht es dir gut?"

„Ging mir schon besser. Sie war nur ein kleines Mädchen, das gerade mit seinem Vater vom Spielplatz heimwollte." Sam fuhr sich mit den Fingern durchs Haar, das nach der Dusche in der schwülen Wärme draußen immer noch nicht ganz getrocknet war. „Wir haben absolut keine Spur."

„Die Medien wollen Informationen über den letzten Anschlag und die Ermittlungen. Kannst du eine kurze Pressekonferenz improvisieren?"

„Wie wäre es, wenn ich etwas zusammenschreibe und wir die eigentliche Pressekonferenz Captain Norris und den Leuten von der Pressestelle überlassen, damit sich das Ganze nicht wieder in einen Riesenrummel um meinen Mann verwandelt?"

„Damit kann ich leben."

„Captain Malone war am Tatort, und wir haben uns darauf

geeinigt, das FBI und die Marshals hinzuzuziehen. Wir brauchen jede Unterstützung, die wir kriegen können."

„Einverstanden. Ermutige dein Team, sich im Bedarfsfall psychologische Hilfe zu suchen. Das ist ein harter Brocken."

„Das sind Mordfälle immer."

„In der Tat. Ich lasse dich dann mal weiterarbeiten."

„Danke, dass du hier warst. Ich brauch noch eine Minute, um alles für Norris zusammenzustellen, dann komme ich rüber."

„Alles klar."

Sam setzte sich an ihren Rechner und schrieb die Eckdaten des jüngsten Anschlags nieder, außerdem erwähnte sie, dass sie das FBI und den U.S. Marshal Service in die Ermittlungen eingeschaltet hatte, und wiederholte die Warnung an die Bürger der Stadt, nach Sonnenuntergang in ihren Häusern zu bleiben. Als sie mit dem Text zufrieden war, mailte sie ihn an Norris und schlug ihm vor, keine Fragen zuzulassen, weil sie nach wie vor keine Antworten hatten.

Sie schickte Nick rasch eine Textnachricht, in der sie ihn wissen ließ, dass sie die Nacht im Hauptquartier verbringen würde, dann begab sie sich zu den anderen in den Besprechungsraum. „Ich möchte über Scharfschützen sprechen", begann sie ohne Vorrede.

„Wie verlangt", übernahm Detective Carlucci, „haben Dominguez und ich, ausgehend von Detective McBrides ersten Recherchen, in diese Richtung weiterermittelt. Wir haben ein paar interessante Namen gefunden. Zwei ehemalige Militärangehörige, Special Forces, ein ehemaliger Mitarbeiter des MPD."

Als sie diese Abkürzung hörte, lief es Sam kalt über den Rücken. „Wer?", fragte sie.

„Kenneth Wallack", antwortete Carlucci. „Hat sich nach einer zwanzigjährigen Laufbahn, während deren er großteils zum Sondereinsatzkommando gehört hat, vor fünf Jahren im Rang eines Captains zur Ruhe gesetzt. War Scharfschütze bei der Army, ehe er zur Polizei gewechselt ist."

„Ich kenne ihn", warf Farnsworth ein. „Er hat zusammen mit Skip, Conklin und mir hier Karriere gemacht. Wir waren alle gemeinsam auf der Akademie. Er ist einer von den Guten. Auf keinen Fall ist er unser Mann."

„Trotzdem müssen wir mit ihm reden", beharrte Sam. „Wer auch immer unser Täter ist, er kann verdammt gut mit seiner Waffe umgehen. Möglicherweise kann Wallack uns etwas erzählen, was wir noch nicht wissen. Er steht ganz oben auf meiner Liste für morgen früh."

Carlucci schob einen Zettel über den Tisch. „Er wohnt in Brentwood."

„Das ist gleich neben Eckington", bemerkte Sam.

„Er hat nichts damit zu tun", beharrte Farnsworth. „Darauf würde ich meine Marke verwetten."

„Ich weise lediglich darauf hin, dass er in unmittelbarer Nähe eines der Tatorte wohnt."

„Zur Kenntnis genommen", sagte Farnsworth. „Fahren Sie fort."

„Wer sind die ehemaligen Soldaten?", fragte Sam.

„Carlos Vega, ein früherer Army Ranger und hochdekorierter Scharfschütze, der im Irakkrieg war, und Douglas Simpson, ehemaliger Navy SEAL, der für seinen zweiten Einsatz in Afghanistan ein Purple Heart bekommen hat."

„Was für eine Verletzung hat er erlitten?", fragte Avery, der im rückwärtigen Bereich des Raums neben Best stand.

„Einen Kopfschuss. Er wurde aus medizinischen Gründen aus der Navy entlassen", antwortete Carlucci.

„Könnte er nach einer solchen Verletzung immer noch so schießen?", erkundigte sich Malone.

„Um das herauszufinden, werden wir ihn besuchen müssen", entgegnete Sam.

„Wenn das hilft, können wir beide noch heute Abend bei ihm vorbeifahren", bot Dominguez an.

„Tut das."

Archie betrat den Raum. „Ich habe ein Bild von dem Auto, aus dem heraus die letzten Schüsse gefallen sind." Er ging zum Computer und steckte einen USB-Stick hinein. Sekunden später erschien ein Standbild aus einem Video auf dem Monitor. „Wir suchen diesmal einen roten SUV. Marke und Modell konnte ich genauso wenig erkennen wie besondere Kennzeichen, weil er so schnell fuhr, aber Form und Größe sprechen für einen SUV, nicht für eine Limousine."

„Wurden in den letzten achtundvierzig Stunden irgendwelche roten SUVs als gestohlen gemeldet?", wollte Sam von ihm wissen.

„Nur einer, und damit haben wir das Kennzeichen." Archie reichte ihr die Diebstahlsanzeige. „Ich habe bereits eine Fahndung ausgelöst, und alle Polizisten der Stadt suchen nach diesem Auto."

„Ich gebe die Information auch an meine Leute weiter", verkündete Best.

„Gute Arbeit, Lieutenant", lobte Farnsworth.

„Ja, danke, Archie", sagte Sam.

„Ich freue mich, dass ich euch etwas liefern konnte, womit ihr arbeiten könnt. Jetzt gehe ich wieder rauf und schaue mir die Überwachungsaufnahmen weiter an. Ich lass es euch wissen, wenn wir noch etwas finden."

„Reden wir mit dem Besitzer des gestohlenen Fahrzeugs", schlug Sam vor.

„Es ist fast Mitternacht", wandte Freddie ein.

„Mir egal. Da sind Mörder auf freiem Fuß. Wir dürfen keine Zeit verlieren."

„Ich komme mit, Boss."

„Alle anderen befassen sich weiter mit der Scharfschützentheorie. Wer etwas hat, ruft mich an." Sie verließ den Besprechungsraum und ging in ihr Büro, um ihre Schlüssel zu holen, dann traf sie sich auf dem Gang zur Gerichtsmedizin mit Freddie. „Wir können los."

Sie fuhren in den Stadtbezirk Trinidad im Nordosten der Stadt, wo in der Florida Avenue Mary Jane und Rod Demmers lebten. Sam fühlte sich kein bisschen schuldig, als sie um kurz nach Mitternacht klingelte. Es dauerte ein paar Minuten, dann ging das Verandalicht an, und die innere Tür öffnete sich. Zum Vorschein kam ein Mann Mitte bis Ende fünfzig in Pyjamahose und T-Shirt.

Als er Sam erkannte, fielen ihm fast die Augen aus dem Kopf.

„Mr Demmers?" Sam zeigte ihm ihre Dienstmarke. „Lieutenant Sam Holland, Metro PD. Es geht um das Auto, das Sie vorgestern als gestohlen gemeldet haben."

„Um diese Uhrzeit?"

„Wir glauben, Ihr Auto wurde als Tatfahrzeug bei einem Mord

verwendet. Tut uns leid, wenn wir stören, aber wir versuchen, kaltblütige Mörder zu fassen, ehe sie erneut zuschlagen."

„Kommen Sie herein." Er trat beiseite, um sie einzulassen.

Sam wusste seine Kooperationsbereitschaft sehr zu schätzen.

Seine Frau erschien auf der Treppe. Sie trug einen Morgenmantel und versuchte, ihre schlafzerzauste Frisur zu richten. „Was ist denn los?"

Ihr Mann beantwortete ihre Frage, und sie keuchte auf und legte sich eine Hand aufs Herz. „O mein Gott! Sind das dieselben Verbrecher, die vorgestern diese armen, unschuldigen Leute erschossen haben?"

„Wir befürchten das", bestätigte Sam und beschloss, den beiden nichts von Vanessa zu erzählen. Das würden sie noch früh genug erfahren. „Ich habe den Bericht gelesen, in dem Sie bei unseren Kollegen angegeben haben, der Wagen sei hier vor der Tür gestohlen worden, doch da steht nicht, ob er Aufkleber oder sonstige besondere Merkmale hat."

„Rechts unten an der Heckscheibe ist ein Feds-Aufkleber und oben links eine Redskins-Flagge", berichtete Demmers.

„Vergiss den verblassten Towson-Aufkleber nicht", erinnerte ihn seine Frau. „Unsere Tochter war dort."

Sam schrieb das alles in ihr Notizbuch.

„Die hintere Beifahrertür hat außerdem eine Delle", fuhr er fort. „Da ist mir jemand auf einem Parkplatz reingefahren, und wir hatten noch keine Gelegenheit, es reparieren zu lassen."

„Das ist alles sehr hilfreich", entgegnete Sam und vermerkte sich im Geist, die uniformierten Kollegen zu bitten, besser auf solche Details zu achten, wenn Autos als gestohlen gemeldet wurden. Sie nahmen so viele dieser Routinemeldungen entgegen, dass das Augenmerk für Details oft verloren ging. Sam reichte der Ehefrau ihre Karte. „Wenn Ihnen noch etwas einfällt, rufen Sie mich bitte an."

„Machen wir", versprach die Frau. „Ich hoffe, Sie erwischen diese Typen. Was sie tun, ist so furchtbar. Die terrorisieren eine ganze Stadt."

„Da bin ich absolut Ihrer Ansicht", pflichtete Sam ihr bei. „Wir kriegen sie. Entschuldigen Sie noch mal die späte Störung."

„Kein Problem", versicherte Demmers. „Wir sind ja froh, dass wir helfen konnten."

Sam hatte ihr Handy in der Hand, noch ehe sie richtig durch die Tür waren, und rief die Zentrale an. „Lieutenant Holland hier, ich habe neue Informationen über den roten SUV, nachdem wir fahnden."

„Ich höre, Ma'am."

Sam gab die Details durch, die ihnen die Demmers genannt hatten, und bat die Telefonistin, diese Informationen der Fahndungsmeldung hinzuzufügen.

„Jawohl, Ma'am, Lieutenant. Sofort."

„Danke."

„Was nun?", fragte Freddie, als sie wieder im Auto saßen.

„Ich will mit meinem Vater über Wallack reden."

„Aber der Chief hat gesagt ..."

„Ich habe gehört, was er gesagt hat. Trotzdem möchte ich die Meinung meines Vaters hören."

18

Sam schickte Celia, die ein Nachtmensch war, eine Textnachricht, um sich zu erkundigen, ob sie vorbeischauen konnte, um den Fall mit ihrem Vater zu erörtern.
Natürlich, Süße. Er guckt noch fern. Komm rüber.
„Du glaubst doch nicht wirklich, dass ein hochdekorierter ehemaliger Polizist der Täter sein könnte, oder?", fragte Freddie.
„Ich habe verflucht noch mal nicht die leiseste Ahnung, wer es war, und daher werde ich jeden Stein umdrehen, auch die, die absurd erscheinen."
„Ich hasse solche Fälle", sagte er. „Wir haben keine Spur, wissen aber, dass die wieder zuschlagen werden. Bis dahin ist die Stadt vor Angst wie gelähmt, und das zu einer Jahreszeit, wo sich jeder am liebsten im Freien aufhält."
„Mit anderen Worten, die Täter kriegen genau, was sie wollen. Die Frage ist nur: Warum? Was wollen sie auf lange Sicht erreichen?"
„Terror."
Da sie gerade an einer roten Ampel standen, sah Sam zu ihm hinüber. „Das ist ein Ansatz, dem wir uns vermutlich noch intensiver widmen sollten." Sie rief Avery Hill an. „Erzählen Sie mir von Ihren tieferen Erkenntnissen über Inlandsterroristen."
„Ich lasse meine Leute gerade unsere Datenbanken nach

möglichen Verbindungen durchkämmen und rede mit den Nachrichtendiensten über die Gerüchte der letzten Wochen."

„Hervorragend. Halten Sie mich auf dem Laufenden?"

„Klar."

„Danke für Ihre Hilfe, Avery."

„Jederzeit."

Sam klappte ihr Handy zu. „Sie kümmern sich darum."

„Ich weiß, es läuft allem zuwider, woran wir glauben, doch es war richtig, das FBI einzuschalten."

„In so einem Fall spielt Stolz keine Rolle. Es ist egal, wer letztendlich Erfolg hat, Hauptsache, wir kriegen den Täter."

„Aber es wäre schon schön, wenn wir ihn schnappen."

„Logo."

Freddie lachte. „Nur damit du es weißt, Herrin meines Lebens, ich habe beim Abendessen noch mal mit Elin über die Kindersache gesprochen, und sie sieht das mehr oder weniger so wie du."

„Ich wusste doch, dass ich sie mag."

„Du hast sie lange nicht ausstehen können", erinnerte er sie.

„Das stimmt nicht. Ich mochte sie als Mensch schon immer. Aber ich war nicht sicher, ob sie die Richtige für dich ist."

„Sie ist so was von die Richtige für mich", versicherte er mit einem anzüglichen Lächeln, das ihm einen finsteren Blick von Sam eintrug.

„Erspar mir die blutigen Details, Romeo."

„Die Details sind wirklich schrecklich blutig."

„Hör auf!"

Freddie lachte noch immer, als sie den Kontrollpunkt in der Ninth Street erreichten, wo der Secret Service sie durchwinkte.

Sam stellte den Wagen auf ihren angestammten Parkplatz und ging, gefolgt von Freddie, zum Haus ihres Vaters. Sie eilten die Rampe hoch, und Sam klopfte an und trat ein.

„Wie oft muss ich dir noch sagen, dass du nicht klopfen musst?", fragte Celia, die auf dem Sofa saß.

„Seit ich euch beide beim Rummachen ertappt habe, klopfe ich lieber."

Celias herzförmiges Gesicht lief puterrot an.

„Solche Sachen sagt sie zu mir auch immer", tröstete Freddie sie.

Sam grinste frech. „Ich stehe nun mal für Spaß für die ganze Familie."

„Sie hätte als Kind häufiger mal den Hintern vollkriegen sollen", meinte Celia.

Sam lachte. „Dafür war ich viel zu schnell beim Wegrennen. Können wir zu Dad?"

„Er erwartet euch schon."

Sam führte Freddie durch die Küche ins Schlafzimmer ihres Vaters, das frühere Esszimmer, in dem der große Tisch einem Krankenhausbett gewichen war. Sie beugte sich über die Gitterumrandung, um ihren Vater auf die Stirn zu küssen. „Wie geht's, Skippy?"

„Dem, was ich in den Nachrichten gesehen habe, nach zu urteilen, besser als dir. Eine Sechsjährige? Wie furchtbar."

Es war keine Überraschung, dass ihn dieser Fall hart traf, denn er hatte seinen ersten Partner durch Schüsse aus einem vorbeifahrenden Auto verloren. Den Täter hatte man nie gefasst.

„Ja", bestätigte Sam und setzte sich auf den Stuhl neben seinem Bett, „es war furchtbar. Der Vater war alleinerziehend. Er ist völlig am Boden zerstört."

„Schrecklich. Sag mir, dass ihr eine Spur habt."

„Wir haben gar nichts und jagen unseren eigenen Schwanz. Dad, wir haben sogar freiwillig das FBI eingeschaltet."

Er begriff sofort, wie verzweifelt sie sein musste, wenn sie so weit gegangen war. „Was kann ich tun?"

„Erzähl mir von Kenneth Wallack."

Die Gesichtshälfte, die noch über Ausdruck verfügte, verriet sein Erschrecken. „Was ist mit ihm?"

„Er ist ein ausgebildeter Scharfschütze."

„Sam, komm schon. Er ist einer von uns. Du kannst doch nicht ernsthaft glauben, dass er in diese Sache verwickelt ist."

„Wir nehmen jeden im Stadtgebiet unter die Lupe, der kann, was dieser Schütze vermag – er trifft in voller Fahrt Ziele mit tödlicher Genauigkeit. Wallacks Name ist gefallen, und jetzt brauche ich deine Meinung."

„Weiß Joe, dass du ihn durchleuchtest?", fragte er. Er nannte seinen alten Freund, den Polizeichef, immer beim Vornamen."

„Ja, und es passt ihm nicht."

„Natürlich nicht. Die beiden haben gemeinsam Karriere gemacht und waren Freunde. Noch enger war Wallack mit Conklin. Ich glaube, die beiden haben sich gegenseitig zu ihren Hochzeiten eingeladen."

„Warum erinnere ich mich nicht an ihn, wenn er Onkel Joe nahegestanden hat?"

„Keine Ahnung. Wir haben im Laufe der Jahre mit so vielen Leuten zusammengearbeitet. Da vergisst man manchmal den einen oder anderen. Aber Kenny ist ein Guter. Er würde so etwas nie tun."

„Mit wem war er bei der Polizei sonst noch befreundet?"

„Conklin war ein paar Jahre sein Partner", erinnerte sich ihr Vater an die Rolle des Deputy Chief im Leben des Verdächtigen. „Kurz war er auch mal mit Stahl befreundet, doch das war nicht von Dauer."

„Wie das?"

„Stahl war immer schon der Stahl, den du kennst. Aber mit der Zeit ist es mit ihm schlimmer geworden, und die Leute sind auf Distanz gegangen, selbst frühere Freunde."

„Interessant", sagte Sam.

„Hatte Wallack während seiner Karriere irgendwelche Probleme?", erkundigte sich Freddie.

„Eine hässliche Scheidung von seiner ersten Frau, die sich eine Weile lang auch auf seine Leistung im Job ausgewirkt hat. Er hat einen Entzug gemacht und dabei zu Gott gefunden. Das hat sein Umfeld eine Weile gewundert, doch letztlich hat er so sein Leben auf die Reihe gekriegt und konnte sich wieder auf den Job konzentrieren."

„Man hat also einen Alkoholiker als Scharfschützen arbeiten lassen?", hakte Sam nach.

„Soweit ich weiß, hat er nach dem Entzug nie wieder einen Tropfen angerührt. Er hatte sich sehr verändert, das war offensichtlich. Außerdem konnte niemand schießen wie er – und das meine ich wörtlich. Der Mann hatte eine hundertprozentige Trefferquote. Es wäre eine tragische Verschwendung seines Talents gewesen, ihn nicht für diese Aufgabe einzusetzen."

Ein Schauer lief Sam über den Rücken. In vierzehn Jahren als Polizistin hatte sie gelernt, dem Gefühl zu vertrauen, dass sie auf was Wichtiges gestoßen war. „Was hast du in den letzten Jahren von ihm gehört?"

„Nicht viel. Er kommt nicht zu Jubiläumsfeiern, aber irgendwer hat erzählt, dass er wieder geheiratet hat, eine richtige Liebesehe."

„Das ist alles sehr hilfreich. Danke."

„Ich freue mich, wenn ich dir helfen kann, Kleines, das weißt du. Trotzdem glaube ich, diesmal bist du auf dem Holzweg. Er war ein hochdekorierter Beamter."

„Ich gehe nur jedem Detail nach, wie mein Vater es mir beigebracht hat."

Seine eine Gesichtshälfte verzog sich zu einem Lächeln. „Hältst du mich auf dem Laufenden?"

„Immer. Ruf mich an, wenn dir noch etwas einfällt, was ich wissen sollte."

„Mach ich. Hast du schon mal einen Blick auf die derzeit bei der Polizei arbeitenden Scharfschützen geworfen?"

Die Frage traf Sam wie ein Hammer vor die Stirn. „Äh, nein."

Skip hob eine Braue. Er konnte mit einer Braue sehr viel ausdrücken.

„Freddie", befahl sie, „erinnere mich daran. Überprüfung der aktuellen Scharfschützen des MPD."

„Alles klar."

„Jetzt schlaf mal, Skippy", riet Sam ihrem Vater und küsste ihn.

„Du auch, Kleines."

„Heute Nacht eher nicht."

Sie verabschiedeten sich von Celia und gingen. Auf dem Weg zum Auto sah Sam sehnsüchtig zu ihrem Haus hinüber. Sie war erschöpft, doch für Müdigkeit war keine Zeit.

„Wohin jetzt?"

„Zurück ins Hauptquartier, um uns mit den früheren und aktuellen Scharfschützen zu befassen."

Den Rest der Nacht verbrachten sie damit, jeden unter die Lupe zu nehmen, bei dem sie der Auffassung waren, dass er aus einem schnell fahrenden Wagen solche Treffer landen konnte. Um vier Uhr morgens hatten sie zwei aktuell beim MPD beschäftigte

Beamte, Fitzgivens und Sellers, ausgeschlossen, nachdem sie überprüft hatten, dass die beiden zum Zeitpunkt der ersten Schüsse tatsächlich gemeinsam außerhalb der Stadt in Urlaub gewesen waren. Somit blieb nur noch ein aktuell für das MPD arbeitender Beamter – Sergeant Dylan Offenbach.

Während Freddie am Türrahmen lehnte, rief Sam SWAT-Captain Nickelson an. „Tut mir leid, dass ich Sie geweckt habe, Captain. Mein Telefon ist laut gestellt, Detective Cruz hört mit."

„Was kann ich für Sie tun?"

„Sergeant Offenbach", sagte Sam.

„Was ist mit ihm?"

„Wir haben keinen Überblick, wo er sich diese Woche aufhält, und haben gehofft, Sie als sein Vorgesetzter könnten uns das sagen."

Nach einer kurzen Pause fragte er: „Warum wollen Sie das wissen?"

„Im Rahmen unserer Ermittlungen zu den Todesschüssen der letzten Tage."

„Sie machen wohl Witze. Sie ermitteln polizeiintern?"

„Wir suchen nach Menschen, die über die für diese Verbrechen erforderlichen Fertigkeiten verfügen. Auf Ihren Sergeant trifft das zu."

„Tja, er war es nicht. Er ist bei einer Konferenz in Philadelphia. Seit Samstag. Damit ist er raus."

„Wir brauchen Informationen über die Konferenz und das Hotel, in dem er übernachtet hat."

„Er ist ein Kollege, Lieutenant."

„Das ist mir klar, Captain. Ich bedaure, dass ich darauf bestehen muss, aber ich kriege die Informationen, die ich brauche, entweder jetzt von Ihnen, oder ich eskaliere das Problem nach oben. In jedem Fall werde ich überprüfen, ob der Sergeant wirklich seit Samstag in Philadelphia ist."

Nach einer sehr langen Pause nannte ihr Nickelson den Namen von Offenbachs Hotel.

„Eine Frage habe ich noch", sagte Sam. „Fitzgivens und Sellers waren in Urlaub, Offenbach auf einer Konferenz. Was wäre gewesen, wenn wir einen Scharfschützen gebraucht hätten, während keiner der drei geeigneten Beamten in der Stadt war?"

Sie nahm Nickelsons knurrenden Unterton sehr wohl wahr. „Wir hatten ein Problem mit dem Dienstplan, doch die Lücke umfasste nur vierundzwanzig Stunden. Fitzgivens und Sellers sind am späten Sonntagabend aus dem Urlaub zurückgekehrt und hatten am Montagmorgen wieder Dienst."

„Verstehe", sagte Sam. „Gut, dass wir am Samstagabend und Sonntagmorgen keinen Scharfschützen gebraucht haben, was?"

„Kann ich sonst noch etwas für Sie tun?"

„Im Augenblick nicht. Ich weiß Ihre Kooperation zu schätzen." Sam beendete die Verbindung.

„Das war krass."

„Ich würde genauso empfinden wie er, wenn mir jemand solche Fragen über einen von euch stellen würde."

„Du tust nur deine Pflicht."

„Trotzdem wäre ich als vorgesetzte Beamtin sauer, wenn jemand andeuten würde, einer von meinen Leuten könnte ein Verbrechen begangen haben."

„Hast du nicht. Du hast eine Information eingeholt."

„Die Frage allein war praktisch eine Unterstellung. Überprüfe, ob Offenbach am Sonntagabend in Philadelphia war und ob er noch dort ist, dann können wir ihn abhaken. Danach spüren wir Wallack auf."

„In Ordnung."

∽

SAM BETRAT IHR BÜRO, SCHLOSS DIE TÜR UND LÖSCHTE DAS LICHT, hatte die Absicht, ein zehnminütiges Nickerchen zu machen. Sie legte die Füße auf den Tisch, den Kopf in den Nacken und schloss die Augen, doch vor ihrem geistigen Auge sah sie nur das todunglückliche Gesicht von Trey Marchand. Der arme Kerl. Er hatte alles richtig gemacht, hatte allein ein Kind großgezogen, und dann so etwas ... Das Wort „unfair" beschrieb die Situation nicht einmal ansatzweise.

Ihr Handy gab ein Geräusch von sich. Es war eine Textnachricht von Nick.

Ruf mich an, wenn du einen Moment Zeit hast.

Sie tat es sofort. „Wieso bist du auf?", fragte sie, als er abnahm.

„Nach den Berichten über den letzten Anschlag wollte ich hören, wie es dir geht. Ich weiß ja, wie furchtbar es für euch ist, wenn Kinder die Opfer sind."

„Es war entsetzlich. Der arme Vater ist alleinerziehend und hat ihren Bitten nachgegeben, obwohl er wusste, dass sie in der Wohnung hätten bleiben sollen. Ich sehe vor meinem geistigen Auge ständig ihre Zöpfe und ihr süßes Sonnenblumenkleid mit den riesigen Blutflecken."

„Das tut mir so leid, Babe. Ich weiß ehrlich nicht, wie ihr so was Tag für Tag ertragt, ohne den Verstand zu verlieren."

„Viele würden sagen, den habe ich schon längst verloren."

„Auf keinen Fall. Für mich bist du absolut bei Verstand."

„Es ist gut, das zu wissen", seufzte sie. „Die meisten Männer würden mit einem Wrack wie mir nichts zu tun haben wollen."

„Dieser Mann hier will mit diesem Wrack *alles* zu tun haben."

Sam lächelte, was ihr vor seinem Anruf niemals gelungen wäre. „Allein deine Stimme zu hören hilft mir."

„Kommt ihr mit den Ermittlungen voran?"

„Nicht wirklich, aber wir gehen eben jeder Spur nach. Wir haben uns in die Scharfschützenhypothese verbissen. Wer auch immer diese Anschläge verübt, muss an der Waffe ausgebildet worden sein, sonst könnte er nicht immer wieder aus einem schnell fahrenden Fahrzeug mit so tödlicher Genauigkeit treffen."

„Das ist eine gute Theorie. Ich hoffe, sie erweist sich als richtig."

„Sie ist außerdem brandgefährlich, weil diese Beschreibung unter anderem auf Kollegen zutrifft."

„Heißt das, du machst dir schon wieder neue Freunde im Hauptquartier?"

„Könnte durchaus sein."

„Musst du die Nacht durcharbeiten?"

„Sieht so aus. Ich möchte erst wieder nach Hause kommen, wenn wir diese Dreckskerle haben."

„Irgendwann musst du schlafen. Wenn du bis zum Zusammenbruch arbeitest, bringt das auch nichts."

„Ich weiß. Wenn ich nicht mehr kann, fahr ich nach Hause."

„Hältst du mich auf dem Laufenden?"

„Ja. Glaubst du, du kannst ein bisschen schlafen?"

„Ich werde es versuchen. Aber wenn ich mich nicht an meine Frau kuscheln kann, schlafe ich nicht so gut."

„Sorry."

„Schon gut. Ich liebe dich, Babe. Sei vorsichtig da draußen."

„Das bin ich immer, und ich liebe dich auch."

Sie klappte ihr Handy zu und legte den Kopf in den Nacken, dankbar für ihren Mann, der ihr immer eine Stütze war, wenn ihr ein Fall zu viel wurde. Dieser Fall war ihr schon seit der ersten Kugel, die Jamal Jackson getroffen hatte, zu viel.

Solange sie einen Augenblick Ruhe hatte, ließ sie ihre Gedanken schweifen und ging die bisher bekannten Einzelheiten des Falles durch. Von Jamal über Melody und Sridhar bis hin zu Caroline und jetzt Vanessa. Außer der Art, wie sie gestorben waren, verband diese fünf Opfer nichts. Die Schüsse waren in verschiedenen Stadtteilen gefallen, vier davon nach Einbruch der Dunkelheit. Nur Jamal war am Tag gestorben.

Sie dachte an Joe Kramer und die Investition, für die er alles riskiert hatte, fand aber kein daraus ableitbares Motiv dafür, seine Frau aus einem vorbeifahrenden Auto zu erschießen. Das ergab alles überhaupt keinen Sinn! Schüsse auf Joe hätte sie noch verstehen können, die hätten bedeutet, im Erfolgsfall mit einem Investor weniger teilen zu müssen. Doch seine Frau zu töten brachte nichts. Außer die Schützen wollten Joe eine Botschaft zukommen lassen.

Sam richtete sich in ihrem Stuhl auf. „Cruz!"

Eine Minute später öffnete er die Tür. „Du hast gebrüllt, Lieutenant?"

„Joe Kramer."

„Was ist mit ihm?"

„Die Typen, in die er investiert hat, waren sauber, richtig?"

„Ja. Keine Vorstrafen."

„Wissen wir irgendetwas über dieses mysteriöse Projekt, an dem die arbeiten?"

„Damit haben wir uns nicht näher befasst."

„Vielleicht sollten wir das tun. Was, wenn jemand Joe durch die Erschießung seiner Frau was mitteilen wollte?"

„Möglich, aber sag mir: Was haben die anderen vier Opfer mit dieser Botschaft an Joe zu tun?"

„Vielleicht gar nichts. Möglicherweise waren sie Kollateralschäden."

Freddie dachte eine Weile darüber nach. „Ich finde das sehr weit hergeholt. Wenn der Mord an Melody durch Kollateralschäden getarnt werden sollte, hätten dazu die Opfer in der ersten Nacht gereicht. Warum haben sie dann heute Nacht weitergemacht?"

Dieses gute Argument nahm ihr die Luft aus den Segeln.

„Ich kann bestätigen, dass Sergeant Offenbach am Samstag in dem Hotel in Philadelphia ein- und bisher nicht wieder ausgecheckt hat", informierte Freddie sie.

„Das bedeutet, dass er am Samstag dort war. Es heißt allerdings nicht, dass er immer noch dort ist."

„Was willst du jetzt tun?"

„Bitte Archie, Offenbachs Handy zu orten."

„Sam ... Der Mann ist ein hochdekorierter Polizist."

„Ich weiß, aber wir haben eine Sechsjährige, die tot im Leichenschauhaus liegt, weil sie mit ihrem Vater auf einem Spielplatz war. Orte dieses Handy, Freddie."

„Schon dabei." Er wandte sich ab und verließ den Raum.

Sam bereute ihren barschen Ton sofort. Sie würde sich entschuldigen müssen, weil sie ihren Frust bei ihm abgeladen hatte. Entschuldigungen fielen ihr immer schwer, doch wenn es nötig war, bekam sie das schon hin. Manchmal nervte es, erwachsen zu sein. Aber nicht immer – zum Beispiel, wenn sie Zeit mit ihrem sexy Ehemann verbringen konnte. Dann rockte Erwachsensein so richtig.

Ihr Strandurlaub schien ihr schon wieder Monate her zu sein. Die Erschöpfung setzte Sam immer mehr zu, und sie rieb sich das Gesicht und ging sich einen neuen Kaffee holen. An der Kaffeemaschine im Großraumbüro traf sie zu ihrer Überraschung Cameron Green an, der sich gerade eine Tasse einschenkte. „Was tun Sie denn hier?"

„Ich habe das mit dem toten Mädchen gehört und bin hergekommen, um zu sehen, ob ich mich nützlich machen kann."

„Das bringt Ihnen einen Haufen Punkte, Detective", versicherte ihm Sam und nahm die Tasse Kaffee entgegen, die er ihr eingegossen hatte.

„Deswegen bin ich nicht hier."

„Das bringt Ihnen noch mehr Punkte." Sie rührte Milch und einen halben Teelöffel Zucker in ihren Kaffee. „Gibt es eine Mrs Green?"

„Nein. Es gibt nur mich und meinen Mops Jeffrey. Meine Nachbarin kümmert sich um ihn, wenn ich mal wieder Überstunden schieben muss."

„Ich finde es großartig, dass Sie einen Mops namens Jeffrey haben."

„Er ist wie ein Sohn für mich. Wenn wir es gerade mal nicht mit toten Kindern zu tun haben, zeige ich Ihnen Fotos von ihm. Er ist so hässlich, dass er schon wieder süß ist."

„Ich freue mich auf die Bilder."

„Reden wir über das tote Mädchen."

Sam berichtete ihm, was geschehen war und was sie bisher wussten – praktisch nichts. „Unsere Kolleginnen und Kollegen suchen nach dem Auto, das FBI befasst sich mit der Inlandsterrorismus-Theorie, und außerdem nehmen wir die Scharfschützen im näheren Umkreis unter die Lupe. Cruz und ich brechen bald auf, Sie können gern mitkommen."

„Mit Vergnügen."

„Ich weiß es wirklich zu schätzen, dass Sie schon so früh da sind."

„Kein Problem."

Dominguez und Carlucci betraten das Großraumbüro, und Sam winkte sie zu sich. „Detective Dani Carlucci und Detective Gigi Dominguez, das ist Detective Cameron Green."

Die drei schüttelten einander die Hand.

„Schön, Sie kennenzulernen", sagte Dominguez.

„Willkommen an Bord", fügte Carlucci hinzu.

„Ich freue mich, hier zu sein", entgegnete Green.

Sam beobachtete den Umgang der drei miteinander und ertappte sich bei dem völlig unangebrachten Gedanken, dass die große, vollbusige, muskulöse Carlucci und Green bestimmt sehr hübsche Kinder miteinander haben könnten. Allerdings war auch die kleinere Dominguez mit dem olivfarbenen Teint und den dunklen Haaren und Augen ein echter Hingucker.

Solche albernen Gedanken lenkten sie von der obsessiven

Erinnerung an den riesigen Blutfleck auf Vanessa Marchands Sonnenblumenkleid ab. Sie brauchte das. Sonst hätte sie schon lange den Verstand verloren.

„Was habt ihr für mich?", fragte Sam die beiden Ermittlerinnen von der Nachtschicht.

„Simpson, der frühere SEAL mit dem Kopftreffer aus Afghanistan, ist noch immer für eine ausgedehnte Reha-Maßnahme im Walter-Reed-Krankenhaus", berichtete Dominguez. „Wir haben mit ihm gesprochen, er kommt als Verdächtiger nicht infrage." Sie sah ihre Partnerin an, die zustimmend nickte. „Er ist körperlich nicht mehr in der Lage, ein solches Verbrechen zu begehen. Er sitzt im Rollstuhl und hat weitere Beeinträchtigungen."

„Vega haben wir nicht gefunden", fuhr Carlucci fort. „Unter der in seiner Akte angegebenen Adresse hat man uns gesagt, er sei vor über einem Jahr ohne Nachsendeadresse verzogen. Jetzt sind wir wieder hier, um da etwas tiefer zu graben."

„Gut, danke", lobte Sam. „Haltet mich auf dem Laufenden, was Vega betrifft. Wir kümmern uns um Sergeant Offenbach und den pensionierten Captain Wallack."

„Dylan Offenbach?", vergewisserte sich Carlucci.

„Ja. Kennst du ihn?"

„Wir waren zusammen auf der Akademie."

„Und wie war dein Eindruck?"

„Ein fleißiger, sich genau an die Vorschriften haltender Familienmensch. Er und seine Frau haben mindestens vier Kinder, glaube ich."

„Angeblich ist er auf einer Konferenz in Philadelphia", berichtete ihr Sam.

„Dann ist er da sicher auch."

„Das prüfen wir gerade, um ihn abhaken zu können. Aber ich möchte nicht, dass diese Überprüfung unserer eigenen Leute in den Berichten auftaucht."

„Alles klar. Verstanden."

„Green, lassen Sie uns Detective Cruz finden und dem pensionierten Captain Wallack einen Besuch abstatten."

„Um halb drei morgens?", wollte Green wissen.

„In unserer Stadt bringt jemand Unschuldige um", antwortete Sam. „Mir ist egal, wie spät es ist."

Green lächelte. „Na dann."

„Willkommen bei der Mordkommission", seufzte Dominguez mit einem Grinsen. „Wo Lieutenant Holland aus ihrem Herzen keine Mördergrube macht."

„Ich höre, dass ihr hinter meinem Rücken über mich redet", verkündete Sam, während sie ihre Schlüssel aus dem Büro holte.

Auf dem Weg Richtung Gerichtsmedizin kam Freddie mit Archie die Treppe herunter. „Ah", sagte Freddie. „Da ist sie. Jetzt kannst du es ihr selbst erklären."

„Was erklären?", fragte Sam.

„Ich fühle mich nicht wohl dabei, ohne einen verdammt guten Grund das Telefon eines unbescholtenen Mitglieds dieser Behörde zu orten", teilte Archie ihr mit.

„Komm mit." Sam ging Richtung Gerichtsmedizin, und die drei Männer folgten ihr in den kalten, antiseptisch riechenden Raum, in dem Lindsey gerade die Autopsie an Vanessa Marchand vornahm. Die Kugel hatte ihr die Brust zerfetzt.

Sam wandte sich Archie zu. „Sie ist ein verdammt guter Grund."

„Was läuft hier, Leute?", fragte Lindsey, ohne von der Arbeit aufzublicken.

„Lieutenant Holland möchte, dass Lieutenant Archelotta Sergeant Offenbachs Handy ortet, um zu überprüfen, ob er wirklich in Philadelphia ist und damit nicht unser Todesschütze sein kann", unterrichtete Cruz sie. „Habe ich irgendwas vergessen?"

Sam funkelte Archie an, der ihren Blick genauso finster erwiderte, und antwortete: „Nein. Das fasst es ganz gut zusammen. In diesem Fall ist jeder verdächtig, bis das Gegenteil bewiesen ist. Orte jetzt dieses verdammte Handy, Archie."

„Ich mache es, aber wenn das hinterher für jemanden Ärger bedeutet, dann für dich, nicht für mich. Ich war dagegen."

„Kapiert. Dann erwischt es mich, damit kann ich leben."

Nach einem weiteren finsteren Blick zu ihr machte Archie auf dem Absatz kehrt und verließ den Raum.

19

„Typisch ich", seufzte Sam. „Wo immer ich hinkomme, ich mache mir sofort Freunde."

„Das ist dein Spezialtalent", pflichtete Freddie ihr bei.

Green versuchte, sein spontanes Lachen durch ein Räuspern zu überspielen.

Sam zwang sich, Vanessas Gesicht zu betrachten, um nicht zu vergessen, warum sie alles Erforderliche tat, um die Mörder dieses kleinen Mädchens zu fassen, selbst wenn sie dafür ihre Kollegen gegen sich aufbringen musste.

„Hast du irgendwas für mich?", fragte sie Lindsey.

„Eine interessante Sache. Die Kugel hat ihren Körper komplett durchschlagen."

„Sie liegt also irgendwo rum." Sam zückte ihr Handy und rief Lieutenant Haggerty an, den Leiter der Spurensicherer, die am Tatort des Mordes an Vanessa Marchand arbeiteten. Als er abnahm, wiederholte Sam Lindseys Worte: „Die Kugel hat ihren Körper komplett durchschlagen. Sie müssen sie für mich finden."

„Wir kümmern uns darum." Er klang gehetzt und gestresst. Diese Wirkung hatte ein totes Kind selbst auf die besten Polizisten.

„Halten Sie mich auf dem Laufenden." Sam klappte ihr Handy zu. „Auf geht's."

Freddie und Green folgten ihr aus der Gerichtsmedizin in die drückende Hitze.

„Wir brauchen ein großes, fettes Gewitter, um diese Luftfeuchtigkeit loszuwerden", stellte Sam fest, während sie zu ihrem Auto vorausging.

„Gibt es eigentlich auch magere Gewitter?", fragte Freddie und schwang sich auf den Beifahrersitz. Green stieg hinten ein.

„Du weißt, was ich meine", erwiderte Sam. „Diese gottverdammte Hitze saugt mir jegliche Lebensenergie aus."

„Ich habe dich schon mehrfach gebeten, den Namen des Herrn nicht zu missbrauchen, Lieutenant", tadelte Freddie in dem strengen Tonfall, in dem er immer mit ihr schimpfte.

„Ja, und ich habe dir darauf geantwortet, dass ich gottverdammt noch mal sage, was ich will, und zwar wann immer ich es will."

Freddie schnalzte missbilligend mit der Zunge und drehte die Klimaanlage voll auf. „Du befindest dich auf direktem Weg in die Hölle."

„Da bin ich wenigstens in guter Gesellschaft."

Die Kabbelei half ein wenig gegen den Stress des aktuellen Falls. Es war allemal besser, mit ihm herumzuzanken, als immer wieder Vanessa auf dem Autopsietisch zu sehen.

„Wenn du mich schon die Nacht durcharbeiten lassen willst, wirst du mich irgendwann füttern müssen."

„Hast du nicht zu Abend gegessen?"

„Das ist Stunden her. Wie du weißt, befinde ich mich noch im Wachstum und habe einen unstillbaren Appetit."

„Ekelhaft", murmelte Sam.

„Sind Sie beide immer so unterhaltsam?", erkundigte sich Green amüsiert.

„Was?", fragte Sam verblüfft.

„Ich glaube, er findet uns witzig", erläuterte Freddie langsam, wie man mit einem sehr alten, sehr jungen oder geistig zurückgebliebenen Menschen sprechen würde.

„Hm", meinte Sam. „So sind wir nun mal."

„Witzig", beharrte Green.

„Glauben Sie, ich habe es leicht?", wollte Freddie von ihm wissen.

„Auf jeden Fall", mischte sich Sam ein. „Du hast die beste Partnerin, die der Laden zu bieten hat."

„Oh, okay. Wenn du meinst, Lieutenant." Seine Stimme troff vor Sarkasmus, was Sam ungeheuer stolz machte. Sie hatte ihm alles über die feine Kunst des Sarkasmus beigebracht, was sie wusste.

„Ja, das sage ich, und wie wir alle wissen, gilt das, was ich sage."

Freddie schaute zu Green auf dem Rücksitz und verdrehte die Augen. „Sie ist ein bisschen eingebildet", flüsterte er. „Doch daran gewöhnt man sich. Früher oder später."

„Er hat die Bedeutung des Wortes ‚Insubordination' vergessen. Aber die fällt ihm wieder ein. Früher oder später."

Green lachte weiter über ihr Geplänkel.

Sam warf ihm im Rückspiegel einen Blick zu. „Ich hoffe, Sie wissen, dass dieses Geblödel kein Ausdruck von Respektlosigkeit gegenüber den Opfern ist. Es ist unsere Art, damit fertigzuwerden."

„Das ist mir völlig klar. So habe ich mit meinem Partner in Fairfax County auch immer geredet. Sonst übersteht man die harten Tage nicht."

„Genau." Sam zögerte, dann fügte sie hinzu: „Ich hoffe, Sie werden ähnliche Umgangsformen mit Sergeant Gonzales entwickeln können, selbst wenn das Zeit brauchen wird. Es geht ihm schon besser als unmittelbar nach Arnolds Ermordung, aber er ist noch lange nicht wieder der Alte."

„Ich kann mir nicht einmal ansatzweise vorstellen, was er durchgemacht hat. Das Ganze muss ja direkt vor seinen Augen passiert sein."

„Es war außerdem das erste Mal, dass er es Arnold überlassen hat, einen Verdächtigen anzusprechen", fügte Freddie hinzu.

„Mein Gott", murmelte Green.

„Bitte achten Sie auf Ihre Wortwahl, Detective", tadelte Freddie.

„Unser kleiner Cruz ist ein frommer Christ", erklärte Sam.

„Du sagst das, als wäre es eine Geschlechtskrankheit oder so", erwiderte Freddie vorwurfsvoll.

„Niemals! Haben meine Worte geklungen, als hielte ich den christlichen Glauben für eine Geschlechtskrankheit?", fragte Sam Green.

„Kein Kommentar."

„Sie sollten Detective Cruz bei Gelegenheit mal nach seinem Keuschheitsgelübde fragen", stichelte Sam weiter. „Das ist eine wirklich interessante Geschichte."

„Halt den Mund, Sam", knurrte Freddie leise.

„Was denn? Ich helfe unserem neuen Kollegen nur, uns besser kennenzulernen."

„Dann musst du ihm aber auch erzählen, dass du wilden Dschungelsex mit einem wichtigen Zeugen bei einer Mordermittlung hattest, den du anschließend geheiratet hast."

Sam lachte schnaubend, denn die Retourkutsche war gut gewesen. „Gut gekontert, Detective."

„Ich sehe, ich muss noch viel lernen", meinte Green mit einem breiten Grinsen.

„Wir sind nicht gut darin, uns in Anwesenheit neuer Kolleginnen und Kollegen zu benehmen", erklärte Sam. „Ich entschuldige mich hiermit im Voraus für die rund hundert verschiedenen Arten und Weisen, auf die ich Sie im ersten Monat vermutlich traumatisieren werde."

„So leicht traumatisiert man mich nicht. Ich habe vier ältere Schwestern. Hauen Sie rein."

„Oje", stieß Freddie hervor. „Vier ältere Schwestern? Das muss die Hölle gewesen sein."

„Sie machen sich kein Bild. Nichts, was Sie sagen oder tun, könnte mich noch schockieren."

„Oh, da wäre ich mir nicht so sicher", entgegnete Freddie. „Unser Lieutenant ist überaus talentiert, wenn es darum geht, andere zu schockieren und in Erstaunen zu versetzen."

„Wow", meinte Sam und tat, als tupfe sie sich Tränen ab. „Jetzt bin ich gerührt. Ich hatte keine Ahnung, dass du so über mich denkst."

„Sind wir bald da?", fragte Freddie kühl.

„Gleich. Übrigens, Detective Green, nehmen Sie sich für den nächsten Samstagabend nichts vor, da ist der Junggesellenabschied von Freddie hier. Wir haben einiges vorbereitet, darunter strippende Liliputanerinnen, ein Latex-Outfit für den Bräutigam, eine unerwünschte Intimrasur, um ihn für die Hochzeitsnacht vorzubereiten, eine Sexspielzeug-

Vorführung, weil unser kleiner Freddie sich mit so etwas nicht auskennt, Lapdances und noch viele weitere Programmbeiträge, die Sie sich nicht entgehen lassen sollten."

„Nach dieser Beschreibung möchte ich das um nichts in der Welt verpassen."

„Ich werde nicht da sein", verkündete Freddie. „Viel Spaß."

„Du *wirst* da sein", stellte Sam klar.

„Nein."

„Er vergisst immer, wer hier das Sagen hat."

„Du bestimmst nicht über mein ganzes Leben. Darüber haben wir schon gesprochen."

„Ich glaube, ich habe dich bei dem Gespräch daran erinnert, dass ich dein Boss bin. Von daher wirst du sein, wo ich dich hinbestelle, und zwar pünktlich, sonst machst du für den Rest dieses heißen Sommers Verkehrskontrollen."

„Ich hasse dich."

„Er war früher so ein braver, frommer Junge, Detective Green. Ich weiß nicht, was ich falsch gemacht habe."

„Doch, das weißt du sehr genau", widersprach Freddie. „Du bist schuld an alldem."

„Er liebt mich so, dass er mich gebeten hat, seine Trauzeugin zu sein."

„Der größte Fehler meines Lebens."

Green saß auf dem Rücksitz und bebte vor Lachen.

„Bitte sag mir, dass wir bald da sind", bat Freddie. „Diese Fahrt fühlt sich an wie reine Folter."

„Ja."

Sam hielt vor dem Haus an, dessen Adresse man ihnen gegeben hatte. Es lag in einer Seitenstraße der Montana Avenue. Durch das Beifahrerfenster betrachtete sie das schindelverkleidete Reihenhaus, das um kurz nach drei Uhr morgens völlig finster war. „Dann mal los."

Sie gingen vom Bürgersteig durch ein offenes Tor zur Haustür, wo Sam klingelte und dann anklopfte. „Metro PD", rief sie und hoffte, dass jemand drinnen sie hören würde. Als niemand kam und alles still blieb, klingelte und klopfte sie erneut.

Nach etwa fünf Minuten wurde das Verandalicht eingeschaltet und die Tür aufgeschlossen. Sie öffnete sich, und eine Frau mittleren Alters in einem Morgenmantel stand vor ihnen. Kaum hatte sie die drei gesehen, brach sie in Tränen aus.

Sam warf Freddie einen Blick zu, öffnete die Sturmtür und fing die Frau auf, die ihr entgegenfiel. *Was zum Teufel ...?* Freddie half ihr, und gemeinsam verfrachteten sie sie ins Haus zurück, wobei sie weiter haltlos schluchzte.

„Kenny! O Gott, haben Sie ihn gefunden? Sagen Sie mir, dass Sie ihn gefunden haben! Ist er tot?" Sie klammerte sich so heftig an Sams Oberteil, dass die am Ausschnitt die Naht reißen hörte.

Freddie griff ein, löste die Hand der Frau von dem Stoff und schob sie auf einen Stuhl. „Ma'am, Sie müssen sich beruhigen."

„Bitte sagen Sie es mir einfach", wimmerte sie. „Er ist tot, nicht wahr?"

„Wenn Sie den früheren MPD-Beamten Captain Kenneth Wallack meinen", antwortete Sam, „dann gibt es aus unserer Sicht nichts, was darauf hindeutet. Eigentlich wollten wir zu ihm."

Die Frau starrte Sam an, als hätte sie in einer unbekannten Sprache zu ihr gesprochen. „Aber er ist verschwunden. Ich habe ihn vor zwei Wochen als vermisst gemeldet."

Ein flaues Gefühl überkam Sam. „Bei wem?"

„Conky."

Als sie Deputy Chief Conklins Spitznamen hörte, wurde Sams flaues Gefühl zu ausgewachsener Übelkeit.

„Fangen Sie von vorn an", bat Sam. „Nennen Sie uns Ihren Namen, und erzählen Sie uns alles, was Sie Deputy Chief Conklin mitgeteilt haben."

„Mein Name ist Leslie Wallack, und mein Mann Kenny ... ist verschwunden. Ich habe ihn seit über zwei Wochen nicht mehr gesehen."

„Ist es ungewöhnlich für ihn, einfach so zu verschwinden?"

„O ja! Er geht nirgendwohin, ohne sich bei mir abzumelden und mir zu sagen, wann er wieder da sein wird."

„Wo war er am Tag seines Verschwindens?"

„Dienstagsmorgens leitet er immer eine Gruppe der Anonymen Alkoholiker. Er hat gegen neun das Haus verlassen und ist seitdem nicht zurückgekommen. Ich habe den ganzen Nachmittag über versucht, ihn zu erreichen, und als es dunkel wurde, habe ich Conky angerufen. Kenny hat immer gesagt, ich solle ihn kontaktieren, wenn ich Hilfe bräuchte und er gerade nicht da sei."

„Was ist dann passiert?" Sams Herz raste, und ihre Hände waren schweißnass, während sich ihr angesichts dessen, was das bedeuten mochte, die Brust zuschnürte.

„Er ist hergekommen, und ich habe ihm alles erzählt, was ich Ihnen gerade berichtet habe. Conky hat gemeint, ich solle mir keine Sorgen machen, er werde sich darum kümmern."

„Haben Sie seither noch einmal mit ihm gesprochen?" Sam spürte Freddies und Camerons Anspannung, was ihre eigene nur weiter erhöhte.

„Er hat sich jeden Tag bei mir gemeldet. Conky hat versprochen, dass die Polizei alles in ihrer Macht Stehende tut, um Kenny zu finden, und dass alles gut wird. Aber jetzt tauchen Sie mitten in der Nacht auf, und da habe ich gedacht ... da habe ich das Schlimmste gedacht."

„Tut mir leid, wenn wir Sie erschreckt haben", entschuldigte sich Sam.

„Sie haben gesagt, Sie wollten mit Kenny sprechen", erinnerte sie sich stockend. „Wieso suchen Sie ihn hier, wenn Sie doch wissen, dass er verschwunden ist?"

Gute Frage, dachte Sam, der darauf einfach keine zufriedenstellende Antwort einfallen wollte. „Ich war im Urlaub und hatte noch nichts von seinem Verschwinden gehört."

„Oh."

„Dann wollen wir Sie nicht weiter stören, aber ich sorge dafür, dass sich jemand bei Ihnen meldet, sobald wir mehr wissen."

„Das wüsste ich sehr zu schätzen. Ich ... ich wollte Sie schon immer kennenlernen, allerdings hätte ich nicht gedacht, dass das auf diese Weise passiert. Kenny ... hatte so eine hohe Meinung von Ihnen – und Ihrem Vater."

„Es freut mich, das zu hören. Mein Vater schätzt ihn auch sehr."

Leslie packte Sam am Arm. „Finden Sie ihn. Bitte finden Sie ihn."

„Wir werden tun, was wir können", versprach Sam.

Sie verließen das Haus, und sobald Sam hörte, wie sich der

Schlüssel wieder im Schloss drehte, fragte sie: „Was zum Teufel war das gerade?"

„Äh, ich hatte gehofft, das könntest du mir sagen", antwortete Freddie.

„Conky ist vermutlich Deputy Chief Conklin?", erkundigte sich Cameron.

„Ganz genau."

„Was zum Teufel tun wir mit dieser Information?", wollte Freddie wissen.

„Ich habe keine Ahnung. Lass mich nachdenken." Mit gesenktem Kopf entfernte sie sich ein Stück von ihren beiden Kollegen. Ihre Gedanken überschlugen sich. Ihr fiel ein Ratschlag wieder ein, den ihr Vater ihr an dem Tag gegeben hatte, an dem sie die Akademie abgeschlossen hatte. „Wenn du über etwas stolperst, das deine Vorgesetzten wissen sollten", hatte er ihr mit auf den Weg gegeben, „sag es ihnen sofort. Wenn du abwartest, gefährdest du dich und deine Karriere." Skips Stimme noch im Ohr, rief sie Captain Malone an.

„Was gibt's?", fragte der.

„Gerade ist etwas Seltsames passiert."

„Definieren Sie ‚seltsam'."

Sam berichtete ihrem Captain von der Begegnung mit Leslie Wallack.

Totenstille.

„Captain? Haben Sie mich gehört?"

„Ja."

„Haben Sie gewusst, dass Wallack verschwunden ist?"

„Nein."

„Warum hat Conklin niemanden darüber in Kenntnis gesetzt?"

„Keine Ahnung. Wie schnell können Sie im Hauptquartier sein?"

„In zehn Minuten."

„Wir treffen uns im Büro des Chiefs."

„Ist er da?", erkundigte sich Sam, überrascht, dass der Polizeichef mitten in der Nacht im Gebäude war.

„Er ist hergekommen, nachdem er von dem erschossenen Mädchen erfahren hatte."

„Ich bin gleich da." Sie hätte Malone gern gefragt, ob er fürchtete, diese Sache mit Conklin könnte ihnen um die Ohren fliegen, aber sie sparte sich das. Sie würde es ohnehin bald herausfinden.

„Was hat er gesagt?", wollte Freddie wissen.

„Er hat mich gebeten, mich in Farnsworths Büro mit ihnen zu treffen, wenn wir wieder da sind. Der Chief ist vor Ort, weil er das mit Vanessa gehört hat."

„Verdammt", fluchte Freddie. „Bei der Besprechung würde ich ja gern Mäuschen spielen."

„Es versteht sich wohl von selbst, dass das unter uns bleibt. Der Chief entscheidet über unsere weitere Vorgehensweise."

„Von mir wird es niemand erfahren", versicherte Freddie.

„Von mir ebenfalls nicht", schloss sich Cameron an.

„Danke. Wenn wir wieder im Hauptquartier sind, überprüft bitte, ob Carlucci und Dominguez inzwischen Carlos Vega aufgespürt haben, und dehnt dann unsere Scharfschützensuche über die Hauptstadt hinaus aus."

„Wird gemacht", bestätigte Freddie. „Darf ich irgendwann auch mal ein bisschen schlafen?"

„In ferner Zukunft", versprach Sam und unterdrückte ein Gähnen.

„Warum bloß habe ich mit dieser Antwort schon gerechnet?"

Ein paar Minuten später waren sie wieder auf dem Revier.

„Ein seltsamer Anblick – wir sehen unseren Arbeitsplatz nur selten nicht von Medienvertretern belagert", stellte Sam fest.

„Selbst die dürfen nachts schlafen", beschwerte sich Freddie. „Wir haben den falschen Beruf."

„Nein", widersprach Sam. „Genieß die Ruhe und den Frieden, solange es geht." In der Lobby trennten sie sich. „Ich melde mich nach dem Gespräch mit dem Chief."

„Viel Glück", wünschte Freddie.

20

Sam begab sich zum Büro des Chiefs und musste dazu sein Vorzimmer durchqueren, wo tagsüber seine Sekretärin Helen Wache saß. Sam klopfte an die geschlossene Tür und wartete, bis sie aufgefordert wurde, einzutreten. Drinnen war die komplette Führungsriege der Polizei versammelt, auch Conklin. Vor Sorge hatte Sam Magenschmerzen, während sie versuchte, sich eine Strategie zurechtzulegen. Captain Malone nickte ihr ermutigend zu, was sie sehr zu schätzen wusste.

„Meine Herren", begann sie und fragte sich unwillkürlich, warum es sich eigentlich nur um Männer handelte. Es war höchste Zeit für etwas Östrogen auf dieser Hierarchieebene.

„Lieutenant", begrüßte Farnsworth sie mit undurchdringlicher Miene. „Wie ich hörte, haben Sie neue Informationen im Fall der Todesschüsse."

„Sir, ich bin nicht sicher, ob da ein Zusammenhang besteht, aber ich habe auf jeden Fall neue Informationen. Ich komme gerade von Leslie Wallack", sagte Sam und beobachtete Conklin, um irgendwelche Regungen in seinem Gesicht zu sehen. Es gab keine.

„Ich dachte, ich hätte Ihnen mitgeteilt, dass das eine Sackgasse ist", entgegnete Farnsworth, und Sam fragte sich, ob auch er gewusst hatte, dass Wallack schon seit zwei Wochen als vermisst gemeldet war.

„Ja, Sir, Sie haben Captain Wallacks ausgezeichneten Ruf erwähnt, den ich achte und bewundere. Doch irgendjemand in unserer Stadt, der Fertigkeiten wie die besitzt, für die Captain Wallack in seiner aktiven Zeit bei der Polizei bekannt war, knallt Leute ab. Ich wollte mit ihm sprechen, um ihn als möglichen Verdächtigen auszuschließen und ihn zu fragen, wer außer ihm in der Lage ist, Opfer aus einem schnell fahrenden Wagen mit derart tödlicher Genauigkeit zu treffen."

Farnsworth starrte sie an, ohne zu blinzeln.

Sam fühlte sich von ihrem Onkel Joe unwillkürlich etwas eingeschüchtert.

„Was haben Sie herausgefunden?", fragte Farnsworth.

Sam schluckte schwer, holte tief Luft und berichtete dann, was ihr Leslie Wallack erzählt hatte. Als sie fertig war, sahen alle, auch Farnsworth, der von Sams Worten ehrlich überrascht zu sein schien, Conklin an. Gott sei Dank.

„Lieutenant Holland hat recht. Leslie hat Kenny vor zwei Wochen bei mir als vermisst gemeldet", räumte Conklin ein.

„Warum wissen wir alle nichts davon?", wollte Farnsworth von seinem Stellvertreter wissen.

Sam versuchte, sich nicht auf ihrem Stuhl zu winden, so unangenehm war es ihr, Zeugin zu werden, wie der Chief einen ihr vorgesetzten Beamten ins Visier nahm.

„Ich habe auf eigene Faust Ermittlungen angestellt", erwiderte Conklin. „Kennys Alkoholproblem ist ja allgemein bekannt. Ich wollte mich zunächst vergewissern, dass er nicht rückfällig geworden ist oder etwas getan hat, was seinen Ruf schädigen könnte."

„Lieutenant, Sie sagten, als seine Frau ihn das letzte Mal gesehen hat, ist er zu einem Treffen der AA aufgebrochen, richtig?"

„Ja, Sir."

Farnsworth richtete seinen Blick wieder auf Conklin. „Wie kommen Sie darauf, dass er rückfällig geworden sein könnte, obwohl er ein Treffen der AA leitet?"

„Das bedeutet gar nichts. Er ist ein guter Mann, der eine schwere Zeit hinter sich hat. Ich hatte gehofft, ihn zu finden, ohne gleich alles an die große Glocke hängen zu müssen."

„Das kann ich für einen Tag als Entschuldigung gelten lassen, aber nicht für zwei Wochen", erklärte Farnsworth.

„Ich wollte heute mit Ihnen darüber reden", behauptete Conklin und betrachtete Sam dabei mit unverhohlener Feindseligkeit, das erste Gefühl, das er überhaupt zeigte.

Na fabelhaft.

„Schauen Sie sie nicht an, als sei das ihre Schuld", tadelte ihn Farnsworth scharf. „Ein früherer Kollege ist seit vierzehn Tagen verschwunden. Wie konnten Sie das so lange für sich behalten?"

„Ich habe versucht, mich um einen Freund zu kümmern", entgegnete Conklin. „Eine andere Rechtfertigung habe ich nicht."

Dieser Aussage folgte eine lange, unangenehme Stille.

Sam brach der Schweiß aus. Irgendwann verkündete Farnsworth: „Ich möchte gern unter vier Augen mit Deputy Chief Conklin sprechen."

„Jawohl, Sir", beeilte sich Sam zu sagen und zog sich schleunigst zurück.

Malone folgte ihr. „Was um alles in der Welt ...?", murmelte er.

„Das wollte ich auch gerade fragen, Captain. Seit ich bei der Polizei arbeite, habe ich noch nie etwas so Unangenehmes erlebt, und das will etwas heißen."

„Ganz recht."

„Was glauben Sie, wie der Chief reagiert?"

„Es würde mich überraschen, wenn er ihn nicht suspendiert."

„Wirklich?"

„Wie denn nicht? Er hat uns allen vorenthalten, dass ein früherer Kollege seit zwei Wochen verschwunden ist. Wir hätten ihn suchen sollen, wussten jedoch nicht einmal, dass er vermisst wird. Der Chief darf das nicht einfach durchgehen lassen."

Sam seufzte tief. „Daran wird Conklin mir die Schuld geben."

„Kann er versuchen, aber es wird nicht klappen. Das hat er ausschließlich sich selbst zuzuschreiben."

„Was machen wir mit Wallack? Suchen wir nach ihm?"

„Ich werde mit dem Chief reden, sobald er mit Conklin fertig ist, und besprechen, was wir tun sollen."

„Sagen Sie mir eins: Glauben Sie, es ist Zufall, dass einer der besten Schützen, die je für diese Behörde gearbeitet haben, unmittelbar vor einer Reihe tödlicher Schüsse aus fahrenden Autos verschwindet?"

„Ich hoffe es zumindest", erwiderte er, doch seine Miene verriet seine Sorge.

„Sir, ich begebe mich wieder an die Arbeit. Lassen Sie mich wissen, wie es hier weitergeht." Sie deutete auf das Büro des Polizeichefs.

„Okay."

Wegen der ganzen Sache mit Conklin tief besorgt, kehrte Sam ins Großraumbüro zurück. „Wie weit sind wir mit der Suche nach Carlos Vega?", fragte sie in die Runde.

„Bisher haben wir kein Glück gehabt", antwortete Dominguez, „aber Archie hat gerade eine interessante Information vorbeigebracht." Sie reichte Sam einen Zettel. „Die Handy-Ortung bei Offenbach hat ergeben, dass er am Wochenende *nicht* in Philadelphia war."

„Einfach fantastisch." Sie überflog die Info auf dem Zettel, die vor ihren Augen verschwamm, als trieben die Buchstaben auf einer Wasseroberfläche. Verfluchte Dyslexie. Die Erschöpfung machte sie noch schlimmer. „Wo war er?"

„Atlantic City", teilte ihr Carlucci mit.

„Er checkt also in einem Hotel in Philadelphia ein und fährt dann nach Atlantic City weiter?", fragte Sam. „Was zum Teufel soll das?"

„Wir dachten, du würdest das vielleicht gern mit Nickelson besprechen", meinte Dominguez.

„Ja, gute Idee. Ich werde mit ihm reden und herausfinden, wann Offenbach wieder hier erscheinen muss."

Malone betrat das Großraumbüro. „Unser Schütze hat wieder zugeschlagen."

∽

DIE TÖDLICHE KUGEL HATTE JIAN CHANG, VIERUNDDREIßIG, Krankenpfleger im GW, erwischt, als er nach seiner Schicht, die um drei Uhr morgens geendet hatte, auf der 23rd Street Northwest auf dem Heimweg gewesen war. Sie hatte ihn am Hinterkopf getroffen, und er war höchstwahrscheinlich sofort tot gewesen.

Sam wies Freddie an: „Ruf die Zentrale an, und finde heraus, wer den Toten gemeldet hat."

Er entfernte sich, um ihrer Bitte nachzukommen.

Sam trat zur Leiche, um sie sich anzuschauen. Der Hinterkopf des Mannes war zertrümmert, Blut und Hirnmasse befanden sich auf dem Bürgersteig. Er trug blaue Krankenhauskleidung und Laufschuhe, und um seinen Hals baumelte seine ID-Karte, von der der Streifenpolizist seinen Namen und sein Geburtsdatum abgelesen hatte.

„Detective Green."

„Ja, Ma'am?"

„Kontaktieren Sie Lieutenant Archelotta. Sein Team soll sich die Überwachungsaufnahmen aus dieser Gegend ansehen." Sie reichte ihm ihr Handy. „Die Nummer ist in der Kontaktliste."

„Okay." Er nahm das Handy und ging ein Stück beiseite, um zu telefonieren.

Freddie kam zurück. „Die Zentrale sagt, ein unbekannter Anrufer habe die Schüsse durchgegeben."

„Ich frage mich, ob unser Schütze anfängt, seine eigenen Taten zu melden. Sag Green, er soll Archie fragen, ob er die Nummer des Anrufers herausfinden kann."

Während Freddie zu Green hinübereilte, hockte sich Sam neben das Opfer, das den Rucksack noch auf dem Rücken hatte. Sam begann darin nach einer Brieftasche zu suchen, in der sich möglicherweise ein Ausweis befinden mochte. Der Boden unter ihr schwankte und zwang sie, sich abzustützen, um nicht umzufallen. Sie schüttelte den Kopf, kämpfte gegen die Müdigkeit und Erschöpfung an und durchforstete die Habseligkeiten des Toten, bis sie auf sein Portemonnaie stieß.

„Haben Sie eine Taschenlampe?", fragte sie den Streifenpolizisten.

„Natürlich, Ma'am." Er schaltete sie ein und reichte sie ihr.

In ihrem Licht schrieb Sam vom Führerschein des Mannes seine Adresse ab. Er wohnte ganz in der Nähe, weswegen er wahrscheinlich trotz der Warnungen, die Straße zu meiden, bis der Täter gefasst war, zu Fuß unterwegs gewesen war. Warum ein Taxi oder das eigene Auto nehmen, wenn man nur ein paar Blocks von seiner Arbeitsstätte entfernt wohnte? Vielleicht hatte der

Schütze vom Schichtwechsel im Krankenhaus um drei Uhr morgens gewusst und sich deshalb diese Gegend ausgesucht.

Ein paar Minuten später traf der stellvertretende Leiter der Gerichtsmedizin, Dr. Byron Tomlinson, ein und trat zu Sam, nachdem er das Flatterband überwunden hatte. „Langsam wird's lächerlich."

„Es war schon nach dem ersten Opfer lächerlich", knurrte Sam.

„Sehe ich auch so."

„Sorry. Das klang schroffer, als es gemeint war. Dieser Fall ist einfach nervenaufreibend."

„Für uns alle."

Sam wartete, bis die Ermittler von der Spurensicherung ihre Fotos gemacht hatten und Tomlinson und sein Team Mr Chang für den Transport ins Leichenschauhaus eingeladen hatten. Dann überließ sie den Tatort der Spurensicherung. Sie ging zum Auto, wo Cruz und Green telefonierten, und einen knappen Meter von ihnen entfernt wurde ihr schwindlig.

Green packte sie am Arm, sonst wäre sie zu Boden gestürzt. „Vielleicht ist es Zeit, für heute Schluss zu machen, Lieutenant."

„Ja, wahrscheinlich." Manchmal nervte es total, einfach nur ein Mensch zu sein. Doch es würde niemandem etwas bringen, wenn sie bäuchlings auf dem Asphalt landete, weil sie sich vor Müdigkeit nicht mehr auf den Beinen halten konnte. Sie nahm Green ihr Handy aus der Hand und rief Gonzo an.

„Raus aus den Federn", sagte sie, als er sich meldete. „Es hat heute Nacht zwei weitere Opfer gegeben, und ich kann nicht mehr. Du musst übernehmen."

„Ich bin in einer halben Stunde da."

„Danke." Dann rief Sam Jeannie McBride an. „Tut mir leid, dass ich dich wecke, aber es gibt weitere Opfer, und ich brauche dich."

„Ich komme."

„Fahren wir zum Hauptquartier, um sie ins Bild zu setzen, und dann gehen wir nach Hause und schlafen ein paar Stunden", schlug Sam Freddie vor. An Green gewandt fügte sie hinzu: „Es wäre gut, wenn Sie bis Mittag bleiben könnten."

„Kein Problem."

„Danach fahren Sie nach Hause und schlafen sich aus. Wir müssen jetzt durcharbeiten, bis wir Erfolge vorweisen können."

Malone wartete auf Sam, als sie das Polizeigebäude betrat. Er bedeutete ihr, ihm zu folgen.

„Wir sehen uns gleich im Großraumbüro", verabschiedete sie sich von Cruz und Green. „Bringt Gonzo und Jeannie auf den neuesten Stand, wenn sie kommen." In Malones Büro schloss sie die Tür. „Was gibt's?"

„Conklin ist suspendiert."

„Heilige Scheiße", flüsterte Sam.

„Ganz recht."

„Was bedeutet das?"

„Farnsworth ist stinksauer, weil Conklin Wallacks Verschwinden nicht ordnungsgemäß bearbeitet hat. Er möchte sich um sieben mit allen leitenden Beamten treffen, um zu erörtern, was wir tun können, um ihn zu finden."

„Ich brauche etwas Schlaf. Sonst kippe ich aus den Latschen." Sie schaute auf die Wanduhr – kurz vor fünf. Sie war seit dreiundzwanzig Stunden auf den Beinen. „Erzählen Sie mir später alles?"

„Ja, verziehen Sie sich. Ich habe vorhin ein bisschen geschlafen, ich kann die Dinge hier im Auge behalten."

„Früher mal konnte ich zwei Tage am Stück durcharbeiten."

„Wir werden alle nicht jünger."

„Haben Sie mich gerade alt genannt?"

„Ab nach Hause mit Ihnen, Lieutenant."

„Bin schon unterwegs." Sie war zu müde, um ihm zu widersprechen, was sie wirklich bedauerte. Ehe sie das Gebäude verließ, begab sie sich noch ins Großraumbüro, wo Gonzo und Jeannie inzwischen eingetroffen waren und von den anderen auf den neuesten Stand gebracht wurden.

„Cruz und ich gehen mal ein paar Stunden schlafen. Ich möchte, dass sich alle auf die Scharfschützenhypothese konzentrieren. Erweitert den Suchbereich über das Stadtgebiet hinaus, und findet Carlos Vega. Nehmt jeden Mitarbeiter jeder Polizeidienststelle unter die Lupe, der über die entsprechenden Fertigkeiten verfügt."

„Was ist mit Offenbach?", fragte Freddie. Sie hatten den

Sergeant auf Abwegen noch immer nicht aufgespürt.

„Ich rufe Nickelson an und bitte ihn festzustellen, wo sein Sergeant dieses Wochenende war. Er soll sich bei Gonzo melden, wenn er etwas herausfindet, was uns weiterhilft. Cruz, fahr jetzt nach Hause, und sei gegen Mittag wieder hier."

„Bin schon weg."

Sam hasste es, dass sie sich aus der Ermittlung zurückziehen musste, um ihrem Schlafbedürfnis nachzugeben, aber ihr blieb keine andere Wahl. Auf dem Heimweg rief sie Captain Nickelson zum ersten Mal auf seinem privaten Handy an.

„Nickelson."

„Captain, Lieutenant Holland hier."

„Was kann ich für Sie tun?"

„Wir müssen über Offenbach reden." Bei diesen Worten wand sie sich innerlich. Es fiel ihr schwer, Kollegen zu verpfeifen, aber es war schließlich nicht ihre Schuld, dass Offenbach nicht da gewesen war, wo sein Vorgesetzter ihn vermutet hatte. Als Kollegin, die ebenfalls Führungsverantwortung hatte, musste sie Nickelson darüber informieren.

„Über den haben wir doch schon gesprochen."

„Ja, aber wir haben ein wenig eingehender recherchiert und herausgefunden, dass er dieses Wochenende nicht in Philadelphia war."

„Wovon reden Sie? Er war da auf einer Konferenz. Das Hotel hat bestätigt, dass er eingecheckt hat."

Sam holte tief Luft. „Wir haben sein Handy in Atlantic City geortet."

Ihren Worten folgte Stille.

„Ähm, Captain?"

„Ich habe Sie gehört."

„Hoffentlich verstehen Sie das. Wir mussten ihn als potenziellen Verdächtigen abhaken."

„Ja, das verstehe ich. Ich kümmere mich darum."

Er unterbrach die Verbindung, ehe Sam ihn fragen konnte, ob er etwas für ihre Ermittlungen Relevantes herausgefunden hatte. Jetzt würde sie sich später noch einmal bei ihm melden müssen, obwohl sie das gar nicht wollte. Wie hatte dieser Fall dazu führen können, dass sie zwei Mitarbeiter des MPD auf Abwegen ertappte?

Ihre Beziehung zu Conklin, einem der früheren Kollegen ihres Vaters, war immer recht gut gewesen. Würde sie das jetzt immer noch sein?

„Verfluchte Scheiße", murmelte sie. Mit sich selbst zu reden hielt sie an den roten Ampeln, an denen sie auf dem Weg nach Hause ihre Fahrt unterbrechen musste, wach.

Sie wollte gerade beschleunigen, um die Kreuzung mit der D Street zu überqueren, als ein roter SUV bei Rot an ihr vorbeiraste. Sam sah den schnellen Wagen nur aus dem Augenwinkel, nahm aber trotzdem die Verfolgung auf und beschleunigte, um ihn einzuholen. Um den SUV nicht aus den Augen zu verlieren, umkurvte sie andere Fahrzeuge, während sie die Zentrale kontaktierte, um Verstärkung anzufordern. Als sie sich einer weiteren Kreuzung näherten, schaltete Sam ihr Blaulicht ein.

Der Fahrer des SUV bekam mit, dass er von der Polizei verfolgt wurde, und gab Gas. Dankenswerterweise herrschte um diese Uhrzeit nicht viel Verkehr, trotzdem wäre der Wagen mehrmals beinahe mit anderen Autos zusammengestoßen.

„Mach verdammt noch mal Platz!", schrie Sam ein kleines weißes Auto an, das sich zwischen sie und den SUV schob. Sie überholte, trat das Gaspedal bis zum Anschlag durch und hoffte, dass ihr kein Fußgänger vors Auto laufen würde. „Verdammt noch mal, wo bleibt meine Verstärkung?"

Sie waren jetzt auf der Maryland Avenue, und Sam hatte sich dem verfolgten Fahrzeug weit genug genähert, um den verblassten Aufkleber von der Towson University auf der Heckklappe zu sehen. Sie setzte einen zweiten, weit dringlicheren Funkspruch an die Zentrale ab. „Ich glaube, ich verfolge gerade das Tatfahrzeug der letzten beiden Anschläge. Brauche sofort Verstärkung Ecke Maryland und 14th Northeast."

Sam hörte, wie die Anfrage weitergegeben wurde, und betete, dass ein Streifenwagen in der Gegend war, der den SUV an der Kreuzung mit der 14th Street stoppen konnte. Sie schickte auch ein Stoßgebet zum Himmel, dass die Ampeln grün bleiben würden, damit niemand mehr sterben musste, ehe sie diese Dreckskerle schnappen konnten.

Kaum hatte sie diesen Gedanken beendet, da krachte etwas in die Fahrerseite ihres Wagens, und ihr wurde schwarz vor Augen.

21

Der Wecker hatte gerade geklingelt, als sich Nicks Handy meldete. Er warf einen Blick aufs Display, sah Captain Malones Namen und hatte in den zwei Sekunden, die er brauchte, um das Gespräch anzunehmen, beinahe einen Herzanfall. „Was ist los?", fragte er.

„Sam hatte einen Autounfall."

„Wie schlimm?"

„Weiß ich noch nicht."

Dass sie nicht selbst anrief, war kein gutes Zeichen. Nicks Hände zitterten, und seine Beine hätten unter ihm nachgegeben, wenn er nicht bereits auf dem Bett gesessen hätte. „Wo muss ich hin?"

„Sie bringen sie so schnell wie möglich ins GW."

„Was verschweigen Sie mir?"

„Sie schneiden sie gerade aus dem Auto."

„O mein Gott. Ist sie am Leben?"

„Der erste Streifenbeamte vor Ort konnte bestätigen, dass sie lebt, aber nicht bei Bewusstsein ist."

„Ich fahre sofort zum GW. Rufen Sie mich an, wenn Sie etwas Neues hören. Egal was, Captain."

„Mach ich. Tut mir leid, dass ich Ihnen diese Nachricht überbringen musste, Nick."

„Ich weiß." Nick beendete das Gespräch, rannte zur

Schlafzimmertür, riss sie auf und überraschte damit Melinda, die auf dem Gang Wache stand. „Ich muss sofort in die Notaufnahme des GW. Meine Frau hatte einen Autounfall."

„Ich sage Brant Bescheid, Mr Vice President, und wir schaffen Sie so schnell wie möglich hin."

„Keine Autokolonne", bestimmte Nick in einem Tonfall, der keinen Spielraum für Verhandlungen ließ. „Zwei Fahrzeuge. Unverzüglich."

„Jawohl, Sir."

Nick ging in Scottys Zimmer. Er setzte sich auf die Bettkante seines Sohnes und musste sich zwingen zu atmen. „Hey", sagte er und rüttelte den Jungen am Arm. „Wach auf."

„Noch nicht."

„Scotty."

Etwas an seinem Tonfall musste die Aufmerksamkeit seines Sohnes erregt haben, denn dieser öffnete die Augen und setzte sich auf. „Was ist denn?"

„Mom hatte einen Unfall."

Scotty sog scharf die Luft ein. „Geht es ihr gut?"

„Ehrlich gesagt weiß ich das nicht. Du musst aufstehen und dich anziehen. In fünf Minuten brechen wir zum GW auf."

„Ich ... ich darf mit?"

„Natürlich. Ich würde dich niemals so in die Schule schicken. Du würdest dir doch ohnehin nur den ganzen Tag Sorgen machen."

Scotty warf sich Nick in die Arme, der ihn an sich drückte. „Sie wird wieder gesund, oder?"

„Ich habe dir versprochen, dich nie anzulügen, deshalb werde ich es auch nicht tun. Ich weiß nicht, wie ihr Zustand ist, aber ich werde dir nichts verschweigen." Als Nick sich von Scotty löste, sah er, dass das Gesicht seines Adoptivsohns tränenüberströmt war, was ihm das Herz brach. „Sprich einfach ein Gebet für sie, okay?"

„Ich werde alle Gebete aufsagen, die ich kenne."

„Beeil dich. Ich will dort sein, wenn der Krankenwagen eintrifft."

„Alles klar."

Nick begab sich zurück in sein Schlafzimmer, um sich anzuziehen, nahm sich aber die Zeit, Freddie anzurufen.

„Nick? Hey, was geht?"

„Hast du schon gehört, dass Sam einen Unfall hatte?"

„Was? Nein. Wann? Ich habe sie doch gerade noch gesehen. Sie war auf dem Heimweg."

„Dann muss es auf dem Heimweg passiert sein. Sie versuchen gerade, sie aus dem Auto zu befreien und ins GW zu schaffen."

„Ich komme sofort hin."

„Sag mir Bescheid, wenn du etwas hörst, ja?"

„Natürlich. Sie wird schon wieder. Wir reden hier über Sam."

Nick war nicht sicher, wen genau Freddie zu beruhigen versuchte. „Ja, klar. Wir sehen uns dort." Er zog sich rasch an, schob seine Füße in Joggingschuhe, schnappte sich seinen Geldbeutel und rannte zur Tür, wobei er nach Melinda rief. Wenn seine Personenschützer nicht bereit waren, ihn sofort zu Sam zu bringen, würde er ihnen die Hölle heißmachen. Zum Glück war das nicht nötig.

Brant und Melinda standen mit Scotty an der Haustür, als Nick die Treppe herunterkam.

„Mr Vice President", sagte Brant, „wir bedauern das mit dem Unfall sehr und bringen Sie jetzt ins Krankenhaus."

„Danke." Das Herz schlug ihm bis zum Hals, während er Scotty vor sich her nach draußen und in den wartenden SUV schob. Wie gewünscht fuhren sie nur mit zwei Autos und gelangten schnell zum Krankenhaus. Als sie davor anhielten, traf gerade auch der Krankenwagen ein.

Nick sprang aus dem SUV und rannte zum Krankenwagen, ehe Brant ihn auffordern konnte zu warten. Scheiß drauf. Wenn Sam ihn brauchte, wartete er auf niemanden. Als die Türen sich öffneten, sah er zuerst ihr blutverschmiertes Gesicht.

Geschockt versuchte er, etwas zu sagen, nach ihrem Zustand zu fragen, irgendwas zu äußern, aber die Worte blieben ihm im Halse stecken, kamen nicht an dem Kloß der Angst vorbei. Dann ergriff ihn Brant bei den Schultern und schob ihn aus dem Weg, damit die Sanitäter durchkonnten.

Scotty umklammerte seinen Arm.

Nick wusste, er hätte seinen Sohn trösten müssen, doch er fand nicht die richtigen Worte.

Die Sanitäter schoben sie rasch ins Gebäude.

Ihre Eile machte ihm solche Angst, dass seine Knie nachgaben. Was, wenn ... *Nein*.

„Dad!"

Brant und Melinda stützten ihn, halfen ihm ins Krankenhaus, wo er in der gekühlten Luft fröstelte. Er hörte, wie Brant nach einer Stelle fragte, wo der Vizepräsident ungestört warten konnte, und registrierte erst jetzt, wie voll das Wartezimmer war und dass die Leute ihn anstarrten. Er kehrte ihnen den Rücken zu.

Eine Schwester führte sie in eine Art Pausenraum.

„Ich ... ich muss es wissen. Bitte ..."

„Wir erkundigen uns, Mr Vice President", versprach die Schwester. „Ich bin gleich wieder da."

Scotty streckte die Hand nach Nick aus.

Er legte die Arme um seinen Sohn und drückte ihn an sich.

„Es muss ihr einfach gut gehen", schluchzte Scotty. „Es muss."

„Das wird es auch, Kumpel. Sie ist zäh." Nick sagte, was sein Sohn jetzt hören wollte, aber sein Herz raste vor Panik, und die Brust wurde ihm eng. Er wurde das Bild ihres blutverschmierten Gesichts nicht mehr los.

Die Zeit verstrich endlos langsam, und jede Minute fühlte sich wie eine Stunde an. Er löste sich von Scotty und trat an die Tür.

„Ich will auf der Stelle wissen, wie der Stand der Dinge ist."

„Wir finden es für Sie heraus, Sir", versicherte Brant.

„Bitte beeilen Sie sich."

Zwanzig quälend endlose Minuten später kam die Schwester, die ihm Hilfe versprochen hatte, zurück.

„Ihre Frau ist bei Bewusstsein und will wissen, ob jemand den SUV gestoppt hat, den sie zum Zeitpunkt des Unfalls verfolgt hat", berichtete die Krankenschwester.

Nick wankte, überwältigt von Emotionen und Erleichterung, lehnte sich an die nächste Wand, schloss die Augen und holte ein paarmal tief Luft. Als er sich wieder gefangen hatte, bat er: „Ich muss zu ihr. Bitte. Bringen Sie mich zu ihr."

„Hier entlang."

Nick fasste nach Scottys Hand und zog ihn mit sich, auch wenn er nicht sicher war, ob er das Richtige tat. Im Handbuch für Eltern hatte nicht gestanden, ob man seinen Dreizehnjährigen seine verletzte Mutter in der Notaufnahme sehen lassen sollte. Während sie der Schwester folgten, warf Nick einen Blick ins Wartezimmer und entdeckte dort Darren Tabor, was bedeutete, dass die Presse von ihrem Unfall Wind bekommen hatte.

Darum konnte er sich nicht kümmern. Nicht jetzt. Nicht, bevor er nicht sicher war, dass es Sam gut ging.

Freddie kam durch die Doppeltür in den Untersuchungsbereich und eilte auf Nick und Scotty zu. „Was gibt's Neues?"

„Sie ist bei Bewusstsein und fragt nach dem SUV, den sie vor dem Unfall verfolgt hat."

„Das ist ja mal eine gute Nachricht."

„Finde ich auch. Hey, kannst du ihren Vater und Celia anrufen und sie bitten, ihren Schwestern Bescheid zu sagen?"

„Ja, klar. Lass es mich wissen, wenn ich sonst noch irgendwie behilflich sein kann."

„Das wäre schon eine große Hilfe. Wir gehen jetzt zu ihr. Ich gebe dir so schnell wie möglich Bescheid."

„Gut, ich warte hier."

Nick und Scotty begleiteten die Schwester in den Untersuchungsraum, in dem Sam umgeben von Menschen in blauer Krankenhauskleidung lag. Man hatte ihr Gesicht von dem Blut befreit und ihr ein Klammerpflaster auf die Stirn geklebt. Nick stellte fest, dass sie genervt wirkte, was ihn erneut mit tiefer Erleichterung erfüllte. Es ging ihr gut – und damit auch ihm.

Sie legte den Kopf schief und versuchte, um die Ärzteschar herumzuschauen. „Ich will meinen Mann und meinen Sohn sehen. Lassen Sie sie herein."

Seine Samantha kommandierte Leute herum, die gar nicht für sie arbeiteten. Er musste sich ein Lachen verkneifen und warf Scotty einen Blick zu, der ihn belustigt erwiderte.

„Es geht ihr gut", erklärte Scotty.

Die Ärzte und Schwestern wichen zurück, sodass Vater und Sohn ans Bett treten konnten, starrten ihn aber an, als hätten sie noch nie einen Vizepräsidenten gesehen.

Nick beugte sich über sie und küsste sie neben dem Pflaster auf die Stirn. „Machst du wieder Ärger, Liebste?"

„Das kann ich einfach am besten."

„Du hast uns einen Heidenschreck eingejagt", beklagte sich

Scotty und beugte sich ebenfalls vor, um sie auf die Wange zu küssen.

Sam fuhr ihrem Sohn mit der Hand, an der keine Schläuche und Kabel hingen, durchs Haar. „Tut mir leid."

„Ist ja nicht deine Schuld. Sondern die des Autos, das dir reingefahren ist."

„Ich habe eine rote Ampel überfahren", gab sie zu. „Außerdem will ich endlich wissen, ob sie den SUV gekriegt haben."

„Würdest du mal Freddie reinholen?", bat Nick Scotty.

„Klar."

Nick nahm Sams Hand und führte sie an die Lippen. „Was hast du?"

„Blaue Flecken und eine Platzwunde am Kopf. Das ist alles."

„Das wissen wir noch nicht sicher, Mrs Cappuano", widersprach einer der Ärzte. „Wir röntgen sie jetzt gleich, um uns zu vergewissern, dass nichts gebrochen ist."

„Mein Name ist Lieutenant Holland, und dafür habe ich keine Zeit", teilte Sam ihm mit. „In meiner Stadt bringt jemand Leute um. Deshalb muss ich arbeiten. Ich habe mir nichts gebrochen. Entlassen Sie mich einfach."

Der Arzt blickte Nick an.

Dieser verstand den Hinweis. „Du gehst gar nirgends hin, Babe, bis feststeht, dass du nicht ernsthaft verletzt bist. Hör also auf, so eine Nervensäge zu sein."

„Ich habe gehört, die Nervensäge ist wieder da", ließ sich eine neue Männerstimme vernehmen, und ein weiterer Halbgott in Weiß betrat das langsam ziemlich überfüllte Untersuchungszimmer.

Nick wandte sich um und entdeckte Dr. Anderson, mit dem sie leider schon häufiger zu tun gehabt hatten. „Hey, Doc. Ich würde ja behaupten, ich freue mich, Sie zu sehen, allerdings ..."

„Was hat meine Lieblings-Stammkundin denn diesmal gemacht?"

„Wenn Sie es unbedingt wissen müssen", erwiderte Sam gereizt, „ich habe das Auto verfolgt, das die Todesschützen verwendet haben, und irgend so ein dummer Idiot, der nicht weiß, was man tut, wenn man eine Sirene hört, ist mir voll in die Seite gerauscht."

„Es geht ihr gut", stellte auch Anderson fest.

„Meine Rede", pflichtete Sam ihm bei. „Aber alle wollen mich ständig röntgen! Sagen Sie denen, sie sollen mich entlassen, damit ich wieder an die Arbeit kann."

„Waren Sie bewusstlos?", fragte Anderson.

Sam schaute weg. „Woher zum Teufel soll ich das wissen?"

„Ja", antwortete Nick an ihrer Stelle, woraufhin ihm seine wunderschöne Frau, die nur noch attraktiver wurde, wenn sie sich aufregte, einen wütenden Blick zuwarf. „Als Captain Malone mich angerufen hat, hat er gesagt, du warst bewusstlos, als die Ersthelfer eingetroffen sind."

„In diesem Fall", verkündete Anderson, „werden Sie über Nacht unser Gast sein. Hurra. Da freuen wir uns aber."

„Kommt überhaupt nicht infrage! Ich muss einen Mörder fangen, ehe er sein nächstes Opfer erschießt. Ein pensionierter Polizist ist verschwunden, und ein anderer ist nicht, wo er sein sollte. Ich habe keine Zeit für diesen Scheiß!"

„Beruhige dich, Samantha", bat Nick.

„Sag mir nicht, ich soll mich beruhigen", erklärte sie mit zusammengebissenen Zähnen und flammendem Blick.

Gott, wie er sie liebte!

Scotty kam mit Freddie wieder herein.

„Sag mir, dass ihr den SUV habt", begrüßte Sam ihren Partner.

„Ich wünschte, das könnte ich", erwiderte Freddie. „Doch als der Streifenwagen am Unfallort eingetroffen ist, war er längst weg."

„Scheiße, Scheiße, Scheiße, verfickte Scheiße!"

„Mom! Bitte!"

„Ich lege nachher fünfzig Dollar ins Fluchschwein."

„Wenn das so weitergeht, kann ich mit dem Fluchschwein meine komplette College-Ausbildung finanzieren", bemerkte Scotty und brachte damit alle Erwachsenen, selbst seine Mutter, zum Lachen.

„Falls es dich interessiert: Der Fahrer des Wagens, der dich gerammt hat, ist unverletzt", informierte Freddie sie.

„Natürlich, und ich sitze hier fest." Sie fuhr sich wütend mit der Hand durchs Haar und zuckte zusammen.

„Was ist?", fragte Nick.

„Ich habe eine weitere Beule an meinem Kopf gefunden, und sie ist feucht."

„Zeigen Sie mal her", befahl Anderson.

Nick machte ihm Platz, blieb jedoch in der Nähe, falls sie ihn brauchte.

Sie verzog das Gesicht, als Anderson den Bereich abtastete.

„Das wird ein paar Klammern erfordern."

„Kommt nicht infrage", weigerte sich Sam. „Keine beschissenen Klammern in meinem Kopf."

„Zahl lieber gleich hundert Dollar ein", riet Scotty ihr grinsend. „Ich habe das Gefühl, das wird noch ein langer Tag."

∽

DREI STUNDEN, MEHRERE RÖNTGENBILDER UND FÜNF KLAMMERN später wurde Sam in ein Privatzimmer einige Stockwerke höher verlegt. Nick und Scotty waren die ganze Zeit an ihrer Seite geblieben, aber als sie geklammert worden war, hatte Freddie vor der Tür auf Scotty aufgepasst. Sams Vater und Celia waren ins Krankenhaus gekommen und mit Scotty etwas essen gegangen, sodass sie mit Nick allein war, da Freddie wieder aufs Revier gefahren war.

„Wir haben gerade den größten Krach unseres Lebens", verkündete sie, sobald die Schwester das Zimmer verlassen hatte.

„Was habe ich denn angestellt?", fragte Nick verblüfft.

Er hatte keine Angst vor ihr, und das nervte sie noch mehr. Sie hatte ihn eindeutig nicht hart genug angefasst. „Musstest du unbedingt verraten, dass ich bewusstlos war?"

Der Mistkerl schnaubte lachend. „Tut mir leid, wenn ich nicht möchte, dass du eines Morgens tot neben mir im Bett liegst, du Jammerlappen."

Sie bedachte ihn mit ihrem wütendsten Blick. „Wen hast du gerade Jammerlappen genannt?"

„Dich." Er gab ihr einen Kuss auf die Hand, ehe sie sie ihm entreißen konnte.

„Ich bin sauer auf dich. Küssen verboten."

Er beugte sich über sie, stützte die Hände links und rechts von ihren Hüften auf und presste seine sexy Lippen auf ihre. „Nein, Küssen erlaubt."

Eine Sekunde lang vergaß sie, dass sie sauer war, weil seine Lippen so sanft, süß und vollkommen waren. Dann erinnerte sie sich an seinen Verrat und drehte den Kopf zur Seite.

Daraufhin widmete er sich ihrem Hals, und sie hätte vor Genuss beinahe aufgestöhnt.

Mistkerl.

„Hör auf, dich aus der Bredouille zu küssen."

„Hör du auf, so ein Jammerlappen zu sein, wenn es um Krankenhäuser geht, und gib zu, dass du verletzt und genau da bist, wo du hingehörst."

„Ich bin nicht, wo ich hingehöre! Mein Team braucht mich, wir müssen gemeinsam die Drecksäcke suchen, die in dieser Stadt Unschuldige abknallen!"

„Dann ruf dein Team hierher, aber du, Liebste, gehst heute nirgendwohin."

„Der größte Krach unseres Lebens."

„Du jagst mir keine Angst ein."

„Ich weiß! Daran muss ich arbeiten. Ich habe dich verhätschelt."

Er lachte bloß. „Mich verhätschelt? Wann denn, bitte?"

„Ich muss irgendetwas falsch gemacht haben, wenn du glaubst, du könntest mich während eines wichtigen Falles sabotieren und würdest damit durchkommen."

Er schüttelte ungläubig den Kopf und lächelte sie an, und dieses Lächeln ... war mächtig. *Konzentrier dich! Du bist sauer auf ihn!*

„Erstens habe ich dich nicht sabotiert. Zweitens bist du tatsächlich verletzt. Drittens, wenn es dir guttut, mir die Schuld zu geben, dann nur zu. Ich kann mit dir umgehen."

„Wenn du so weitermachst, wirst du sehr, sehr lange nicht mit mir umgehen dürfen."

„Wie du meinst." Er setzte sich neben das Bett, legte die Füße auf dessen Rahmen und zückte sein Handy.

„Äh, entschuldige mal, wir streiten gerade. Könntest du bitte dein Handy wegstecken und mir deine Aufmerksamkeit schenken?"

„Sobald du aufhörst, dich so lächerlich zu benehmen."

„Ich benehme mich nicht lächerlich!"

„Okay", sagte er, ohne den Blick von seinem Handy zu wenden.

„Nick!"

Er schaute sie an. „Ja, Liebste?"

Sie presste den Mund zusammen, und ihre Augen schleuderten wieder Blitze.

Seine Lippen zuckten. „Du bist so heiß, wenn du genervt bist."

„Dann muss ich im Moment regelrecht in Flammen stehen."

„Mmm." Er stand auf, schob das Handy in die Tasche und trat ans Bett. „Rutsch mal rüber. Ich leg mich zu dir."

„Was? Moment mal! Wir streiten gerade!"

„Nein, wir sind fertig."

„Das bestimmst nicht du! Es ist mein Streit!"

„Dann trag ihn mit dir selbst aus. Ich bin nur dein unfreiwilliges Opfer."

„Ich hau dir eine rein, und zwar so, dass es wehtut."

„Ganz ruhig, Tiger." Er legte die Hände um die Faust, mit der sie ausholte. „Es ist nicht meine Schuld, dass du hier bist. Ich verstehe, dass du wütend bist, weil du plötzlich während eines extrem erschütternden Falls auf der Auswechselbank gelandet bist, aber du hast die besten Kolleginnen und Kollegen, und wenn du ihnen sagst, was sie tun sollen, werden sie das umsetzen."

„Tu das nicht."

„Was denn jetzt schon wieder?"

„Du bist ganz logisch und ruhig, während ich sauer auf dich bin."

Er legte ihr einen Finger unters Kinn und zwang sie, ihn anzusehen. „Du bist gar nicht auf mich sauer. Du bist sauer auf die Person, die dir reingefahren ist und dich in einem kritischen Moment arbeitsunfähig gemacht hat."

„Nein, ich bin tatsächlich sauer auf dich."

Lächelnd küsste er sie.

Sie wehrte sich, aber letztlich schadete sie sich damit nur selbst. Seine Küsse waren zum Niederknien, selbst wenn sie sauer auf ihn war.

„So", murmelte er, nachdem er sie so lange geküsst hatte, bis sie aufgab. „Schon besser."

„Hör auf, so mit mir umzugehen."

„Du bist im Umgang oft verflucht schwierig."

„Genau das liebst du an mir."

„Ich liebe alles an dir, selbst wenn du dich unbedingt mit mir streiten willst, weil du so verdammt sexy bist, wenn du dich aufregst."

„Das sagst du bloß, damit ich mich wieder aufrege."

„Bedeutet das, dass sich der Sturm gelegt hat?"

„Für den Moment, aber ich werde nicht vergessen, was du getan hast."

„Damit kann ich leben, solang ich mit dir lebe." Er streichelte ihr Gesicht. „Du hast mir Angst gemacht. Da war so viel Blut, als sie dich hergebracht haben. Ich wäre beinahe umgekippt."

„Sorry. Es tut mir leid, dass ich dir und Scotty so einen Schreck eingejagt habe. Der arme Kerl braucht nach dem Leben mit uns bestimmt eine PTBS-Therapie."

„Mit *dir*, meinst du."

„Mit *uns*."

„Mit *dir*."

„Halt den Mund, und küss mich weiter, sonst zieht ein neuer Sturm auf."

„Zu Befehl, Liebste."

Der Kuss begann langsam und wurde dann immer intensiver, wie die meisten Küsse von ihm. Sie hatte ihm den Arm um den Nacken gelegt, damit er nicht wegkonnte, als die Tür sich öffnete und Scotty aufstöhnte.

„Echt jetzt? Sogar im Krankenhaus?"

22

Nick unterbrach lachend den Kuss, und Sam fiel mit ein, zuckte aber zusammen, als die Wunden an ihrem Kopf wieder zu schmerzen begannen.

„Ihr seid echt unglaublich", brummte Scotty.

„Wo liegt das Problem?", fragte Skip, der hinter seinem Enkel in den Raum gerollt kam.

„Da." Scotty deutete aufs Bett. „Die beiden sind das Problem. Kaum lässt man sie fünf Minuten allein, fangen sie an rumzuknutschen. Sie geben ihrem leicht zu beeindruckenden Sohn ein schreckliches Beispiel. Unter diesen Umständen bin ich bestimmt mit achtzehn Vater."

„Vergiss es", erwiderte Nick mit Nachdruck. Als Sohn von Teenager-Eltern verstand er bei diesem Thema keinen Spaß.

„Die beiden sind verheiratet", ergänzte Celia, die jetzt ebenfalls eintrat. „Sie sollten sich küssen dürfen, wann immer sie wollen, vor allem weil sie so lange aufeinander haben warten müssen."

„Hör auf, die beiden in Schutz zu nehmen", verlangte Scotty. „Sie benehmen sich unziemlich. Ja, das ist einer der Begriffe aus unseren Wortschatzübungen von dieser Woche. Meine Eltern sind unziemlich. Seht ihr? Ich kann ihn sogar in einen Satz einbauen."

Sam und Nick fanden das urkomisch.

Ihr Sohn war einfach der Hammer, und Sam liebte ihn. „Komm mal her zu mir." Sie streckte die Hand nach ihm aus.

„Schmeiß den Kerl aus deinem Bett, dann vielleicht."

„Sorry", sagte sie zu Nick. „Aber mein Kind braucht mich, deshalb musst du verschwinden. Danke für den Spaß. Ich melde mich, wenn ich mal wieder sturmfreie Bude habe."

„Ja, bitte." Nick küsste sie noch einmal, bevor er Scotty Platz machte. „Spielverderber", brummte er in Richtung seines Sohns.

„Geiler Bock", konterte Scotty.

Sam schaute ihn entsetzt an. „Scotty! Wo hast du denn den Ausdruck her?"

„Na, woher wohl?", antwortete er. „Aus der Schule. Das habt ihr davon, dass ihr mich da hinschickt."

„Das bedeutet zwanzig Dollar für das Fluchschwein."

„Die kannst du mit deinen Schulden verrechnen."

Sam zog finster die Brauen zusammen. „Entschuldige dich bei deinem Vater. Das sagt man nicht."

„Stimmt es denn nicht?"

„Scott Dunlap Cappuano."

„Jetzt fährt sie die schweren Geschütze auf, Kumpel", warnte ihn Skip. „Ich an deiner Stelle würde mich entschuldigen, damit ich es hinter mir habe."

„Tut mir leid, Dad."

„Schon okay. So ganz falsch liegst du ja nicht."

„Nick!"

„Was denn? Das ist auch nicht schlimmer, als ihm zu sagen, es sei in Ordnung, Mathe zu hassen!"

„Das ist etwas ganz anderes! Jeder normale Mensch hasst Mathe!"

„Äh, nein, eigentlich nicht", widersprach Nick.

Scotty verschränkte kopfschüttelnd die Arme. „Ihr habt es echt nicht drauf." Dann fragte er Celia: „Gibt es eigentlich so was wie Elternkurse?"

Celia musste so lachen, dass sie nicht sprechen konnte, also schüttelte sie nur den Kopf.

„Ich glaube, die beiden wirst du so leicht nicht wieder los, Kumpel", sagte Skip. „Aber ich werde so gut wie möglich Schadensbegrenzung betreiben."

„Gott sei Dank, Opa."

Skips Blick wurde ganz rührselig, wie immer, wenn Scotty ihn so nannte.

Die vier, dachte Sam, sind genau das, was ich jetzt brauche, um nicht wahnsinnig zu werden, weil ich an einem so entscheidenden Punkt nicht weiter an unserem Fall arbeiten kann.

Freddie streckte den Kopf ins Zimmer. „Kann man sich in die Höhle der Löwin wagen?"

„Ich glaube, wir haben ihr fürs Erste die Krallen gezogen", antwortete Nick. „Doch du kennst sie ja. Die wachsen schnell nach."

„Red dich nur weiter um Kopf und Kragen", warnte Sam ihren Mann. „Dafür wirst du auf eine Weise bezahlen, die ich vor dem Jungen nicht erwähnen darf. Das wäre nämlich unziemlich."

„Igitt", warf Scotty ein. „Widerlich."

„Schön, dass hier alles in Ordnung ist", erklärte Freddie und trat an Sams Bett.

„Es ist nicht alles in Ordnung. In unserer Stadt töten mörderische Bestien Menschen, und ich hänge hier fest, statt sie zu jagen. Sag allen, ich will die versammelte Mannschaft in dreißig Minuten hier sehen. Wir müssen uns neu formieren. Ruf auch Avery, Jesse Best und alle anderen an."

„Jawohl, Ma'am." Er verließ das Zimmer, um das Verlangte umzusetzen.

„Scotty muss heim und sich für den morgigen Schultag ausschlafen", verkündete Sam.

„Ich sollte nicht in die Schule müssen, wenn meine Mutter im Krankenhaus liegt."

„Netter Versuch", gab Sam zu. „Aber du gehst in die Schule."

„Ich sorge dafür, dass seine Personenschützer ihn nach Hause bringen", meinte Nick.

„Tracy hat angeboten, bei ihm zu bleiben", teilte Sam ihm mit. Ihre älteste Schwester war vorhin kurz zusammen mit ihrer anderen Schwester Angela da gewesen.

„Ich rufe sie an." Nick beugte sich vor, um sie auf die Stirn zu küssen. „Mach dir keine Sorgen."

„Klar", spottete Sam. „Worüber sollte ich mir auch Sorgen machen?"

„Rein gar nichts", sagte er und schenkte ihr sein unwiderstehlichstes Lächeln.

„Komm her, und schau mich an", bat Sam ihren Sohn.

Er setzte sich neben sie aufs Bett.

Sam nahm seine Hand. „Tut mir leid, wenn ich dir einen Schrecken eingejagt habe, und ich entschuldige mich auch für das Küssen und das Fluchen."

„Schon okay. Man hat dir den Kopf getackert. Da würde ich vermutlich auch fluchen."

Sie verbiss sich ein Lachen. „Nimm mich mal ordentlich in den Arm. Ich hänge die ganze Nacht hier fest."

Er schmiegte sich an sie und verharrte ganz ruhig, während sie ihn küsste und ihm übers Haar strich. „Ich bin froh, dass es dir gut geht", verkündete er. „Selbst wenn du unziemlich bist."

Lächelnd erwiderte Sam: „Versuch, etwas zu schlafen, und mach dir um mich keine Sorgen. Mir geht es wirklich schon wieder besser."

„Glaub mir, das merkt man."

Sie zog ihn spielerisch an den Haaren und ließ ihn dann los. „Sei lieb zu Tracy. Sie wird es mir erzählen, wenn du ihr Kummer bereitest."

Er grinste frech. „Nein, wird sie nicht. Sie ist auf meiner Seite."

„Das glaubst auch nur du. Und jetzt ab mit dir."

„Ich ruf dich morgen früh an", sagte er. „Wenn du deinem Sohn nicht noch mehr psychischen Schaden zufügen willst, nimm ab."

„Werd ich."

Nachdem Scotty das Zimmer verlassen hatte, kam Skip näher ans Bett gefahren. „Euer Sohn ist echt eine Marke."

„Oder? Er bringt mich dauernd zum Lachen. Ich hoffe bloß, der ganze Mist, der ständig in unserem Leben passiert, richtet keinen nachhaltigen Schaden bei ihm an."

„Nein, ihr bringt ihm nur bei, die Dinge zu nehmen, wie sie kommen. Wer bei euch beiden aufgewachsen ist, wird mit allem fertig."

„Na vielen Dank. Ich nehme an, da war irgendwo ein Kompliment versteckt."

„Du kannst das als größtes Kompliment schlechthin verstehen.

Ihr lebt ihm vor, wie man eine liebevolle Ehe führt und zugleich ganz im Dienst der Öffentlichkeit steht."

Gerührt von den lobenden Worten ihres Vaters, versuchte es Sam mit einem Scherz. „Außerdem lernt er von mir, wie ein Kesselflicker zu fluchen."

„Das ist letztlich vermutlich meine Schuld. Was glaubst du, wo du das herhast?"

Sam lachte. „Geerbt."

„Ganz genau, Kleines. Ich freue mich, dass es dich nicht schlimmer erwischt hat."

„Ich mich auch. Allerdings wäre es noch schöner, wenn ich die Schweine erwischt hätte, bevor mir der Idiot reingekracht ist."

„Ihr kriegt sie schon. Das ist nur eine Frage der Zeit."

„Genau davor habe ich Angst. Wie viele Menschen müssen noch sterben, bevor wir sie hinter Schloss und Riegel haben?" Sie musste wieder an Vanessa Marchand und deren armen Vater denken.

Als Freddie eintrat, empfing ihn Sam mit der Frage: „Was wissen wir über Trey Marchand?"

Gonzo kam hinter Freddie ins Zimmer. „Ich habe einen kompletten Hintergrundcheck durchgeführt. Keine Vorstrafen, keine Einträge. Er arbeitet im Front Office der Caps. Der *Star* berichtet heute, dass sich die Mannschaft um ihn kümmert und auch die Bestattungskosten übernimmt."

„Das ist immerhin eine Erleichterung." Sam freute sich zu hören, dass der Mann keine Vorstrafen hatte und nach dem unvorstellbaren Schicksalsschlag Unterstützung erhielt.

Auch Nick betrat das Zimmer wieder. „Scotty ist auf dem Heimweg, und Brant hat mir berichtet, dass die Medien das Krankenhaus belagern. Die Klinikverwaltung musste zusätzliche Sicherheitskräfte einsetzen, um der Lage Herr zu werden."

„Na super", murmelte Sam.

„Ihr seid einfach zu beliebt", meinte Gonzo.

Nick setzte sich auf die Bettkante und drückte Sam die Hand, um ihr zu zeigen, dass sie nicht allein war. Gott sei Dank konnten sie sich aufeinander verlassen, während sie durch den Alligatorensumpf wateten, in den sich ihr Leben in den letzten Jahren verwandelt hatte.

„Dad, kannst du bleiben, bis alle hier sind? Ich wäre für deine Hilfe dankbar."

„Wenn mein Date nichts dagegen hat, gehöre ich ganz dir."

„Ist mir recht", sagte Celia. „Was immer du brauchst, Sam."

Innerhalb einer halben Stunde füllte sich ihr Krankenzimmer bis zum Platzen mit Strafverfolgungsbeamtinnen und -beamten.

Sam deutete auf Jeannie. „Du fängst an."

„Ich habe die Finanzen von Captain Wallack, Sergeant Offenbach und den letzten Opfern überprüft. Nichts Außergewöhnliches. Auffällig ist, dass es seit Wallacks Verschwinden auf keinem seiner Konten irgendwelche Bewegungen gegeben hat."

„Wo stehen wir in Bezug darauf?"

„Noch ganz am Anfang", antwortete Malone. „Aber es befassen sich sechs Ermittler damit."

„Wissen wir inzwischen, was Offenbach in Atlantic City gemacht hat?", fragte Sam.

„Wir glauben, er hat eine Affäre."

„Echt? Hat er nicht fünf Kinder oder so?"

„Das sechste ist gerade unterwegs", bestätigte Malone mit grimmigem Gesichtsausdruck.

„Bitte sagen Sie mir, dass er diese Affäre nicht mit einer Kollegin hat."

„Das weiß ich noch nicht. Interne Ermittlungen kümmert sich darum", informierte er sie. Das war die Abteilung, die sich mit innerbehördlichen Problemfällen befasste.

„Wow", meinte Sam. „Manche Leute reiten sich echt tief in die Scheiße."

„Nach allem, was ich gehört habe, solltest du dich auf den Shitstorm des Jahres vorbereiten", warnte Gonzo. „Er ist offenbar wütend, weil du den Schützen in den eigenen Reihen suchst."

„Soll er doch", entgegnete Sam. „Ich habe verdammt noch mal nur meinen Job erledigt. Wenn er gewesen wäre, wo er hätte sein sollen, und seinen Schwanz in der Hose gelassen hätte, müssten wir dieses Gespräch nicht führen."

„Lieutenant Holland weiß sich wahrhaft gewählt auszudrücken", erklärte Freddie Green, der lächelte.

„Ist mir schon aufgefallen."

„Ich kann euch hören", verkündete Sam.

„Ignorieren Sie sie", riet Nick. „Sie ist schlecht drauf. Dagegen ist niemand gefeit."

„Selbst du nicht", ermahnte ihn Sam und verpasste ihm einen Rippenstoß. „Was ist mit der Inlandsterrorismus-Theorie, mit der sich Ihr Team befasst hat, Avery?"

„Wir haben nichts gefunden, was bestätigen würde, dass sich eine neue örtliche Zelle hier Ziele gesucht haben könnte."

„Jesse? Kommt Ihr Team voran?"

„Bisher nicht. Wir tun alles, was wir sonst auch tun, aber ich habe nichts Neues zu berichten."

„Mist", schimpfte Sam, fuhr sich durchs Haar und bedauerte es sofort, als ihre Wunde sich bemerkbar machte. „Wir haben absolut nichts Neues, und diese Dreckskerle halten unsere Stadt praktisch als Geisel." Sie holte tief Luft und hoffte auf ihren berühmt-berüchtigten magischen Spürsinn.

Skip räusperte sich. „Wenn ich etwas vorschlagen dürfte ..."

„Bitte", antwortete Sam.

„Es ist Zeit für die gute alte Tour. Alle verfügbaren Leute raus auf die Straße, durch die Gegend fahren, Augen offen halten. Diese Typen sind wahrscheinlich bis zur Halskrause voll mit Adrenalin und suhlen sich in ihren bisherigen Erfolgen. Sie werden erneut zuschlagen wollen. Je mehr Augen ihr auf der Straße habt, desto größer ist eure Chance, den nächsten Mord zu verhindern."

„Er hat recht", pflichtete ihm Sam bei. „Okay, dann begibt sich das gesamte Team auf die Straße. Teilt euch auf, und schwärmt aus. Die sind vorhin durch die Innenstadt gefahren, was bedeutet, sie haben keine Angst, geschnappt zu werden. Findet sie."

Unter mehreren gemurmelten „Jawohl, Ma'am" verließ ihr Team der Reihe nach das Zimmer.

„Geht es dir jetzt besser?", fragte Nick.

„Nein. Ich habe das ungute Gefühl, dass alles noch viel schlimmer werden wird, ehe es besser wird."

Nick bestand darauf, bei ihr zu bleiben, und Sam schlief unruhig in seinen Armen und träumte von einem roten SUV, aus dessen Fenster eine Waffe ragte, mit der jemand Unschuldige abknallte. Schwestern kamen, um nach ihr zu sehen, und weckten sie ständig, um ihren Blutdruck oder ihre Temperatur zu messen. Gegen Morgen erwachte sie vom Klingeln ihres Handys und brauchte einen Augenblick, um sich zu erinnern, wo sie war und warum.

„Ich bringe es dir." Nick stand auf, holte das Handy und reichte es ihr.

Auf dem Display stand Freddies Nummer. „Was gibt's?"

„Gerade kam die Meldung rein, dass zwei Männer in einem roten SUV, der zur Beschreibung des von uns gesuchten passt, eine Frau entführt haben."

„Wo?"

„Beim Verlassen der Metro-Station am Federal Triangle."

„Mitten in der Innenstadt. Die Typen haben Nerven, das muss man ihnen lassen."

„Die hatten sie schon von Anfang an."

„Was wissen wir über die Frau?"

„Bisher nicht viel. Ein Verkehrsteilnehmer hat es im Vorbeifahren beobachtet, das Gefühl gehabt, da stimme etwas nicht, und uns angerufen. Archie hat sich die Überwachungsaufnahmen aus der Gegend angeschaut, und es handelt sich offensichtlich um eine Entführung."

„Die haben ihre Vorgehensweise geändert."

„Sieht so aus."

„Für wie wahrscheinlich halten wir es, dass sie das überlebt?"

„Aufgrund der Vorerfahrungen? Unwahrscheinlich. Jeder Polizist in der Stadt sucht nach ihnen."

„Wie können wir herausfinden, wer sie ist, damit wir ihr Handy orten können?"

„Daran arbeiten wir, und gleichzeitig diskutieren wir, ob wir die Überwachungsaufnahmen der Entführung an die Medien weitergeben sollen, um so die Öffentlichkeit um Hilfe zu bitten."

„Tut es! Warum nicht?"

„Wir warten nur auf die Genehmigung von oben."

„Soll ich den Chief anrufen?"

„Nicht nötig. Malone telefoniert gerade mit ihm."
„Verdammt, dieser Fall macht mich wahnsinnig!"
„So geht es uns allen. Wir tun, was wir können."
„Okay. Danke für den Anruf. Halt mich auf dem Laufenden."
„In Ordnung."
Sam klappte das Handy zu, und die Gedanken daran, was diese jüngste Entwicklung bedeutete, überschlugen sich in ihrem Kopf.
„Was ist los?", fragte Nick.
„Die haben vor der U-Bahn-Station Federal Triangle eine Frau entführt."
„Sind deine Leute sicher, dass es dieselben Typen waren?"
„Ja."
Nick streckte den Arm nach ihr aus, und sie schmiegte sich an ihn und ließ sich von ihm trösten, während eine andere Frau irgendwo in ihrer Stadt in der Gewalt von Monstern war. Die Vorstellung davon, was sie möglicherweise durchmachen musste, ließ Sam vor ohnmächtiger Wut zittern.
„Ganz ruhig, Baby", flüsterte er. „Atme mal tief durch."
„Ich ertrage das nicht. Warum können wir die nicht endlich finden und aufhalten?"
„Das werdet ihr schon." Er strich ihr mit der Hand übers Haar. „Ihr werdet sie finden, und dann werden sie für das bezahlen, was sie getan haben."
„Aber wie vielen Unschuldigen werden sie vorher noch wehtun?"
„Jeder Gesetzeshüter im weiten Umkreis sucht nach ihnen. Früher oder später wird ihnen ein Fehler unterlaufen. Ich tippe auf ‚früher'. Sie werden immer dreister, und das wird ihnen schon bald zum Verhängnis werden."
„Hoffentlich hast du recht."
„Ich habe immer recht, Samantha. Das solltest du doch mittlerweile wissen."
Sie lächelte ihn an, zutiefst dankbar für seine beruhigende Nähe in dieser verrückten Welt. Ihr Handy meldete eine Textnachricht, sie war von Freddie.
Grünes Licht für die Veröffentlichung des Entführungsvideos. Ich hoffe, jemand erkennt sie. Schnell.

Sam seufzte tief. „Du musst etwas für mich tun."

„Was immer du willst."

„Hol mich hier raus. Hier festzusitzen, obwohl ich da draußen dringend gebraucht werde, schadet mir eher, als dass es mir guttut. Mir geht es wirklich schon viel besser. Ich schwöre es." Als er nicht sofort antwortete, fügte sie hinzu: „Bitte, Nick."

„Okay." Er küsste sie auf die Stirn und stand auf. „Ich rede mal mit den Schwestern."

„Die werden Nein sagen." Sam zog den Pulsmesser von ihrem Finger ab und löste die Blutdruckmanschette von ihrem Arm. „Wo sind die Klamotten, die mir Tracy gebracht hat?"

„Im Schrank."

Ehe er ihr erklären konnte, dass er das für keine gute Idee hielt, zog sie sich an, während sie versuchte, den pochenden Schmerz von ihren Kopfwunden zu ignorieren. Dankenswerterweise hatte Tracy Shorts und ein leichtes Oberteil eingepackt, das perfekte Outfit, um an einem weiteren brütend heißen Tag im Freien zu arbeiten. Ihre Schwester hatte sogar an Deo, Feuchtigkeitscreme, eine Bürste und eine Zahnbürste gedacht. Nach zehn Minuten im Bad war Sam bereit, sich dem Tag zu stellen.

Als sie ins Krankenzimmer trat, kam gerade eine Schwester durch die Tür, um nach ihr zu sehen, und erstarrte, als sie sie voll bekleidet antraf. „Was ist denn hier los?"

„Ich muss wieder an die Arbeit."

„Sie müssen sich ausruhen und von Ihren Verletzungen erholen."

„Das habe ich bereits. Jetzt muss ich wieder an die Arbeit."

„Aber ..."

„Ich glaube, es ist in Ihrem eigenen Interesse, sie gewähren zu lassen", mischte sich Nick ein. „Hier zu sein wird ihr nicht guttun."

Die Schwester, die auch nur ein Mensch war, starrte ihn an, blinzelte dann und schien aus einer Art Trance zu erwachen und sich zu erinnern, worin ihre Aufgaben bestanden.

Sam musste ein Lachen unterdrücken. So wirkte ihr sexy Ehemann nun mal auf Frauen.

„Ich, äh, besorge die Entlassungspapiere."

„Wenn Sie in fünf Minuten nicht wieder zurück sind, gehe ich, ohne zu unterschreiben", drohte Sam.

„Ich bin gleich wieder da."

Nachdem sie das Zimmer verlassen hatte, lobte Sam: „Ausgezeichneter Einsatz Ihrer Superkräfte, Mr Vice President."

„Was für Superkräfte?"

„Die Fähigkeit, allen Frauen den Kopf zu verdrehen, indem du sie direkt ansprichst."

„Sei still. Das ist nicht wahr."

„O doch. Beweisstück eins: die Schwester, die mich daran hindern wollte, das Krankenhaus zu verlassen, bis sie dir in dein sexy Netz gegangen ist, die Sprache verloren hat und dir nur noch gehorchen konnte."

„Wenn du meinst." Er verdrehte die Augen und errötete wie immer, wenn sie seine Wirkung auf Frauen ansprach. „Ich habe dich hier rausgeholt. Ist das nicht das Wichtigste?"

Sam trat zu ihm und legte ihm eine Hand auf die Brust. „Ich weiß es zu schätzen, wenn du deine Superkräfte einsetzt, um mir zu helfen. Zumal mir klar ist, dass es dir lieber wäre, wenn ich hierbleiben würde."

„Natürlich wäre es das. Du willst hier raus, um Mörder zu jagen. Das hasse ich."

„Ich weiß." Sie lehnte den Kopf an seine Brust, und er schlang die Arme um sie. „Es bedeutet mir sehr viel, dass du mir nie im Weg stehst."

„Das bedeutet aber nicht, dass ich mit allem einverstanden bin, was du tust."

Sie sah ihn an. „Die Tatsache, dass du es mich trotzdem tun lässt, macht dich zum perfekten Ehemann für mich."

„Selbst wenn ich dich in der Notaufnahme sabotiere?", fragte er mit einem schalkhaften Blitzen in den wunderschönen haselnussbraunen Augen.

„Ja, selbst dann."

Er küsste sie und legte die Stirn an ihre. So blieben sie, versunken in ihrer eigenen kleinen Welt, bis die Schwester zurückkam.

„Oh, Verzeihung", sagte sie. „Ich wollte nicht stören."

„Haben Sie nicht." Sam ließ Nick los. „Wo muss ich unterschreiben?"

23

Zehn Minuten später fuhren sie in einem SUV des Secret Service vom Krankenhaus weg. „Was ist mit meinem Auto?", fragte Sam.

„Ich habe es in dieselbe Werkstatt bringen lassen, die es auch apokalypsefest gemacht hat", antwortete Nick. „Die reparieren den Wagen, und in ein paar Tagen kriegst du ihn wieder. Bis dahin musst du sehr vorsichtig sein, denn du wirst in einem Auto unterwegs sein, das nicht denselben Sicherheitsstandard hat wie deins."

„Ich bin immer vorsichtig."

Er sah sie an und zog eine Braue hoch. „Wie gestern, als du dir mit einem Auto, in dem du kaltblütige Mörder vermutet hast, eine Verfolgungsjagd geliefert hast und dabei beinahe bei einem Unfall draufgegangen wärst?"

„Das war ein klassischer Fall von ‚zur richtigen Zeit am richtigen Ort sein'."

„Deine Definition von ‚zur richtigen Zeit am richtigen Ort' unterscheidet sich grundlegend von meiner."

„Inwiefern?", ließ sie sich auf sein Spiel ein, weil sie die Wortgefechte mit ihm so liebte.

„Meiner Auffassung nach warst du gestern zur falschen Zeit am falschen Ort."

„Aber ich hätte sie beinahe erwischt. Wie cool wäre das denn gewesen?"

Er betrachtete sie mit einem finsteren Blick. „Wie wolltest du sie denn ganz allein festnehmen, wenn du sie erwischt hättest?"

„Meine Verstärkung war unterwegs."

Er erschauerte am ganzen Körper. „Du kannst dir gar nicht vorstellen, was für Schreckensbilder meine Fantasie sich ausmalt, wenn ich mir gestatte, allzu genau darüber nachzudenken, was du da draußen Tag für Tag treibst."

Sam umfasste seine Hand mit ihren beiden. „Die meisten Tage sind voll von langweiligem Papierkram, der keineswegs gefährlich ist."

„Aber andere Tage, beispielsweise der gestern, werden das urplötzlich. Solche Tage sind es, die mir Albträume bescheren."

„Nick, ich bin wie eine Katze", versuchte sie, die Stimmung aufzulockern. „Ich lande immer auf den Füßen."

„Wenn du eine Katze bist, hast du schon mehr als neun Leben verbraucht."

„Nein, ich habe noch jede Menge Leben auf dem Konto. Mach dir um mich keine Sorgen."

„Das ist mein Ernst, Samantha. Ich finde das nicht witzig. Mich quält die Angst, dich zu verlieren."

„Ich weiß, und es tut mir leid, dass du mit dieser Angst leben musst. Aber ich kann dir versprechen, so vorsichtig wie möglich zu sein, weil ich so viel habe, wofür es sich zu leben lohnt."

„Das hilft. Ein bisschen."

Sie schmiegte sich an ihn, legte die Arme um seine Taille und lauschte dem kräftigen Schlag seines Herzens, während er sie umschlungen hielt.

Das Klingeln seines Handys störte den Augenblick der Zweisamkeit. Mit der freien Hand fischte er es aus der Tasche und nahm den Anruf entgegen. „Hey, Terry, was ist los?" Sam spürte, wie er sich versteifte, während er seinem Gesprächspartner lauschte. „Okay. Ich bin gleich da. Dann reden wir darüber." Er unterbrach das Gespräch. „Ich muss vor dem Untersuchungsausschuss gegen Nelson aussagen, möglicherweise schon morgen. Das Komitee will von mir hören, wie sich Christophers Drohungen auf unsere Familie ausgewirkt haben."

„Was glauben die denn, wie es sich ausgewirkt hat, dass

jemand gedroht hat, die Kinder in unserem Leben umzubringen, und dass mein Ex-Mann zu Tode gefoltert worden ist?"

„Sie wollen es von mir persönlich hören."

„Das wird die Leute nur wütend machen."

„Ich denke, genau darum geht es. Einige wollen, dass er sein Amt verliert, selbst Mitglieder unserer eigenen Partei."

„Und jetzt sollst du ihnen helfen, dafür zu sorgen, obwohl das das Letzte ist, was du willst."

„Ein klassisches Dilemma."

„Warum verweigerst du nicht die Aussage? Was wollen sie denn machen? Dich unter Strafandrohung vorladen?"

„Das wäre eine Möglichkeit."

„Nun, das werden sie schön bleiben lassen. Dafür brauchen sie dich im Augenblick zu dringend. Wenn Nelson mit fliegenden Fahnen untergeht, landet der Staffelstab bei dir. Verweigere die Aussage, und teil ihnen mit, dass alles, was sie über Christophers Drohungen und ihre Wirkung auf unsere Familie wissen müssen, in den Akten der Polizei zu finden ist."

„Nicht alles."

„Wie meinst du das?"

„Da ist zum Beispiel nirgends erwähnt, wie es sich angefühlt hat, im Iran zu sein, während die Menschen, die ich am meisten liebe, mit Tod und Zerstückelung bedroht wurden, oder wie es für dich war, zu wissen, dass dein Ex-Mann wegen seiner Verbindung zu dir zu Tode gequält worden ist. All das steht in keinem Bericht."

„Wenn du da hingehst und das sagst – wenn du der Welt erzählst, wie schrecklich das alles für uns war –, wird das Nelsons Schicksal besiegeln. Seine verbliebenen Unterstützer werden sich gegen ihn wenden, wenn der attraktive, charismatische, sexy Vizepräsident die Gräuel schildert, die der Sohn des Präsidenten seiner Familie angetan hat. Dann ist es egal, ob Nelson Bescheid gewusst hat. Das wird niemanden mehr interessieren. Man wird sich für dich interessieren – für *uns* – und wollen, dass du an seiner Stelle Präsident wirst."

Er starrte sie erstaunt an.

„Was denn? Warum siehst du mich so an?"

„Bist du sicher, dass du nicht in einem früheren Leben Politikerin warst?"

„Definitiv nicht", versicherte sie abschätzig. „All die Jahre in Washington haben einfach auf mich abgefärbt – und jetzt hör auf, das Thema zu wechseln. Wenn du aussagst, bist du schneller Präsident, als du gucken kannst, und dann wird deine Frau dich verlassen. Das wird ein Riesenchaos. Ich empfehle dir, den Mund zu halten."

„Moment mal, wie war das eben? Meine Frau wird mich verlassen?"

„Wann habe ich das denn gesagt?"

„Äh, vor ein paar Sekunden."

„Daran erinnere ich mich nicht."

„Du hältst dich für verdammt clever, Babe, aber ich habe dir genau zugehört und denke über deine Worte nach. Wenn ich es irgendwie vermeiden kann, auszusagen, werde ich das tun."

„Ich möchte nicht, dass du Präsident wirst. Zumindest *noch* nicht. Wir haben beide noch zu viel zu tun, ehe wir uns in diesen goldenen Käfig sperren lassen können. Der, in dem wir im Moment sitzen, ist schon schlimm genug."

„Dem stimme ich zu."

Die Wagenkolonne erreichte den Parkplatz des Polizeigebäudes, und die dort versammelten Reporter drehten beinahe durch, als sie begriffen, wer da kam.

„Soll ich dich begleiten?"

„Musst du nicht." Sie beugte sich zu ihm hinüber und küsste ihn. „Danke, dass du im Krankenhaus auf mich aufgepasst hast."

Er erwiderte den Kuss, vertiefte ihn kurz. „Es ist immer schön, an deiner Seite zu sein, vor allem im Krankenhaus."

Sam lachte schnaubend.

„Danke, dass du bei mir bleibst, auch wenn ich Präsident werde."

Sie warf ihm einen seltsamen Blick zu. „Das ist nicht witzig."

„Wann sehen wir uns?"

„Ich weiß nicht. Bis wir diese Typen haben, müsste ich eigentlich rund um die Uhr arbeiten."

„Übertreib's nicht. Du hast dir gestern ganz schön den Kopf angeschlagen."

„Es geht mir gut. Keine Sorge." Sam küsste ihn erneut. „Ich liebe dich."

„Ich dich auch. Pass auf meine Frau auf. Sie bedeutet mir alles."

„Mach ich." Sam öffnete die Tür und hatte den Wagen verlassen, ehe der zuständige Personenschützer sie für sie aufreißen konnte. Sie schob sich zwischen übereifrigen Reportern und Kameraleuten hindurch, die ihr Fragen zuriefen, während sie auf den Eingang des Gebäudes zujoggte.

In der Lobby begegnete sie Malone und Farnsworth.

„Wo kommen Sie denn jetzt her?", fragte Malone, als Sam zu ihnen trat.

„Direkt aus dem Krankenhaus. Ich habe mich selbst entlassen, um weiterarbeiten zu können. Wo stehen wir?"

„Sind Sie sicher, dass Sie hier sein sollten?", wollte Farnsworth wissen. „Sie sehen nicht so gut aus."

„Na vielen Dank, Chief. Das passiert schon mal, wenn einem ein anderer voll in die Seite reinfährt. Aber es geht mir gut. Ich bin wieder da. Also, wo stehen wir?"

„Wir haben gerade die Meldung bekommen, dass jemand beobachtet hat, wie in der 16th Street eine Frau aus einem fahrenden Auto gefallen ist", berichtete Farnsworth. „Also haben wir eine Streife hingeschickt und warten auf Rückmeldung."

„Haben wir eine Beschreibung des Fahrzeugs?"

„Nur, dass es sich um einen SUV gehandelt hat."

Malone nahm einen Anruf auf seinem Handy entgegen. Er hörte aufmerksam zu und sagte schließlich: „Alles klar. Wir schicken Ermittler von der Sondereinheit für Sexualdelikte hin." Er legte auf und teilte den beiden anderen mit: „Sie ist in keinem guten Zustand. Man bringt sie ins GW."

„Ich fahre hin."

Malone hob eine Hand, um sie aufzuhalten. „Nein. Sie ist Sache der Sondereinheit. Sobald die der Auffassung sind, dass sie mit Ihnen reden kann, ziehen sie Sie hinzu, doch keine Minute früher."

„Bei allem gebotenen Respekt, Captain, diese Männer attackieren Menschen in unserer Stadt und töten sie. Je schneller wir eine Aussage von ihr kriegen, desto eher können wir sie aufspüren."

„Geben Sie uns ein paar Stunden dafür, die Frau zu

untersuchen und herauszufinden, womit wir es hier genau zu tun haben, Lieutenant", bat Farnsworth. „Sie hat ein Trauma hinter sich. In dieser Situation hilft es nichts, sie zu bestürmen."

„Von Bestürmen war gar keine Rede", knurrte Sam.

„Halten Sie sich zurück, Lieutenant", ordnete Malone an. „Befassen Sie sich mit den anderen offenen Fragen. Sobald sie aussagen kann, benachrichtigen wir Sie."

„Bitten Sie Erica Lucas, den Fall zu übernehmen", schlug Sam vor. „Sie kann gut mit Opfern umgehen."

„Das ist uns bekannt, aber danke für die Empfehlung", spöttelte Farnsworth mit amüsiert blitzenden Augen. „In der Zwischenzeit muss jemand die Medien auf den neuesten Stand bringen. Besprechen Sie sich dreißig Minuten mit ihrem Team, dann können Sie die morgendliche Pressekonferenz abhalten."

„Ich dachte, Sie mögen mich", murmelte sie.

„Bitte?", fragte Farnsworth.

„Ich sagte: Gerne doch."

„Ausgezeichnet."

Im Gehen erklärte sie noch: „Bitte lassen Sie mich wissen, wann ich mit der einzigen Augenzeugin reden darf, die diese sechsfachen Mörder identifizieren kann."

„Sie erfahren es als Erste, Lieutenant."

Frustriert und genervt begab sie sich ins Großraumbüro, um sich mit ihrem Team zu besprechen, aber da war niemand. „Wo sind denn alle, zum Teufel?", fragte sie. *Ach ja. Ich habe sie losgeschickt, damit sie diese Drecksäcke finden, und jetzt sind sie unterwegs.* Sie schloss ihr Büro auf, nahm den Hörer des Telefons auf ihrem Schreibtisch ab und bat die Zentrale, die Kolleginnen und Kollegen der Mordkommission ins Hauptquartier zurückzurufen.

„Jawohl, Ma'am", sagte die Kollegin in der Zentrale.

Im Lauf einer Viertelstunde fand sich ihr gesamtes Team wieder ein. Alle wirkten müde und erschöpft, kein verheißungsvolles Omen für einen produktiven Tag. Beim Eintreffen erkundigten sich alle nach ihrem Befinden, doch Sam wischte ihre Sorgen beiseite. Sie hatte jetzt keine Zeit für ihre eigenen Verletzungen.

„Was haben wir?", fragte sie, als alle am Konferenztisch Platz genommen hatten.

„Nichts Neues", erwiderte Freddie, und die anderen nickten zustimmend. „Nur die Frau, die aus dem fahrenden Auto gefallen ist. Wir warten auf weitere Informationen darüber."

„Unsere vergebliche Suche hat die gesamte Nacht in Anspruch genommen", fügte Green hinzu.

„Wer schon vierundzwanzig oder mehr Stunden auf den Beinen ist, sollte heimgehen und ein bisschen schlafen", ordnete Sam an. „Seid um vier Uhr nachmittags zurück, und heute Abend treffen wir uns zu einer weiteren Besprechung."

„Ich möchte hier eigentlich nicht weg", gestand Carlucci, „aber langsam fange ich an, unscharf zu sehen."

„Geht mir genauso", pflichtete ihr Dominguez bei.

„Mir auch", nickte Green.

„Ja, mir ebenfalls", ließ sich Freddie vernehmen.

„Ich könnte noch ein paar Stunden weitermachen", sagte Gonzo.

„Ja, ich auch", erbot sich Jeannie.

„Ich nehme, was ich kriegen kann", erklärte Sam. „Der Rest fährt bitte nach Hause, bevor wieder etwas dazwischenkommt. Habt ihr das letzte Opfer und seine Familie überprüft?"

„Ja", antwortete Gonzo. „Er ist sauber. Hat allein gelebt und ständig gearbeitet. Ich habe seine Familie über seinen Tod informiert."

„Danke dafür", erklärte Sam. „Hat jemand was von Hill gehört?"

„Er meinte, er hat gleich morgens einen Termin", entgegnete Gonzo, „danach wollte er sich melden."

„Wie weit sind wir mit der Suche nach Carlos Vega?", erkundigte sich Sam nach dem verschwundenen Militärscharfschützen.

„Ich habe eine Spur zu einem Mann, mit dem er gedient hat", berichtete Green. „Dem habe ich eine Nachricht hinterlassen. Wenn ich von ihm höre, sage ich Bescheid."

„Gut, danke. Hoffen wir, dass Hill etwas für uns hat, denn wir scheinen noch immer auf der Stelle zu treten."

Avery Hill erklomm die Stufen zur im zweiten Obergeschoss gelegenen Praxis von Dr. Rosemary Merrill, der Therapeutin, zu der er jetzt seit einem Monat ging. Diese Termine waren ein bisschen so, wie Streifen um Streifen qualvoll gehäutet zu werden. Jedes Mal, wenn er diese Treppe hochstieg, erinnerte er sich daran, dass er das für Shelby und ihren Sohn Noah tat, das Kind, das er als sein eigenes großzuziehen hoffte.

Weil ihm für beide kein Opfer zu groß war, erklomm Avery zweimal wöchentlich diese Stufen, entblößte einer Fremden seine Seele und riskierte seine Karriere, falls herauskam, dass der Leiter der Abteilung Kriminalpolizeiliche Ermittlungen des FBI wegen seines verkorksten Privatlebens in Therapie war. Aus Diskretionsgründen zahlte er die Sitzungen aus eigener Tasche und bestand darauf, dass die Therapeutin keine Aufzeichnungen anlegte.

Rosemary, wie er sie nennen sollte, war eine nette Frau, mit der man sich gut unterhalten konnte, aber deswegen war er trotzdem noch lange nicht gerne hier.

„Guten Morgen, Avery", begrüßte sie ihn, als sie ihn in die gemütliche Praxis bat, in der sie acht Stunden am Tag ihrem Beruf nachging.

Für ihn war es unvorstellbar, wie man es ertragen konnte, anderen den ganzen Tag beim Jammern zuzuhören.

„Kaffee? Tee? Wasser?" Sie hatte schulterlanges, hellbraunes Haar und warme, freundlich dreinschauende braune Augen. Er schätzte sie auf Mitte bis Ende vierzig, und sie hatte ihm einmal erzählt, dass sie vier Kinder hatte.

„Nur Wasser bitte."

Sie entnahm einem kleinen Kühlschrank eine Flasche und reichte sie ihm.

„Danke." Er hatte sie halb ausgetrunken, ehe sie ihm gegenüber Platz genommen hatte.

„Es wird wieder heiß heute", bemerkte sie.

„Mhm." Small Talk war einfach nicht seine Stärke. Er war noch nie gut darin gewesen, doch mit ihr war es besonders schlimm.

„Wie läuft's zu Hause?"

Sie kam direkt zur Sache.

Avery beugte sich vor und stützte die Ellbogen auf die Knie. „Okay. Irgendwie."

„Wie meinen Sie das?"

„Das Baby ... Noah ... Er ist einfach wunderbar." Avery lächelte, als er an den kleinen Mann mit dem blonden Flaum und den großen blauen Augen voller Staunen und Neugier dachte. „Er ist meist fröhlich und schläft gut."

„Das ist so eine schöne Zeit. Genießen Sie sie, ehe er anfängt zu laufen, zu reden und zu widersprechen. Sie ist viel zu schnell vorbei."

„Das sagen alle."

„Wie ist es mit Shelby? Wie geht es ihr?"

„Sie ist ... nun ja, natürlich überglücklich über das Baby. Sie wollte schon so lange Mutter werden und ist ganz verrückt nach ihm. Ich habe sie noch nie so glücklich gesehen."

„Aber?"

Verdammt, war das schwer. Es fiel ihm nicht leicht, seine geheimsten Gedanken mit jemandem zu teilen, wobei er das mit Shelby einmal sehr gut gekonnt hatte, ehe er alles kaputtgemacht hatte. „Es fühlt sich an wie eine sehr liebevolle WG."

„Das muss frustrierend für Sie sein. Glauben Sie, sie ist noch wütend auf Sie?"

„Nein, das ist ja das Seltsame. Sie ist nicht wütend. Sie ist nicht traurig. In Bezug auf mich ist sie gar nichts. Ich bin der Typ, der abends heimkommt und ihr mit dem Baby hilft, damit sie mal duschen und ein Glas Wein trinken kann. Wir schlafen im selben Bett, aber ich könnte genauso gut auch woanders nächtigen."

„Wie fühlen Sie sich damit?"

Er hasste diese Frage. Was glaubte sie denn? „Beschissen." Er fuhr sich mit den Fingern durchs Haar und führte weiter aus: „Unsere Beziehung war gut, bis ich den Fehler gemacht habe, den Namen einer anderen zu sagen, während ich mit der Frau intim war, die ich liebe. Seither scheine ich für sie nur noch ein Mitbewohner zu sein. Jetzt ... jetzt arbeite ich wieder mit der Frau zusammen, deren Namen ich ausgesprochen habe und die zufällig auch Shelbys Chefin und gute Freundin ist. Das alles ist so ein

Mist. Manchmal frage ich mich, ob wir uns nicht besser trennen sollten. Doch dann denke ich an Noah und stelle mir vor, ihn nicht jeden Tag sehen zu können, und ich weiß, das kann ich ihr niemals vorschlagen. Außerdem ertrage ich den Gedanken nicht, ohne die beiden zu leben."

„Andererseits sind Sie aber mit dem Status quo offensichtlich nicht zufrieden, Avery."

„Ja, und? Er ist meine Schuld. Ich habe ihn herbeigeführt. Darf ich deswegen nicht unzufrieden damit sein?"

„Avery, Sie haben sich bei Shelby wortreich entschuldigt. Sie haben ihr versichert, dass Sie Ihren Fehler bedauern. Shelby weiß, dass Sie zweimal die Woche herkommen, um professionelle Hilfe zu erhalten. Sie haben für Sie und das Baby alles Menschenmögliche getan. Warum haben Sie immer noch das Gefühl, ihre Vergebung nicht zu verdienen?"

„Weil ich ihr so wehgetan habe. Es war ja nicht nur das eine Mal. Wir waren schon eine Weile zusammen, da hat sie herausgefunden, dass ich einmal etwas für Sam empfunden habe, und das hat sie total fertiggemacht. Da hat sie mich das erste Mal verlassen."

„Sie hatten ihr das vorenthalten, weil Sie sie nicht verletzen wollten, richtig?"

„Ja, doch seltsamerweise ist das total nach hinten losgegangen – und hat außerdem noch Probleme für Sam und Nick ausgelöst. Sie war auf uns alle drei sauer, weil wir es ihr nicht erzählt hatten."

„Haben Sie versucht, mit Shelby über Ihre Gefühle zu sprechen?"

„Nein."

„Warum nicht?"

„Weil sie so mit dem Baby beschäftigt ist, dass ich genauso gut gar nicht da sein könnte. Ich bin ihr egal. Sie denkt nur an Noah, und so sollte es auch sein. Er ist ihr Kind."

„Sie sind ihr Verlobter. Sie sollte zweifellos auch an Sie denken."

„Technisch gesehen bin ich das vielleicht. Aber seit mir das passiert ist, haben wir kein Wort mehr über unsere Hochzeit gesprochen."

„Sie müssen mit ihr darüber reden, Avery. Die Situation, die

Sie beschreiben, ist langfristig nicht tragbar. Sie sagen, sie wollen weder ihr noch dem Baby wehtun ..."

„Richtig. Das wäre das Letzte, was ich will."

„Wenn Sie das nicht mit ihr klären, wird es am Ende beiden wehtun. Es wird Ihnen zu viel werden, und Sie werden keine andere Wahl mehr haben, als beide zu verlassen."

„Ausgeschlossen."

Sie hob eine Braue und signalisierte ihm damit, wie sehr sie an seinen Worten zweifelte. „Sind Sie bereit, den Rest Ihres Lebens ohne Sex zu verbringen, wenn diese Entfremdung von Shelby bestehen bleibt?"

Über diese Möglichkeit hatte Avery noch nicht nachgedacht. „Ich weiß es nicht."

„Doch, das wissen Sie. Ich gehe davon aus, dass Sie ein normaler, gesunder Mann sind, der Sex mag. Wann waren Sie das letzte Mal intim?"

Schockiert über diese direkte Frage – auch wenn er das vermutlich eigentlich nicht hätte sein sollen –, erwiderte er ihren Blick. „Als ich ,Sam' statt ,Shelby' gesagt habe."

„Und wann war das?"

„Vor Noahs Geburt, also vor zwei Monaten."

„Das ist eine lange Zeit."

„Wir haben ein neugeborenes Baby. Da ist das nicht ungewöhnlich."

„Geben Sie nicht dem Baby die Schuld, Avery. Sie und Shelby haben sich im Grunde einander entfremdet, leben aber noch zusammen. Das ist ein für beide Seiten ungesundes Arrangement."

„Der Gedanke, sie darauf anzusprechen ... ist ..." Er schüttelte den Kopf. Er konnte nicht beschreiben, was er dabei empfand. Es machte ihm furchtbare Angst. Erfüllte ihn mit Argwohn. Vermittelte ihm ein Gefühl von Verletzlichkeit. Zerknirschtheit. Zugleich ekelte er sich vor sich selbst.

„Sie schulden sich und Shelby den Versuch, das in Ordnung zu bringen. Sie sagen, Sie wollen nicht ohne Shelby und das Baby leben. Von Anfang an haben Sie immer beteuert, dass Sie beide sehr lieben. Wenn Sie wollen, dass Noah in einem gesunden, liebevollen Umfeld aufwächst, müssen Sie es wenigstens versuchen. Wenn Sie lieber hier mit ihr sprechen möchten, bringen Sie sie mit."

„Ginge das?"

„Natürlich."

„Okay. Ich überlege es mir."

„Sie sagen, Sie arbeiten derzeit wieder mit Sam zusammen. Wie ist das?"

„Gut. Ich habe sie nur in ein paar Besprechungen gesehen."

„Was empfinden Sie bei diesen Begegnungen?"

„Gar nichts." Es klang schärfer als geplant. Seufzend entschuldigte er sich.

„Das muss Ihnen nicht leidtun, doch ich würde diese Thematik gern etwas genauer in Augenschein nehmen, wenn es Ihnen recht ist."

Tatsächlich gehäutet zu werden wäre in der Tat weniger qualvoll. „Inwiefern?"

„Erzählen Sie mir von Ihrer ersten Begegnung."

„Muss das wirklich sein?"

„Ich fürchte schon. Wir haben lange über Ihre Kindheit und Ihre Beziehung zu Shelby gesprochen, hingegen kaum über Sam und Ihre Gefühle für sie."

„Ich habe keine Gefühle für sie."

„Aber das war früher anders, oder?"

Avery seufzte erneut tief. „Ja."

„Deshalb: Erzählen Sie mir von Ihrer ersten Begegnung."

Er akzeptierte, dass er dieser grauenvollen Rückschau nicht würde entgehen können, und begann: „Wir haben im Fall Woodmansee zusammengearbeitet. Man hat mich hinzugezogen, als klar war, dass Sam irgendwie ins Visier geraten war. Bei unserer ersten Begegnung hatte ich sofort eine sehr unangemessene Reaktion auf sie."

„War Ihnen das je zuvor bei einer Frau passiert?"

„Nein", antwortete er mit zusammengebissenen Zähnen.

„Haben Sie vor dieser ersten Begegnung gewusst, wer sie ist?"

„Jeder hat das gewusst. Sie hatte gerade im Rahmen einer sehr öffentlichen Feier einen gut aussehenden jungen Senator geheiratet und die Morde an einem anderen Senator und einem für den Supreme Court nominierten Richter untersucht. Ganz zu schweigen von dem Callgirl-Ring, den sie gesprengt hatte, womit sie einige der mächtigsten Männer des Landes zu Fall gebracht hatte. Ich habe gewusst, wer sie ist, aber sie persönlich zu treffen war noch mal etwas ganz anderes."

„Inwiefern?"

„Ihr öffentliches Bild wird der ... *intensiven* ... Art und Weise, wie sie lebt und arbeitet, nicht gerecht. Sie ist was ganz Besonderes. Außerdem ist sie überaus attraktiv, was ja inzwischen alle Welt weiß."

„Wie sind Sie mit dieser Reaktion auf sie umgegangen?"

„Gar nicht. Sie war frisch verheiratet und bis über beide Ohren verknallt in ihren Mann. Das konnte ich mehr als einmal mit eigenen Augen sehen, man musste nur im selben Raum sein wie die beiden, um zu begreifen, dass da kein Platz für Dritte war."

„Das muss für Sie schwer zu akzeptieren gewesen sein."

Er zuckte die Achseln. „Ich war für sie immer bloß ein Kollege."

„Hat sie gewusst, was Sie für sie empfinden?"

Averys Gesicht wurde schamrot. „Offenbar habe ich es nicht besonders gut verborgen. Sie hat es mitbekommen, genau wie ihre Kollegen und ihr Mann. Wie Sie sich vorstellen können, hat mich das nicht gerade gefreut."

„Man könnte also sagen, Ihre Beziehung zu ihr war von Anfang an kompliziert?"

„Meine Beziehung zu ihr ist ausschließlich beruflicher Natur."

„Nun ja, Sie sind außerdem mit ihrer persönlichen Assistentin verlobt."

„Ja, das auch."

„Hat Shelby, als sie erfuhr, dass Sie einmal Gefühle für Sam hatten, vermutet, Sie wollten sie benutzen, um dem eigentlichen Objekt Ihrer Begierde näherzukommen?"

„Ja." Er biss die Zähne so fest zusammen, dass es in den Kiefermuskeln schmerzte.

„Langsam verstehe ich besser, was passiert ist und wie sich Shelby gefühlt haben muss, als sie davon erfahren hat."

„Ich möchte eine Sache klarstellen. Zu keinem Zeitpunkt habe ich meinen Gefühlen für Sam nachgegeben. Ich respektiere die Tatsache, dass sie verheiratet und damit für mich unerreichbar ist.

Unsere Beziehung war bestenfalls kollegial, manchmal auch von Feindseligkeit geprägt und ganz allgemein absolut schrecklich. Ich wünschte, ich hätte sie nie kennengelernt."

„Dann wären Sie vielleicht Shelby nie begegnet."

„Das ist mir klar."

Sie musterte ihn auf eine kluge, allwissende Weise, die ihn nervte. „Ich will ehrlich zu Ihnen sein."

„Das erwarte ich von Ihnen."

„Sie und Shelby brauchen dringend eine Paartherapie, wenn Sie auch nur den Hauch einer Chance haben wollen, diese Beziehung zu retten. Ihre Probleme werden weder vergehen noch mit der Zeit verschwinden. Verstehen Sie?"

Das hatte er ganz bestimmt nicht hören wollen, doch es überraschte ihn andererseits auch nicht besonders. „Ja."

Rosemary lehnte sich zurück und verschränkte die Arme. „Werden Sie mit ihr sprechen und versuchen, sie dazu zu bewegen, mit herzukommen?"

„Ich werde mit ihr reden." Er wünschte nur, er wüsste, was er sagen sollte.

24

Drei lange Stunden nach Sams Rückkehr ins Hauptquartier erhielt sie einen Anruf von Detective Erica Lucas von der Special Victims Unit. Sam hatte großen Respekt davor, wie die junge Ermittlerin arbeitete, und hatte ihr sogar den durch Arnolds Tod frei gewordenen Platz in ihrem Team angeboten. Aber Erica war gern bei der SVU und eine große Stütze dieser Abteilung.

„Kannst du ins GW kommen?", bat Erica.

„Bin schon unterwegs." Sam verließ ihr Büro und winkte Gonzo, damit er sie zum Krankenhaus fuhr.

Er folgte ihr zum Eingang der Gerichtsmedizin, wobei sie das Handy weiter am Ohr hatte.

„Wie geht es ihr?", fragte Sam Erica.

„Nicht toll. Die haben sie stundenlang abwechselnd vergewaltigt."

Sam verzog das Gesicht. „Verdammte Scheiße."

„Es war die Hölle für sie, doch sie kann beide Männer gut beschreiben und hat noch weitere Informationen, die dich interessieren werden."

„Ich bin in einer Viertelstunde da. Wo finde ich euch?"

Erica nannte ihr die Zimmernummer. „Sam ... Sei sanft mit ihr, okay?"

„Klar."

„Ich hoffe, ich darf so etwas sagen."

„Wenn es die Situation erfordert, kann man mich durchaus dazu bewegen, mich zurückzuhalten."

Erica lachte. „Ich bemitleide den Narren, der das versucht, jetzt schon."

„Oh, versucht haben das schon viele. Aber nur wenigen ist es gelungen. Bis gleich."

„Ich warte hier auf dich."

Auf dem Weg zum GW erzählte Sam Gonzo, was Erica ihr berichtet hatte. „Ich glaube, ich sollte das allein machen. Nach dem, was sie hinter sich hat, möchte sie im Augenblick vermutlich keine Männer in ihrem Zimmer haben."

„Mir recht."

Sam schaute zu ihm hinüber und dann wieder auf die Straße. „Wie läuft's mit Green?"

„Gut."

„Das ist alles? Einfach nur gut?"

„Er ist ein hervorragender Ermittler, doch das wusstest du schon, sonst hättest du ihn nicht eingestellt."

„Du weißt, dass ich danach nicht gefragt habe."

Gonzo seufzte. Seine Ungeduld war mit Händen zu greifen. „Was soll ich sagen, Sam? Er ist ein guter Mann und ein guter Polizist. Ist es leicht, einen neuen Partner zu kriegen, nachdem ich meinen auf diese Weise verloren habe? Ganz und gar nicht. Komme ich damit klar? Ja. So gut ich kann."

„Das wollte ich hören."

„Der Typ tut mir beinahe leid."

„Wieso?"

„Er muss in ein verschworenes Team einsteigen und jemanden ersetzen, der bei allen beliebt war und in Ausübung seines Dienstes erschossen worden ist. Darum beneide ich ihn nicht."

„Ich habe versucht, jemanden zu finden, der damit umgehen kann."

„Weiß ich, und du hast eine gute Wahl getroffen. Das wissen wir alle zu schätzen."

„Es wird eine Weile dauern, bis du dich an ihn gewöhnt hast."

„Ja."

„Und sonst?"

„Was willst du eigentlich wirklich wissen, Sam?"

„Ich will wissen, ob bei dir alles in Ordnung ist. Nicht nur beruflich."

„Mir geht es gut."

Er sagte, was sie hören wollte, aber die Müdigkeit in seiner Stimme ließ sie hellhörig werden. „Würdest du es mir verraten, wenn es anders wäre?"

„Genau wie du mir."

„Komm schon, Gonzo. Lass mich hier nicht am ausgestreckten Arm verhungern, okay? Es ist meine Aufgabe, dafür zu sorgen, dass du mit den Gedanken bei der Arbeit bist, auch wenn dein Herz gebrochen ist."

„Mit meinem Herzen ist alles in Ordnung, und meine Gedanken gelten ausschließlich der Arbeit. Noch Fragen?"

„Wie geht es Christina?" Gonzo hatte sich in Nicks frühere Kollegin verliebt, und sie zogen gemeinsam Gonzos Sohn Alex groß.

„Gut."

„Wollt ihr weiter heiraten?"

Nach einer kurzen Pause antwortete er: „Wir reden nicht mehr so oft darüber. Ich schätze, ich sollte es irgendwann mal ansprechen. Sonst noch was?"

„Nein, das war alles."

Seit Arnolds Tod war für Sam jedes Gespräch mit ihm wie ein Spaziergang auf einem Minenfeld. Als seine Freundin und Chefin hatte sie versucht, ihn zu unterstützen und ihm Verständnis entgegenzubringen, während sie ihm gleichzeitig Raum für seine Trauer ließ. Doch sie hatten einen Job zu erledigen, und trotz seiner Beteuerungen war sie besorgt. Sie würde ihn weiter gut im Auge behalten.

„Wenn dir nach Lachen zumute ist, ich habe Freddie mit Andeutungen über meine Planung für seinen Junggesellenabschied völlig verrückt gemacht. Unter anderem habe ich strippende Liliputanerinnen, Latex und eine Intimrasur für ihn erwähnt. Ich habe behauptet, du wärst mein wichtigster Mittäter."

Gonzo lachte. „Der Arme. Dürfen wir die Stripperinnen denn Liliputanerinnen nennen?"

„Sie nennen sich selbst so! Warum erzählst du ihm nicht, du

hättest gehört, es gäbe auch Schlammcatchen oder so?"

„Werde ich", versprach er grinsend. „Er wird dich umbringen."

„Er wird einen Riesenspaß haben – wenn er sich nicht in letzter Sekunde noch irgendwie drückt."

„Ich dachte, auch dafür hättest du mit Elin einen Plan geschmiedet."

„Haben wir, aber die strippenden Liliputanerinnen sind vielleicht einfach eine Nummer zu hart."

„Es gibt wirklich strippende Liliputanerinnen?", hakte Gonzo nach.

„Du darfst das gern googeln."

„Ich glaube dir aufs Wort."

„Kannst du auch."

„Was zum Teufel hat er sich dabei gedacht, dich zu bitten, seine Trauzeugin zu sein?"

Sam lachte heftig. „Tja, wer weiß?"

„Sein Fehler. Was ab jetzt passiert, hat er allein sich selbst zuzuschreiben."

„Ganz deiner Ansicht."

Sie betraten das GW durch die Notaufnahme. Sam hielt den Kopf gesenkt, damit nicht irgendwelche Leute um ein Autogramm der Vizepräsidentengattin bitten konnten. Für solchen Mist hatte sie keine Zeit.

Mit dem Aufzug fuhren sie in den dritten Stock. „Treffen wir uns nachher wieder hier?", schlug Sam Gonzo vor.

Er deutete auf den Wartebereich. „Ich setze mich dahin."

Sie suchte nach der Zimmernummer, die Erica ihr genannt hatte. Die beiden uniformierten Polizisten auf dem Gang erleichterten es ihr, sich zurechtzufinden. Sie zeigte ihnen ohne Aufforderung ihre Dienstmarke.

„Gehen Sie ruhig rein, Lieutenant", sagte einer der beiden. „Detective Lucas erwartet Sie."

„Danke."

Sam holte tief Luft, um sich auf das vorzubereiten, was sie gleich sehen und hören würde, dann öffnete sie die Tür.

Erica stand auf der anderen Seite des Bettes.

Das Opfer war eine zierliche, dunkelhaarige Frau, deren Gesicht verquollen und mit blauen Flecken übersät war und deren große Augen ängstlich aufgerissen waren. Sie erkannte sie sofort. *O nein.* „Angel?"

Tränen traten der Frau in die Augen und rannen ihr über die Wangen, während sie nickte.

„Angel hat erwähnt, dass ihr euch kennt", meinte Erica.

Sam nickte und konnte den Blick nicht von dem blutunterlaufenen Gesicht der Freundin von Roberto Castro abwenden, dem Mann, mit dem sie sich angefreundet hatte, während sie verdeckt in der Familie Johnson ermittelt hatte. Seit der Schießerei, die mit dem Tod von Quentin Johnson geendet hatte, war Roberto querschnittsgelähmt. Roberto sagte immer, Angel sei nach seiner Verletzung der einzige Grund für ihn gewesen, am Leben zu bleiben.

Sam kämpfte gegen ihre Emotionen an. „Das alles tut mir schrecklich leid." Sie hatte so viele Fragen, deren Antworten sie bei dem Fall weiterbringen würden, aber sie stellte die wichtigste zuerst. „Weiß Roberto Bescheid?"

Angel schüttelte den Kopf. „Ich war gestern bei einem Mädelsabend und wollte bei einer Freundin übernachten." Sie berührte ihr Gesicht, und Sam bemerkte tiefe Abschürfungen an Ellbogen und Arm, vermutlich von dem Sturz aus dem Auto.

Erica reichte Angel ein Papiertaschentuch, mit dem sie sich die Tränen abtupfte. Bei jeder Berührung ihres zerschlagenen Gesichts zuckte sie ein wenig zusammen.

„Doch dann hab ich schlimme Kopfschmerzen gekriegt, deshalb wollte ich heimgehen, und dann ... kam ich aus der Metro und wollte mir ein Taxi rufen. Sie haben direkt vor mir angehalten und mich ins Auto gezerrt."

Sam legte die Hand auf Angels. „Lassen Sie sich Zeit."

Erica goss der jungen Frau einen Becher Eiswasser ein und hielt ihr den Strohhalm.

Sie trank einen Schluck. „Ich habe versucht, mich zu wehren, aber die hatten Schusswaffen."

„Wissen Sie noch, wie das Auto aussah?"

„Es war ein roter SUV. Ich kannte die Warnungen der Polizei bezüglich des Autos, mit dem die Mörder unterwegs sind, und mir war sofort klar, dass das die Gesuchten sein mussten."

Sam ließ Angels Hand los und zog ihr Notizbuch aus der Gesäßtasche. „Was können Sie mir über die Männer sagen?"

„Sie waren jung, vielleicht Anfang zwanzig. Sie nannten einander D und C, keine Namen."

„Was ist passiert, nachdem die Sie ins Auto gezerrt hatten?"

„Der Typ, der sich D nennt ... Er hatte mich reingezerrt und hat sofort angefangen, mir die Kleider vom Leib zu reißen. Ich ... ich habe versucht, mich zu wehren, doch er hat mich so heftig geschlagen, dass ich bewusstlos wurde. Als ich zu mir kam ..." Ihre Stimme brach, und sie schluchzte. „Er ... er hat mich vergewaltigt, und es hat so wehgetan. Ich habe geschrien, er soll aufhören, aber er hat mir die Hand auf den Mund gedrückt, sodass ich weder schreien noch atmen konnte. Da bin ich wieder bewusstlos geworden. Als ich danach zu mir kam, hat mich der andere gerade vergewaltigt. So ging es die ganze Nacht."

Sam schrieb mit und kämpfte dabei gegen ihre Gefühle an. Angel war so zierlich. Sie hatte gegen zwei Männer keine Chance gehabt. „Wie sind Sie entkommen?"

„D... die haben darüber geredet, wie sie mich t... töten wollten. Der Typ, der sich C nennt ... ist eingeschlafen, und da habe ich die Autotür aufgerissen. Ich bin aus dem Wagen gestürzt, und sie sind Gott sei Dank einfach weitergefahren. Ein anderes Auto hat angehalten, und der Fahrer hat mir geholfen." Sie brach wieder schluchzend zusammen.

„Es war so tapfer, auf diese Weise zu fliehen, Angel", erklärte Sam. „Sie haben sich selbst das Leben gerettet."

Erica reichte Angel ein weiteres Papiertaschentuch. „Erzählen Sie Sam, was Sie mir über die Gespräche der beiden berichtet haben."

Angel brauchte einen Moment, um sich zu sammeln. „Ich habe nicht alles verstanden, was sie gesagt haben, aber es hat geklungen, als hätten sie jemanden gezwungen, für sie zu schießen. Als hätten sie ihn entführt oder so. Einer der beiden hat gemeint, jetzt sei ihm endlich nicht mehr langweilig."

Sam schrieb hektisch mit. „Das hilft uns wirklich weiter, Angel."

„Noch was. Dieser D ... Er hat, während ich im Auto war, einen

Anruf bekommen, weil seine Mutter gestorben ist. Als er das gehört hat, hat er geweint."

„Das ist eine wichtige Information", lobte Sam sie.

Angel sah Sam mit Augen voller Tränen an. „Sagen Sie Roberto, was passiert ist?"

Sam drehte sich beim Gedanken an diese schreckliche Aufgabe der Magen um. „Natürlich."

„Danke. Es ist besser, wenn er es von Ihnen hört."

Sam bezweifelte das, doch sie würde alles tun, um Angel – und Roberto – zu helfen. „Ich würde Ihnen gerne noch heute einen Zeichner schicken, damit wir Phantombilder von diesen Typen anfertigen können. Geht das?"

„Ich tue mein Möglichstes, damit Sie sie fassen."

„Versuchen Sie, sich etwas auszuruhen, und ich rede mit Roberto. Ich sehe später wieder nach Ihnen."

„Danke", antwortete Angel. „Er findet Sie einfach großartig, aber das wissen Sie ja."

„Das beruht auf Gegenseitigkeit. Hat Roberto wieder einen Job?" Bei Sams letztem Zusammentreffen mit ihm hatte er erzählt, er könne aktuell aufgrund gesundheitlicher Probleme, die mit der Schussverletzung zusammenhingen, nicht arbeiten.

Angel nickte. „Seit gestern."

„Dann weiß ich ja, wo ich ihn finde." Sam drückte Angel die Hand. Roberto und Angel hatten einige Monate zuvor Beziehungsprobleme gehabt, als Ärzte ihm gesagt hatten, er könne möglicherweise keine Kinder mehr zeugen. Angel hatte ihn verlassen, war dann allerdings zu ihm zurückgekehrt. Sam wertete es als gutes Zeichen, dass sie nach ihm fragte. „Es mag Ihnen heute unvorstellbar erscheinen, trotzdem werden Sie darüber hinwegkommen. Sie sind eine starke Frau und werden das überleben. Versprochen."

„Danke", brachte Angel über die aufgeplatzten Lippen und schluchzte erneut auf. „Aus Ihrem Mund bedeutet mir das viel."

„Ich begleite Lieutenant Holland kurz raus", verkündete Erica. „Aber ich bin gleich wieder da."

„Okay."

Auf dem Gang brauchte Sam einen Augenblick, um sich in den Griff zu bekommen. Sie entfernte sich ein paar Schritte von den uniformierten Beamten, und Erica folgte ihr in gebührendem Abstand. „Tut mir leid", entschuldigte sich Sam nach langem Schweigen. „Das war einfach ..."

„Ich weiß. Doch sie ist unglaublich. Trotz dieser furchtbaren Tortur mutig und stark."

„Ja, so ist sie. Roberto sagt, sie habe ihm das Leben gerettet, als er nach der Schießerei in dem Johnson-Crackhaus plötzlich querschnittsgelähmt war. Er war einer von Johnsons Handlangern."

„Du hast damals verdeckt ermittelt, richtig?"

„Ja, ist voll schiefgegangen. Johnsons Sohn war dort und ist im selben Schusswechsel gestorben, dem Roberto seine Querschnittslähmung verdankt. Totale Katastrophe – und jetzt das. Ich vermute, sie ist gynäkologisch untersucht worden?"

„Ja. Ich habe den Abstrich persönlich ins Labor gebracht und Druck gemacht. Nach dem, was sie gesagt hat, haben die kein Kondom benutzt."

„Wie schwer ist sie verletzt?"

„Ziemlich schwer. Vaginalrisse, schwere Abschürfungen an einem Arm und einem Bein."

Sam seufzte tief. „Ich will diese Drecksäcke hinter Gittern sehen. Wie soll ich denn bitte den Familien der Opfer erklären, dass ihre Lieben tot sind, weil den beiden Mistkerlen langweilig war?"

„Es ist unvorstellbar. Glaubst du, der Schütze, den sie angeblich entführt haben, ist Captain Wallack?"

„Möglich. Sein Verschwinden passt zum zeitlichen Ablauf. Ich werde einen Zeichner kommen lassen, der mit ihr arbeiten soll, und dann schaue ich mir genauer an, mit wem Wallack so Umgang hatte und wer an seinen Fähigkeiten als Schütze interessiert gewesen sein könnte."

„Glaubst du, er lebt noch?"

„Wenn sie des Mordens noch nicht müde sind, vermutlich schon. Ohne einen Schützen kriegen sie das nicht hin."

„Was glaubst du, wie man einen hochdekorierten Polizisten dazu bringt, bei so etwas mitzumachen?"

„Die haben jemanden bedroht, den er liebt."

„Das heißt, es muss jemand sein, der weiß, wen er liebt."

„Denke ich auch. Jetzt jedoch muss ich erst mal Roberto die schlechten Nachrichten überbringen. Lass es mich wissen, wenn du noch etwas Hilfreiches hörst."

„Geht klar."

„Bist du sicher, dass ich dich nicht zur Mordkommission locken kann?"

„Ich soll all das hier aufgeben?", fragte Erica und deutete mit grimmigem Lächeln auf Angels Zimmer.

„Du hast recht, du wirst hier gebraucht."

„Ich würde ja behaupten, ich mag meinen Job, aber es ist schwer, die Dinge zu mögen, mit denen wir es täglich zu tun haben."

„Ich weiß, was du meinst, und du bist für die SVU sehr wichtig. Bis nachher."

„Ja, bis dann. Sie wollte ihre Familie anrufen, wenn Roberto Bescheid weiß, deshalb bleibe ich jetzt erst mal bei ihr, bis sie anderweitig Unterstützung hat."

„Danke, Erica." Sam wandte sich an die Streifenpolizisten. „Hier darf nur medizinisches Personal rein."

„Jawohl, Ma'am, Lieutenant."

„Bewachen Sie sie mit Ihrem Leben. Sie ist die einzige Zeugin, die unsere Schützen identifizieren kann. Die werden sie töten wollen."

Als sie das hörten, richteten sich die beiden jungen Beamten etwas gerader auf.

„Jawohl, Ma'am."

Zufrieden, dass die beiden begriffen, was auf dem Spiel stand, begab Sam sich in den Wartebereich zu Gonzo, der dort saß, Kaffee trank und in einer Autozeitschrift las.

Er sprang auf, als er sie kommen sah.

„Kannst du einen Zeichner besorgen? Sie kann sie gut beschreiben."

„Klar." Er zückte sein Handy und erledigte den Anruf. „Was hat sie noch erzählt?"

Sam informierte ihn über Angels Beziehung zu Roberto.

„Ach, so ein Mist", seufzte er.

„Du sagst es, und ich habe den wenig beneidenswerten

Auftrag, ihn aufzusuchen und über das Geschehene zu unterrichten."

„O Gott."

„Sie dachte, es wäre ‚besser', wenn er es von mir hört." Sam ging zum Fahrstuhl, entschlossen, diese unschöne Aufgabe hinter sich zu bringen, um weiter ermitteln zu können. Sie hämmerte auf dem Rufknopf des Aufzugs herum, als der nicht sofort aufleuchtete.

Gonzo zog ihre Hand weg und drückte den Knopf, bis die Lampe anging.

Sams Augen füllten sich mit Tränen. Sie weigerte sich zusammenzubrechen, solange sie Jagd auf Vergewaltiger und Mörder machen musste. Dafür blieb ihr nach dem Fall immer noch genug Zeit.

25

Gonzo schubste sie in den Aufzug.

„Das wird ihn vernichten", flüsterte sie auf der Fahrt nach unten in die Lobby.

„Er ist bereits einmal durch die Hölle gegangen. Dann schafft er es auch ein zweites Mal."

„Sie ist der Grund, warum er noch lebt", erklärte Sam. „Das hat er mir so oft gesagt."

„Daran wird sich auch nichts ändern. Die beiden haben schon viel zusammen durchgemacht. Sie werden das hier ebenfalls schaffen."

Sam wusste seine tröstlichen Worte zwar zu schätzen, hatte aber Angst um den jungen Mann, mit dem sie sich unter so außergewöhnlichen Umständen angefreundet hatte. Als er im Anschluss an den Schusswechsel querschnittsgelähmt gewesen war, hatte er geschworen, seiner kriminellen Laufbahn den Rücken zu kehren. Sam hatte ihm geholfen, städtischer Angestellter zu werden. Sie war froh zu hören, dass er nach der Krankschreibung wenigstens wieder arbeitete.

Die beiden fuhren zum Rathaus, um dort mit ihm zu sprechen, und als sie das Gebäude betraten, wandten sich alle nach der Gattin des Vizepräsidenten um, was Sam mal wieder unendlich nervte.

Sie folgten der Beschilderung zur Finanzverwaltung,

erreichten die geschlossene Tür, und Sam atmete noch einmal tief durch, ehe sie an den Empfangstresen trat, hinter dem Roberto saß. Als sie ihn in seinem Rollstuhl sah, empfand sie tiefes Mitleid für den Mann, der jetzt einen neuerlichen schweren Schlag würde hinnehmen müssen.

„Yo, yo, wenn das nicht meine Lieblingspolizistin ist!" Als er sie erblickte, strahlte Robertos attraktives Gesicht auf. Er hatte kurzes dunkles Haar und weltmüde Augen. Zur Arbeit trug er ein bordeauxfarbenes Hemd mit passender Krawatte. Sam war wirklich stolz darauf, wie weit er trotz aller Hindernisse gekommen war. Sie hoffte nur, dass die schlechten Nachrichten über Angel kein zu heftiger Rückschlag für ihn sein würden.

„Was führt dich her?"

„Können wir uns irgendwo unterhalten?"

Er schaute über seine Schulter. „Äh, ja, klar. Der Besprechungsraum ist frei." Nachdem er jemanden gebeten hatte, ihn am Empfang abzulösen, fuhr er dort hinüber.

Gonzo schloss hinter sich die Tür, und Sam stellte ihn Roberto vor.

„Wo ist denn der gute alte Cruz?"

„Daheim und schläft. Wir arbeiten rund um die Uhr an der Suche nach diesen Schützen."

„Mann, das ist so krank. Jetzt kann man nicht mal mehr auf die Straße gehen, ohne Angst haben zu müssen. Ich habe den Leuten hier erzählt, dass meine Freundin, die Polizistin, sich der Sache angenommen hat und die Typen über kurz oder lang hinter schwedischen Gardinen sitzen werden."

„Danke für das Vertrauensvotum." Sie wünschte nur, sie hätte die Täter erwischt, ehe sie sich seine Angel gegriffen hatten.

„Ich habe gehört, ihr habt nach dem ersten Anschlag Trace Simmons verhört."

Sam nickte. „Er kennt die Schwester des Opfers, aber er ist sauber." Am liebsten hätte sie in diesem Stil weiter mit ihm geplaudert, doch das änderte ja nichts. „Hör zu, Roberto ... Ich bin hier, weil ... die Typen, die wir suchen, gestern Nacht auf offener Straße eine Frau entführt haben."

„Habe ich gehört, und jemand hat gemeint, sie habe sich heute Morgen aus einem fahrenden Auto gestürzt. Stimmt das?"

Sam nickte. „Roberto ..."

„Was ist los? Du bist ganz blass im Gesicht."

„Es geht um Angel."

Er sog scharf die Luft ein und verlangte dann: „Sag mir nicht, dass sie tot ist. Sag das nicht."

„Sie ist nicht tot."

„O Gott sei Dank." Er schlug die Hände vors Gesicht und kämpfte sichtlich um Fassung. „Bitte, was auch immer es ist, sag es einfach. Sag es, Sam."

„Die Männer, die hinter den Todesschüssen stecken, haben sie entführt. Sie haben sie vergewaltigt. Angel konnte entkommen, aber sie liegt verletzt im Krankenhaus. Sie wird wieder, doch es wird dauern."

„Bring mich zu ihr." Er wischte sich eine entkommene Träne von der Wange. „Bitte bring mich *sofort* zu ihr."

„Gehen wir." Sam hielt ihm die Tür auf, und er fuhr zurück ins Büro.

„Meine Freundin Angel", wandte er sich zögernd an einen älteren Mann, dessen Krawatte aufgrund seines Bierbauchs etwa fünfzehn Zentimeter zu kurz war. „Man hat sie entführt und vergewaltigt. Sie liegt im Krankenhaus."

„Sie waren die ganze Zeit krankgeschrieben, und jetzt wollen Sie schon wieder weg?"

„Bitte", flüsterte Roberto. „Angel ist alles, was ich auf der Welt habe. Sie braucht mich."

„Aber sie wird Sie auch nach der Arbeit noch brauchen."

„Wie heißen Sie?", fragte Sam den Kerl.

„Jeff."

Sie zog ihr Notizbuch aus der Gesäßtasche. „Jeff. Und wie weiter?"

„Warum wollen Sie das wissen?"

Ihr Stift schwebte über dem Notizbuch, als sie antwortete: „Damit ich der Bürgermeisterin, einer Freundin meines Mannes, von Ihrem mangelnden Mitgefühl berichten kann."

Jeffs Gesicht nahm eine Farbe an, die sie an die von Lieutenant Stahls Antlitz erinnerte, wenn sie ihn früher, bevor er zweimal versucht hatte, sie zu töten, provoziert hatte. „Das wird nicht nötig sein. Ich bin sicher, wir kriegen das hin. Gehen Sie nur, Roberto."

„Danke, Jeff. Vielen Dank."

Sam schob das Notizbuch wieder in ihre Gesäßtasche und nickte Jeff zu, der sie wütend anfunkelte, als sie Roberto so schnell wie möglich aus dem Büro schob.

„Das war großartig", meinte Gonzo, als sie auf dem Gang waren.

„Gemeine Menschen nerven mich einfach."

Gonzo grinste. „Ich kann nicht glauben, dass du die Ehemannkarte gespielt hast."

„Die hebe ich mir ja auch für echte Notfälle auf."

„Gut gemacht, Lieutenant."

So schnell wie möglich brachte Sam Roberto aus dem Rathaus und zu Gonzos Auto.

Er wuchtete sich auf den Beifahrersitz, und Gonzo verstaute den Rollstuhl im Kofferraum.

Sam nahm auf dem Rücksitz Platz.

„Erzähl mir, was passiert ist", bat Roberto. „Und lass nichts aus."

„Ich finde, das sollte sie dir erzählen."

„Dann ist es also richtig schlimm."

„Ja", bestätigte Sam.

Er begann leise zu weinen, wovon ihr das Herz brach.

Einem Impuls folgend schrieb Sam Jeannie eine SMS und bat sie, vor ihrer Schicht ins Krankenhaus zu kommen und mit Angel zu sprechen.

Jeannie antwortete nicht sofort, doch sie würde sich melden, wenn sie aufwachte, und Sam war zuversichtlich, dass sie bereit sein würde zu helfen.

Sie schickte auch Nick eine Textnachricht.

Dieser Fall wird von Minute zu Minute hässlicher. Die entführte Frau ist die Freundin meines Kumpels Roberto vom Johnson-Fall.

Er erwiderte darauf sofort: *Ach verdammt, Babe. Das tut mir so leid.*

Sie ist schwer verletzt, aber sie hat ihre Gesichter gesehen und ist möglicherweise der Schlüssel zur Lösung dieses Falles.

Ich hoffe es. Wann kommst du heim?

Später. Viel später.

Okay, sei vorsichtig. Liebe dich.

Ich dich auch.

Als sie das GW erreichten, schob Sam Roberto in seinem Rollstuhl ins Krankenhaus und zu Angels Zimmer, wo die diensthabenden Streifenpolizisten sich seinen Ausweis zeigen lassen wollten.

„Ich bürge für ihn", sprang Sam für Roberto in die Bresche. „Er ist ihr Freund. Ich kenne die beiden."

„Gehen Sie rein, Lieutenant."

Sam hielt Roberto die Tür auf, und er rollte in Angels Zimmer.

Er warf einen Blick auf sie, wie sie da grün und blau geschlagen und mit blutunterlaufenem Gesicht im Bett lag, und brach wieder in Tränen aus. „Oh, Baby. Mein Gott."

Angel streckte ihm die Hand hin, sie steckten die Köpfe zusammen und weinten gemeinsam.

Roberto legte einen Arm um sie und küsste ihre Stirn, während er flüsternd auf sie einredete.

Sam ertrug diesen Anblick fast nicht. Sie trat zu den beiden und legte Roberto eine Hand auf die Schulter. „Ich komme nachher noch mal vorbei."

Er löste sich von Angel und sah zu Sam hoch. „Danke, dass du mich geholt hast."

„Für dich würde ich alles tun." Zu Angel sagte sie: „Ich werde Ihre Hilfe brauchen."

„Ich tue mein Möglichstes."

„Mir ist da eine Idee gekommen, die ich mir allerdings erst absegnen lassen muss. Ich erkläre es nachher."

„Sie wissen ja, wo Sie mich finden."

„Lass uns fahren", forderte Sam Gonzo auf.

„Was ist das denn für eine tolle Idee?", fragte er im Aufzug.

„Angel hat gesagt, einer von ihnen hat im Auto einen Anruf bekommen, weil seine Mutter gestorben ist. Was hältst du davon, bei den Bestattern der Stadt die Runde zu machen und uns zu erkundigen, wer das Begräbnis einer Frau organisiert, die alt genug ist, um einen Sohn Mitte zwanzig zu haben, dessen Name mit D beginnt?"

„Ich halte das für eine ausgezeichnete Idee."

„Schauen wir mal, was unsere Vorgesetzten davon halten."

„Mir gefällt das nicht", meinte Farnsworth eine Stunde später, nachdem Sam ihm und Malone ihre Idee unterbreitet hatte. „Es kommt mir respektlos vor, die Trauer einer Familie zu stören, weil wir einen Verdächtigen suchen."

„Es muss ja nicht respektlos ablaufen", widersprach Malone. „Wir zeigen der jungen Frau, die vergewaltigt worden ist, die Trauernden und gucken, ob sie jemanden wiedererkennt."

„Wie gewährleisten wir denn dabei ihre Sicherheit?", fragte Farnsworth.

„Lassen Sie das meine Sorge sein", beruhigte ihn Sam.

„Sie dürfen daran auf keinen Fall selbst beteiligt sein", stellte Malone klar. „Sie sind bekannt wie ein bunter Hund. Wir brauchen dafür jemanden wie Gonzo, der so tun könnte, als sei er ihr Freund."

„Ich möchte aber dabei sein", beharrte Sam. „Es war meine Idee. Außerdem kann ich für ihre Sicherheit garantieren."

„Sie werden durch Ihre Bekanntheit die Ermittlung gefährden", pflichtete Malone Farnsworth bei. „Alle werden nur Augen für Sie haben."

„Genau, und in der Zwischenzeit kann sie sich umschauen."

„Ich sehe das wie der Captain", verkündete Farnsworth. „Sie sind raus."

Aufgebracht rief sich Sam in Erinnerung, dass das nicht persönlich gemeint war. Es ging hier darum, diese Drecksäcke aufzuspüren und sie für das bezahlen zu lassen, was sie angerichtet hatten. Doch sie sehnte sich erneut nach der guten alten Zeit, in der niemand sie auf der Straße erkannt hatte. „Na schön. Meinetwegen. Dürfen wir dann weitermachen?"

Farnsworth überlegte kurz. „Mit dem äußersten Respekt gegenüber den Verstorbenen und ihren Familien. Die Bestatter müssen darüber Bescheid wissen, was wir tun."

„Okay." Sie wandte sich ab, verließ das Büro des Polizeichefs und nickte auf dem Weg nach draußen seiner Sekretärin Helen zu. In der Lobby angekommen, wurde sie von hinten am Arm gepackt, herumgerissen und ins Gesicht geboxt, ehe sie überhaupt begriff, was vor sich ging.

„Sie blöde Schlampe! Sie haben mein Leben ruiniert!"

Sam lag am Boden, sah Sterne und erkannte die Stimme nicht.

„Warum zur Hölle spionieren Sie Kollegen nach?"

Oh, dachte sie. Offenbach ist wieder da und hat wohl mitbekommen, dass das mit seiner Affäre aufgeflogen ist. Ups. Ich würde nicht gern in seiner Haut stecken.

Ihr Gesicht pochte da, wo er sie getroffen hatte, doch sie blieb liegen und stellte sich bewusstlos, während er weiter kreischte, sie hätte seine Ehe und seine Karriere ruiniert.

Äh, nicht ganz. Das hast du dir selbst zuzuschreiben, Kumpel.

Es dauerte nur ein paar Sekunden, bis andere Beamte eingriffen, aber es fühlte sich viel länger an.

Sam hörte Malones und Farnsworths Stimmen. Sie vernahm auch, wie jemand Offenbach wegzerrte, der immer noch rumbrüllte, sie habe sein Leben ruiniert. Dann hörte sie Malone aus nächster Nähe und spürte eine Hand auf der Schulter.

„Sam."

Sie öffnete die Augen. „Ist er weg?"

„Wie geht es Ihnen?" Malone half ihr, sich aufzusetzen, und zuckte zusammen, als er ihr Gesicht genauer in Augenschein nahm.

Dieser Schlag würde Spuren hinterlassen.

„Mein Gott, Sam!", rief Farnsworth. „Wir brauchen hier Eis! Schnell!"

Sam saß umgeben von zahlreichen Polizisten da und ließ sich von ihnen umsorgen. Sie hatte gar keine andere Wahl. Selbst Helen war in die Lobby gelaufen, um herauszufinden, was los war.

„Lasst mich durch", verlangte Gonzo barsch und erstarrte, als er Sam auf dem Boden erblickte. „Was zur Hölle ...?"

„Offenbach hat mir aufgelauert, und nicht, weil er mir seine Zuneigung bekunden wollte. Kannst du dir das vorstellen?"

Gonzo verdrehte die Augen und streckte ihr die Hand hin.

Sam ließ sich von ihm hochziehen. Der Boden schien unter ihren Füßen zu schwanken, und sie fiel nur deshalb nicht wieder hin, weil er den Arm um sie legte.

„Vorsicht", sagte er. „Immer schön langsam."

Jemand drückte ihr einen Eisbeutel aufs Gesicht.

Sam zuckte vor Kälte und Schmerz zusammen. „Mir geht es gut. Alle weitermachen."

„Wahrscheinlich sollte man das untersuchen lassen", gab Farnsworth zu bedenken. „Das war ein echter Volltreffer."

„Ich werde mich nirgends anders hinbegeben als ins Großraumbüro, um dort die Ermittlungen fortzusetzen." Gonzo raunte sie zu: „Schaff mich hier raus."

Er packte sie fester am Arm und führte sie wie eine Verhaftete ins Großraumbüro.

„Besprechungsraum", erklärte sie.

Gonzo setzte sie auf einen Stuhl. „Er hat dich gerade ausgeknockt?"

„Ich habe den Schlag gar nicht kommen sehen. Ich kenne den Mann nicht mal." In einer Behörde mit Tausenden von Mitarbeiterinnen und Mitarbeitern war das normal. Sie kannte viele, aber lange nicht alle.

Gonzo lachte humorlos. „Er dich offenbar schon. Lass das Eis drauf. Das wird übel aussehen."

„Toll. Nick wird durchdrehen. Ich hoffe, ich muss diese Woche nicht zu irgendeinem Staatsbankett oder so."

„Dankenswerterweise ist der Präsident im Moment zu sehr damit beschäftigt, im Amt zu bleiben, als dass er Staatsbankette veranstalten könnte."

Malone betrat den Besprechungsraum. Er wirkte wütend und erschöpft. „Sind Sie sicher, dass es Ihnen gut geht? Lassen Sie mal sehen."

„Alles gut." Sam nahm sich den Eisbeutel vom Gesicht, damit er den Schaden besser begutachten konnte.

Seine Miene verfinsterte sich. „Gonzo, machen Sie ein paar Fotos davon, damit wir die Verletzung dokumentieren können."

„Ich will ihn nicht anzeigen", wandte Sam ein.

„Das ist nicht Ihre Entscheidung."

„Scheiß drauf. Die gesamte Polizei wird darüber tratschen, dass ich damit durchgekommen bin, Ramsey eine reinzuhauen, Offenbach jedoch angezeigt habe. Da mache ich nicht mit. Auf keinen Fall."

„Sie werden tun, was man Ihnen sagt, Lieutenant."

„Keine Anzeige, Captain. Tun Sie, was Sie vom

disziplinarischen Standpunkt aus tun müssen, weil er so ausgerastet ist, aber ich werde ihn nicht wegen Körperverletzung anzeigen. Sonst kann ich vor lauter Stahl, Ramsey, Conklin und jetzt Offenbach mein geschwollenes Gesicht bald überhaupt nicht mehr hier zeigen."

Cameron Green betrat in Anzug und Krawatte und offenbar ausgeschlafen das Großraumbüro. Als er sah, dass sie sich einen Eisbeutel gegen das Gesicht drückte, zuckte er zurück. „Was ist denn hier passiert?"

Gonzo informierte ihn über ihren Zusammenstoß mit Offenbach.

„Heilige Scheiße. Er hat Sie einfach so angegriffen?" Er wandte sich an Malone: „Das gibt eine Anzeige wegen Körperverletzung, oder?"

„Lieutenant Holland möchte keine Anzeige erstatten", lautete Malones vor Sarkasmus triefende Erwiderung.

„Warum nicht?", fragte Green. „Er kann doch nicht einfach durch die Gegend rennen und Leute verprügeln."

„Es ist so", erklärte ihm Gonzo, „Lieutenant Holland hat in der Vergangenheit auch jemandem eine verpasst und möchte keine Anzeige erstatten, weil sie selbst um die Anklage wegen Körperverletzung herumgekommen ist. Alles klar?"

„Verstanden."

„Sie werden schnell feststellen", meinte Malone zu Green, „dass es mit Lieutenant Holland nie langweilig wird."

„Das weiß ich bereits." Green grinste. „Was glauben Sie, warum ich hier bin?"

„Ich mag ihn", verkündete Sam mit einem strahlenden Lächeln. „Sehr sogar."

Malone schüttelte den Kopf, murmelte etwas vor sich hin, das nach „nicht zu zügeln" klang, und stürmte davon.

„Ist er sauer?", fragte Green.

„Nein", antwortete Sam. „Er liebt mich."

Gonzo lachte schnaubend. „Ja, und wie."

Es war schön, ihn wie früher lachen und scherzen zu hören. Wenn sie sich dafür einen Schlag ins Gesicht hatte verpassen lassen müssen, dann war es ihr das wert.

„Was machen Sie eigentlich hier?", fragte sie Green. „Es ist noch nicht vier."

„Vegas Kumpel aus der Armee hat sich gemeldet und war bereit, sich mit mir zu treffen."

„Wo hat das denn stattgefunden?"

„In einem Café in Alexandria."

„Informieren Sie uns zukünftig kurz, wenn Sie sich mit jemandem treffen", bat Sam. „Damit wir Sie suchen können, wenn Sie nicht zurückkommen."

„Oh, alles klar. Werde ich zukünftig so handhaben."

„Was haben Sie herausgefunden?"

„Vega macht gerade einen Entzug. Seit er aus der Armee ausgeschieden ist, kämpft er mit PTBS-Problemen und Alkoholabhängigkeit. Vor etwa sechs Wochen haben ihn ein paar seiner ehemaligen Kameraden in eine Entzugsklinik geschafft. Er wollte nicht, dass das bekannt wird, also haben sie die Klappe gehalten."

„Konnten Sie prüfen, ob er sich tatsächlich dort befindet?", fragte Sam.

„Sein Freund hat mir als Beleg die Aufnahmepapiere gezeigt. Ich habe dort angerufen, aber aufgrund des Datenschutzes hat man mir keine Auskunft gegeben."

„Hmm, eine Bestätigung wäre mir lieber."

„Mir auch, doch ich habe von diesem Freund noch etwas erfahren. Bei seinem letzten Auslandseinsatz hatte Vega einen Autounfall, bei dem sein Schussarm verletzt wurde. Offenbar zittert seitdem seine Hand, er könnte also unmöglich mit dieser Genauigkeit schießen. Das war augenscheinlich einer der Hauptauslöser seines Abstiegs: Er konnte sich nicht mit der Tatsache abfinden, dass er die Fähigkeit, die ihn so ausgezeichnet hat, für immer verloren hat."

„Wow, das ist übel", meinte Gonzo. „Der Kerl tut mir leid."

„Absolut", pflichtete ihm Sam bei. „Aber eine Frage ... Hat der Freund Ihnen freiwillig von diesem Zittern berichtet oder weil er wusste, warum Sie sich nach Vega erkundigt haben?"

„Wir haben nicht über die Todesschüsse gesprochen. Ich habe ihm gesagt, wir bräuchten Vegas fachliche Meinung, allerdings ohne anzudeuten, dass wir es für möglich halten, dass er in die

Sache verwickelt ist. Als wir ihn dann nicht finden konnten, hätten wir uns Sorgen gemacht, habe ich ihm erzählt."

„Dann können wir ihn wohl ausschließen", stellte Sam fest. „Gute Arbeit, Detective. Danke, dass Sie da drangeblieben sind."

„Bitte."

Während Sam ihn über die neuesten Entwicklungen und über ihre Pläne, die Bestatter aufzusuchen, ins Bild setzte, tauchte Freddie auf.

„Ich konnte nicht schlafen, also bin ich hergekommen."

„Wir brauchen hier alle echt mal so was wie ein Privatleben", brummte Sam.

Als Freddie ihr Gesicht sah, erschrak er. „Was zum Teufel ist denn mit dir passiert?"

Sie berichtete ihm von Offenbachs Angriff, von Angels Vergewaltigung und von ihrer Idee mit den Bestattungsinstituten.

„O Gott, die arme Angel", seufzte Freddie. „Und der arme Roberto ..."

„Er ist bei ihr, und sie werden das zusammen durchstehen." Sams Handy klingelte, und sie sah, dass es ein Anruf von Jeannie McBride war, den sie entgegennahm. Im letzten Jahr hatte Jeannie eine ähnliche Tortur durchlitten wie Angel. „Hey, Jeannie." Sam berichtete ihr, was passiert war, und bat sie, mit Angel zu reden. „Ich weiß, das ist viel verlangt, aber ..."

„Das mach ich doch gern. Ich weiß nur zu gut, wie sie sich jetzt fühlt. Außerdem werde ich Michael bitten, mich zu begleiten und mit Roberto zu sprechen."

„Das wäre toll. Vielen Dank euch beiden."

„Kein Problem. Danach komme ich dann ins Hauptquartier."

„Lass dir Zeit. Wir haben die Dinge hier im Augenblick ganz gut im Griff."

„Okay, gern."

„Das war eine gute Idee, Sam", erklärte Freddie, nachdem sie das Gespräch beendet hatte.

„Ja, ab und zu bin ich brillant. Apropos, wir sollten dann mal beginnen, das Sterberegister nach Frauen durchzugehen, die alt genug waren, um einen Sohn Mitte zwanzig zu haben. Ich will die Namen aller Frauen ab fünfunddreißig, die in den letzten zwölf

Stunden gestorben sind und einen Sohn hatten, dessen Vorname mit D beginnt."

„So schnell stehen die nicht online", wandte Green ein. Nach einer kurzen Pause fügte er hinzu: „Ich habe während der Highschool bei einem Bestatter gejobbt."

Mit diesem Geständnis von Green hatte keiner der Anwesenden gerechnet.

„Wer bitte schön jobbt denn während der Highschool bei einem Bestatter?", fragte Sam in die folgende Stille hinein.

Green lachte. „Meine Eltern besitzen ein paar Bestattungsinstitute. Die Familie Green macht ihr Geld mit Begräbnissen."

„Außer Ihnen – Sie sind Mordermittler", stellte Sam fest. „Ist das nicht so eine Art Interessenkonflikt?"

Die anderen lachten.

„Nicht, solange ich den Familien der Opfer nicht Greenlawn Funeral Homes empfehle."

„Greenlawn?", fragte Gonzo ungläubig. „Das Unternehmen gehört Ihrer Familie?"

„Korrekt."

„Heilige Scheiße. Das ist eines der größten Bestattungsunternehmen hier in der Stadt. ‚Ein paar Bestattungsinstitute' trifft es wohl nicht ganz."

Green schien die Richtung, in die sich das Gespräch entwickelte, nicht zu gefallen. „Ist das ein Problem?", fragte er seinen neuen Partner.

„Nicht für mich", antwortete Gonzo.

„Es könnte sich sogar als Vorteil erweisen", meinte Sam. „Wie wäre es, wenn Sie Angel zu ein paar Trauerfeiern begleiten, um zu sehen, ob sie ihren Vergewaltiger identifizieren kann?"

„Ich würde alles tun, um diese Typen aufzuhalten."

„Warum sind Sie eigentlich nicht Bestatter geworden?", fragte Gonzo.

„Zu deprimierend."

Nach einer Sekunde verblüfften Schweigens brachen sie alle in Gelächter aus, weil er tatsächlich die Mordkommission dem Bestattergeschäft vorgezogen hatte.

26

„Ich mag ihn", teilte Freddie Sam mit, als sie in ihrem Büro waren. „Er passt zu uns."

„Das freut mich. Bisher bin ich von seiner Arbeit beeindruckt, genau wie von der Art, wie er instinktiv begreift, was es mit sich bringt, Arnolds Nachfolger zu sein."

„Das würde nicht jedem gelingen, aber ich finde, er kriegt das gut hin."

„Seh ich genauso. Jetzt muss ich nur noch einen Ersatz für Tyrone finden."

„Gibt es Bewerberinnen oder Bewerber?"

Sam deutete auf eine dicke Akte auf ihrem Schreibtisch. „Die müsste ich alle durchgehen und eine Vorauswahl von drei Kandidaten treffen. Wer hat denn bitte Zeit für solchen Quatsch?"

Er verdrehte die Augen. „Soll ich das machen?"

„Würdest du das übernehmen?"

„Ja", seufzte er leidgeprüft und griff sich den Schnellhefter.

„Such jemand Gutes aus. Keine Drama-Queens, keine Nervbolzen."

„Ich schau mal, was ich tun kann", versprach er.

„Eine weitere Frau wäre nett."

„Wir haben doch schon vier."

„Du sagst das, als ob es schlecht wäre."

„Ich habe lediglich auf das Vorhandensein von vier Mordermittlerinnen hingewiesen."

„Danke, dass du für mich nachgezählt hast. Du weißt ja, das kann ich nicht so gut." Während sie sich unterhielten, checkte sie ihren Posteingang und öffnete eine Mail mit dem Laborbericht über das erste Auto, aus dem geschossen worden war. „Verdammt! Das Labor hat Haare gefunden, die nicht den Besitzern des Wagens gehören. Der Vergleich der DNA mit unseren Datenbanken hat keine Treffer ergeben."

„Das bedeutet also, wir haben es mit Ersttätern zu tun."

„Oder mit Wiederholungstätern, die vorher noch nie eine DNA-Probe abgeben mussten. Ich vermute stark, das Abknallen Unschuldiger ohne guten Grund war nicht ihr erstes Vergehen. Ich werde das Labor bitten, die DNA der Haare mit der abzugleichen, die bei Angels gynäkologischer Untersuchung gefunden wurde. Stück um Stück kommen wir diesen Dreckskerlen näher." Sie tippte die Anfrage, bat das Labor, sie vorrangig zu behandeln, und schickte sie ab.

„Vielleicht wird der Todesfall in der Familie dafür sorgen, dass unsere Täter heute Nacht nicht losziehen", überlegte Freddie laut.

„Darauf können wir nur hoffen, genau wie darauf, dass wir einigermaßen brauchbare Phantombilder von unserem Zeichner kriegen." Bei diesen Worten drehte sich mit einem Mal das Zimmer um sie. Sie hielt sich am Schreibtisch fest und hoffte, die Welt würde endlich mit dem Getrudel aufhören.

„Was ist los?"

„Mir ist schwindlig."

„Wann hast du zum letzten Mal etwas gegessen?"

Sam konnte sich nicht erinnern. Plötzlich war sie erschöpft, hatte einen Bärenhunger und sehnte sich nach etwas Zeit mit ihrem Mann und ihrem Sohn. „Ich möchte für eine Weile nach Hause. Fährst du mich?"

„Klar, auf geht's."

~

AVERY WAR AUSNAHMSWEISE FRÜH DAHEIM. ALS ER DAS HAUS KURZ nach halb sieben betrat, hörte er, wie Shelby oben mit dem

Kleinen sprach, während sie ihn bettfertig machte. Er ließ seine Aktentasche fallen und begab sich zur Treppe, weil er Noah noch sehen wollte, bevor dieser einschlief.

„Hey", begrüßte er die beiden, als er ins Kinderzimmer kam.

„Schau, Noah", sagte Shelby. „Daddy ist da."

Er liebte es, wenn sie ihn so nannte. Die Liebe in seinem Herzen wuchs dann so an, dass es fast wehtat. „Hey, kleiner Mann." Avery beugte sich über den Wickeltisch, um den Jungen besser betrachten zu können.

Noah quietschte, als er ihn erblickte, und strampelte mit den Ärmchen und Beinchen.

Shelby lachte. „Ich glaube, er möchte auf Daddys Arm."

„Nichts lieber als das." Vorsichtig nahm Avery das zappelnde Bündel vom Wickeltisch und umarmte es sanft, wobei er den sauberen Babyduft einatmete, der von Noahs frisch gewaschenem Haar aufstieg. „Hattet ihr einen schönen Tag?"

„Wir hatten einen großartigen Tag", bestätigte Shelby, während sie das Zimmer aufräumte. „Nach der Arbeit waren wir lange spazieren, sind im Park gewesen und haben im Studio vorbeigeschaut." Sie meinte die Hochzeitsboutique, die ihr noch immer gehörte. Sie hatte allerdings eine Geschäftsführerin eingestellt, als sie bei Nick und Sam angefangen hatte.

Avery ging in dem geräumigen Zimmer auf und ab, streichelte dem Kleinen den Rücken und half ihm, zur Ruhe zu kommen. Shelby bezeichnete ihn als Babyflüsterer, weil er so gut darin war, Noah in den Schlaf zu wiegen. Eine weitere Bezeichnung, die er liebte. Verflucht, er liebte jeden Aspekt seiner Teilhabe am Leben dieses kleinen Jungen, und er hätte fast alles dafür getan, dass es dabei blieb.

Gemeinsam legten sie den Kleinen in seine Wiege, deckten ihn mit einer leichten Decke zu und schalteten das Tierfiguren-Mobile ein, das Kinderlieder spielte. Noah liebte es, den Tieren dabei zuzusehen, wie sie sich über seinem Kopf drehten.

Auf Zehenspitzen verließen sie das Kinderzimmer, das an ihr Schlafzimmer grenzte, und ließen die Tür angelehnt, um ihn hören zu können. Shelby brachte auch das Babyfon mit, das einen Monitor hatte, auf dem sie ihn häufig beim Schlafen beobachtete.

Sie behauptete, das sei viel interessanter als alles, was im Fernsehen lief.

Avery legte die Krawatte ab und zog T-Shirt und Sporthose an, sein übliches Freizeitoutfit.

„Hast du Hunger?", fragte Shelby.

Normalerweise wäre er inzwischen fast verhungert, aber da ihm das Gespräch, das sie führen mussten, schwer im Magen lag, war Essen das Letzte, woran er gerade denken konnte. Er setzte sich aufs Bett, stützte die Ellbogen auf die Knie und legte in der Hoffnung, so seinen verspannten Nacken etwas zu lockern und die erforderlichen Worte zu finden, den Kopf in die Hände.

„Alles in Ordnung?"

„Nein. Es ist nicht alles in Ordnung." So hatte er das Gespräch nicht eröffnen wollen, doch es war die Wahrheit.

„Was ist denn los? Ist bei der Arbeit etwas passiert?"

„Nein, da läuft alles normal." Er zwang sich, zu ihr hochzusehen. „Setzt du dich mal eine Minute zu mir? Ich muss mit dir reden."

„Klar", antwortete sie und zog verwirrt die Brauen zusammen.

Selbst wenn sie verwirrt war, fand er sie unsagbar süß. Er nahm ihre Hand, hob sie an die Lippen und verschaffte sich damit einen weiteren Moment dafür, sich seine Worte zurechtzulegen.

„Verlässt du uns?", flüsterte sie.

Die Frage traf ihn völlig unvorbereitet. „Was? Nein! Ich würde euch niemals verlassen."

„Du machst mir Angst. Irgendetwas stimmt nicht."

„Ja, es stimmt etwas nicht, und das kann nicht nur mir aufgefallen sein."

Sie blickte ihn verständnislos an, was ihn wunderte. Wie konnte sie nicht wissen, was er meinte?

„Zwischen uns, Shelby."

„Oh."

Avery zwang sich, es auszusprechen, die Sorgen in Worte zu fassen, die ihm den Schlaf raubten. „Du weißt, dass ich zweimal pro Woche bei Rosemary war."

Sie nickte.

„Heute haben wir über unsere Beziehung gesprochen – oder vielmehr über unsere nicht vorhandene Beziehung. Sie hat gesagt, meiner Beschreibung nach würden wir entfremdet zusammenleben. Da muss ich ihr recht geben."

„Ich war sehr beschäftigt. Mit Noah ... und allem."

„Ja, ich weiß. Wir haben uns beide erst daran gewöhnen müssen, ein Baby zu haben. Du mehr als ich, aber wir dürfen ihm nicht die Schuld an unseren Problemen geben. Nein, die trifft mich, und zwar wegen dem, was vor seiner Geburt passiert ist. Ich übernehme die volle Verantwortung für die Krise zwischen uns."

„Das ist nicht allein deine Schuld, sondern auch meine."

„Wie meinst du das?"

„Ich bin so mit Noah beschäftigt, dass ich kaum Zeit für dich gehabt habe."

„Es ist mehr als das, Shelby." Er seufzte. „Es ist, als hätte unsere Liebe an dem Tag geendet, als mir dieser fatale Fehler unterlaufen ist, und seither führen wir eine platonische Beziehung mit Baby."

Sie senkte den Blick und ließ die Schultern hängen.

„Ich kann nicht ewig so leben, und du solltest das auch nicht müssen."

„Was meinst du damit? Willst du dich von mir trennen? Dann solltest du wissen, dass ich dir niemals den Umgang mit Noah verbieten werde. Ich weiß, wie sehr du ihn liebst." Sie sagte das so rasch, als hätte sie es einstudiert.

„Ich will mich nicht von dir trennen. Im Gegenteil, ich will, dass alles wieder so wird, wie es war, bevor ich es vermasselt habe. Ich will dich, Noah, unsere Familie. Aber nicht so, Shelby. Nicht mit dieser fürchterlichen Kluft zwischen uns. Ich schaffe das nicht mehr. Es bringt mich um, jede Nacht neben dir zu schlafen und das Gefühl zu haben, ich dürfte dich nicht anfassen." Er ließ ihre Hand los, legte den Arm um sie und zog sie an sich. „Ich will dich zurück – ich will *uns* zurück."

Zu seinem Entsetzen und seiner Bestürzung begann sie zu schluchzen.

„Shelby, Süße ... Bitte nicht weinen. Es tut mir so leid, dass ich dir wehgetan habe. Wenn ich die Chance hätte, würde ich zu dem Tag zurückspringen und dafür sorgen, dass ich dir diese Verletzung nicht zufüge. Ich schwöre bei Gott, bei Noahs Leben, ich liebe nur dich. Ich will nur dich."

„Avery, ich gebe mir solche Mühe, es zu überwinden, weil ich dich so liebe. Ich möchte dir glauben ..."

Er schlang die Arme um sie. „Du bist die Einzige für mich, Süße. Das schwöre ich."

„Ich weiß nicht, wie ich darüber hinwegkommen soll."

„Rosemary hat vorgeschlagen, dass wir das zu dritt versuchen. Wärst du dazu bereit?"

„Ja, natürlich. Wenn sie glaubt, sie könne uns helfen, dann will ich das probieren."

„Okay." Er seufzte erleichtert. „Das ist gut."

„Hast du gedacht, ich sage Nein?"

„Ich war mir nicht sicher. Wenn du mich satthättest, könnte ich dir daraus keinen Vorwurf machen."

Sie löste sich von ihm und sah mit großen Augen zu ihm hoch. Ihr Gesicht war tränennass. „Ich habe dich nicht satt. Im Gegenteil, ich will das hinter mir lassen, damit wir gemeinsam weiterleben können. Du hast ... Du hast mir gefehlt, Avery."

Er neigte den Kopf und hauchte ihr einen sanften Kuss auf die Lippen, den ersten seit ewigen Zeiten. „Du hast mir auch gefehlt, Süße. Wir kriegen das hin. Ich schwöre es."

Sie schmiegte sich an ihn, schien ihm genauso verzweifelt nahe sein zu wollen wie er umgekehrt ihr. Solange sie sich an ihm festhielt, hatte er Hoffnung, dass sie ihre Probleme überwinden konnten.

∽

Gerade als er eigentlich nach Hause wollte, begegnete Nick auf dem Gang seinem langjährigen Freund Derek Kavanaugh, dem stellvertretenden Stabschef des Präsidenten.

„Hast du einen Augenblick für mich, Nick?"

„Natürlich." Er folgte Derek in ein Besprechungszimmer und schloss die Tür hinter sich, während Brant draußen Wache stand. „Was ist los?"

„Wir haben gehört, dass man dich vorgeladen hat, und der Präsident möchte gern wissen, was du sagen wirst."

„Falls ich aussage, werde ich alle Fragen wahrheitsgemäß beantworten."

„Was soll das heißen: ‚falls'?"

„Ich würde es vorziehen, meine Sichtweise dem Untersuchungsausschuss nicht darzulegen."

„Warum?"

„Weil ich nicht Präsident werden möchte, zumindest nicht auf diese Weise, und wenn ich die Fragen des Untersuchungsausschusses beantworte, ist er weg vom Fenster."

„Er schwört hoch und heilig, dass er nichts von Christophers Plänen geahnt hat. Der Präsident und Mrs Nelson sind von den Taten ihres Sohnes entsetzt."

„Das hat er bereits mehrfach beteuert."

„Glaubst du ihm nicht?"

„Tust du es denn?"

„Ja. Ich kenne ihn schon lange, arbeite seit Jahren eng mit ihm zusammen, und ich habe bei ihm noch nie irgendeinen Hinweis auf die Skrupellosigkeit gesehen, die man besitzen müsste, um das Leben unschuldiger Kinder zu bedrohen. Vom Rest ganz zu schweigen."

„Du meinst, den Ex-Mann meiner Frau zu foltern oder meine Totalversagerin von einer Mutter zu bezahlen, damit sie schlecht über mich redet?"

„Ja, auch das. So tickt er nicht, Nick."

„Mich musst du nicht überzeugen, sondern den Kongress. Die sind jetzt am Drücker."

„Du musst doch wissen, dass die ganze Welt auf dich schaut. Ich habe gehört, Halliwell habe dich angerufen, um dich nach einem Vizepräsidenten zu fragen."

„Von wem hast du das?"

„Von Halliwell persönlich."

„Dann werde ich dir das Gleiche sagen wie ihm: Ich rede über einen möglichen Vizepräsidenten erst, wenn ich es muss, und davon sind wir noch weit entfernt."

„Da bin ich mir nicht so sicher."

„Was soll das heißen?", fragte Nick, augenblicklich alarmiert.

„Nelson spricht immer häufiger davon, was am besten für das Land wäre."

„Ja, und?"

„Er zieht alle Optionen in Betracht, einschließlich Rücktritt."

„Das darf er nicht."

„Nun, tatsächlich darf er das sehr wohl, und ich kann dir versichern, ihm ist das Land wichtiger als er selbst. Die letzten Umfragen zeigen, dass das amerikanische Volk seit der Festnahme seines Sohnes das Vertrauen in seine Führung verloren hat. Er nimmt sich diese Zahlen sehr zu Herzen."

Panik, wie er sie sonst vor allem dann empfand, wenn Sam in Gefahr war, ergriff Nick. „Was ist aus seinem Plan geworden, bis zum Ende zu kämpfen?"

„Vielleicht steht das Ende sehr kurz bevor", antwortete Derek grimmig.

Nick betrachtete seinen langjährigen Freund genauer und bemerkte, wie erschöpft er wirkte. Die letzte Zeit hatte vielen Menschen einiges abverlangt. „Ich möchte nicht, dass er abdankt."

„Das liegt nicht in deiner Hand."

„Meine Familie ist bedroht worden, und wenn ich nicht will, dass er zurücktritt, dann sollte das doch etwas zählen."

„Das würde es sicher, wenn du es öffentlich sagen würdest, aber du schweigst seit Wochen beharrlich. Niemand weiß, wo du stehst."

Darum also ging es. „Bittest du mich um eine öffentliche Verlautbarung?"

„Ich weise darauf hin, dass eine gemeinsame Verlautbarung keine schlechte Idee wäre. Es sei denn, natürlich, du willst Präsident werden – und zwar bald."

Nick erwiderte Dereks Blick. Sehr lange blinzelten beide nicht.

Schließlich schlug Nick die Augen nieder. „Ich werde das mit meinem Team besprechen."

Derek nickte und trat zur Tür.

„Hey, Derek."

Der drehte sich um.

„Ich hoffe, ich kann auf dich zählen, wenn Nelson zum Rücktritt gezwungen ist."

„Ich werde dich immer unterstützen, Nick. Das weißt du."

Damit verließ er den Raum und ließ Nick mit den ungeheuren Schlussfolgerungen aus dem, was er gerade gehört hatte, allein. Bevor er irgendetwas unternahm, musste er mit Sam reden. Christopher Nelsons Taten hatten sie viel schwerer getroffen, denn der Präsidentensohn hatte ihren Ex-Mann ermorden lassen und ihre Nichten und Neffen bedroht.

Trotz der Unschuldsbeteuerungen des Präsidenten hatte Nick Zweifel, und wenn der Mann in die Taten seines Sohnes verwickelt gewesen war, wollte Nick ihn keinesfalls ungeschoren davonkommen lassen. Falls er an der Beauftragung eines Mordes und anderen Straftaten beteiligt gewesen war, musste man ihn zum Rücktritt zwingen, weswegen Nick zögerte, den Präsidenten zu unterstützen, der ihn in der Hoffnung, seine eigene Beliebtheit zu steigern, zum Vizepräsidenten gemacht hatte. Seither hatte er Nick wie einen Dienstboten behandelt, nicht wie einen Regierungspartner. Im Grunde schuldete er dem Mann nichts.

Auf dem Heimweg wägte er weiter seine Möglichkeiten ab. Als die Autokolonne die Ninth Street erreichte, sah er Sam aus Freddies altem Mustang aussteigen und war überrascht, dass sie so früh nach Hause kam. Er wartete nicht, bis ihm Brant die Tür öffnete, sondern stieß sie auf und blieb dann abrupt stehen, als er das riesige Hämatom in ihrem geschwollenen Gesicht bemerkte.

„Was zur Hölle ist passiert?"

„Hallo, Liebling. Wie war dein Tag?"

„Samantha ..."

„Na ja, da war dieser Polizist, der nicht war, wo er hätte sein sollen, und im Zuge unserer Ermittlung zu den Todesschüssen hat sich herausgestellt, dass er eine Affäre hatte. Als Vater von fünf Kindern, dessen Frau das sechste erwartet, hat ihn das nicht besonders gefreut, denn jetzt hat er privat und beruflich Ärger. Eins führte zum anderen, und das ist das Ergebnis."

Mit vor Wut blitzenden Augen fragte Nick: „Er hat dich geschlagen?"

„Ja."

Nick packte sie am Arm und führte sie die Rampe hinauf, vorbei an dem verblüfften Personenschützer an der Tür, der beim Anblick von Sams Gesicht zusammenzuckte.

„Ist alles in Ordnung, Sir?", erkundigte er sich.

„Ja", bestätigte Nick mit zusammengebissenen Zähnen. *Nur ein weiterer Tag in meinem Leben mit Samantha Holland Cappuano*, hätte er am liebsten gesagt. Er führte sie in die Küche und setzte sie auf einen Stuhl.

Dass sie das derart widerstandslos geschehen ließ, versetzte ihn in Alarmbereitschaft und warf die Frage auf, ob sie schwerer verletzt war, als sie zeigte. Im Tiefkühlfach fand er einen Eisbeutel, den er ihr auf die Wange presste. „Ich hoffe doch, dass er deswegen Ärger kriegt."

„Mhm. Er ist suspendiert."

„Hoffentlich läuft eine Anzeige gegen ihn."

„Ich habe darum gebeten, das zu unterlassen."

„Was? Warum?"

„Weil man mich für meinen Angriff auf Ramsey auch nicht angeklagt hat. Wenn ich jetzt bei Offenbach darauf bestehe, gibt es wieder einen Aufschrei von wegen Vetternwirtschaft."

„Ramsey hatte es verdient. *Du* nicht."

„Du betrachtest das natürlich völlig vorurteilsfrei."

„Genau. Es ist nicht deine Schuld, dass dieser Typ nicht war, wo er hätte sein sollen, oder dass er eine Affäre hatte, aber es war definitiv Ramseys Schuld, dass er gesagt hat, du hättest dir das mit Stahl selbst zuzuschreiben."

„Ich bin diese Woche sehr erfolgreich, meinetwegen hat man drei Beamte suspendiert."

„Ramsey, Offenbach und wen noch?"

„Conklin."

Er nahm den Eisbeutel von ihrem Gesicht. „Was ist mit dem?"

Sam erklärte ihm, dass Conklin die Tatsache, dass ein pensionierter Beamter verschwunden war, zwei Wochen lang verschwiegen hatte.

„Warum das denn?"

„Er hatte Angst, Wallack könne nach Jahren als trockener Alkoholiker rückfällig geworden sein, und hat versucht, ihn zu beschützen."

„Verdammt."

„Ja, wie du siehst, mache ich mich bei meinen Kollegen gerade so richtig beliebt."

Nick setzte sich auf den Stuhl neben ihr und hielt ihr vorsichtig den Eisbeutel wieder ans Gesicht. „Das haben sie sich alle selbst zuzuschreiben, Sam. Conklin hat verschwiegen, dass dieser pensionierte Typ verschwunden ist. Der andere war bei seiner Geliebten, obwohl er woanders hätte sein sollen, und

Ramsey hat die Beherrschung verloren, als er gehört hat, dass du nicht angeklagt wirst. Nichts von alldem hast du zu verantworten. Das waren sie selbst."

„Ich weiß", pflichtete sie ihm bei, doch sie ließ die Schultern auf eine niedergeschlagene Weise hängen, die ihm Sorge bereitete.

„Ja? Ist dir wirklich klar, dass sie sich alle ganz allein in die Scheiße geritten haben?"

„Irgendwie schon. Ich hasse es, dass es auf der Arbeit ständig Ärger gibt, obwohl ich bloß versuche, meinen Job zu machen."

„Du kämpfst eben gegen massive Hindernisse an. Zum einen ertragen die alten Männer es nicht, wenn eine Frau so gut in ihrem Job ist wie du. Zum Zweiten sind die Fußstapfen deines Vaters bei der Polizei groß, weswegen du dich extra anstrengen musst. Drittens tust du immer das Richtige, selbst wenn es nicht leicht ist. Das können die von sich nicht behaupten."

Sam lächelte ihn an.

„Was denn?", wollte er wissen.

„Nichts. Ich liebe dich einfach nur."

Er lehnte die Stirn gegen ihre. „Das ist gut, ich liebe dich nämlich auch."

„Danke, dass du zu mir hältst."

„Das werde ich immer tun."

„Ich weiß. Deshalb wollte ich auch nach Hause. Ich habe an einem harten Tag eine kleine Dosis Nick gebraucht."

„Ist dein harter Tag denn jetzt vorbei?"

„Erst mal ja. Wir kreisen diese Typen ein, tragen Beweismaterial zusammen. Wir haben DNA aus dem Auto und von Angels Vergewaltigung, ein Polizeizeichner arbeitet mit Angel, und sie hat einen Anruf mitgehört, bei dem einer ihrer Vergewaltiger die Nachricht vom Tod seiner Mutter bekommen hat, weswegen wir sie jetzt in der Hoffnung, die Täter zu finden, zu Trauerfeiern schicken."

„Das ist eine geniale Idee."

„Es war meine."

„Natürlich." Nach kurzem Schweigen erkundigte er sich: „Wie geht es deinem Gesicht?"

„Fühlt sich taub an."

Nick nahm den Eisbeutel weg und verzog das Gesicht, als er

sah, dass sich das Hämatom von ihrem Mund bis zum zuschwellenden Auge erstreckte.

„Wir haben doch keine anstehenden offiziellen Termine für das Weiße Haus, oder? Denn ich glaube, nicht mal Tracys Bühnenschminke könnte diese Verwüstung abdecken."

Nick lachte, obwohl er es keineswegs witzig fand, dass sie schon wieder verletzt war. „Nein, diese Woche ist nichts, aber ich hatte heute Nachmittag ein interessantes Gespräch mit Derek." Er erzählte ihr, was sein Freund gewollt hatte.

„Sie glauben also, Nelson kann Präsident bleiben, wenn wir uns öffentlich hinter ihn stellen?"

„Scheint so."

„Was hältst du davon?"

„Ich habe gemischte Gefühle. Ein Teil von mir nimmt ihm keine Sekunde lang ab, dass er absolut nichts davon gewusst hat, allerdings möchte ein noch größerer Teil nicht Präsident werden. Jedenfalls nicht jetzt – und nicht so." Er steckte ihr eine Haarsträhne hinters Ohr. „Derek hat gemeint, die Unterstützung müsste von uns beiden kommen, weil ja dein Ex-Mann den Tod gefunden hat und auch Mitglieder deiner Familie bedroht wurden. Was meinst du?"

„Bevor wir das entscheiden, möchte ich mich gern mit den Nelsons treffen. Ich will ihnen Aug in Auge gegenüberstehen, wenn sie uns erklären, sie hätten von nichts gewusst. Wenn sie lügen, werde ich das wissen."

„Das ist eine hervorragende Idee. Ich werde Terry bitten, das zu arrangieren, und dann schauen wir weiter."

„Wirst du trotzdem aussagen müssen?"

„Ich habe den Ausschuss wissen lassen, dass ich aktuell nicht an einer Aussage interessiert bin."

„Wie hat die Reaktion darauf ausgesehen?"

„Es gibt noch keine. Wenn man mich nicht gerichtlich vorlädt, werde ich mich mit keinem Wort äußern. Nicht bevor wir den Nelsons tief in die Augen geblickt und uns beraten haben, ob wir ihnen Glauben schenken können."

„Klingt nach einem guten Plan."

„Hast du Hunger?"

„Du kennst mich doch. Ich kann immer essen. Mein Hintern ist der lebende Beweis dafür."

„Ich liebe deinen Hintern. Wage es nicht, meinen Lieblingshintern zu schmähen." Er erhob sich, um nachzuschauen, was Shelby ihnen dagelassen hatte. Im Kühlschrank fand er eine mit Alufolie abgedeckte Auflaufform mit der Anweisung, sie dreißig Minuten lang bei hundertneunzig Grad zu erwärmen. Er hob die Folie an, und angesichts der Enchiladas lief ihm das Wasser im Mund zusammen.

„Was gibt es?", fragte Sam.

„Enchiladas."

Bei ihrem Stöhnen musste er an andere Dinge denken als an Essen. „Hüftgold."

„Ich liebe auch deine Hüften." Er schob die Auflaufform in den Backofen und schaltete ihn ein. „Dreißig Minuten. Möchtest du was trinken?"

„Ja, bitte."

Nick öffnete eine Flasche Weißwein und goss zwei Gläser ein, dann setzte er sich wieder zu ihr. „Tut's weh?"

„Nicht allzu sehr. Wir sollten unseren Leuten im Weißen Haus vermutlich Bescheid sagen, dass die Presse wild darüber spekulieren wird, warum das Gesicht der Vizepräsidentengattin so blutunterlaufen und geschwollen ist. Nicht dass da noch jemand von häuslicher Gewalt fabuliert."

Nick erbleichte bei diesem Gedanken. „Ich hasse es, in einer Welt zu leben, in der wir uns über so etwas Gedanken machen müssen."

„Ich auch, aber in genau so einer Welt leben wir." Sam zückte ihr Handy und rief Lilia Van Nostrand an, ihre Stabschefin im Weißen Haus.

„Mrs Cappuano", begrüßte Lilia sie.

„Sam." Diese „Diskussion" hatten sie praktisch jedes Mal, wenn sie sich unterhielten.

„Jawohl, Ma'am. Was kann ich für Sie tun?"

„Ich habe mich gefragt, ob Sie vielleicht vorbeikommen könnten, damit wir ein paar Dinge besprechen können."

„Gerne. Wann passt es Ihnen?"

„Ab halb acht."

„Natürlich, ich werde da sein. Ich freue mich darauf, Sie zu sehen."

„Geht mir genauso." Sam klappte ihr Handy zu, lachte und schnitt dann eine Grimasse. „Sie freut sich darauf, mich zu sehen. Mal abwarten, was sie zu meinem Gesicht sagt."

„Sie hat gelernt, bei dir mit allem zu rechnen."

Sams Augen leuchteten auf, wie sie es immer taten, wenn sie etwas spannend fand. „Ich habe eine großartige Idee."

„Nämlich?"

„Ich finde wirklich, wir sollten Harry bitten, einen Hausbesuch bei mir zu machen", antwortete sie mit einem berechnenden Funkeln in den Augen. „Immerhin könnte es sich um eine weitere Gehirnerschütterung handeln."

Nick musterte sie misstrauisch. „Was führst du im Schilde, Samantha?"

„Ich habe weder von Lilia noch von Harry gehört, ob die beiden je miteinander ausgegangen sind. Jetzt will ich Informationen."

„Du bist schamlos, Babe. Außerdem – wolltest du nicht verhindern, dass unsere Welten sich zu sehr überschneiden?"

Es hatte ihr nicht gefallen, als Lindsey mit Terry und Gonzo mit Christina zusammengekommen war, aber irgendwann hatte sie sich daran gewöhnt, dass es Schnittpunkte zwischen ihren Welten gab. Zumindest so im Großen und Ganzen.

„Ach bitte. Lilia und Harry stammen beide aus deiner Welt."

Nick lachte über ihren abschätzigen Tonfall.

„Wo ist eigentlich mein Kind?", fragte sie.

„Er müsste oben sein, denn seine Wagenkolonne steht draußen", erwiderte Nick. „Für wie wahrscheinlich hältst du es, dass er an den Hausaufgaben sitzt?"

„Das halte ich für extrem unwahrscheinlich. Wenn er clever ist, ruht er sich gerade ein wenig aus."

Er sah sie finster an. „Ich gehe mal nachschauen. Versuch, dich nicht zu verletzen, verstümmeln zu lassen oder Ähnliches, solange ich weg bin."

„Ich werde mein Möglichstes tun, um Ärger zu vermeiden."

„Das glauben doch du und ich nicht."

Nick nahm immer zwei Stufen auf einmal, klopfte bei Scotty

und nickte dabei Darcy zu, dem Personenschützer, der auf dem Gang Wache stand. Als er keine Antwort bekam, steckte er den Kopf ins Zimmer und sah, dass sein Sohn tief und fest schlief. Er musste lachen. Sam hatte es geahnt. Da bis zum Essen noch etwas Zeit war, ließ er ihn in Ruhe und lief wieder nach unten. „Du hattest recht. Er macht ein Nickerchen."

„Ein Junge nach meinem Herzen."

„Auf die Weise schafft er es nie aufs College."

„Doch. Er wird ein totaler Star werden, genau wie sein Vater."

„Wenn seine Mutter ihn nicht vorher zugrunde richtet."

„Nimm zur Kenntnis, dass ich trotz meiner Tiraden gegen die Schule in zwei Fächern einen Abschluss habe. Wie sieht es mit dir aus, Nerdjunge?" Sie hob die Braue auf der Seite ihres Gesichts, die nicht geschwollen war.

„Ich habe einen weniger als du." Lächelnd nippte Nick an seinem Wein. „Ich finde es wirklich schwierig zu glauben, dass du freiwillig noch ein Zusatzstudium gemacht hast."

„Schön war es nicht, trotzdem habe ich ein zweites Abschlussdiplom, was, wie ich hinzufügen möchte, mehr ist, als du von dir behaupten kannst."

„Autsch. Tiefschlag, Babe. Aber immerhin bin ich Vizepräsident der Vereinigten Staaten."

„Sollte mich das beeindrucken?"

Er lachte. „Ganz und gar nicht. Es ist furchtbar langweilig."

Sams Handy klingelte, und sie nahm den Anruf entgegen und formte mit den Lippen das Wort „Malone". Wenigstens war es nicht die Zentrale. „Hey, was gibt's?" Sie hörte eine Weile konzentriert zu. „Schaffen wir ihn direkt ins Labor. Ich brauche die Bestätigung, dass das dieselben Typen waren, die den ersten Wagen geklaut und Angel vergewaltigt haben." Sie lauschte wieder Malone. „Es geht mir gut. Allerdings wird das einen riesigen blauen Fleck geben."

„Schon passiert", murmelte Nick.

„Wie läuft es mit den Zeichnern und Angel?" Sie seufzte. „Vielleicht hat sie morgen mehr Kraft."

Nachdem sie wieder eine Weile zugehört hatte, richtete sie sich auf und atmete schneller. „Wie bitte? Warum hat die Frau uns das nicht erzählt?" Nach einer Pause fügte sie hinzu: „Das gefällt mir. Halten Sie mich auf dem Laufenden, und rufen Sie mich an, wenn sich etwas Neues ergibt." Sie klappte das Handy zu. „Man hat den roten SUV in der Innenstadt verlassen aufgefunden, und es hat sich herausgestellt, dass Wallack einen Stiefsohn aus erster Ehe hat, der im Laufe der Jahre einen Haufen Probleme hatte. Die Ermittler, die sich mit dem Vermisstenfall beschäftigen, versuchen, ihn aufzuspüren."

„Das sind doch erfreuliche Fortschritte."

„Ja, es entwickelt sich in die richtige Richtung. Ich hoffe nur, es muss nicht noch jemand sterben, bevor wir diese Dreckschweine festnageln können."

27

Nach dem Abendessen mit Nick und Scotty legte sich Sam mit einem frischen Eisbeutel aufs Sofa – nicht dass das verhinderte, dass ihr Auge praktisch zugeschwollen war. Dann rief Jeannie an.

„Was gibt's?"

„Wie geht es deinem Gesicht?"

„Schmerzhaft und geschwollen."

„Ich hoffe, dafür kriegt er jede Menge Ärger."

„Den hatte er schon vorher. Also, was liegt an?"

„Ich wollte dir sagen, dass morgen drei Trauerfeiern für Frauen im fraglichen Altersbereich stattfinden. Ironischerweise haben alle drei Söhne, deren Vorname mit D beginnt. Ich habe dir die Informationen gemailt."

„Gute Arbeit. Halte die Augen offen, falls über Nacht noch weitere gemeldet werden."

„Mach ich. Ich wollte dir außerdem erzählen, dass ich gerade noch mal im Krankenhaus war, diesmal mit Michael. Wir haben ein gutes Gespräch mit Angel und Roberto geführt und ihnen versichert, dass wir jederzeit für sie da sind, wenn sie etwas brauchen. Ich hoffe, das hat ein wenig geholfen."

„Es hat sicher *sehr* geholfen. Danke dafür, Jeannie."

„Ich danke dir, dass du mich darum gebeten hast. Es bringt mich auch selbst weiter, wenn ich jemandem behilflich sein kann.

Aber genug von mir. Die Sache mit Offenbach ist einfach unglaublich. Bist du sicher, dass es dir gut geht?"

„Absolut. Nur mein Gesicht ist ein bisschen zerschrammt. Zum Glück stehen in den nächsten ein, zwei Wochen keine Staatsbankette oder sonstigen öffentlichen Termine an."

„Es ist unglaublich, dass er meint, er könne dich einfach so angreifen."

„Er hat einen Haufen Ärger und brauchte einen Sündenbock. Dafür habe ich mich wohl angeboten."

„Carlucci hat erzählt, seine Frau habe ihn rausgeschmissen, die Scheidung eingereicht und das alleinige Sorgerecht für die Kinder beantragt."

„Da hat sie ja keine Zeit verschwendet."

„Hättest du das anders gehandhabt? Fünf Kinder, das sechste ist unterwegs, und er hat eine Affäre?"

„Zum einen muss ich mir da bei meinem Mann keine Sorgen machen, und zum anderen hätte ich an ihrer Stelle genau dasselbe getan, auch wenn ich nie in diese Verlegenheit kommen werde."

„Sehe ich genauso. Allerdings bin ich zu frisch verheiratet, um an so etwas überhaupt zu denken. Sie tut mir furchtbar leid. Sechs Kinder, und er geht fremd. Das ist widerlich. Das gesamte MPD redet darüber."

„In diesem Gebäude liegen noch ganz andere Leichen im Keller. Die Leute sollten besser mal die Klappe halten."

„Äh, ja, das wird hier an dem Tag passieren, an dem die Hölle zufriert."

Sam grinste. „Da hast du völlig recht."

Der Personenschützer, der an der Tür Wache stand, ließ Lilia ein, und Sam winkte sie heran. Sie trug einen todschicken gelben Sommerhosenanzug mit hochhackigen Pumps und ihr Markenzeichen, eine Perlenkette. Ihr dunkles Haar war zu einem kinnlangen Bob geschnitten, und in ihren braunen Augen lagen Wärme und Zuneigung. Sam war vollauf bereit gewesen, sie zu hassen, hatte aber gelernt, Lilia für ihren Sinn für Mode, ihr unglaubliches Organisationstalent, ihr Insiderwissen über die nicht öffentlichen Abläufe in Washington und ihre Bereitschaft, den Wahnsinn, der mit Sams Amtsantritt als Gattin des

Vizepräsidenten in ihrem Leben Einzug gehalten hatte, zu akzeptieren, zu bewundern und sogar zu mögen.

„Ich muss auflegen, Jeannie. Ruf mich an, wenn sich etwas Neues ergibt."

„Alles klar. Gute Besserung."

„Danke."

Lilia näherte sich dem Sofa und blieb jäh stehen, als sie Sams Gesicht sah. „O mein Gott! Was ist passiert?"

„Ich habe einen Kollegen beim Fremdgehen erwischt, und da er verheiratet ist, fünf Kinder hat, seine Frau das sechste erwartet und er eigentlich auf einer Konferenz und nicht mit seiner Geliebten in Atlantic City hätte sein sollen, fällt es ihm schwer, meine hervorragenden Fähigkeiten angemessen zu würdigen."

Lilia setzte sich Sam gegenüber auf einen Sessel. „Er hat Sie geschlagen?"

„Ja."

„Ach du meine Güte." Sie zuckte zusammen, als sie Sams heftig in Mitleidenschaft gezogenes Gesicht näher betrachtete. „Wie kann einem so etwas am Arbeitsplatz passieren?"

„Mein Arbeitsplatz ist ganz anders als Ihrer."

„Trotzdem. Das ist unzivilisiert."

Sam lachte. „Dieser Begriff fasst die Polizeiarbeit perfekt in einem Wort zusammen."

„Die Politik auch. Vor allem in letzter Zeit. Wie kann ich Ihnen helfen?"

„Nun ja, wenn Sie eine begabte Visagistin kennen ..."

Sie zückte ihr Smartphone. „Ich kann das recherchieren."

„Daran habe ich keine Zweifel, aber das war ein Scherz. Meine Hauptsorge ist, dass jemand behaupten könnte, das stamme von meinem Mann. Ich will wissen, wie wir das vermeiden können, denn verstecken kann ich es schlecht."

„Wir geben eine Verlautbarung heraus, dass Sie zuerst einen Autounfall und dann auf der Arbeit eine körperliche Auseinandersetzung hatten. ,Lieutenant Holland ist wieder im Dienst, nachdem sie die Nacht im Krankenhaus verbracht hat, und arbeitet daran, die Schuldigen der aktuellen Mordserie zu ermitteln, die die Einwohner der Hauptstadt in Angst und Schrecken versetzt.'"

„Verdammt, Sie sind gut."

„Danke. Das ist mein Job, und ich glaube, niemand würde es wagen, zu behaupten, Ihr Mann hätte Sie geschlagen, wo doch die ganze Welt sehen kann, dass er verrückt nach Ihnen ist."

„Stimmt auffallend", bestätigte Nick, der zu ihnen trat und Lilia mit einem strahlenden Lächeln begrüßte, woraufhin die prompt errötete.

Sam streckte die Hand nach ihm aus, und er setzte sich zu ihr aufs Sofa. „Lilia hat bereits eine perfekte Pressemitteilung für meine jüngste Katastrophe."

„Ausgezeichnet", freute sich Nick und drückte Sam die Hand.

„Ich muss wohl nicht erwähnen, dass wir mit Anfragen nach Kommentaren von Ihnen beiden zur aktuellen Lage überschwemmt werden. Haben Sie schon mal über eine öffentliche Verlautbarung dazu nachgedacht?"

Sam nickte in Nicks Richtung.

„Haben wir, aber wir möchten uns zuvor mit den Nelsons treffen", erläuterte der. „Je nachdem, wie das läuft, werden wir entweder öffentlich unsere Unterstützung für den Präsidenten und seine Frau erklären, oder ich sage vor dem Untersuchungsausschuss aus."

„Das ist sehr interessant", meinte Lilia. „Darf ich fragen, was Sie sich von diesem Treffen versprechen?"

„Ich möchte ihnen in die Augen schauen, wenn sie beteuern, sie hätten nichts mit alldem zu tun gehabt", antwortete Sam. „Von Angesicht zu Angesicht belügt mich niemand."

„Verstehe."

„Sind Sie damit einverstanden?", fragte Sam.

„Das ist doch völlig unerheblich."

„Nicht für mich."

„Ja, bin ich. Ich halte es für eine gute Idee, direkt mit den beiden zu sprechen und so die Gelegenheit zu erhalten, Ihre Fragen zu stellen und zu merken, ob sie aufrichtig zu Ihnen sind."

„Es ist gut, das zu wissen."

„Sie sollten auch wissen, dass so ziemlich jeder, der für Sie und die Nelsons arbeitet, sehr nervös ist. Im Weißen Haus herrscht eine schier unerträgliche Anspannung."

„Das kann ich bestätigen", pflichtete Nick ihr bei, „und ich bedauere das sehr."

„Sie müssen gar nichts bedauern", erwiderte Lilia hitzig. „Schließlich hat man Ihnen etwas angetan, nicht umgekehrt."

Je mehr Zeit Sam mit Lilia verbrachte, desto mehr mochte sie sie – und sie mochte nicht viele Leute.

„Wir wissen Ihre Loyalität sehr zu schätzen", versicherte Nick Sams Stabschefin.

„Es ist mir ein Vergnügen, für Sie zu arbeiten." Lilia entnahm ihrer Aktentasche ein Dokument. „Ich habe mir erlaubt, noch ein paar Informationen über Christopher Nelson zusammenzustellen, über die Sie bisher vielleicht nicht verfügen. Wussten Sie zum Beispiel, dass er von vier verschiedenen Internaten geflogen ist?"

„Nein", antwortete Nick.

„Er hat auch eine Jugendstrafakte, die allerdings unter Verschluss ist."

„Das wusste ich", räumte Sam ein. „Wir haben während der Ermittlungen leider keine richterliche Anordnung zur Öffnung der Akte erwirken können."

„Ich habe sie ebenfalls nicht einsehen können, aber es gibt natürlich Klatsch, und es heißt, er habe massiv Drogen konsumiert und damit gehandelt, weswegen er der Schule verwiesen wurde. Sein Vater war damals ein bekannter Senator aus South Dakota, der die Missetaten seines Sohns unter den Teppich gekehrt hat, ehe sie an die Öffentlichkeit gelangt sind."

„Er hat praktisch die Weichen für seine spätere Entwicklung gestellt, indem er seine politische Karriere wichtiger genommen hat als seinen eigenen Sohn", fasste Sam zusammen und warf Nick einen Seitenblick zu. „Das klingt vertraut."

„Graham O'Connor hat bei John ähnliche Fehler begangen und teuer dafür bezahlt", stimmte ihr Nick zu.

Sam wusste, wie weh ihm der Gedanke an seinen besten Freund und früheren Chef tat, deshalb nahm sie seine Hand in ihre und wünschte, sie könnte sich jetzt auf seinen Schoß setzen und ihn in die Arme schließen, wie sie es getan hätte, wenn sie allein gewesen wären.

Er schaute sie mit einem angedeuteten Grinsen an, um ihr zu

zeigen, dass er ihre Unterstützung zu schätzen wusste. Ihre nonverbale Kommunikation war auch etwas, was sie an ihm liebte.

„Ich lasse das einfach mal hier, falls Sie es brauchen." Lilia legte den Bericht auf den Couchtisch. „Alles hier drin ist von mindestens zwei gut informierten Menschen bestätigt. Ich hoffe, ich kann auf Ihre Diskretion zählen, was den Quellenschutz angeht."

„Absolut", versicherte Sam. „Wir wissen die Mühe zu schätzen, die Sie sich mit der Zusammenstellung dieses Dossiers gemacht haben."

„Ich wollte nur dafür sorgen, dass Sie im Besitz aller erforderlichen Informationen sind." Lilia entnahm der Aktentasche einen weiteren Ausdruck. „Anderes Thema: Wir haben Dutzende von neuen Anfragen für Reden zu den Themen Fruchtbarkeit, Lernbehinderungen, Querschnittslähmung und Gesetzesvollzug erhalten, um bloß einige zu nennen. Auch das lasse ich hier, und Sie können mich wissen lassen, ob Sie irgendwelche dieser Einladungen wahrnehmen möchten."

Sams Vortrag auf der Konferenz zum Thema Fortpflanzungsprobleme hatte großen Anklang gefunden.

„Wir bekommen immer noch Mails von Frauen, die Ihre persönliche Schilderung Ihrer Probleme tief berührt hat", fuhr Lilia fort und legte einen weiteren Stapel Papier auf den Tisch. „Ich habe mal einen Querschnitt ausgedruckt, weil ich dachte, das freut Sie vielleicht."

„Wow, wie nett, dass die mir alle schreiben."

„Sie haben keine Vorstellung davon, wie sehr Sie die Menschen mit Ihren Problemen berührt haben. Zu wissen, dass jemand wie Sie sich mit denselben Schwierigkeiten herumschlägt wie sie selbst, ist ungeheuer hilfreich für die Leute. Einige Briefe haben uns zu Tränen gerührt."

„Jemand wie ich? Ich bin nur eine ganz normale Frau."

Nick und Lilia lachten.

„Ja, klar, Babe. Nur ein ganz normales Mädchen, das herumrennt und Mörder hinter Gitter bringt, während sie zugleich die Gattin des Vizepräsidenten ist."

Lilia nickte gerade zustimmend, als die Tür aufging und Dr.

Harry Flynn eintrat. Sein Blick fiel sofort auf Lilia, die diesmal noch heftiger errötete.

Sehr interessant.

„Hallo allerseits", grüßte Harry in die Runde. Es sah aus, als käme er direkt von der Arbeit, denn er trug ein weißes Hemd und eine marineblaue Krawatte mit Nadelstreifen. Er hatte dunkles Haar, ebensolche Augen und geradezu traumhafte Grübchen. „Ich habe gehört, unsere liebste Polizistin-Vizepräsidentengattin hat sich schon wieder geprügelt."

„Du hast richtig gehört", bestätigte Sam und streckte ihm die blutunterlaufene Gesichtshälfte hin. Angesichts dessen und des Hämatoms unter dem Klammerpflaster auf ihrer Stirn war sie wirklich übel zugerichtet.

„Oha." Harry neigte den Kopf, um das Ausmaß des Schadens besser begutachten zu können. „Ich finde, das steht dir."

„Haha", erwiderte Sam sarkastisch. „Sehr witzig."

„Ich hoffe, der andere Typ sieht schlimmer aus."

„Nein, ich habe ihn nicht angefasst. Ich habe meine Lektion gelernt, was Faustkämpfe im Dienst angeht."

„Sitzt er dann wenigstens im Gefängnis?"

„Nein." Sam erzählte ihm von ihrem Zusammenstoß mit Offenbach und den Gründen für seinen Zorn.

„Verdammt", fluchte Harry. „Stell dir vor, du hast schon fünf Kinder, deine Frau ist wieder schwanger, und du lässt dich auf eine Affäre ein. Manche Leute sind echt das Letzte."

Sam bemerkte, dass Lilia regelrecht an Harrys Lippen hing. Die Vorstellung, die beiden könnten zusammenkommen, machte Sam wirklich glücklich. Sie mochte Nicks langjährigen Freund sehr und wollte schon lange die perfekte Partnerin für ihn finden. Lilia war dafür bestens qualifiziert, fand Sam.

Nick bot ihren Gästen etwas zu trinken an, und die vier verbrachten eine unterhaltsame Stunde damit, die aktuelle Situation in Washington und Sams quälenden Fall zu erörtern.

Als die beiden sich erhoben, um aufzubrechen, fragte Sam, wie Lilia hergekommen sei.

„Ich habe ein Taxi genommen."

„Harry fährt Sie sicher gern heim, oder, Harry?"

„Natürlich", lächelte der, während sich Lilias Wangen wieder einmal bezaubernd röteten.

Wenn Sams Urteilsvermögen sie nicht trog – und sie hielt sich für eine hervorragende Menschenkennerin –, war ihre Stabschefin bis über beide Ohren in Harry verknallt, den es im Gegenzug genauso heftig erwischt hatte. Nur mit Mühe konnte sie ihre Freude darüber für sich behalten, bis die beiden weg waren.

„Dabei sagst du immer, *ich* wäre nicht subtil genug", tadelte Nick, als sie allein waren.

„Wovon redest du? Ich war aalglatt."

„Mich hast du mehr an einen Elefanten im Porzellanladen erinnert."

Sie funkelte ihn an, soweit das mit nur einem nicht zugeschwollenen Auge möglich war. „Suchst du schon wieder Streit?"

„Auf gar keinen Fall." Grinsend zog er sie vom Sofa hoch. „Ich würde viel lieber ins Bett gehen und mich an meine Frau, die Kupplerin, kuscheln."

Das amüsierte sie, obwohl sie es nie zugegeben hätte, und sie erwiderte: „Mit dieser Antwort habe ich fast gerechnet."

∼

„Peinlich", erklärte Lilia, als sie auf dem Beifahrersitz von Harrys schwarzem Porsche Panamera Platz nahm.

„Was?", fragte er, während er am Kontrollpunkt des Secret Service am Ende der Ninth Street vorbeifuhr.

„Mrs Cappuanos schamlose Kuppelei!"

„Mrs Cappuano", lachte er. „Das klingt lustig."

„So heißt sie doch."

„Für mich ist sie einfach Sam."

„So kann ich sie nicht nennen, selbst wenn sie das möchte."

„Du könntest, aber du willst nicht. Das ist ein großer Unterschied."

„Es wäre unprofessionell."

Er griff über die Mittelkonsole hinweg und nahm ihre Hand, versprach sich viel davon, wie sie sich kurz an- und dann wieder entspannte. „Du bist der Inbegriff von Professionalität, Lilia, und daran würde sich auch nichts ändern, wenn du sie unter vier Augen Sam nennst. Sie mag dich, und eigentlich mag sie nie Leute."

„Doch."

„Nein, wirklich nicht, aber über sie möchte ich gar nicht reden. Ich möchte wissen, warum ich nichts mehr von dir gehört habe, obwohl du gesagt hast, du rufst mich an."

„Ich ... ich hatte zu tun. Diese ganze Sache mit den Nelsons und den Cappuanos war vorsichtig ausgedrückt stressig."

„Das klingt nach einer Ausrede. Mit Nick und Sam spreche ich regelmäßig, und die sind damit mindestens so beschäftigt wie du."

„Sie gehen dem Problem aus dem Weg. Diese Möglichkeit haben wir als ihr Stab nicht."

Er drückte ihr die Hand, ermutigt von der Tatsache, dass sie sie ihm nicht entzog. „Ich dachte, unsere Nacht wäre schön gewesen."

„War sie auch."

Aus dem Augenwinkel sah er, wie sie errötete. O Gott, er liebte es, dass sie nichts vor ihm verbergen konnte, weil ihr Gesichtsausdruck sie jedes Mal verriet. Er hatte ununterbrochen an sie gedacht und gehofft, von ihr zu hören, gleichzeitig aber den Drang unterdrückt, sie ständig zu belagern. Er wusste, dass das nach einer fantastischen Nacht wie der, die sie zusammen erlebt hatten, nach hinten losgehen konnte.

„Warum hast du dich dann nicht gemeldet? Schieb nicht die Arbeit vor. Niemand, nicht mal du, arbeitet rund um die Uhr."

„Es war mir peinlich."

Das hatte er schon gewusst, aber es freute ihn, dass sie es zugab. „Warum?" Auch das wusste er, doch er wollte hören, wie sie es sagte.

„Darum! D... du ... du bist ein guter Freund der beiden, und ich ... ich ..."

„Du bist bei unserem ersten Date mit mir in die Kiste gehüpft?"

Sie entriss ihm ihre Hand und hielt sich die Ohren zu. „Hör auf."

Harry lachte. Wie hätte er auch ernst bleiben können? Sie war einfach wundervoll. Das fand er schon, seit er sie zum ersten Mal gesehen hatte, in dem konservativen Kostüm mit den Perlen und den hohen Absätzen, die ihre Beine so wunderbar betonten. So gepflegt und korrekt. Eine richtige Dame. Außer im Bett ...

Da hatte er eine andere Seite der entzückenden Lilia Van Nostrand erlebt. Selbst ihr Name war sexy und irgendwie stilvoll.

„Das ist nicht witzig! Du bist einer ihrer besten Freunde, und ich ..."

„Du hattest fantastischen, hemmungslosen Sex mit mir?"

„Ich hasse dich."

„Nein, tust du nicht, und genau das ist das Problem."

„Wer sagt denn, dass es ein Problem gibt?"

„Ich. Seit unserer letzten Begegnung denke ich ständig an dich, während ich hoffnungsvoll darauf warte, dass du mich anrufst. Ich habe dir Raum gegeben, weil ich dachte, den brauchst du, um zu verarbeiten, was passiert ist, aber damit ist jetzt Schluss. Ich will dich. Du willst mich. Wir sind beide viel zu alt, um Teenager-Spielchen zu spielen."

„Ich arbeite für deine Freundin", erinnerte sie ihn mit einem verzweifelten Ton in der Stimme.

„Die dich gerade praktisch in mein Auto gedrängt hat. Sie will, dass wir zusammen sind. Die Frage ist nur, warum *du* das nicht willst."

„Das habe ich nie gesagt."

„Dein Schweigen spricht Bände, Süße." Er fuhr vor dem Gebäude im Stadtbezirk Dupont Circle vor, in dem sie wohnte und wo der zuvor erwähnte hemmungslose Sex stattgefunden hatte, schaltete auf P, stellte dann den Motor aus und wandte sich ihr zu. „Wo liegt das Problem?"

Sie starrte in ihren Schoß, wo sie die Hände gefaltet hatte, wahrscheinlich so, wie die Nonnen es sie gelehrt hatten. Sie erinnerte ihn an ein katholisches Schulmädchen, was ihn ungeheuer anmachte.

„Lilia, schau mich an."

Sie schüttelte den Kopf.

Er ergriff ihr Kinn, zwang sie, ihn anzusehen, und war erschrocken, als er erkannte, dass ihr Tränen in den großen braunen Augen standen. „Sprich mit mir. Erklär mir, was los ist."

„Ich ... ich mag das nicht."

„Sex?"

Sie schloss die Augen, woraufhin ihr einige der Tränen über die Wangen rannen.

Er wischte sie mit den Daumen weg und nutzte dann die Tatsache aus, dass sie die Augen geschlossen hatte, um sie sanft zu küssen.

Sie riss die Augen auf. „Nicht."

„Warum nicht?", fragte er und tat es erneut.

„Weil ich es sage."

„Aber *warum* sagst du das?" Bildete er sich das ein, oder kam sie seinen Küssen entgegen? Nein, das bildete er sich definitiv nicht ein. „Nenn mir einen guten Grund, und ich höre auf."

„Sex beim ersten Date mit einem Freund meiner Chefin." Sie errötete erneut, und er küsste ihre rosig angelaufenen Wangen.

„Deine Chefin hat nichts dagegen, und Sex beim ersten Date kommt eben manchmal vor. Deswegen bist du noch lange kein böses Mädchen!"

„Doch. Das war nicht einfach nur Sex. Das war ..."

„Phänomenaler, lebensverändernder Sex, den wir unbedingt bald wiederholen müssen, weil ich sonst vor Sehnsucht sterbe?"

Sie seufzte tief und entspannte sich ein wenig.

Er küsste sie erneut, drang diesmal mit seiner Zunge in ihren Mund, und Zufriedenheit und Lust durchströmten ihn, als sie ihn mit ihrer willkommen hieß. „Bitte mich mit hoch", flüsterte er gegen ihre Lippen.

Sie stöhnte, und er wurde steinhart.

„Bitte."

„Harry, ich kann nicht ..."

Er wandte seine Aufmerksamkeit ihrem eleganten Hals zu, und ja, Hälse konnten elegant sein. Ihrer zum Beispiel. Diese Perlenkette machte ihn einfach rattenscharf. „Doch, kannst du. Ich verspreche, du kommst dafür nicht in die Hölle."

„Mach dich nicht über mich lustig."

„Tu ich gar nicht. Das schwöre ich bei Gott."

„Du tust das sehr wohl, und deshalb solltest du auch nicht bei Gott das Gegenteil beschwören."

Bezaubernd. So unglaublich bezaubernd – und sie gehört mir. Das hatte er noch nie über eine Frau gedacht. „Bitte mich hoch."

Sie legte den Kopf schief, um ihm den Zugang zu ihrem Hals

zu erleichtern, und er zeigte sich mit Lippen, Zunge und Zähnen erkenntlich.

„Hier kannst du nicht parken", sagte sie eine Minute später, während ihr Körper von derselben Begierde zitterte, die auch ihn gepackt hatte.

„Dann zeig mir, wo."

Sie deutete auf eine Garage, nannte ihm den Zugangscode und leitete ihn zu einem Besucherparkplatz.

Er stieg aus und lief um den Wagen herum, um ihr die Tür zu öffnen, ehe sie es sich noch einmal anders überlegte. Die Art und Weise, wie sie seine Hände hielt, während er sie zum Aufzug führte, beruhigte ihn in dieser Hinsicht. Auf dem Weg nach oben in ihre Wohnung drängte er sie in die Ecke der Aufzugskabine, und in seinem Kuss lag die aufgestaute Lust mehrerer Wochen. Die Gedanken an sie, an ihre eine gemeinsame Nacht, hatten ihn fast wahnsinnig gemacht, während er versucht hatte, sich in Geduld zu fassen.

Harry war noch nie so glücklich gewesen, jemanden zu sehen, wie sie vorhin bei Nick und Sam, und er hatte das Gefühl, dass Sam das eingefädelt hatte. Er musste sich bei Gelegenheit unbedingt bei ihr bedanken.

Lilia schlang ihm die Arme um den Hals und erwiderte seinen Kuss mit dem Feuer, das ihn nachts wach gehalten hatte, wenn er an die Lust, die er mit ihr empfunden hatte, gedacht und sich gefragt hatte, ob das eine einmalige Sache bleiben oder ob daraus mehr werden würde.

Das hier ... konnte wirklich wichtig werden. Als das Geräusch ertönte, mit dem der Aufzug seine Ankunft im gewünschten Stockwerk ankündigte, löste er sich von ihr, doch er starrte sie weiter an. Er schüttelte den Kopf, um ihn klar zu bekommen, nahm sie bei der Hand und zog sie aus dem Aufzug und zu ihrer Wohnungstür.

Sie nestelte den Schlüssel aus ihrer Handtasche und brauchte viel zu lang, um die Tür aufzuschließen und einzutreten.

Er schloss die Tür und nahm ihr die schwere Aktenmappe und die dazu passende Handtasche ab. Beides stellte er in der Diele auf den Fußboden. Es hatte ihn bei seinem letzten Besuch nicht überrascht, dass ihre Wohnung aussah wie eine Ralph-Lauren-

Anzeige – alles war genau da, wo es hingehörte, und es gab keinerlei Unordnung.

Aber ihre Wohnung und ihr phänomenaler Sinn für Ordnung waren ihm völlig egal. Nein, er brauchte eine horizontale Oberfläche, und zwar sofort. Sein Blick fiel auf den Küchentresen. Perfekt.

Er streifte ihr das Jackett ab und öffnete die Perlknöpfe ihrer Bluse. Darunter kam ein sexy Spitzenirgendwas zum Vorschein, bei dessen Anblick er vor Lust beinahe aufgeheult hätte. Er fasste hinter sie, öffnete ihren Rock und schob ihn ihr über die Hüften, bis er ihr um die Knöchel hing. Die hohen Pumps durfte sie von ihm aus gerne anbehalten.

Harry trat einen Schritt zurück, um die cremeweiße Haut zu bewundern, die in Spitze, Strümpfe an Strapsen und ein winziges Alibihöschen gehüllt war. Sie war eine regelrechte Göttin, und das Beste daran war, dass sie es selbst nicht wusste.

„Harry ... Ist etwas nicht in Ordnung?"

„Ganz und gar nicht. Du ... du bist geradezu unanständig schön."

Sie verschränkte die Arme vor der Brust. „Ich bin nicht unanständig."

Natürlich hängte sie sich an diesem einen Wort auf. Sanft schloss er sie in die Arme und neigte den Kopf, um den runden Ansatz ihrer Brüste zu küssen. „Ich habe das als großes Kompliment gemeint." Er zog ihr das Höschen aus und hob sie dann auf den Küchentresen.

„Harry ..."

„Hmm?" Er war vollauf damit beschäftigt, ihren wunderschönen Hals zu küssen, während er zugleich seinen Gürtel öffnete und seine Hosenträger abstreifte.

„Was machst du da?"

„Das." Über Safer Sex hatten sie schon beim letzten Mal gesprochen und waren übereingekommen, dass Kondome nicht erforderlich waren. Er hob sie an und drang mit einem Stoß in sie ein.

Sie keuchte auf, krallte ihre Finger in sein Haar und seine Schulter.

Die Hände auf ihrem Po, stieß er hart und schnell in sie,

musste das wahnsinnige Verlangen stillen, das seit Wochen an ihm fraß. Er drückte sie auf den Küchentresen, beugte sich über sie und bedeckte ihren Mund mit einem verzweifelten, innigen Kuss, während er sie liebkoste, wo ihre Körper sich trafen, um sie zum Höhepunkt zu bringen.

Sie unterbrach den Kuss und schrie auf, ihre inneren Muskeln umschlossen ihn, und er kam, lange bevor er es eigentlich vorgehabt hatte. Das war es, was sie mit ihm anstellte. Sie trieb ihn in den Wahnsinn, weckte in ihm den unstillbaren Wunsch nach mehr. Lilia hatte im selben Moment wie er den Gipfel erreicht, doch er konnte nicht aufhören, sie zu küssen und zu streicheln.

Nach einer Weile streifte er sich die Hose ab, schlang die Arme um Lilia, hob sie vom Tresen und trug sie ins Schlafzimmer, wo sie sich in einem viel gemächlicheren, aber nicht weniger befriedigenden Tempo Runde zwei widmeten.

Danach hielt er sie fest, während sich sein Herzschlag und sein Atem langsam wieder normalisierten. „Ich lasse dich nicht noch mal entkommen. Das hier passiert."

„Was denn genau? Bisher waren es nur ein paar Drinks und Sex."

„Meinst du nicht vielmehr ‚großartiger, lebensverändernder Sex'?"

Sie verpasste ihm einen Rippenstoß, was ihn zum Lachen brachte. „Beantworte die Frage."

„Es wird viel mehr sein als das. Ist es schon. Zumindest für mich. Ich dachte, ich werde verrückt, während ich auf einen Anruf von dir gewartet habe."

„*Du* hättest ja *mich* mal anrufen können."

„Hättest du einen Anruf von mir denn entgegengenommen?"

Ihr Schweigen sprach Bände.

„Wirst du zukünftig Anrufe von mir entgegennehmen?"

Nach einer weiteren langen Pause antwortete sie: „Ja, Harry. Das werde ich."

28

Wenn man Vizepräsident der Vereinigten Staaten war und um ein Treffen mit dem angeschlagenen Präsidenten und seiner First Lady bat, ging manchmal alles sehr schnell.

Sam hasste es, mit ihrem geschundenen Gesicht ins Weiße Haus zu müssen, aber da Nick unter gewaltigem Druck stand, weil er unter Umständen vor dem Untersuchungsausschuss würde aussagen müssen, war es wichtig, den Besuch hinter sich zu bringen, ehe der Präsident den Forderungen nach seinem Rücktritt nachgab.

Das Treffen fand im Wohnbereich des Präsidenten statt, wo Sam bisher noch nicht gewesen war.

Auf Nicks Bitte hin saßen sie nur zu viert in einem Wohnzimmer an einer Kaffeetafel mit einem Tablett süßer Teilchen.

Sam trug ihr elegantestes graues Kostüm und dazu eine rosafarbene Seidenbluse und die Louboutins, die ihr Nick im Vorjahr zu Weihnachten geschenkt hatte, sowie sein Hochzeitsgeschenk, das Halsband mit dem diamantbesetzten Schlüsselanhänger, und den Diamant-Verlobungsring, den sie nur zu besonderen Gelegenheiten herausholte. Ein privates Treffen mit dem Präsidenten und seiner Gattin im Weißen Haus fiel für sie in diese Kategorie. Sie hatte Kleidung zum Umziehen dabei, weil sie direkt danach zur Arbeit wollte.

„Meine Güte!" Gloria Nelson war sichtlich entsetzt. „Was ist Ihnen denn passiert?"

Über Nacht hatte sich das Hämatom zu einem aggressiven Violett verfärbt, und Sams eines Auge war jetzt komplett zugeschwollen. Sie hoffte, das andere würde ausreichen, um zu erkennen, ob die Nelsons die Wahrheit sagten.

„Jemand hat sich seiner Festnahme widersetzt", antwortete Sam mit einer frei erfundenen Geschichte. Ihre Probleme mit Kollegen waren schon zu oft in der Öffentlichkeit breitgetreten worden. Sie hoffte, diesen neuesten Vorfall mit der gebotenen Diskretion behandeln zu können.

„Ich bewundere Ihre Arbeit so." Gloria schenkte Kaffee ein. Sie trug ein braunes Kostüm und sah aus, als sei sie gerade aus einem Schönheitssalon getreten, während Sam eher an Frankensteins Braut erinnerte. „Vor allem angesichts dessen, was in der Stadt in letzter Zeit so passiert. Stehen Sie kurz vor der Festnahme dieses Schützen?"

„Wir kommen ihr näher." Sam wurde langsam ungeduldig, schließlich waren sie nicht hier, um über den Fall zu reden, zu dessen Lösung sie zurückmusste.

„Danke, dass Sie so kurzfristig für uns Zeit gefunden haben", erklärte Nick.

„Das war unter den gegebenen Umständen ja wohl das Mindeste", erwiderte David Nelson.

„Sie sollen wissen", sagte Gloria mit vor Erschütterung zitternder Stimme, „wie leid uns das tut, was Sie unseres Sohnes wegen durchmachen mussten. Wir finden diese ganze Angelegenheit einfach furchtbar."

„Wenn Sie hier sind, um mich um meinen Rücktritt zu bitten", verkündete der Präsident, „dann werde ich dieser Bitte nachkommen. Ich möchte dem Land keinen endlosen Skandal zumuten, der wahrscheinlich ohnehin nicht gut für mich ausgehen wird."

„Das ist nicht der Grund unseres Hierseins", stellte Nick klar. „Wir wollen vielmehr von Ihnen persönlich hören, dass Sie nichts von den Plänen Ihres Sohnes gewusst haben."

„Haben wir nicht", versicherte Nelson und blickte Nick in die

Augen. „Das schwöre ich beim Leben unserer Enkel. Wir haben von alldem nichts gewusst."

„Christopher war schon immer ein schwieriges Kind", erzählte Gloria zögernd. „Wir haben fünf Kinder und lieben sie alle, doch er hat es uns nicht leicht gemacht. Er hatte ständig Ärger, hat Drogen genommen und ist von vier Schulen geflogen. Seine Geschwister waren akademisch alle sehr erfolgreich, haben alle einen Uniabschluss. Er hat Jura studiert, aber sein Examen nur mit knapper Not geschafft, und es gab hinter vorgehaltener Hand Vorwürfe, er habe jemanden dafür bezahlt, die Prüfungen für ihn abzulegen. Wir haben schon lange befürchtet, dass sein sogenannter Thinktank eine Fassade für illegale Aktivitäten war, konnten es allerdings nie beweisen. Bis Sie ihn festgenommen haben und wir herausgefunden haben, was für Abscheulichkeiten er begangen hatte." Eine Träne rann ihr über die Wange, und sie wischte sie verärgert weg. „Wir finden seine Taten entsetzlich. Drohungen gegen unschuldige Kinder, die Ermordung von Sams Ex-Mann, die Dinge, die zu sagen er Nicks Mutter verleitet hat ..."

Der Präsident fasste ihre Hand und betrachtete sie mit liebevollem Blick. „Wir haben alles in unserer Macht Stehende getan, um ihm die erforderliche Hilfe zu verschaffen", versicherte David. „Er hat so viele Aufenthalte in Entzugskliniken hinter sich, dass ich sie schon nicht mehr zählen kann. Christopher hat mindestens zwanzig Therapeuten verschlissen und hat verschiedene Medikamente durchprobiert, die entweder alles verschlimmert oder ihn in einen Zombie verwandelt haben." Er schluckte schwer. „Dennoch hätten wir in einer Million Jahre nicht gedacht, dass er zu so etwas fähig wäre. Wenn wir geahnt hätten ..." Seine Stimme brach.

„Wenn wir etwas geahnt hätten, hätten wir eingegriffen", beteuerte Gloria.

Sam sah Nick an, den die Geschichte der Nelsons sehr bewegt zu haben schien.

„Ich habe eine Frage", erklärte sie.

„Wir werden gerne all Ihre Fragen beantworten", versicherte David.

„Wie haben Sie seine Probleme im Zeitalter der

Vierundzwanzig-Stunden-Nachrichtenberieselung geheim halten können?"

„Ich war Senator mit den besten politischen Zukunftsaussichten, der auch an vier andere Kinder denken musste. Ich habe alles unter den Teppich gekehrt."

Seine klaren Worte erfüllten Sam mit neuem Respekt. Sie fand zwar nicht in Ordnung, was er getan hatte, doch sie war selbst Mutter und verstand seine Beweggründe. Menschen taten vieles, um ihre Kinder zu beschützen.

„Hast du noch weitere Fragen?", wollte Nick von Sam wissen.

Sie schüttelte den Kopf. „Ich habe gehört, was ich hören musste, und es geht mir besser, nun, da ich weiß, dass Sie beide von den Machenschaften Ihres Sohnes keine Ahnung hatten." Das war die Formulierung, die sie im Vorfeld mit Nick abgesprochen hatte, um ihm mitzuteilen, dass sie den beiden glaubte.

„Sam und ich werden öffentlich verlautbaren – und auch dem Kongress zur Kenntnis bringen –, dass wir uns getroffen haben und dass Sam und ich Ihnen glauben, dass Sie in die Pläne Ihres Sohnes nicht eingeweiht waren."

David starrte ihn schockiert an. „Warum wollen Sie das tun?"

„Offen gestanden, weil ich nicht Präsident werden möchte. Nicht jetzt und nicht so. Ich will etwas anderes."

„Nämlich?"

„Einen Platz an Ihrem Tisch und eine Rolle in Ihrer Regierung, die sich nicht darauf beschränkt, Ihre schwächelnden Zustimmungswerte zu verbessern."

Nelson war so klug, sich über den unausgesprochenen Vorwurf, er habe seinen beliebten Vizepräsidenten auf die Ersatzbank verbannt, erschrocken zu zeigen. „Aber gerne, und zwar ab sofort."

„Hervorragend. Wir werden heute eine Mitteilung herausgeben, die diesem Wahnsinn hoffentlich ein Ende setzen wird, damit wir uns wieder voll und ganz auf unsere Arbeit für dieses Land konzentrieren können."

„Ich ... ich weiß nicht, was ich dazu sagen soll", gestand Nelson.

„Bedank dich, Liebster", schlug Gloria vor.

Nelson erhob sich und reichte Nick die Hand. „Meinen tief

empfundenen Dank. Sie können in Zukunft in meiner Regierung jede Rolle spielen, die Sie möchten."

Nick erhob sich, um dem Präsidenten die Hand zu schütteln. „Ich werde darüber nachdenken und mich dann bei Ihnen melden."

„Gern. Ich freue mich darauf."

Sam reichte beiden die Hand und ging dann vor Nick zur Tür. Er verschränkte seine Finger mit ihren, und gemeinsam schritten sie schweigend durch die Flure des Weißen Hauses zu Nicks Büro, dicht gefolgt von Brant. Sobald sich die Tür hinter ihnen geschlossen hatte, wandte er sich zu ihr um. „Ich bin froh, dass du ihnen geglaubt hast, denn das habe ich auch."

„Ihre Tortur hat nicht erst mit Christophers jüngsten Verbrechen begonnen", sagte Sam. „Als Mutter hab ich Mitleid mit ihnen."

„Wie kann eine Familie vier tolle Kinder und ein schwarzes Schaf haben?"

„Ich weiß nicht, doch bei ihrer Schilderung dessen, was sie mit ihm durchgemacht haben, war ich plötzlich sehr dankbar für unser fantastisches Kind."

Er legte die Arme um sie und küsste die heile Seite ihres Gesichts. „Ich auch. Wirst du mich weiterhin lieben, wenn ich noch eine Weile lang nur Vizepräsident bin?"

„Ich liebe dich sogar mehr, wenn du nur Vizepräsident bist. Gott sei Dank ist das Thema jetzt durch."

„Es ist leider nicht durch, aber bald, und dann ist es wieder mal Zeit für ungehemmten Sex."

Sam lachte, und er küsste sie zärtlich und ganz vorsichtig, wobei er darauf achtete, nicht die schmerzende Seite ihres Mundes zu berühren.

Sie wünschte, sie hätte Zeit, sich an ihn zu schmiegen und seinen unglaublich guten, vertrauten Geruch einzuatmen. „Ich muss an die Arbeit."

Sie hatten die gemeinsame Pressemitteilung, die sie gleich herausgeben würden, bereits fertig. In groben Zügen besagte der Text, den sie Darren Tabor exklusiv geben wollten, dass die Cappuanos sich mit den Nelsons getroffen hatten und dass der Vizepräsident und seine Gattin dem Präsidenten und dessen Frau glaubten, dass sie nichts mit den Verbrechen ihres Sohnes zu tun hatten. Außerdem verliehen sie darin der Hoffnung Ausdruck, der Präsident und der Kongress könnten sich nunmehr wieder wichtigeren Themen zum Wohle des amerikanischen Volkes zuwenden.

„Ich bringe dich hin." Nick rief nach Brant und bat ihn, alles dafür vorzubereiten.

„Es wäre einfacher gewesen, mir ein Taxi zu rufen."

„Vielleicht, aber dann hätte ich nicht mitfahren können. So kann ich das."

„Hey, ich mag die Art, wie Sie denken, Mr Vice President."

„Ich mag die Art, wie du alles tust."

∼

AVERY VERABREDETE SICH UM DIE MITTAGSZEIT MIT ROSEMARY. Nachdem Shelby sich bereit erklärt hatte mitzukommen, wollte er das Gespräch so schnell wie möglich hinter sich bringen, damit sie hoffentlich wieder zu einer Art Normalität zurückfinden konnten. Nach dem Gespräch mit ihr am Vorabend fühlte er sich schon besser. Wenigstens lag das Problem jetzt auf dem Tisch und schwärte nicht wie eine Wunde, die einfach nicht heilen wollte.

Während er fuhr, schrieb Shelby ihrer Schwester, die in ihrer Abwesenheit auf Noah aufpasste, Textnachrichten. Sie hatte den Kleinen zum ersten Mal allein gelassen, und das war ihr nicht leichtgefallen. Er hoffte, dass der Ausflug trotzdem seinen Sinn erfüllen würde.

„Es geht ihm gut, Süße. Deine Schwester hat Erfahrung als Mutter." Nancy hatte drei Kinder im Teenageralter. „Du hast eine Expertin als Babysitterin."

„Ich weiß."

„Shelby."

Sie sah ihn an. „Ja?"

„Hör auf, sie mit Textnachrichten zu bombardieren. Sie weiß, was sie tun muss, und wird anrufen, wenn sie dich braucht."

„Lass mich ihr nur noch diese letzte schicken, damit sie weiß, wo die Extrafläschchen sind."

„Du hast ihr Muttermilch für eine ganze Woche dagelassen. Sie wird keine Extrafläschchen brauchen."

„Machst du dich etwa über mich lustig?", wollte sie wissen.

„Würde ich das je wagen?"

„Ja, ich glaube schon."

„Darling, das wäre einfach gemein."

„Bleib mir mit deinem Akzent vom Hals. Du weißt, was er mit mir anstellt."

Dieses winzige bisschen Normalität ermutigte ihn, und er wagte es, nach ihrer Hand zu greifen, und schubste dabei ihr Handy in ihre Handtasche.

„Überaus geschickt."

„Ich gebe mir Mühe." Er hielt ihre Hand, bis er sie zum Einparken loslassen musste. „Wenn ich jetzt aussteige und um den Wagen herumgehe, um dir die Tür zu öffnen, schaust du dann in der Zwischenzeit auf dein Handy?"

„Natürlich nicht. Warum sollte ich das tun?"

Avery lachte. „Ja, warum nur? Warte." Er trat hinaus in die schwüle Sommerhitze. Menschen, die nicht an den Klimawandel glaubten, mussten bloß einmal im Sommer ein paar Tage in der Hauptstadt verbringen. Es schien jedes Jahr heißer zu werden. Er öffnete die Beifahrertür, reichte Shelby die Hand und half ihr beim Aussteigen.

Sie trug ein süßes pinkfarbenes Kleid mit großen weißen Punkten und pinkfarbene Pumps und hatte sich für ihre Frisur und ihr Make-up offenbar Zeit genommen. Heimlich hatte Avery ihre Schwester gefragt, ob sie so viel Zeit hätte, dass sie nach dem Termin noch gemeinsam was essen konnten, und sie hatte ihn ermutigt, so lange mit Shelby wegzubleiben, wie er wollte. Er gedachte, Shelby nach dem Termin zum Mittagessen einzuladen.

Da sie noch einen Moment Zeit hatten, legte er ihr die Hände auf die Hüften und schaute ihr in die Augen. Er hatte Pink nie besonders gemocht, bis sie mit ihrer extremen Vorliebe dafür in sein Leben getreten war. Jetzt erinnerte ihn Pink an sie, und er liebte den Farbton. „Falls ich es bisher nicht erwähnt habe – du siehst heute großartig aus."

„Du siehst immer großartig aus. Das ist unfair."

„Ach was." Lächelnd küsste er sie.

„Es stimmt doch. Keine Frau sollte mit einem Mann zusammenleben müssen, der schon beim Aufwachen so gut aussieht wie du."

Er hob eine Braue und fragte: „Willst du damit sagen, du möchtest nicht mehr mit mir zusammenleben?"

„Keineswegs. Ich weise nur auf einen unfairen Vorteil hin."

„Wenn du dich mit meinen Augen betrachten könntest, wüsstest du, dass du dich nicht im Nachteil fühlen musst. Meiner Meinung nach liegen alle Vorteile bei dir."

„Das kommt noch hinzu! Der Akzent, die Worte, die schönen goldfarbenen Augen, die Wangenknochen ..." Sie seufzte dramatisch. „Unfair."

Zum ersten Mal, seit er alles in den Sand gesetzt hatte, hatte er die Hoffnung, sie würden ihre Beziehung vielleicht retten können. Er nahm sie bei der Hand und ging mit ihr zur Tür von Rosemarys Praxis. „Hier komme ich her, um meine Seele in Batteriesäure tauchen zu lassen."

Shelby lachte über diese Beschreibung seiner Sitzungen. „Ich freue mich darauf, die Frau kennenzulernen, mit der du so viel Zeit verbringst."

„Du wirst sie mögen."

Rosemarys Tür war nur angelehnt, also klopfte Avery. Er vermutete, dass sie den Termin eingeschoben hatte, um schneller für sie Zeit zu haben, und wusste das sehr zu schätzen.

„Herein", ertönte es fröhlich.

Er staunte immer darüber, dass Rosemary so gut gelaunt sein konnte, nachdem sie sich den ganzen Tag die Probleme anderer angehört hatte. Er wäre an ihrer Stelle sicher bereit gewesen, jemanden umzubringen. Avery legte Shelby die Hand ins Kreuz und trat mit ihr zusammen ein.

„Hi." Rosemary reichte Shelby die Hand. „Sie müssen Shelby sein. Ich habe schon viel von Ihnen gehört."

„Dito."

„Ich bin sicher, Avery hat jede Menge über mich zu erzählen", scherzte Rosemary. „Er liebt jede einzelne Minute, die wir miteinander verbringen."

Diese Bemerkung brachte sie alle zum Lachen und lockerte

die Situation etwas auf. „Das können Sie laut sagen", pflichtete Avery ihr bei.

„Ich bin so froh, dass Sie kommen konnten", versicherte Rosemary Shelby.

Er spürte, dass die Freundlichkeit der Therapeutin Shelby beruhigte.

„Danke, dass Sie so kurzfristig Zeit für uns hatten."

„Gar kein Problem. Ich habe gehört, Sie sind ganz vernarrt in Ihren kleinen Noah."

„Oh, er ist einfach der Beste. Ich wollte immer schon Mutter sein, aber für ihn hat sich das Warten gelohnt."

„Gratuliere. Genießen Sie jede Minute. Sie werden so schnell groß."

„Das sagen alle."

„Nun, wir wissen ja, warum wir hier sind, und ich möchte, dass wir unsere gemeinsame Stunde optimal nutzen, also kommen wir gleich zur Sache. Avery hat mir von seinem Fehler erzählt und davon, wie verletzt Sie waren und was dadurch für ein tiefer Riss zwischen Ihnen beiden entstanden ist."

„Wow", staunte Shelby und sah ihn an. „Sie redet nicht lange um den heißen Brei herum."

„Nein."

Rosemary lächelte. „Ich möchte mich nützlich machen. Wie kann ich Ihnen darüber hinweghelfen, Shelby?"

„Ich ... ich habe versucht, es hinter mir zu lassen. Avery ... ist so wundervoll mit Noah. Er liebt ihn so sehr, was für mich genau wie für Noah ein ganz besonderes Geschenk ist. Ich hatte damit gerechnet, ihn allein großziehen zu müssen. Als Avery in mein Leben getreten ist und erklärt hat, ihm sei egal, wer der biologische Vater ist ... Er hat gesagt, er würde ihn lieben, egal, wer ihn gezeugt hat. Genau da habe ich mich in ihn verliebt."

Zum ersten Mal seit jenem schrecklichen Tag nahm sie seine Hand und hielt sie fest. Das fühlte sich so gut an, dass ihm beinahe das Herz stehen blieb.

„Später haben Sie dann herausgefunden, dass er komplexe Gefühle für Ihre Freundin und Arbeitgeberin hatte."

Shelby nickte und wirkte plötzlich deutlich gedämpfter. „Es

Fatal Chaos – Allein unsere Liebe

hat mich verletzt, dass mir das alle so lange vorenthalten haben. Ich bin mir dumm vorgekommen, weil ich keine Ahnung hatte."

„Glauben Sie Avery, wenn er sagt, dass zwischen ihm und Lieutenant Holland nie etwas war, weil sie zum Zeitpunkt ihres Kennenlernens bereits glücklich verheiratet war?"

„Ich kenne alle Beteiligten und glaube ihm das aufs Wort. Sam wäre Nick niemals untreu. Die beiden sind verrückt nacheinander, und das darf von ihnen aus auch jeder wissen."

„Den Eindruck hat man", stimmte Rosemary zu. „Schön zu wissen, dass das nicht gespielt ist."

„Das ist es keinesfalls."

„Ist Ihnen klar, dass drei Menschen, die Ihnen wichtig sind, Ihnen das vorenthalten haben, weil Sie ihnen auch wichtig sind und sie Sie nicht mit einer Information verletzen wollten, die für Ihre Beziehung zu Avery und zu ihnen irrelevant war?"

„Ich habe eine Weile gebraucht, um das zu verstehen, aber jetzt habe ich es erfasst."

„Darüber waren wir ja auch längst hinaus, als ich den Riesenfehler gemacht habe, im schlimmstmöglichen Moment ihren Namen zu sagen", mischte sich Avery ein und verzog beim Gedanken daran schmerzlich das Gesicht. Ihm wurde noch immer schlecht bei dem Gedanken, wie sehr er der Frau, die er liebte, damit wehgetan hatte.

„Avery und ich haben lange darüber gesprochen", übernahm Rosemary wieder die Gesprächsführung. „Wir haben es aus jedem denkbaren Blickwinkel beleuchtet, und ich habe versucht, ihm klarzumachen, dass unser Hirn manchmal sinnlose Dinge tut. Wussten Sie beispielsweise, dass Sam ihn an eine Collegeliebe erinnert?"

Shelby sah ihn verblüfft an. „Nein, das wusste ich nicht. Das hast du mir nie erzählt ..."

„Das weiß bisher nur Rosemary."

„Wer war sie?", fragte Shelby.

O Gott, es tat auch nach all der Zeit noch weh. „Sie hieß Jennifer. Wir haben uns bei einer Tanzveranstaltung kennengelernt, während ich auf der Citadel war. Sie ging auf eine Highschool in der Nähe, in Charleston. Ich war vom ersten Augenblick an verrückt nach ihr, und ihr ging es umgekehrt genauso. Jedes Mal, wenn ich sie gesehen habe, haben sich meine Gefühle für sie verstärkt, bis sie zum Wichtigsten in meinem Leben geworden war. Man hat nicht gelebt, bis man nicht versucht hat, ein Militärcollege zu absolvieren und gleichzeitig eine Freundin zu haben. Irgendwann hatte sie es satt, auf mich zu warten, und ließ sich mit jemandem ein, der mehr Zeit für sie hatte. Als wir uns getrennt haben ... hätte ich beinahe das College geschmissen. Meine Eltern haben sich an den Schulpsychologen gewandt, und gemeinsam haben sie mir da durchgeholfen, aber es war meine erste echte Krise."

„An die erinnert dich Sam?"

„Mir ist die Verbindung erst mit Rosemarys Hilfe aufgefallen. Sam sieht Jennifer erstaunlich ähnlich, was mir nicht klar war, weil ich mir solche Mühe gegeben habe, selbst den flüchtigsten Gedanken an Jennifer zu verdrängen. Doch als Rosemary mich darauf hingewiesen hat, ergaben viele Dinge plötzlich Sinn."

„Wow", sagte Shelby. „Das ist ..."

„Verrückt, Darling. Ich weiß. Mir war schon immer klar, dass dieses Verschossensein in Sam völlig lächerlich war, aber obwohl ich wusste, dass ich das überwinden musste, konnte ich es nicht kontrollieren. Rosemary glaubt, der Grund dafür ist, dass ich mit Jennifer nie richtig abgeschlossen habe, und es hat eigentlich gar nichts direkt mit Sam zu tun."

„Diese Theorie gefällt mir viel besser als der Gedanke, dass du eine geheime, brennende Sehnsucht für meine Freundin und Chefin empfindest."

„Ja, mir auch."

„Weißt du, wie es Jennifer ergangen ist?"

„Nein, und ich will es auch gar nicht wissen. Mich interessiert nur die Frau, die ich heiraten will, falls sie das nach all meinen Fehlern noch möchte." Ein paar Wochen zuvor hätte er etwas so Intimes nicht vor Rosemary zu ihr sagen können, doch inzwischen kam ihm die Therapeutin nicht mehr wie eine Fremde vor. Sie hatte ihm geholfen, eine ganze Menge Mist zu durchschauen, und dafür war er ihr dankbar.

Er hatte seit Jahren nicht mehr an Jennifer oder das verheerende Ende ihrer Beziehung gedacht. Rosemary hatte ihn gebeten, sie zu beschreiben, und danach hatte sie gesagt: „Das klang wie eine Beschreibung der Gattin des Vizepräsidenten." In diesem Moment war ihm ein Licht aufgegangen.

„Shelby?", fragte Rosemary nach langem Schweigen. „Wie stehen Sie zu dem, was Avery gerade erzählt hat?"

„Ich ... ich will dasselbe wie er. Mit ihm verheiratet zu sein hört sich großartig an. Ich möchte, dass er Noah offiziell adoptiert. Dann ziehen wir ihn gemeinsam groß, und vielleicht, wenn wir Riesenglück haben, kriegen wir noch ein Kind, das von Anfang an unser gemeinsames ist."

Es war das erste Mal, dass Avery sie sagen hörte, er solle Noah adoptieren. Sein Herz schmerzte, so sehr liebte er sie dafür. „Noah war von Anfang an unser gemeinsames Kind", erklärte er, „und nichts täte ich lieber, als ihn offiziell zu adoptieren." Er legte den Arm um sie und küsste sie auf die Schläfe, wobei er vor Erleichterung fast zitterte, nachdem er sie hatte aussprechen hören, dass sie immer noch dasselbe wollte wie er.

„Sie haben heute große Fortschritte gemacht, aber wenn es Ihnen recht ist, würde ich unsere Gespräche gern als Paartherapie fortsetzen, um Ihnen zu helfen, ein stabiles Fundament für Ihre gemeinsame Zukunft zu legen."

„Mir ist das recht." Avery würde Rosemary ewig dankbar sein, weil sie ihm geholfen hatte, sein Leben wieder auf die Reihe zu kriegen.

„Ja, mir auch", stimmte Shelby zu. „Ich bin dafür zu allem bereit."

Ein paar Minuten später gingen sie Hand in Hand die Treppe hinunter. Draußen meinte Avery: „Na los, schau schon auf dein Handy. Ich weiß doch, dass du es kaum aushalten kannst."

„Nur ganz kurz." Sie zog das pinkfarbene Glitzermonstrum aus ihrer pinkfarbenen Handtasche, blickte darauf und strahlte. „Sieh mal."

Nancy hatte ein Selfie geschickt, auf dem sie den friedlich schlafenden Noah auf dem Arm hatte.

„Ist er gewachsen, seit wir losgefahren sind? Sag die Wahrheit."

„Ich sage dir die Wahrheit, Darling: Du hast sie nicht mehr alle."

„Er ist aber auch zum Verrücktwerden", seufzte sie glücklich und betrachtete den Kleinen, als hätte sie ihn seit Jahren nicht mehr zu Gesicht bekommen.

„Ich habe Nancy gefragt, ob wir nach unserem Termin noch essen gehen können, und sie meinte, sie hätte alle Zeit der Welt. Glaubst du, du könntest dich ausreichend entspannen, um ein Essen mit deinem Verlobten zu genießen?"

Shelby biss sich auf die Lippe. „Könnte ich, doch es gibt etwas, das ich viel lieber täte."

„Nämlich?"

Sie ließ das Handy in ihre Tasche fallen, trat einen Schritt näher, schlang die Arme um ihn und blickte mit den großen, ausdrucksvollen Augen zu ihm hoch, die ihn immer so bewundernd angesehen hatten, bis alles so furchtbar schiefgelaufen war. Zum ersten Mal seit jenem schrecklichen Tag schaute sie ihn wieder so an.

Er wäre am liebsten auf die Knie gefallen und hätte der höheren Macht gedankt, die ihr die Kraft geschenkt hatte, ihm zu vergeben.

„Ich möchte nach Hause fahren und mit meinem sexy Verlobten allein sein." Sie unterstrich ihre Worte mit Küssen auf seinen Hals und sein Kinn. „Natürlich nur, wenn er sich den Nachmittag freinehmen kann."

Avery drehte leicht den Kopf, gerade genug, dass ihre Lippen einander berührten. „Dein Verlobter täte nichts lieber, als sich den Nachmittag freizunehmen und ihn mit dir zu verbringen."

29

Ausgeruht und in dem Wissen, dass ihr Leben so bald nicht noch komplizierter werden würde, kehrte Sam zur Arbeit zurück, bereit, den Fall abzuschließen, der sie so quälte und frustrierte. Nach ihrer Ankunft traf sie sich sofort mit der Ermittlerin aus der Abteilung für Vermisstenfälle, die die Suche nach Captain Wallack geleitet hatte.

„Was haben Sie für mich, Detective?"

„Wir halten den Stiefsohn aus erster Ehe für einen möglichen Täter." Detective Jacqueline DiMaio hatte wunderschönes langes dunkles Haar und intelligent blickende blaue Augen. Sam hatte noch nie mit ihr zusammengearbeitet, jedoch gehört, sie sei gut in dem, was sie tat. „Curtis Moore. Seine Mutter hat Wallack geheiratet, als Curtis noch ein Baby war. Seit fast einem Jahrzehnt hat er ständig irgendwelchen Ärger. Wallack wollte nach seiner Trennung von der Mutter nichts mehr mit dem Jungen zu tun haben. Es heißt, sie hätten sich wegen Curtis getrennt."

„Wo ist er jetzt?"

„Er ist nirgendwo gemeldet. Wir suchen ihn, aber ich wollte Sie schon mal auf den aktuellen Stand bringen."

„Haben Sie ein Bild von ihm?"

„Nein. Aus irgendeinem Grund ist seine Akte versiegelt."

„Könnte das daran liegen, dass sein Stiefvater der Mutter des Jungen einen Gefallen tun wollte?"

„Mit dieser Möglichkeit befassen wir uns gerade."
„Halten Sie mich auf dem Laufenden?"
„Auf jeden Fall. Ich habe von dem Plan mit den Bestattungsunternehmen gehört. Das ist brillant."
„Danke. Manchmal hab ich lichte Momente."
„Sogar ziemlich häufig, nach dem, was man so hört. Schönen Tag noch, Lieutenant."
„Ihnen auch."

Sam verbrachte den Rest des Nachmittags in Klausur mit ihrem Team, um die Pläne für die Tour durch die Beerdigungsinstitute zu finalisieren. Angel war aus dem Krankenhaus entlassen worden, sie ruhte sich zu Hause aus, wo sie sie um sechs abholen würden, um sie auf das vorzubereiten, was sie für sie tun sollte.

Roberto hatte verständlicherweise gezögert, weil er nicht wollte, dass Angel erneut mit den Menschen konfrontiert wurde, die ihr so wehgetan hatten, doch sie hatte sich durchgesetzt, indem sie darauf verwiesen hatte, dass sie alles in ihrer Macht Stehende tun wolle, damit die Täter ihre gerechte Strafe erhielten.

Sam hatte sie schon immer dafür bewundert, wie sie Roberto beschützte. Jetzt bewunderte sie zusätzlich Angels Stärke und Entschlossenheit. Sie fuhr sie mit Freddie und Gonzo abholen.

Alle waren sich einig gewesen, dass Sam zwar an den Vorbereitungen beteiligt sein sollte, aber Green mit Angel die Bestattungsinstitute aufsuchen würde. Er und Angel würden verkabelt sein, damit man sie von dem Van aus, mit dem sie unterwegs sein würden, überwachen konnte. Sam würde mit Freddie und Gonzo im Van bleiben. Green würde Angel begleiten, und Jeannie würde ihnen in einigem Abstand folgen, um zusätzliche Verstärkung zu bieten. Außerdem würden Spezialeinheiten bereitstehen, um bei der Festnahme der Verdächtigen zu helfen, wenn Angel sie entdeckte.

Angel war es gelungen, die blauen Flecken und Abschürfungen in ihrem Gesicht mithilfe von Make-up weitgehend zu verbergen, doch sie bewegte sich langsam und verzog manchmal vor Schmerz das Gesicht.

„Es ist noch zu früh für sie", beklagte sich Roberto bei Sam. „Die haben sie gerade erst aus dem Krankenhaus entlassen."

„Wenn wir die Typen bei einer Trauerfeier erwischen wollen, dann jetzt", hielt Sam dagegen. „Ich verspreche, mein Team wird sehr gut auf sie aufpassen und sie in ein paar Stunden wieder hier absetzen."

„Sie spielt die Starke, aber sie ist kaputt. Die haben sie gebrochen."

„Angel ist zu zäh, um sich brechen zu lassen. Sie wird sich davon erholen. Es wird Zeit, Geduld und alle Liebe, die du allein ihr geben kannst, erfordern, aber sie wird klarkommen. Jemand, der gebrochen ist, könnte nicht tun, was sie heute Abend tun wird."

„Bring sie mir heil zurück, Sam. Ich vertraue dir den wichtigsten Menschen in meinem Leben an. Du hast mich noch nie enttäuscht. Bitte fang jetzt nicht damit an."

„Das werde ich nicht. Versprochen." Sam gedachte, dieses Versprechen zu halten, indem sie Angel auf Schritt und Tritt bewachen ließ.

Green besuchte mit Angel zwei Trauerfeiern und kondolierte dort weinenden Familienmitgliedern, ehe er kopfschüttelnd wieder in die feuchte Schwüle des Tages hinaustrat.

Sie stiegen wieder in den Van und fuhren zur dritten, doch nach zwei Fehlschlägen machte sich Ernüchterung breit.

„Das nächste Bestattungsinstitut ist eins von unseren", sagte Green. Sie steuerten das Greenlawn-Bestattungsinstitut in der Georgia Avenue Northwest an. „Ich kenne den Leiter seit Jahren und habe ihn vorgewarnt, dass wir kommen."

„Weiß er, dass er Sie nicht begrüßen darf?", fragte Sam.

„Ja, ich habe mit ihm gesprochen."

„Warum zum Teufel ist denn um diese Uhrzeit so viel Verkehr?", erkundigte sich Sam.

„Die Feds haben ein Spiel", antwortete Gonzo.

„Wessen Idee war es eigentlich, dass diese Stadt mit ihren chronisch verstopften Straßen eine Baseballmannschaft braucht?", wollte Sam wissen.

„Lass das nicht Scotty hören", meinte Freddie.

„Geht es noch?", fragte Sam bei Angel nach.

„Ja, schon okay."

„Haben Sie Schmerzen?"

„Ein bisschen, aber das schaffe ich. Ich will erst aufhören, wenn wir sie haben."

Sam drückte ihr sanft den Arm und nickte. „Lassen Sie es mich wissen, wenn Sie nach Hause wollen."

Sie wussten, dass die Aktion an diesem Abend möglicherweise nicht abgeschlossen werden würde. Am morgigen Tag würden weitere Trauerfeiern stattfinden, auf die die Merkmale zutrafen. Doch Sam hoffte um Angels und der Familien der anderen Opfer willen, dass sie heute in der Lage sein würden, einen Schlussstrich unter die Sache zu ziehen.

Gonzo, der fuhr, lenkte den Van auf den Parkplatz.

„Da wären wir", wandte sich Green an Angel. „Sind Sie bereit?"

„Ja. Gehen wir."

Green stieg zuerst aus und half Angel aus dem Wagen. Sie bewegte sich langsam und vorsichtig, und Sam machte sich Vorwürfe, weil sie ihr das unmittelbar nach ihrer Tortur zumutete.

„Sie ist wirklich hart im Nehmen", bemerkte Freddie.

„In der Tat. Wenn sie die Typen entdeckt, haben wir den Abschluss dieses Falles ihr zu verdanken."

„Na ja, und dir", ergänzte er. „Das hier war deine Idee."

„Der Dank gebührt ihr."

Danach lauschten sie schweigend der Übertragung der Mikros, die die beiden trugen.

„Lassen Sie sich Zeit", flüsterte Green gerade beruhigend. Sie hatten sich im Vorfeld geeinigt, dass er den Arm um sie legen würde, für den Fall, dass sie eine Stütze brauchte, und damit sie besser als trauerndes Paar durchgingen.

Sam lauschte, auf der Sitzkante hockend, aufmerksam auf jeden Hinweis, dass Angel jemanden erkannt haben könnte.

Nach langem Schweigen hallte ein scharfes Aufkeuchen durch den Van.

„Sie hat was." Sam schnappte sich ihr Funkgerät, um die Spezialeinheit vorzuwarnen, die sich bereithielt und nur auf den Befehl wartete, einzugreifen. Atemlos wartete sie auf das vereinbarte Codewort von Green, das die nächste Phase ihrer Operation einläuten würde.

Sekunden, dann Minuten verstrichen in quälendem

Schweigen. Sam lauschte so konzentriert, dass sie schon anfing, Geräuschhalluzinationen zu haben. Volle fünf Minuten nach dem Keuchen hörte Sam von Green das Wort, auf das sie gewartet hatte.

„Los."

„Zugriff", sagte sie in ihr Funkgerät.

Danach ging alles sehr schnell. Polizisten umstellten das Bestattungsinstitut. Sam, Freddie und Gonzo folgten ihnen nach drinnen, wo zwei Männer in schwarzen Anzügen mit Greenlawn-Namensschildern am Revers verstörte Trauergäste aus dem Gebäude geleiteten.

In einem der Räume sah Sam Green den Teams Anweisungen geben, während Jeannie einen Arm um Angel legte und sie zur Tür führte.

Sam streckte die Arme aus und legte sie um die schluchzende junge Frau. „Gut gemacht", lobte sie und streichelte Angel über Haar und Rücken, während sie Jeannie anschaute. „Bring sie von hier weg."

Kaum hatte sie das gesagt, als hinter ihr ein Schuss erklang. Ohne Angel loszulassen, lief Sam Richtung Tür, entschlossen, sie aus der Gefahrenzone zu schaffen.

Angel stolperte und wäre beinahe gestürzt, doch Sam verhinderte das und hielt sie in Bewegung.

Jeannie folgte den beiden, und gemeinsam gelang es ihnen, Angel in dem Van in Sicherheit zu bringen.

„Bleib bei ihr", trug Sam Jeannie auf.

„In Ordnung."

Sobald Angel in guten Händen war, rannte Sam zurück ins Bestattungsinstitut, wo Gonzo und Freddie zwei junge Männer gezwungen hatten, sich auf den Boden zu legen. Sie hatten ihnen die Knie in den Rücken gestemmt und belehrten sie über ihre Rechte, während sie ihnen Handschellen anlegten.

„Das ist ungeheuerlich", empörte sich ein anderer Mann. „Sie können nicht auf der Trauerfeier meiner Schwester meinen Neffen festnehmen!"

„Sieht aber ganz so aus, als hätten wir das gerade getan." Sam versuchte, nicht zu der am Ende des Raumes aufgebahrten Frau zu schauen. Es war ein Wunder, dass sie angesichts all der

Vorgänge bei ihrer Trauerfeier nicht im Sarg rotierte. Von dem aufdringlichen Duft zu vieler Lilien im Raum wurde Sam ein bisschen schlecht.

„Das kostet Sie Ihre Dienstmarke."

„Okay."

Er stürzte sich auf sie, und Cameron Green griff ein. Ehe der Mann wusste, wie ihm geschah, trug auch er Handschellen und war auf dem Weg zur erkennungsdienstlichen Behandlung im Hauptquartier.

„Dafür werden Sie bezahlen", beschwerte er sich schrill, während er abgeführt wurde.

Gonzo und Freddie folgten ihm mit den beiden jungen Verdächtigen. Sie ließen sich mit gesenktem Kopf aus dem Gebäude und in Streifenwagen verfrachten, die auch sie zum Polizeigebäude schaffen würden.

„Gute Arbeit, Detective", lobte Sam Green.

„Danke."

„Wer hat geschossen?"

„Einer der beiden Gesuchten hat eine Waffe gezogen und einen ungezielten Schuss abgegeben." Er deutete auf die Decke, wo beim Einschlag der Putz abgeplatzt war. „Wir haben ihn überwältigt, ehe er echten Schaden anrichten konnte."

„Was würden Sie darauf wetten, dass die Kugel in der Decke zu denen passt, die wir bei unseren Opfern gefunden haben?", fragte ihn Sam.

„Haus und Hof."

30

Sam und ihr Team überließen das Bestattungsinstitut den Ermittlern der Spurensicherung, die sie angewiesen hatten, die Kugel aus der Decke so schnell wie möglich ins Labor zu schaffen, und brachten Angel nach Hause zu dem ungeheuer erleichterten Roberto. Er wartete vor der Tür auf sie, nachdem ihm Angel von unterwegs eine Textnachricht geschickt hatte, dass sie auf dem Weg waren.

„Danke."

Sam beugte sich vor, um sich von ihm umarmen zu lassen. „Danke, dass du uns Angel ausgeliehen hast. Sie hat heute Abend Großartiges geleistet. Tatsächlich glaube ich, sie würde eine hervorragende Polizistin abgeben."

„Denk nicht mal dran", knurrte er.

„Ich muss jetzt diese Drecksäcke erkennungsdienstlich behandeln, aber ich melde mich bald, okay?"

„Danke", sagte Angel. „Für alles."

„Nein, ich danke Ihnen. Ohne Sie hätten wir die vielleicht nie erwischt."

„Ich möchte jetzt ins Bett."

„Komm, Baby." Roberto rollte hinter ihr her ins Gebäude. „Ich decke dich zu."

Sam sah den beiden nach, bis sie sicher im Haus waren, und sprang dann in den Van. „Wenn wir im Hauptquartier sind, will ich als Erstes die Adressen der Täter. Dort finden wir vielleicht Wallack." Sie rief Detective DiMaio von der Abteilung für Vermisstenfälle an. „Wir sind ziemlich sicher, dass wir unsere Schützen haben", eröffnete sie ihr ohne große Vorrede. „In wenigen Minuten habe ich die Adresse unseres lieben Curtis Moore, falls Sie dort mit Ihrem Team nach Wallack suchen möchten."

„Wir stehen in den Startlöchern."

„Ich melde mich gleich noch mal."

Dankenswerterweise hatte der Verkehr nachgelassen, und kurz darauf erreichten sie das Hauptquartier.

„Geh zum Erkennungsdienst", trug Sam Freddie auf, als sie das Gebäude betraten. „Besorg mir die Adressen."

„Ich kümmere mich darum."

„Die beiden kommen in getrennte Verhörräume, sobald sie erkennungsdienstlich behandelt sind."

„Alles klar."

Sam begab sich in die Gerichtsmedizin und wandte sich an Lindsey. „Doc, du musst für mich ein paar DNA-Abstriche machen. Ich glaube, wir haben diese dreckigen Mörder und Vergewaltiger festgenommen."

„Halleluja! Lass mich wissen, wann ich loslegen kann."

„In zwanzig Minuten."

„Ich werde da sein."

Sam ging durchs Großraumbüro in ihr Dienstzimmer und entnahm ihrem Schreibtisch eine Packung Schmerzmittel, schluckte zwei Tabletten und hoffte, sie würden schnell wirken. Wenn dieser verdammte Fall abgeschlossen war, würde sie sich ein paar Tage freinehmen.

Malone betrat das Büro. „Sie haben sie?"

„Ja. Ich muss noch ein paar Formalitäten erledigen, um sicherzustellen, dass sie es auch wirklich sind, aber da Angel sie identifiziert hat, sind wir uns zu neunundneunzig Prozent sicher. Lindsey kommt rauf, um bei beiden einen Abstrich zu nehmen, sobald sie erkennungsdienstlich behandelt sind."

„Ausgezeichnete Arbeit, Lieutenant. Wie immer."

„Danke."

„Sie sehen furchtbar aus."

„So fühle ich mich auch."

„Wir können jetzt übernehmen."

Sam verdrehte ihr nicht zugeschwollenes Auge. „So weit kommt's noch. Ich will doch nicht das Beste verpassen, nämlich dass wir sie in ein Verhörzimmer setzen und ihnen klarmachen, dass sie am Arsch sind!"

„Diesen Triumph würde ich Ihnen niemals verwehren."

„Detective Green hat bei diesem Fall hervorragende Arbeit geleistet. Er wird sich als große Stütze der Mordkommission erweisen."

„Daran hatte ich keinen Zweifel." Zwinkernd fügte er hinzu: „Er kam mit den besten Empfehlungen."

Sam lachte. „Ich bin nicht überzeugt, dass er immer noch glaubt, ich hätte ihm da einen Gefallen getan."

„Er ist froh, dass er für Sie arbeiten darf. Wie das gesamte Team."

„Danke. Ich bin auch froh, dass ich dieses Team habe."

„Wir müssen die Presse über die Festnahmen informieren."

„Darum kümmere ich mich, und ich benachrichtige auch die Familien, sobald wir hundertprozentig wissen, dass wir die Richtigen erwischt haben." Dafür brauchten sie noch den DNA-Abgleich.

„Dann lasse ich Sie mal weiterarbeiten."

Sam schickte Nick eine Textnachricht: *Wir haben sie.*

Er schrieb sofort zurück: *Oh, Gott sei Dank.*

Ich brauche hier noch eine Weile, um den Sack zuzubinden.

Lass dir Zeit, und meinen Glückwunsch. Ich bin so stolz auf dich.

Danke! Liebe dich.

Ich dich auch!

Sam saß ein Weilchen nur am Schreibtisch, sammelte sich und genoss die Erleichterung darüber, dass sie die Typen hatten, die sechs Unschuldige getötet und Angel brutal vergewaltigt hatten. Sie schloss die Augen, seufzte und ließ die tiefe Zufriedenheit zu, die sich bei einem erfolgreichen Abschluss immer einstellte. Es war ein unglaubliches Hochgefühl, zu wissen, dass sie wieder einmal dazu beigetragen hatte, ihre Stadt für all ihre Bewohner und die Millionen Touristen im Jahr ein Stück sicherer zu machen.

Als Freddie an die Tür klopfte, merkte Sam, dass sie weggedämmert war.

„Wir wären dann so weit, Lieutenant." Er reichte ihr die erkennungsdienstlichen Informationen für beide Verdächtigen. „Sie sitzen in Verhörraum eins und zwei. Ich bin Detective DiMaio begegnet und habe mir erlaubt, ihr die Adressen zu geben. Ich hoffe, das war okay."

„Super, danke. Haben sie nach Anwälten verlangt?"

„Nicht, dass ich wüsste."

„Gut. Gib mir fünf Minuten, dann reden wir nacheinander mit beiden."

„Okay."

Sam nutzte diese fünf Minuten, um Lindsey anzurufen und sie zu bitten, die Abstriche zu machen, die stellvertretende Staatsanwältin Faith Miller als Zeugin bei den Verhören hinzuzuziehen und sich die erkennungsdienstlichen Informationen der beiden Männer anzusehen. Curtis Moore, dreiundzwanzig, hatte eine Adresse im Südosten der Stadt angegeben und verfügte über eine lange Liste von Vorstrafen, alles geringfügige Vergehen von Vandalismus über leichte Körperverletzung bis hin zu Ladendiebstahl, und eine geschlossene Jugendstrafakte. Der andere, Deacon Holt, war ebenfalls dreiundzwanzig und hatte keine Vorstrafen. Sehr interessant. Damit hatten sie schon mal einen Hinweis darauf, wer der Anstifter war.

Intuitiv beschloss sie, mit Holt anzufangen. Wenn dies seine erste Festnahme war, hatte er vermutlich eine Heidenangst, und das konnte sich unter diesen Umständen als sehr hilfreich erweisen.

Sam verließ ihr Büro. „Cruz!"

Er schnellte von seinem Arbeitsplatz hoch. „Du hast gebrüllt?"

„Gehen wir." Auf dem Weg zu den Verhörräumen informierte sie ihn: „Wir fangen mit Holt an. Keine Vorstrafen, das ist also sein erster Besuch in unserem hochgeschätzten Etablissement."

„Spätestens nach fünf Minuten mit dir macht er sich vor Angst in die Hose."

„Schauen wir mal, ob ich es in drei Minuten schaffe."

„Ich würde darauf wetten."

Lindsey schloss sich ihnen an, und Sam bat Freddie, vor der Tür zu warten, bis sie den Abstrich hatten.

Nachdem sie den Raum betreten hatten, erklärte Lindsey rasch, was sie vorhatte, und nahm bei Holt den Wangenabstrich vor. „Ich bringe ihn ins Labor."

„Danke, Doc."

Sam entließ den Beamten, der im Raum Wache stand, mit einem Nicken und wandte sich an Holt, der unkontrolliert schluchzte. „Maximal zwei Minuten", flüsterte Sam Freddie zu, als der reinkam.

Seine Reaktion darauf bestand aus einem Grinsen. „Die stellvertretende Staatsanwältin Miller, Captain Malone und Chief Farnsworth sind im Beobachtungsraum."

Nachdem damit alle Beteiligten vor Ort waren, konnten sie loslegen. „Mr Holt", befahl sie scharf, „reißen Sie sich zusammen."

Mit zitternden Händen wischte er sich die Tränen aus dem Gesicht und versuchte, sich etwas aufrechter hinzusetzen. Er war so dünn und drahtig, dass sich seine Knochen unter seinem T-Shirt abzeichneten. Mit dem kurzen dunklen Haar, der leicht gebräunten Haut und den braunen, vom Weinen geröteten Augen sah er nicht aus wie dreiundzwanzig.

„Ich bin Lieutenant Holland. Dies ist Detective Cruz. Wir zeichnen dieses Verhör auf."

Als er sie erkannte, fielen ihm fast die Augen aus dem Kopf. Er zitterte unkontrollierbar. Ausnahmsweise war es mal nützlich, erkannt zu werden.

Freddie drückte den Aufnahmeknopf des Rekorders auf dem Tisch und nannte das Datum, die Uhrzeit sowie die Namen der anwesenden Beamten und des Verdächtigen.

„Möchten Sie mir verraten, was zum Teufel Sie sich dabei gedacht haben, in meiner Stadt herumzufahren und Unschuldige abzuknallen?"

Er brach schluchzend zusammen. „Es tut mir so leid. Ich wollte nicht ..."

„Sie wollten nicht sechs Leute töten und eine Frau brutal vergewaltigen?"

Er schüttelte den Kopf und legte ihn dann auf dem Tisch auf

die Arme. „Ich ... ich wollte es nicht, aber Curtis hat gesagt, ich muss fahren, sonst holt er sich meine Schwester."

„Hat er Sie auch gezwungen, dieses Mädchen zu vergewaltigen?"

Nickend bestätigte er: „Mit vorgehaltener Waffe. Er hat gemeint, ich muss es tun, sonst macht er dasselbe mit meiner Schwester."

„Das Opfer hat nicht erwähnt, dass einer von Ihnen den anderen bedroht hätte."

„Das war, bevor wir sie uns geschnappt haben. Er hat gesagt, ich muss es machen, sonst ... Ich liebe meine Schwester. Seit dem Tod unserer Mutter habe ich nur noch sie. Ihr darf nichts passieren. Sie ist doch erst sechzehn."

„Was hat sich Curtis davon versprochen, Leute umzubringen?"

„Er wollte Rache, weil er bei der Stadt rausgeflogen ist."

„Wie sind Sie an ihn geraten?"

„Wir kennen uns aus der Schule. Nach Jahren habe ich ihn auf der Party eines Freundes wiedergetroffen, und danach hat er mich ein paarmal besucht und getan, als seien wir total dicke. Dann habe ich gesehen, wie er meine Schwester angeschaut hat, und das hat mir nicht gefallen. Ich habe ihn aufgefordert, das zu lassen, und er hat gemeint, er macht noch viel mehr, als sie nur anzuschauen, wenn ich nicht genau das tue, was er sagt."

„Wie hängt sein Stiefvater da mit drin?"

Holt riss den Kopf hoch und starrte sie mit wildem Blick an, während der unverkennbare Gestank von Urin den Raum erfüllte und ihr den Magen umdrehte.

Weniger als zwei Minuten, wie prophezeit. Sie warf Freddie ein Siegerlächeln zu.

Er erwiderte es.

„Sie haben einen Riesenärger am Hals, Mr Holt. Wir vergleichen Ihren Abstrich mit der DNA, die wir bei der jungen Frau gefunden haben, die Sie beide vergewaltigt haben, und mit Haaren und Fasern, die wir aus den gestohlenen Autos haben. Diese DNA wird mit dem Abstrich, den Dr. McNamara gerade bei Ihnen entnommen hat, übereinstimmen, nicht wahr?"

Holt nickte, während ihm weiter Tränen über die Wangen

rannen. „Es tut mir so leid. Ich wollte das alles nicht. Curtis ... hat mich gezwungen."

„Sie werden uns alles erzählen. Jedes Detail, von der ersten Sekunde Ihrer Wiederbegegnung mit Curtis bis zur Trauerfeier für Ihre Mutter. Wenn Sie irgendetwas auslassen, sorge ich dafür, dass Sie mit ihm zusammen angeklagt werden. Kooperieren Sie hingegen, gelangen wir möglicherweise zu dem Schluss, dass Sie auch nur ein Opfer sind, und klagen Sie nicht an. Verstanden?"

Er nickte.

Sam schob ihm über den Tisch einen Notizblock und einen Stift zu. „Schreiben Sie. Ich will Namen, Daten, Orte und alle Details des Geschehens. Leserlich, wenn's geht."

Holt nahm den Stift, wischte sich noch einmal das Gesicht ab und begann zu schreiben.

∼

ZWEI STUNDEN SPÄTER KANNTEN SIE DIE GANZE GESCHICHTE. CURTIS Moore hatte Deacon Holt in seinen Plan eingebunden, die Stadt zu terrorisieren, für die er gearbeitet hatte, bis er wegen falscher Angaben auf dem Stundenzettel seine Stelle beim Bauamt verloren hatte. Dafür hatte er Rache gewollt und sechs Unschuldige getötet sowie eine Frau vergewaltigt.

„Wo ist Wallack?", fragte Sam.

„Ich weiß es nicht. Curtis wollte mir nicht verraten, wo er ihn gefangen hält."

Sam befahl Freddie: „Sag DiMaio, sie soll sich auf Moores Haus konzentrieren."

„Alles klar." Er verließ den Raum, um die Anweisung umzusetzen.

„Wissen Sie, wie er seinen Stiefvater entführt hat?"

„Er hat ihn nach dem Treffen der AA abgegriffen, zu dem er regelmäßig geht. Curtis hat gemeint, Kenny habe es ihm leicht gemacht, weil er so verdammt berechenbar ist. Kenny hat angeblich Curtis' Mutter seinetwegen verlassen, und darüber ist sie nie hinweggekommen, also hatte er es verdient, durch die Hölle zu gehen, weil er ihr das angetan hatte. Curtis hat behauptet, Kenny habe ihr das Herz gebrochen."

Holt wischte sich weitere Tränen aus dem Gesicht. „Curtis war richtig sauer, weil Kenny seine neue Frau so liebt. Er wusste, Kenny macht alles, was er sagt, wenn er sie bedroht. Curtis hat ihn zu allem gezwungen. Während ich das Auto fahren musste, hatte er die ganze Zeit eine Waffe auf Kenny gerichtet. Er hat dauernd gesagt: ‚Wenn du deine kostbare Leslie noch mal wiedersehen willst, dann schieß. Wenn du danebenschießt, hole ich sie mir und sorge dafür, dass sie sich wünscht, sie wäre tot.' Kenny hat auf Curtis' Befehl hin geschossen und jedes Mal getroffen, aber er war hinterher immer am Boden zerstört. Deshalb haben wir nach der ersten Nacht aufgehört. Kenny war total fertig, und das hat Curtis so wütend gemacht. Er hat ihn zusammengeschlagen."

Während Sam mitschrieb, musste sie gegen die Übelkeit ankämpfen, die diese ganze widerliche Geschichte bei ihr auslöste.

„Was wird jetzt aus mir?", flüsterte Deacon.

„Wenn Sie weiterhin kooperieren und Captain Wallack Ihre Version der Ereignisse bestätigt, spreche ich mit dem Staatsanwalt und schlage ihm vor, keine Anklage gegen Sie zu erheben."

Wieder brach er zusammen. „Es tut mir so furchtbar leid. Ich hasse mich für das, was wir getan haben."

„Das wird der Staatsanwalt gern hören. Bleiben Sie erst mal hier. Wir kommen wieder."

Sie verließen den Raum, und Sam holte ein paarmal tief Luft. „Mein Gott, war das ein übler Geruch da drin."

„Pisse stinkt", sagte Freddie.

„Aber wie."

„Ich für meinen Teil glaube ihm."

„Ja, ich auch. Damit leben zu müssen, dass er an alldem beteiligt gewesen ist, ist Strafe genug für ihn."

„Sehe ich genauso", pflichtete ihr Faith bei, die zu ihnen trat. Die junge Staatsanwältin, einer von eineiigen Drillingen, die als stellvertretende Staatsanwältinnen tätig waren, trug ein tailliertes schwarzes Kostüm und wie üblich Stilettos. „Er ist Kronzeuge unserer Anklage gegen Moore. Wir werden ihn bis zum Prozess unter Polizeischutz stellen."

„Am besten auch seine Schwester", schlug Sam vor.

„Können wir tun."

Malone trat ebenfalls zu ihnen. „Sie haben Wallack in einem flachen Erdloch unter dem Schuppen in Moores Garten gefunden. Er ist in einem üblen Zustand. Sie bringen ihn in die Notaufnahme und benachrichtigen seine Frau."

„Heilige Scheiße", fluchte Sam. „Was für ein kaputter Fall."

„Was machen wir mit Moore?", fragte Freddie.

„Wir schauen kurz bei ihm rein und lassen ihn wissen, dass sein Kumpel ihn verpfiffen hat." Sam rieb sich die Hände. „Auf geht's."

Das Gespräch mit Moore verlief ziemlich einseitig. „Ihr Kumpel Deacon hat Sie verpfiffen."

Moore starrte sie voller Abscheu an. „Er ist ein Weichei. Sie dürfen ihm kein Wort glauben."

„Tun wir aber", erklärte Sam. „Außerdem haben wir Ihren Ex-Stiefvater gefunden. Er hat sicher auch einiges dazu zu sagen, wie er in einem Loch unter Ihrem Schuppen gelandet ist."

Moore zuckte die Achseln. „Wenn schon. Egal, was der Schlappschwanz behauptet – Sie haben nichts gegen mich in der Hand."

Sam lachte. „Ist das nicht ironisch, Detective Cruz? Er spottet über Schlappschwänze, wo uns doch gerade der alles andere als schlappe Schwanz unseres Freundes Curtis so schöne, saftige DNA-Spuren beschert hat. Zu dumm, dass er Angel vergewaltigen musste und uns dabei jede Menge davon hinterlassen hat."

„O ja, das ist überaus ironisch", pflichtete ihr Freddie bei.

Zweifellos würde sie von Freddie später zu hören bekommen, ihre Ausdrucksweise sei obszön. Aber das war ihr egal, wenn es zielführend war. Zum ersten Mal verrutschte Moores großmäulige Fassade.

„Das beweist gar nichts."

„Oh, Curtis, Sie armer kleiner Idiot. DNA beweist alles. Dabei belassen wir es. Ich weiß nicht, wie es bei Ihnen ausschaut, Detective Cruz, doch ich muss dringend ins Bett."

„Geht mir genauso", gab Freddie zu. „Das war eine lange Woche."

Sie traten zur Tür.

„Warten Sie! Wollen Sie nicht meine Version der Geschichte hören?"

Sam sah zuerst Freddie und dann Moore an. „Nein, eigentlich nicht." Sie genoss seinen ungläubigen Gesichtsausdruck, als ihm klar wurde, dass seine Version sie tatsächlich nicht interessierte.

Vor der Tür klatschten Sam und Freddie einander ab.

„Gott, das war befriedigend."

„Lieutenant! Ich habe dich schon mehrfach gebeten, den Namen des Herrn nicht zu missbrauchen."

„Ich entschuldige mich ausdrücklich."

„Es tut dir nicht mal ansatzweise leid", murmelte er. „Im Übrigen war das mit dem alles andere als schlappen Schwanz eklig."

„Hat es gewirkt oder nicht?"

„Ich weigere mich, dich für deine Ekligkeit auch noch zu loben."

Sam führte einen kleinen Freudentanz auf. Fast nichts machte sie glücklicher, als einen kaltblütigen Mörder zur Strecke zu bringen, vor allem wenn er grundlos Unschuldige auf der Straße abgeknallt hatte.

„Was jetzt?", fragte Freddie.

„Jetzt schreiben wir einen Bericht, bereiten eine Presseerklärung vor, damit die Öffentlichkeit mitbekommt, dass wir im Fall der Todesschüsse jemanden festgenommen haben, rufen die Familien an, um sie auf den neuesten Stand zu bringen, und gehen nach Hause, bis das Labor die Übereinstimmung der DNA bestätigt und Wallack vernehmungsfähig ist."

31

Sam schaffte es nicht nach Hause. Um Mitternacht erreichte sie die Nachricht, Wallack wolle mit ihr sprechen, also fuhr sie zu ihm. Als sie sich seinem Krankenzimmer näherte, erblickte sie davor Dr. Trulo, den Polizeipsychiater, mit Wallacks Frau Leslie.

Sam trat zu ihnen, obwohl sie sich wie ein Eindringling fühlte.

„Lieutenant", begrüßte Trulo sie. „Ich würde ja behaupten, ich freue mich, Sie zu sehen ..."

Sam schüttelte ihm die Hand. Er hatte ihr durch einige der schlimmsten Momente ihrer Karriere geholfen und sie dabei unterstützt, wieder zurechtzukommen, nachdem Stahl sie entführt und gefoltert hatte. „Wie geht es ihm?"

Trulo runzelte die Stirn. „Nicht gut."

„Er hat es für mich getan", schluchzte Leslie. Ihre Augen waren gerötet und geschwollen, als weine sie seit Stunden. „Als Curtis gedroht hat, er würde dafür sorgen, dass ich den Tag meiner Geburt bedaure, hat Kenny ihm geglaubt. Er weiß, wozu dieser Junge fähig ist. Curtis wollte Kenny dafür leiden lassen, dass er seiner Mutter das Herz gebrochen hatte, dabei war er das, nicht mein Mann."

„Das haben wir schon gehört." Sam wandte sich an Trulo und fragte: „Captain Wallack wollte mich sprechen?"

Trulo nickte. „Er hat Ihnen etwas zu sagen."

„Passt es gerade?"

„So gut wie zu jeder anderen Zeit. Leslie, möchten Sie mal ein bisschen für sich sein, während wir zu ihm reingehen?"

Sie nickte und wischte sich mit dem Ärmel weitere Tränen ab. „Richten Sie Kenny aus, dass ich in einer Viertelstunde wieder da bin."

„Alles klar."

Trulo schaute ihr nach, wie sie sich mit hängenden Schultern entfernte. „Sie werden beide eine längere Therapie brauchen, um damit fertigzuwerden."

„Wie wird man mit so etwas überhaupt je fertig?", fragte Sam.

„Ich bin nicht sicher, ob es immer gelingt, aber wir können versuchen, ihnen da durchzuhelfen." Er legte eine Hand an die Tür. „Wollen wir?"

Sam wäre in diesem Augenblick überall lieber gewesen als in Captain Wallacks Albtraum, doch er hatte um ihren Besuch gebeten, also nickte sie.

Trulo hielt ihr die Tür auf. „Lieutenant Holland ist da, Kenny."

Der Captain lag auf der Seite, sein Gesicht war angeschwollen und mit Blutergüssen übersät.

„Wie geht es Ihnen, Cap?", erkundigte sich Sam, respektvoll seinen Titel als Anrede verwendend.

„Nicht gut." Er schaute mit Tränen in den Augen zu ihr hoch. „Ich wollte Ihnen sagen, wie leid mir das alles tut." Ein Schluchzen unterbrach ihn. „Ich wollte diesen Leuten nichts tun." Er wischte sich das Gesicht ab und zuckte zusammen, als seine Hand über die blauen Flecken fuhr. „Was er mit mir angestellt hätte, wäre mir egal gewesen, aber Leslie ... Curtis hat gesagt, er würde sie vergewaltigen und sie dann langsam und qualvoll ermorden. Ich habe gewusst, dass er das tun und dabei noch Spaß haben würde." Wieder schluchzte er. „Sie ist der einzige Mensch, der mich je wirklich geliebt hat. Das konnte ich nicht zulassen. Es ging nicht."

Sam legte ihm eine Hand auf die Schulter. „Niemand macht Ihnen einen Vorwurf."

„Doch, ich. Ich hätte mich weigern oder ihn irgendwie aufhalten müssen ..."

„Er ist größer und stärker als Sie und hatte eine Waffe",

widersprach Sam. „Wenn Sie Gegenwehr geleistet hätten, wären Sie jetzt tot, und Leslie vielleicht auch."

„Dieses kleine Mädchen ... Ich habe einfach ..." Seine Stimme brach, und er schluchzte.

„Ganz langsam, Kenny", riet Trulo.

„Es tut mir so furchtbar leid", beteuerte er. „Würden Sie das bitte allen sagen? Sagen Sie den Familien ... es tut mir so leid."

Sam blinzelte jetzt selbst Tränen weg, denn die Qualen, die er litt, waren kaum mit anzusehen. „Ich werde es ihnen erzählen."

„Ruhen Sie sich jetzt etwas aus, Kenny", riet Trulo. „Ich warte direkt vor der Tür, und Leslie ist gleich wieder zurück."

Trulo schob Sam aus dem Zimmer. „Danke, dass Sie gekommen sind. Es war ihm wichtig, sich für seine Rolle in diesem Fall zu entschuldigen."

„Kein Problem", antwortete Sam, auf der Kennys Leid schwer lastete. „Irgendwann werden wir eine Aussage von ihm brauchen."

„Das wird eine Weile dauern."

„Verstehe." Sam streckte die Hand aus.

Trulo nahm sie in seine beiden. „Danke für das, was Sie tun. Es ist wichtig."

„Manchmal bin ich mir da nicht so sicher."

„Sie haben sie gefasst. Der Sache ein Ende gemacht. Sie haben Kenny und wahrscheinlich auch Leslie und zahllosen anderen das Leben gerettet. Sie sollten nicht daran zweifeln, dass Ihre Arbeit wichtig ist, denn das ist sie definitiv."

„Danke, Doc." Sam fuhr zum Revier zurück, um sich um den Papierkram zu kümmern, auf den Schultern die schwere Bürde von Wallacks Qual und seinen Entschuldigungen.

∼

FREDDIE SETZTE SAM KURZ NACH ZWEI UHR MORGENS AM Kontrollpunkt des Secret Service ab. Es hatte Stunden gedauert, den Bericht über die komplizierten Ermittlungen zu verfassen, und Sam war nach dem Besuch bei Wallack und den anschließenden Telefonaten mit den Familien der Opfer emotional erschöpft. Sie hatte sie davon unterrichtet, dass eine Festnahme erfolgt war. Natürlich hatten sie Einzelheiten wissen wollen, und sie hatte die Geschichte inzwischen so oft erzählt, dass sie wahrscheinlich davon träumen würde.

Die Gespräche mit Wallack und den Familien hatten ihre Befriedigung über den Abschluss des Falles direkt wieder gedämpft. Denn es hatten sechs Menschen ihr Leben verloren, und viele andere waren für immer traumatisiert, egal, ob sie die Typen erwischt hatten oder nicht.

„Vergiss nicht, dass du am Samstagabend um acht hier sein musst", erinnerte Sam Freddie, als sie vor ihrem Haus standen. Nach der hinter ihnen liegenden Woche war es eine Erleichterung, mal die Gangart zu wechseln und sich auf etwas Positives zu konzentrieren.

„Ich komme nicht."

„Wenn du weißt, was gut für dich ist, überlegst du dir das noch mal." Elin war von Anfang an in ihre Pläne eingeweiht gewesen und würde ihn schon herschaffen. Glaubte der arme Freddie wirklich, er würde sich drücken können? Ha!

„Brauchst du morgen früh eine Mitfahrgelegenheit?", fragte er jetzt.

„Hol mich bitte um halb sieben ab, aber pünktlich."

„Du bist eine echte Nervensäge, weißt du das?"

„Spricht man so mit seiner Vorgesetzten?"

„Nur so."

Erheitert antwortete sie: „Gute Nacht, Freddie. Schlaf dich mal aus. Vor dir liegt ein großes Wochenende."

„Ich hasse dich trotzdem."

„Nein, tust du nicht, und das ist dein entscheidender Fehler." Sam lachte, schloss die Wagentür und ging Richtung Rampe.

Eric, der diensthabende Personenschützer, öffnete ihr. „Guten Abend, Mrs Cappuano. Oder sollte ich Guten Morgen sagen?"

„Danke, Eric." Sam war sich sicher, die Secret-Service-Mitarbeiter tratschten darüber, dass sie ohne Personenschutz durch die Gegend lief und einen seltsamen Schlaf-wach-Rhythmus hatte. Doch im Augenblick war ihr nur wichtig, so schnell wie möglich ins Bett zu kommen, wo ihr Mann höchstwahrscheinlich bereits lag.

Sie stieg die Treppe hoch, nickte Darcy zu, der auf dem Gang Wache stand, huschte ins Schlafzimmer und schloss die Tür hinter sich. Im angrenzenden Bad zog sie sich aus und duschte rasch, um sich den Schmutz des Falles abzuwaschen. Danach fühlte sie sich besser, und als sie sich die Zähne putzte, betrachtete sie ihr zerschlagenes Gesicht und stellte fest, dass es etwas abgeschwollen zu sein schien.

Eine Minute später kroch sie nackt ins Bett und seufzte, als sie den Kopf aufs Kissen legte. Es war geschafft. Gott sei Dank war es vorbei.

Sie drehte sich um, um Nick anzusehen, der ausnahmsweise tief schlief, vermutlich dank der Last, die ihm ihre im Laufe des Tages veröffentlichte Mitteilung von den Schultern genommen hatte. Sie hatte noch keine fünf Minuten Zeit gehabt, sich damit zu befassen, wie das aufgenommen worden war. Weil sie nicht so dicht bei ihm sein konnte, ohne ihn zu berühren, legte sie ihm eine Hand auf den Arm. Er öffnete die Augen, und sein Gesicht verzog sich zu dem Grinsen, das ihr Herz immer wie wild schlagen ließ.

„Ich bin froh, dass du es bist."

„Hast du jemand anderen erwartet?"

Lächelnd legte er den Arm um sie und zog sie an sich. „Meine Frau ist eifersüchtig, wir müssen also leise sein. Wenn sie hört, dass du hier bist, ersticht sie dich mit ihrem rostigen Steakmesser."

„Sie klingt gefährlich."

„Und wie. Sie ist eine krasse Polizistin, die ihren Lebensunterhalt mit Mörderjagd verdient. Mit der möchte man sich echt nicht anlegen."

Sam nahm seine Hand. „Ich wollte dich nicht wecken."

„Ach, ich wäre enttäuscht gewesen, wenn du es nicht getan hättest." Er küsste sie. „Gratuliere."

„Danke."

„Der Plan mit den Bestattungsinstituten hat also funktioniert."

„Ja, wir haben unseren Mann."

„Nur einen? Ich dachte, es wären zwei."

„Der eine hat den anderen zum Mitmachen gezwungen. Letzterer hat uns alles geliefert, was wir für eine Anklage gegen den Anstifter brauchen. Außerdem haben wir Captain Wallack gefunden, den früheren Stiefvater des miesen Dreckskerls, den dieser gezwungen hat, die Schüsse abzufeuern. Der arme Kerl. Er wird nie wieder der Alte werden."

„Habt ihr herausbekommen, warum die das getan haben?"

„Weil die Stadt den Anstifter wegen Fälschung seines Stundenzettels entlassen hat. Es ging um Rache."

„Ein schwacher Trost für die Familien der Opfer und für Angel."

„Ja. Das ist das Schlimmste daran. Sie freuen sich alle, dass wir den Mann geschnappt haben, der ihr Leben zerstört hat, aber auch wenn der Täter hinter Gittern sitzt, kittet das die Scherben nicht."

„Du hast deinen Job erledigt, und zwar gut. Versuch, dich daran zu freuen."

„Möglicherweise brauche ich etwas, um mich von der Trauer abzulenken, die mich nach Abschluss eines Falles immer beschleicht."

„Was denn?"

„Etwas, das nur du mir bieten kannst."

„Komm her, Babe." Er legte sich auf sie und küsste sie. „Halt dich an mir fest. Überlass alles mir."

Da sie nichts lieber getan hätte, schlang sie die Arme und Beine um ihn und ließ ihn alles besser machen, auf eine Weise, die nur er beherrschte.

EPILOG

„Das sieht großartig aus, Tinker Bell", bemerkte Sam, an Shelby gewandt, als sie ihr Wohnzimmer inspizierte, das ihre Assistentin mit ihrer Magie in einen eleganten Veranstaltungsraum verwandelt hatte. „Ich kann nicht glauben, dass du das geschafft hast, obwohl du technisch betrachtet noch immer in Elternzeit bist."

„Ach bitte. Im Vergleich zur Planung einer riesigen Hochzeit war das gar nichts. Es hat sich gut angefühlt, mal wieder eine Veranstaltung vorbereiten zu dürfen."

Sie hatte das Wohnzimmer mit Tischen und Stühlen, duftenden Blumengestecken, funkelndem Kristall und schimmerndem Silber ausgestattet. Shelby hatte einen ihrer Lieblingscaterer und eine dreiköpfige Band engagiert, dazu Barkeeper und Bedienungen, die die Gäste mit Speisen und Getränken versorgen sollten. In einem komplizierten Vorgang hatte der Secret Service im Vorfeld alle Partygäste und das Personal überprüft.

„Was hast du mit meinen Möbeln gemacht?", fragte Sam.

„Teile meiner Antwort könnten dich beunruhigen."

„Na dann." Die Details interessierten Sam nicht. Solange Freddie und Elin den schönsten Abend ihres Lebens hatten, war ihr alles recht.

Nachdem sie Freddie wochenlang aufgezogen hatte, hatte sie

am Morgen eine leichte Panikattacke gehabt bei dem Gedanken, er könne nicht auftauchen, aber Elin hatte ihr zuvor per Textnachricht versichert, dass sie ihm ein Jahr ohne Sex angedroht hatte, wenn er das wagte. Sam hatte gelacht, als sie sich seine Reaktion auf diese Drohung vorgestellt hatte.

„Worüber lächelst du?" Shelby hatte sich den kleinen Noah vor die Brust geschnallt und überprüfte das endgültige Arrangement.

„Elin hat ihm ein Jahr ohne Sex angedroht, wenn er nicht herkommt."

Shelby lachte. „Großartig. Der arme Freddie. Gegen die Frauen in seinem Leben ist er machtlos."

„Ich glaube, mein Witz mit den Liliputaner-Stripperinnen war einfach zu viel für ihn."

„Ach, meinst du?" Shelby war dieses Thema sichtlich ebenfalls unangenehm. „Ich kann mir nicht vorstellen, dass es so etwas überhaupt gibt."

„Auf dieser Welt gibt es alles – wenn man den Preis bezahlen kann."

„Was führt meine Frau denn jetzt wieder im Schilde?"

Ein Arm legte sich um ihre Taille, und der unverkennbare Duft ihres Mannes drang ihr in die Nase. Sam lehnte sich rückwärts an ihn und fühlte sich leicht, fast schwerelos. Der Fall war endlich abgeschlossen, nachdem der DNA-Vergleich bestätigt hatte, was sie bereits über Curtis gewusst hatten, und die Öffentlichkeit liebte Sams und Nicks Erklärung, in der sie den Präsidenten und seine Gattin von jeder Schuld an den Taten ihres Sohnes freigesprochen hatten. Dank dieser öffentlichen Äußerung waren sie gerade noch einmal davongekommen, was Nicks mögliche Präsidentschaft anging, denn sie hatte die Arbeit des Untersuchungsausschusses praktisch beendet, und Sam gedachte, das heute Abend zu feiern, als gäbe es kein Morgen.

„Ich und etwas im Schilde führen? Keine Ahnung, wovon du redest."

„Natürlich. Kann ich den Damen irgendwie behilflich sein?"

„Wie wäre es, wenn du für ein paar Minuten einen sehr süßen kleinen Jungen namens Noah hütest, damit ich ein paar letzte Handgriffe machen kann?", fragte Shelby.

„Gerne."

Sie schnallte den Kleinen von der Tragevorrichtung los und reichte ihn „Onkel" Nick, wie sie ihn nannte.

Sam bekam weiche Knie, als sie beobachtete, wie er mit dem Baby umging. Wenn Eierstöcke Wünsche empfinden konnten, dann explodierten ihre gerade vor Sehnsucht, ihn sein eigenes im Arm halten zu sehen. Es wirkte völlig natürlich, wie er mit Noah sprach, Grimassen schnitt und ihn genau richtig schaukelte.

Noah fuhr voll auf ihn ab.

Shelby nahm sie beim Arm. „Kannst du mir kurz in der Küche helfen?"

Sam riss mühsam ihren Blick von Nick und dem Baby los. „Klar."

Als sie allein in der Küche waren, erkundigte sich Shelby: „Ich gehe davon aus, dass der Test negativ war?"

Sam nickte, ihre gute Stimmung war wie weggeblasen.

„Diesmal. Probiert es weiter. Ich habe bei euch beiden ein gutes Gefühl. Es ist nur eine Frage der Zeit."

„Ich habe darüber nachgedacht, es vielleicht noch mal mit einer Fruchtbarkeitsbehandlung zu versuchen." Es war das erste Mal, dass Sam diesen Gedanken laut äußerte, und der Klang der Worte ließ ihren Körper erbeben, als hätte das jemand anders über sie gesagt.

„Ich kann dir meinen Gynäkologen empfehlen. Er war großartig."

„Das letzte Mal war es ein Albtraum." Allein beim Gedanken daran erschauerte Sam. „So viele Nadeln und Eingriffe und Schmerzen, und alles umsonst."

„Diesmal wäre es anders, weil Nick an deiner Seite wäre."

„Ich weiß, aber Garantien gibt es nicht."

„Nein. Doch eins *ist* garantiert: Wenn ihr es nicht wenigstens versucht, werdet ihr euch immer fragen, wie es wohl gewesen wäre."

„Ja, ich weiß." Sie wechselte abrupt das Thema: „Du siehst gut aus. Du strahlst regelrecht." Shelby trug ein blass pinkfarbenes Seidenkleid, das hervorragend zu ihrem Teint passte.

„Das liegt an dem vielen Sex."

„Aaah, Mama sitzt also wieder im Sattel?"

„Und wie."

„Das höre ich gern. Ich hatte gehofft, dass ihr euch nach allem, was passiert ist, wieder versöhnt."

„Wir arbeiten daran."

„Was auch immer ihr tut, es bekommt dir offenbar."

„Ich treibe es mit ihm. So heftig und so oft ich kann."

Sam lachte. „Das hilft mir üblicherweise auch. Mit Nick natürlich."

„Natürlich."

Sam drückte ihrer Freundin den Arm. „Ich bin sehr froh, dich so glücklich zu sehen. Niemand verdient das mehr als du."

„Danke. Freddie hat es aber auch verdient."

„O ja. Wir werden ihn heute Abend glücklich machen. Da kannst du drauf wetten."

„Das wird gigantisch."

∼

UM HALB ACHT WAR DAS HAUS BIS ZUM PLATZEN MIT IHREN ENGSTEN Freunden gefüllt, von denen viele auch Freddies engste Freunde waren. Das gesamte Team war mit Partnerinnen und Partnern erschienen, nur Cameron Green war allein da. Außerdem zugegen waren Lindsey McNamara und Terry O'Connor, Byron Tomlinson, Archie, Avery, Captain Malone samt Ehefrau, Will Tyrone und seine Freundin, Freddies Eltern, Skip und Celia, Tracy und Mike, Angela und Spencer sowie Elins Freundinnen, die völlig überwältigt waren, weil sie sich im Haus des Vizepräsidenten der Vereinigten Staaten aufhielten.

Die schönste Überraschung des Abends war gewesen, dass Harry Nick gefragt hatte, ob er jemanden zur Party mitbringen könne. Sam war sehr froh gewesen, ihn mit Lilia das Haus betreten zu sehen, der das Ganze ungeheuer peinlich zu sein schien.

„Mir ist klar, wie unangemessen das ist", begrüßte sie Sam errötend. Sie trug ein konservatives schwarzes Cocktailkleid, dazu ihre allgegenwärtige Perlenkette, und schaffte es, zugleich zugeknöpft und unglaublich sexy zu wirken.

„Was denn?", fragte Sam ehrlich überrascht.

„Dass ich mit ... mit ihm hier bin."

„Mit Harry?"

„Ja", antwortete sie mit zusammengebissenen Zähnen.

„Lilia, entspannen Sie sich. Harry ist einer meiner Lieblingsmenschen. Wenn Sie ihn mögen, verbringen Sie bitte so viel Zeit wie nur irgend möglich mit ihm. Jede Frau würde sich glücklich schätzen, an seiner Seite zu sein."

„Er ist ziemlich ..."

„Großartig?"

„Ich wollte ‚überzeugend' sagen."

Sam lachte. „Ach, wirklich? Jetzt will ich alle schmutzigen Details hören."

„Mrs Cappuano ..."

„Ich schwöre bei Gott, wenn Sie mich nicht Sam nennen, schmeiße ich Sie raus."

Lilia räusperte sich. „Sam ..."

„Noch mal. Los. Sie schaffen das."

„Sam."

„Sehr gut! Geht doch. Bleiben Sie dabei. Was wollten Sie sagen?"

„Ich hoffe, Sie sind so ehrlich, es mir mitzuteilen, wenn Sie es in irgendeiner Weise unangemessen finden, dass ich mit Ihrem Freund zusammen bin."

Sam beugte sich vor und flüsterte so leise, dass nur Lilia es hören konnte: „Ich hoffe, Ihr Zusammensein ist der Inbegriff von ‚unangemessen'." Sie zwinkerte ihr zu, um zu unterstreichen, wie sie das meinte, und Lilia erglühte wie der Times Square an Silvester.

„Was hast du zu ihr gesagt?", erkundigte sich Harry bei Sam, als er zu ihnen trat und beiden ein Glas Wein reichte.

„Sie benimmt sich nicht gerade wie die Gattin des Vizepräsidenten", beschwerte sich Lilia.

„Meine Frau ... So kennen wir sie, so lieben wir sie", frotzelte Nick, der ebenfalls zu ihnen trat.

„Hör auf, meine Freundin in Verlegenheit zu bringen." Harry legte den Arm um Lilia, die sich anscheinend überwinden musste, um das zuzulassen. „Wo steckt denn mein Freund Scotty heute Abend?"

„Ich habe meine Nichte Brooke als Animateurin engagiert, sie beschäftigt ihn und die anderen Kinder drüben im Haus meines Vaters. Sie hat den Abend komplett durchgeplant."

„Nach allem, was ich von den Plänen für diesen Abend gehört habe", erklärte Nick, „ist er dort besser aufgehoben als hier."

„Ich bin gespannt", grinste Harry Lilia an, die total bezaubert schien.

Harry und seine verdammten Grübchen hatten nun mal diese Wirkung auf Frauen.

Sam betrachtete die beiden zufrieden und konnte es kaum erwarten, Harry die Details aus der Nase zu ziehen, die sie von Lilia niemals bekommen würde.

Die Ehrengäste trafen zuletzt ein, aber Elin hatte Wort gehalten, und Freddie und sie waren um Punkt acht da.

Als der Secret Service sie einließ, applaudierten alle.

Sam legte ihnen pinkfarbene Federboas – Shelbys Idee natürlich – um den Hals und küsste beide. Ihren Anweisungen folgend hatten die beiden sich schick gemacht und gaben ein bildschönes Paar ab.

„Gut siehst du aus, Freddie", lobte Sam und hakte sich bei ihm unter.

„Werde ich morgen noch mit dir reden?"

„Natürlich. Wer sollte dir denn sonst dein Leben diktieren?"

„Sind Mehrfachnennungen erlaubt?"

Sam lachte. Gott, sie liebte es, sich mit ihm, dem kleinen Bruder, den sie nie gehabt hatte, Wortgefechte zu liefern.

„Du hast einen Riesenaufwand betrieben", stellte er fest. „Das sieht alles unglaublich aus."

„Das war Shelby. Sie kann zaubern."

„Was hat sie mit den Möbeln gemacht?"

„Das will sie mir nicht verraten."

Er lachte, und Sam ließ ihn los, damit er seine Mutter umarmen konnte.

„Ist das nicht großartig?", fragte Juliette Cruz ihren Sohn. „Sam hat sich eine Riesenmühe gegeben."

„Ich hoffe, sie hat es nicht übertrieben", antwortete Freddie mit einem durchdringenden Blick zu Sam.

„Oh, ich bin die Frau des Vizepräsidenten der Vereinigten Staaten. Da weiß man alles über Schicklichkeit."

Freddie verdrehte die Augen. „Ja, du bist der Inbegriff von Schicklichkeit, wenn du ununterbrochen Schimpfwörter in den Mund nimmst und Leuten die Hölle heißmachst."

„Ich weiß nicht, wovon er redet", beteuerte Sam, an seine Mutter gewandt.

„O doch", beharrte Freddie. „Schicklichkeit ist nicht gerade dein zweiter Vorname. Beweisstück eins: der Zustand, in dem dein Gesicht sich nach wie vor befindet."

Sam reckte das Kinn. „Ich dachte, es sei schon deutlich besser."

Freddie schnaubte. „Es ist perfekt, wenn man der Grinch oder der unglaubliche Hulk ist, aber Grün steht dir einfach nicht."

„Nicht streiten, Kinder", mahnte Juliette. „Wir sind zum Feiern hier."

„Absolut richtig", pflichtete ihr Sam bei und drückte ihrem Partner die Hand, in der Hoffnung, er würde sich locker machen und den Abend genießen. „Legen wir los."

~

ZUM ABENDESSEN GAB ES EIN KÖSTLICHES MAHL AUS FILETSTEAKS und gebackenen, gefüllten Scampi, dazu große Mengen Champagner, was zu allerlei Trinksprüchen auf das glückliche Paar führte.

Als alle anderen ihre von Herzen kommenden Toasts ausgebracht hatten, erhob sich Sam, um ihre Ansprache zu halten. „Als Freddies Trauzeugin ..."

„Der größte Fehler meines Lebens", warf der leicht angeheiterte Bräutigam ein.

„Halt den Mund. Deine Vorgesetzte spricht."

Alle anderen lachten, während Freddie sie anfunkelte.

„Nun, als Freddie mich bat, seine Trauzeugin zu sein, habe ich mir vorgenommen, dafür zu sorgen, dass er das bereut."

„Mission erfüllt", murmelte Freddie, was erneut schallendes Gelächter auslöste.

Sam ignorierte ihn und fuhr fort: „Ich habe in den letzten paar

Wochen zahlreiche Hinweise fallen lassen, die meinen Partner nervös gemacht haben, bis er schließlich gedroht hat, diesen schönen Abend zu boykottieren. Könnt ihr euch das vorstellen?"

Neben ihr konnte sich Nick nicht mehr beherrschen und lachte los, und Sam hätte am liebsten eine kurze Pause eingelegt, um ihn gründlich zu küssen.

„Jedenfalls kann ich dich in einem Punkt beruhigen, Freddie, die Liliputaner-Stripperinnen haben abgesagt."

„Gott sei Dank", seufzte Freddie, während die anderen gar nicht mehr mit dem Lachen aufhören konnten.

„Außerdem ist der Latexanzug, den ich für heute Nacht für dich bestellt hatte, nicht rechtzeitig angekommen."

„Ach, wie schade", bedauerte Freddie, der langsam zu begreifen schien, dass sie ihn geleimt hatte. „Ich dachte, du wärst meine beste Freundin. Seht ihr jetzt, was sie mir angetan hat?"

Die anderen waren zu sehr mit Lachen beschäftigt, um ihm das eingeforderte Mitleid entgegenzubringen.

„Hier hast du noch ein Bier, Babe", sagte Elin und reichte ihm eine kalte Flasche.

Sam grinste. „Aber du kennst mich. Ich konnte dich nicht ganz vom Haken lassen, deshalb habe ich alle Gäste gebeten, ein Geschenk mitzubringen, um eurer Ehe von Anfang an den nötigen Pepp zu verleihen."

„Das ist nicht erforderlich", erwiderte Freddie. „Wenn unsere Beziehung noch heißer wäre, würde ich explodieren."

„Freddie!", rief Elin. „Halt den Mund!"

„Frederico Cruz", wies Juliette ihn zurecht. „Vergiss deine Manieren nicht."

Daraufhin musste Sam so lachen, dass sie eine kurze Pause brauchte. Er war ihr voll auf den Leim gegangen. „Deshalb kommen wir jetzt ohne große weitere Vorrede zur Geschenkübergabe", fuhr sie schließlich fort. „Wer möchte beginnen?"

„Ich." Skip rollte neben Freddie. „Es ist in der Tasche hinter meiner Rückenlehne."

Celia rief: „Ich kann immer noch nicht glauben, dass er mich wirklich dazu gebracht hat. Ich wasche meine Hände in Unschuld."

„Für einen Mann, der sich nicht bewegen kann, kriegt er ganz schön viel gewuppt", stellte Tracy anerkennend über ihren Vater fest.
„Verdammt richtig", pflichtete ihr Skip bei. „Hast du's, Freddie?"
„Ja, aber ich habe furchtbare Angst, es zu öffnen."
„Dann übernehme ich das." Elin entnahm der Geschenktasche eine Art Gutschein. „Ein Poledance-Kurs? Wie großartig!"
Freddie erweckte den Eindruck, als wolle er unter den Tisch kriechen und dort sterben.
„Dad!", rief Sam amüsiert und entsetzt zugleich. „Ich fasse es nicht!"
„Was denn? Du hast gesagt, es muss etwas Unanständiges sein."
„Gut gemacht, Skippy."
„Danke. Auch an Celia, die ihre Scham überwunden und für mich herumtelefoniert hat."
„Ein Hoch auf Celia", rief Sam, was zu donnerndem Applaus für ihre Stiefmutter führte, die vor Verlegenheit knallrot angelaufen war. Sam freute sich, zu sehen, wie zufrieden sie und ihr Vater mit sich waren.
„Jetzt bin ich dran", rief Gonzo. „Christina und ich haben lange überlegt und uns etwas einfallen lassen, was euch vermutlich viel Spaß bereiten wird." Er überreichte Freddie eine Geschenktüte. „Wir gratulieren."
In der Tüte befand sich essbare Unterwäsche für sie und ihn.
„Ich brauche was zu trinken", seufzte Freddie. „Und zwar etwas deutlich Stärkeres als Bier."
„Für mich bitte das Gleiche", schloss sich Elin an.

~

DIE GESCHENKE WAREN GROSSARTIG UND WURDEN IMMER anzüglicher, bis auf dem Tisch vor Freddie und Elin schließlich ein großer Haufen Sexspielzeug, Massageöl, Reizwäsche und dergleichen mehr lag.
„Ich danke euch allen ... irgendwie", erklärte Freddie, nachdem sie das letzte Geschenk geöffnet hatten – ein

Geschenkgutschein von Cameron Green für eine Paarmassage, den seine Kolleginnen und Kollegen rundweg als zu zahm ablehnten.

Cameron grinste nur gutmütig. „Ich bin der Neue. Habt Nachsicht mit mir."

„Das ist auf jeden Fall alles besser als irgendwelche Stripperinnen", verkündete Freddie unter dem grölenden Gelächter der Versammelten und weiterem Applaus.

Sie erhoben sich, und auf wundersame Weise materialisierten sich Helfer, die Tische und Stühle wegtrugen.

„Du machst echt keine Gefangenen, Tinker Bell", sagte Sam erstaunt zu Shelby, während sie zusah, wie eine Tanzfläche freigeräumt wurde.

„Ich bin eben Profi", erwiderte Shelby ungerührt, stürzte ein weiteres Glas Champagner hinunter und bekam prompt Schluckauf.

Avery hatte Noah bei sich und war offensichtlich als Fahrer auserkoren. Er ließ Shelby keine Sekunde aus den Augen, was Sam unglaublich freute. Sie gönnte den beiden alles Glück der Welt, und es schien ganz so, als seien sie auf dem besten Weg dorthin.

„Eine großartige Party", stellte Captain Malone fest, der hinter sie getreten war.

Sam drehte sich zu ihm um. „Schön, dass es Ihnen gefällt. Was hört man von Captain Wallack?"

„Er ist noch im Krankenhaus, wird aber in den nächsten Tagen entlassen werden. Der Mann ist am Boden zerstört, arbeitet jedoch mit Trulo daran, darüber hinwegzukommen. Er hat Joe anvertraut, er habe das Gefühl, seine Dienstmarke beschmutzt zu haben."

„Er hat getan, was er tun musste, um am Leben zu bleiben und seine Frau zu beschützen. Es ist schwer, ihm das vorzuwerfen."

„Erzählen Sie ihm das."

„Hoffentlich wird er das irgendwann auch so betrachten können."

„Das hoffe ich ebenfalls."

Sie beide wussten, dass die Ereignisse der letzten Woche alle Beteiligten noch lange begleiten würden.

„Aber wir sind nicht hier, um über die Arbeit zu reden", schloss Malone und nahm sie am Arm. „Tanzen wir!"

Sam amüsierte sich darüber, was für ein schlechter Tänzer der Captain war, und freute sich gleichzeitig, ihre Lieblingsmenschen sich entspannen und die Nacht genießen zu sehen, die sie so sorgfältig für Freddie und Elin geplant hatte. Sie tanzten bis drei Uhr morgens, dann holten von Shelby vorbestellte Taxis die Gäste ab und brachten sie sicher nach Hause.

Sam wurde stürmisch umarmt von ihren Freundinnen und Freunden, Kolleginnen und Kollegen, Schwestern, Schwägern und sogar von Elins Freundinnen, die sie und Nick zum coolsten Vizepräsidentenpaar der Geschichte erkoren hatten.

Freddies Mutter drückte Sam an sich. „Danke für diesen Abend und für alles andere, was Sie im Laufe der Jahre für meinen Jungen getan haben."

„Ich liebe ihn", gestand Sam, die inzwischen selbst ein wenig rührselig war.

„Ja, ich weiß, und es tröstet mich sehr, zu wissen, dass Sie bei der Arbeit auf ihn aufpassen."

„Tut mir leid, falls es vorhin ein bisschen zu anzüglich geworden ist."

„Kein Problem. Ich habe das sehr genossen – und er auch, egal, was er sagt."

Sam küsste sie auf die Wange. „Wir sehen uns auf der Hochzeit."

„Ja." Juliette blinzelte heftig, als sie zu Freddie hinüberblickte, der den Arm um Elin gelegt hatte, während sie sich mit Nick unterhielten. „Mein Baby heiratet!"

Sam drückte sie ein weiteres Mal und ließ sich von Freddies Vater auf die Wange küssen, ehe das ältere Paar Arm in Arm das Haus verließ, nach zwanzig Jahren wieder zusammen, selbst wenn er weiter mit einer bipolaren Störung kämpfte. Allen Berichten zufolge waren sie trotzdem unglaublich glücklich.

Freddie und Elin kamen zu Sam.

Elin schloss sie in die Arme. „Vielen Dank für diesen großartigen Abend."

Sam erwiderte die Umarmung. „Ohne dich hätte ich das nicht geschafft."

Elin ließ sie los und trat beiseite, um Freddie zu ihr durchzulassen.

So glücklich hatte Sam ihren Partner noch nie gesehen. Er umarmte sie, küsste sie auf die Wange und sagte: „Danke. Für alles. Nicht nur für heute, sondern ganz generell."

Verdammt! Er würde sie wirklich zum Weinen bringen!

„Du bist die größte Nervensäge aller Zeiten", fuhr er fort, „aber ich kann dich trotzdem ziemlich gut leiden."

„Ich dich auch. Meinen Glückwunsch. Nick und ich freuen uns so für euch."

Freddie lächelte, umarmte Sam erneut, nahm Elin bei der Hand und führte sie nach draußen, sodass Sam mit Nick – und dem Pulk von Secret-Service-Mitarbeitern, die sich auf ihre Bitte hin den Abend über praktisch unsichtbar gemacht hatten – zurückblieb.

„Das", stellte Nick zufrieden fest, „war eine großartige Party."

Sie lehnte sich an seine breite Brust, und die beiden winkten Elin und Freddie nach. „Sie war schon ziemlich perfekt, oder?"

Er legte einen Arm um sie und führte sie zur Treppe. Shelby hatte ihr gesagt, am Morgen würden weitere Helfer die Möbel wieder zurückbringen und aufräumen.

„Er hat es genossen", bemerkte Nick. „Elin auch. Für mich ist es unvorstellbar, dass er wirklich geglaubt hat, du hättest Liliputaner-Stripperinnen engagiert."

„Wirklich? Dabei dachte ich, du kennst mich besser als jeder andere."

Nick brach in Gelächter aus. „Ich kenne dich besser als jeder andere und kann trotzdem nicht glauben, dass du deinen armen Partner, der dir treu ergeben ist, so gequält hast."

„Gerade deshalb hat es doch solchen Spaß gemacht. Ich glaube, ihn zu quälen ist mein zweitliebster Zeitvertreib."

Die Hände auf ihren Hüften, schob er sie in Richtung Schlafzimmer und dann die Treppe zum Dachboden hoch. Da Scotty nebenan übernachtete, stand vor seiner Tür kein Personenschützer, sie hatten den Flur also für sich.

„Bitte sag mir, dass du möglicherweise in Stimmung für deinen Lieblingszeitvertreib bist, denn du siehst in diesem Kleid so scharf aus, dass ich den ganzen Abend an nichts anderes habe denken können."

Sam blieb stehen, wandte sich zu ihm um und schlang ihm die Arme um den Hals. „Dafür bin ich immer in Stimmung."

„Was dich zur besten Ehefrau macht, die ein Mann je hatte." Er küsste sie, bis ihr beinahe schwindelig wurde, und ehe sie wusste, wie ihr geschah, lag sie auf der Treppe, und er war über ihr, den Blick voller Liebe und Lust.

„Hier können wir es nicht tun."

„Warum?"

„Kameras. Das Letzte, was wir brauchen, ist ein weiterer Skandal."

„In diesem Treppenhaus gibt es keine Kameras."

„Bist du sicher?"

Er presste seine Erektion gegen sie, und sie stöhnte auf. „Hundertprozentig."

„Dann", antwortete sie und zog ihn an sich, „tu dir keinen Zwang an."

„Dein Wunsch ist mir Befehl."

DANK DER AUTORIN

Danke, dass Sie „Fatal Chaos – Allein unsere Liebe" gelesen haben und Sam und Nick auch nach zwölf Bänden weiter so treu auf ihrer Reise begleiten! Als ich „Fatal Affair – Nur mit dir" geschrieben habe, hätte ich nie gedacht, dass sich diese Reihe so entwickeln würde, und das verdanke ich meinen Leserinnen und Lesern, die dafür sorgen, dass ich auch nach zehn Jahren mit Sam und Nick ihre Geschichte immer noch gerne weitererzähle! Ich könnte mir ein Leben ohne die beiden nicht mehr vorstellen.

Mein besonderer Dank gilt meinem Freund Captain Russell Hayes, der nach dreißig Jahren bei der Polizei in Newport, Rhode Island, seit Mai 2017 pensioniert ist. Russ hat alle Fatal-Bücher gelesen und berät mich bei Fragen zum Polizeialltag. Ich wünsche ihm alles Gute fürs Rentnerdasein und weiß es sehr zu schätzen, dass er nicht auch bei der Fatal-Reihe den Dienst quittiert hat!

Besonderer Dank gilt wie immer meinem wunderbaren Team, das hinter den Kulissen dafür sorgt, dass ich nicht den Verstand verliere – Julie Cupp, Lisa Cafferty und Nikki Hailey. Dank auch meinem Mann Dan, der die Heimatfront im Griff hat. Außerdem bin ich meinen Testleserinnen Anne Woodall und Kara Conrad für all ihre Hilfe und Unterstützung dankbar.

Während der Arbeit an diesem Buch hat meine Tochter Emily das College und mein Sohn Jake die Highschool abgeschlossen.

Ihnen ist dieses Buch gewidmet. Ihr Vater und ich sind unglaublich stolz auf sie!

Große Liebe und tief empfundener Dank gelten meinen wunderbaren Leserinnen und Lesern. Ohne Ihre Unterstützung könnte ich nicht Autorin sein, und das werde ich nie vergessen.

XOXO

Marie

WEITERE TITEL VON MARIE FORCE

Die Fatal Serie

One Night With You – Wie alles begann (Fatal Serie Novelle)

Fatal Affair – Nur mit dir (Fatal Serie 1)

Fatal Justice – Wenn du mich liebst (Fatal Serie 2)

Fatal Consequences – Halt mich fest (Fatal Serie 3)

Fatal Destiny – Die Liebe in uns (Fatal Serie 3.5)

Fatal Flaw – Für immer die Deine (Fatal Serie 4)

Fatal Deception – Verlasse mich nicht (Fatal Serie 5)

Fatal Mistake – Dein und mein Herz (Fatal Serie 6)

Fatal Jeopardy – Lass mich nicht los (Fatal Serie 7)

Fatal Scandal – Du an meiner Seite (Fatal Serie 8)

Fatal Frenzy – Liebe mich jetzt (Fatal Serie 9)

Fatal Identity – Nichts kann uns trennen (Fatal Serie 10)

Fatal Threat – Ich glaub an dich (Fatal Serie 11)

Fatal Chaos – Allein unsere Liebe (Fatal Series 12)

Fatal Invasion – Wir gehören zusammen (Fatal Serie 13)

Fatal Reckoning – Solange wir uns lieben (Fatal Serie 14)

Fatal Accusation – Mein Glück bist du (Fatal Serie 15)

Fatal Fraud – Nur in deinen Armen (Fatal Serie 16)

Fatal Serie Bände 1-6

Fatal Serie Bände 7-11

First Family

State of Affairs – Liebe in Gefahr, Band 1

Die McCarthys

Liebe auf Gansett Island (Die McCarthys 1)

Mac & Maddie

Sehnsucht auf Gansett Island (Die McCarthys 2)

Joe & Janey

Hoffnung auf Gansett Island (Die McCarthys 3)

Luke & Sydney

Glück auf Gansett Island (Die McCarthys 4)

Grant & Stephanie

Träume auf Gansett Island (Die McCarthys 5)

Evan & Grace

Küsse auf Gansett Island (Die McCarthys 6)

Owen & Laura

Herzklopfen auf Gansett Island (Die McCarthys 7)

Blaine & Tiffany

Rückkehr nach Gansett Island (Die McCarthys 8)

Adam & Abby

Zärtlichkeit auf Gansett Island (Die McCarthys 9)

David & Daisy

Verliebt auf Gansett Island (Die McCarthys 10)

Jenny & Alex

Hochzeitsglocken auf Gansett Island (Die McCarthys 11)

Owen & Laura

Gansett Island im Mondschein (Die McCarthys 12)

Shane & Katie

Sternenhimmel über Gansett Island (Die McCarthys 13)

Paul & Hope

Festtage auf Gansett Island (Die McCarthys 14)

Big Mac & Linda

Im siebten Himmel auf Gansett Island (Die McCarthys 15)

Slim & Erin

Verzaubert von Gansett Island (Die McCarthys 16)

Mallory & Quinn

Traumhaftes Gansett Island (Die McCarthys 17)

Victoria & Shannon
Schneeflocken auf Gansett Island
Geliebtes Gansett Island (Die McCarthys 18)
Kevin & Chelsea
Blütenzauber auf Gansett Island (Die McCarthys 19)
Riley & Nikki
Sommernächte auf Gansett Island (Die McCarthys 20)
Finn & Chloe
Verführung auf Gansett Island (Die McCarthys 21)
Deacon & Julia
Magie auf Gansett Island (Die McCarthys 22)
Jordan & Mason
Sonnige Tage auf Gansett Island (Die McCarthys 23)

Andere Bücher
Sex Machine – Blake und Honey
Sex God – Garret und Lauren
Five Years Gone – Ein Traum von Liebe
One Year Home – Ein Traum von Glück
Mein Herz für dich
Nicht nur für eine Nacht
Take-off ins Glück
The Fall – Du und keine andere
Dieses Mal für immer
Helden küsst man nicht
Küsse für den Quarterback

Miami Nights
Bis du mich küsst
Bis du mich berührst
Bis du mich liebst

Die Green Mountain Serie

Alles was du suchst (Green Mountain Serie 1)

Endlich zu dir (Green Mountain Serie 1/Story 1)

Kein Tag ohne dich (Green Mountain Serie 2)

Ein Picknick zu zweit (Green-Mountain-Serie/Story 2)

Mein Herz gehört dir (Green Mountain Serie 3)

Ein Ausflug ins Glück (Green-Mountain-Serie/Story 3)

Schenk mir deine Träume (Green-Mountain Serie 4)

Der Takt unserer Herzen (Green-Mountain-Serie/Story 4)

Sehnsucht nach dir (Green-Mountain Serie 5)

Ein Fest für alle (Green-Mountain-Serie 5/Story 5)

Öffne mir dein Herz (Green-Mountain-Serie 6/Story 6)

Jede Minute mit dir (Green-Mountain-Serie 7)

Ein Traum für Uns, (Green-Mountain-Serie 8)

Meine Hand in Deiner, (Green-Mountain-Serie 9)

Mein Glück mit dir, (Green-Mountain-Serie 10)

Nur Augen für dich, (Green-Mountain-Serie 11)

Jeder Schritt zu dir, (Green-Mountain-Serie 12)

Die Neuengland-Reihe

Vergiss die Liebe nicht (Neuengland-Reihe 1)

Wohin das Herz mich führt (Neuengland-Reihe 2)

Wenn das Glück uns findet (Neuengland-Reihe 3)

Und wenn es Liebe ist (Neuengland-Reihe 4)

Für immer und ewig du (Neuengland-Reihe 5)

Die Quantum Serie

Tugendhaft (Quantum-Serie 1)

Furchtlos (Quantum-Serie 2)

Vereint (Quantum-Serie 3)

Befreit (Quantum-Serie 4)

Verlockend (Quantum-Serie 5)

Überwältigend (Quantum-Serie 6)

Unfassbar (Quantum-Serie 7)

Berühmt (Quantum-Serie 8)

Gilded Serie

Die getäuschte Herzogin

Eine betörende Braut

ÜBER DIE AUTORIN

Marie Force ist die New-York-Times-Bestseller-Autorin von über fünfzig zeitgenössischen Liebesromanen, unter anderem den beliebten Romanserien »Gansett Island«, »Green Mountain« und der erotischen Quantum-Serie. Sie hat unterdessen weltweit über sechs Millionen Bücher verkauft. Die Autorin lebt zusammen mit ihrem Mann, zwei fast erwachsenen Kindern und zwei Hunden in Rhode Island.

Tragen Sie sich in Maries Mailingliste ein, um alles Wichtige über neue Bücher und Veranstaltungen zu erfahren. Folgen Sie ihr auf Facebook und auf Instagram.

Made in the USA
Las Vegas, NV
21 July 2024